本书受河北省社会科学基金（项目编号：HB11WX017）、
河北省教育厅（项目编号：SD2010064）、
河北师范大学青年博士基金（项目编号：W2008B01）资助。

"学术新视野"丛书

钟嵘《诗品》的概念内涵与文化底蕴

孟庆雷 著

中国社会科学出版社

图书在版编目(CIP)数据

钟嵘《诗品》的概念内涵与文化底蕴/孟庆雷著. —北京：中国社会科学出版社，2014.12

ISBN 978-7-5161-5046-7

Ⅰ.①钟… Ⅱ.①孟… Ⅲ.①古典诗歌—诗歌理论—中国②《诗品》—研究 Ⅳ.①I207.22

中国版本图书馆 CIP 数据核字(2014)第 262071 号

出 版 人 赵剑英
责任编辑 郭晓鸿
特约编辑 许继起
责任校对 郝阳洋
责任印制 戴 宽

出　　版 中国社会科学出版社
社　　址 北京鼓楼西大街甲 158 号 (邮编 100720)
网　　址 http://www.csspw.cn
中文域名:中国社科网　　010-64070619
发 行 部 010-84083685
门 市 部 010-84029450
经　　销 新华书店及其他书店

印　　刷 北京君升印刷有限公司
装　　订 廊坊市广阳区广增装订厂
版　　次 2014 年 12 月第 1 版
印　　次 2014 年 12 月第 1 次印刷

开　　本 710×1000 1/16
印　　张 17.25
插　　页 2
字　　数 273 千字
定　　价 56.00 元

凡购买中国社会科学出版社图书,如有质量问题请与本社联系调换
电话:010-64009791

“学术新视野”丛书出版说明

“学术新视野”丛书由河北师范大学文学院策划、编辑。河北师范大学的前身是1902年创办的顺天府高等学堂和1906年创办的北洋女子师范学堂，至今已有110多年的历史；文学院的前身是1929年由李何林先生等创建的河北省国立女子师范学院国文系，至今已有80余年的历史。燕赵之士，人称悲歌慷慨；燕赵故地，自古文采焕然。燕赵的风土物理、文化品格、人文精神，以及长期作为畿辅重镇的地缘环境为其培育了独具气质的学风、学术和学派。近年来，河北师范大学中国语言文学博士一级学科秉承燕赵学术传统，遵循现代学术理路，锐意创新，取得了无愧于先贤，不逊于左右的成绩。丛书的出版是学科建设新成绩的展示，其所收书稿无不体现着作者在其专业领域学术视野的创新性和开拓性，也为学界同好关注现代燕赵学术提供了可资参照的新视野。

丛书的出版得到了“河北师范大学学术著作出版基金”的资助，也得到了诸多友好人士与出版方的支持和帮助，在此一并致谢。

“学术新视野”丛书编委会

2013年6月

目　录

导　论

一

作为诗话之鼻祖，《诗品》对于中国传统诗学的发展具有不可估量的影响，一方面通过它所创建的一系列诗歌理论范式指导着具体的诗歌创作，为后世诗人创作诗歌提供了可资借鉴的理论规范，从而影响了中国诗歌精神面目的生成；另一方面它所提出的理论概念深刻地影响了后世的诗歌理论研究，为后来的研究者所继承并不断深化，最终形成中国独具一格的诗歌批评理论。

因而，自《诗品》诞生之日起即受到历代研究者的广泛关注，这种关注一开始是就其内涵的探讨及写作体例的模仿。后世诗学在很大程度上继承了它的写作风格，并且也在很大程度上将它所提出的一系列观念进一步拓展，并进而整合成新的理论观念。当然，这种研究及接受在很长一段时间内处在自发状态，或者说是一种潜意识的理解运用，而《诗品》真正作为学术著作被研究则是近代西方成体系的学科建制进入中国之后的事情。

纵观其研究历程可以发现，自近代以来有两个高潮。第一个高潮是 20 世纪二三十年代，1926 年，陈衍《诗品平议》的刊载、张陈卿《钟嵘诗品之研究》的出版，标志着中国现代《诗品》研究的开始，随后迅速形成风气；约比张氏之作晚一年，陈延杰《诗品注》出版；又晚一年，古直《钟记室诗品笺》（以下简称古《笺》）付梓；再晚一年，许文雨《诗品释》（后改为《钟嵘诗品讲疏》）问世。短短四年间五种作品，且体例各不相同，有的偏重校注选译，有的偏重义理训解，各有特色。“如许《疏》，就曾被朱自清先生誉为当时最好的《诗品》注本，而古《笺》则可与之相

'鲁、卫'矣。又如张氏的《研究》，在开启'义理'研究的风气方面，亦有'导夫先路'之功"。[①] 总的来看，这一时期的研究为《诗品》研究搭建了一个基本的学术平台，为以后的研究奠定了基础，此后尽管也有零星的作品出现，但研究热潮逐渐回落。

第二个高潮时期是20世纪八九十年代，这一时期亦是注家迭起，作品不断问世，计有萧华荣《诗品注译》(1985年)、吕德申《钟嵘诗品校释》(1986年)、向长青《诗品注释》(1986年)、赵仲邑《诗品译注》(1987年)、罗立乾《钟嵘诗歌美学》(1987年)、禹克坤《文心雕龙与诗品》(1989年)、徐达《诗品全译》(1990年)、王叔岷《钟嵘诗品笺证稿》(1992年)、张伯伟《钟嵘诗品研究》(1993年)、王发国《诗品考索》(1993年)、陈元胜《诗品辨读》(1994年)、曹旭《诗品集注》(1994年)、蒋祖怡《诗品笺证》(1995年)、张怀瑾《钟嵘诗品评注》(1997年)、曹旭《诗品研究》(1998年)、周振甫《诗品译注》(1998年)、杨明《文赋诗品译注》(1999年)、张少康《诗品》(1999年)、张连第《诗品》(2000年)等。

短短十来年时间涌现出如此众多的作品，其研究的深度与广度也超越了之前的研究，代表了当下的基本研究水平。此外，海外日韩学者亦多有论述，如兴膳宏、清水凯夫、车柱环、高木正一等人各有论作，其中对"滋味"、"奇"等观点的分析能发国内学者所未发，虽持论未为圆融，但其眼光独到、思路清晰，确有值得学习之处。

但是这些著作从总体来看，基础研究多，而义理研究少。对文本的点、校、笺、注、释、译，有关文献、版本的搜集、整理，作者及论述对象的知人、论世等做得比较深入；但是对文本的义理阐述，包括范畴研究、理论发掘及方法论、影响论等则比较少。即使在专门的义理研究著作中也多夹杂校注方面的东西。所以，在以前的《诗品》研究专著中，义理的研究是一个薄弱的环节。

因而本书舍弃了对版本校释方面的考索，甚至关于钟嵘及《诗品》的一般性介绍也予以省略，对于这些方面的问题现有的研究已经有足够的材

① 王发国、曾明：《关于新世纪〈诗品〉研究的思考》，《西南民族学院学报》2001年第12期。

料以供查阅，在此自无须赘述。本书着重对《诗品》的义理进行阐释，集中分析其中所涉及的主要诗学概念，对它们进行深入阐释与发掘，研究其理论的内部结构及其在中国诗学和文化中的意义。对于已经得到广泛研究的校注版本等考据方面的问题除非关涉理论解读，否则不作细致的考证。

二

由于我们的诗学观念在很大程度上一直受西方理论的影响，这些观念又是建立在知识理性基础上的，随着知识理性的弊端不断暴露出来，东方的诗性智慧也渐受重视，作为中国最早的诗歌理论专著，《诗品》也承载了更多的文化意味，如何彰显《诗品》所蕴含的文化哲学意义也是研究的应有之义。当然这样说并不是以传承人的身份为东方文化做辩护，而只是想厘清我们思维方式的文化根源，以便更为深刻地认清我们所处的文化境遇及我们所拥有的文化资源，从而能更全面地看待与解决我们所面临的文化课题。

阐释者先在的方法观念固然会对阐释过程提供阐释的路径，但本真的阐释方法应该而且只能与具体的阐释活动融合在一起，随着阐释活动的开始而展开，当阐释活动完成之后形成可供分析的新阐释样式。“与特定研究对象、特定研究课题相对应的，只能是形成于此一具体研究过程的内生式方法，各种引进、移植而来的方法，只是建构和形成内生式方法的思想参照和因素资源，不能直接进入本真的研究过程”。[①] 我们首先要审视阐释对象的性质，我们已有的阐释方法的特点，以及我们可能的阐释空间，这样才能促成我们新阐释方法的形成。

就中国传统来说有两种大家非常熟悉的阐释方式：“我注六经”与“六经注我”。其各自的弊端也久为研究者所熟悉，前者拘泥于经义而后者又容易混淆阐释的主观性与阐释的随意性之间的界限。拘泥经义的“我注六经”将经典仅仅作为可供整理的知识资料，从而窒息了其丰富的文化内蕴；而着重义理阐发的“六经注我”则过分强调经典中为我所用的文化意蕴从而透支了其中的内涵。因而对现代阐释者来说首先要调整阐释的基本

① 崔茂新：《文化还原与中国古代文论研究的原创追求》，《文史哲》2007年第3期。

视角即调整阐释主体与阐释文本之间的关系，阐释者固然不能为六经所役使，成为一个皓首穷经的经籍注释者；然而阐释者也没有权利来役使六经，使其成为注我的材料。阐释者与阐释对象应该处于一个平等的对话层面，即如王弼注《易经》、郭象注《庄子》，既不是对原文无因的放任阐释，也不是拘泥于原典的字句读解。它不是对原文的顺向讲解或逆反推论，它只是阐释主体对某一特定对象的充满个体体验的理解，而这种理解又是在与原文的对话交流中完成的，它既不是原来的经典著作本身，也不能脱离原典而自存。

从西方学术研究来看，阐释方法可以说是层出不穷，其中两大思路特别应该注意：一种是马克思的社会历史研究方法，它着眼于人类社会整体，追求历史与逻辑的统一，努力追寻支配现象背后的根源与本质规律，这一阐释思路包括众多流派，比如西马的社会批判理论，新历史主义的文化诗学理论，等等。另一种是海德格尔的存在主义阐释方法，它着眼于个体的特殊境遇，强调个体本身的存在价值，这一阐释思路亦有众多追随者，比如伽达默尔的诠释学。当然以上两种方法也相互交融、相互渗透，文化诗学中有对文化个体偶在性的关注，而伽达默尔的诠释学中亦贯穿着强烈的历史精神，这两大思潮的融合又形成众多具体的方法。

回到我们《诗品》研究本身，我们说，从最根本的意义上讲一种行之有效的方法只能在具体的文本阐释过程中诞生、存在。但我们所要采取的基本阐释策略、阐释方向却是一种先在的视野。因而我们可以对上述两大西方阐释思潮做出合理的吸收与改造：吸收海德格尔的阐释方法，关注个体的生成境遇与存在基础，但是这一个体不再是作为存在者的人，而扩展到文化概念上，在文化概念中显出存在者的存在意义；吸取马克思的社会历史研究方法，追寻影响某一具体概念的哲学、文学基因，但不再强调它一定是由某些观念所决定（可能影响这一概念的还有更多未曾发现的因素），而是把这些观念作为生成这一概念的基本文化氛围，从而考察这一概念的生成境遇，而这一切又需要以调整“我注六经”与“六经注我”两种传统阐释视野的偏差以形成自主的对话主体为前提。

然而我们如何将这样一种先在的阐释视野内化为一种行之于古文论研究过程的具体阐释方法？在这里我们提倡整体文化解读的思路，即采取一种开放的视野而不拘于某一预设的研究方法，将对特定经典文本的研究与其背后的文化运作规律与思想形成机制的研究结合起来，在特定对象得以生成的独特历史空间及当时哲学话语的生发渗透作用过程中展示对象的本真特性。这一解读思路并不是具体的解读方法，它只为我们提供解读的基本方向，这样一来我们即可摆脱方法预设与阐释对象独特性之间的矛盾，从而避开方法与阐释的悖论。从这一阐释思路出发有三个方面是我们所要着重关注的：

首先，《诗品》作为阐释的对象其本身即是一历史的存在物，受制于它产生的历史空间，同时在历史的流变中亦不断获得新的意蕴空间，因而我们只有参与到其历史生成过程中才能发现其特定的文化内涵。“对历史流传物的经验不仅在历史批判所确定的意义上是真实的或不真实的——而且它经常地居间传达我们必须一直参与其中去获取的真理”。①

其次，特定对象所处的文化氛围亦是催生这一对象的重要因素，哲学不单是以僵硬、晦涩的形式存在于哲学家们的著作与言论之中。事实上，它更多的是作为一种内在的精神渗透于当时的整个社会文化生活中，潜移默化地影响着当时人们的思想文化与行为方式。因而通过辨析理清特定概念所蕴含的哲学因子，一方面可以更清楚的提示其诞生的前提；另一方面也有助于我们掌握传统文化的生成规则、生成方式。

最后，就中国传统文化的存在样态来看，它并不同于西方的层级逻辑结构，而呈现为一种网状平行结构，即诸观念之间既相互区别又相互联系，形成复杂的交叉关系。然而，这种文化样态更接近有机整体的概念，即我们很难做出整齐划一的划分，它们之间的交融性要大于分离性。因而针对传统文化的这种独特性，本书对《诗品》中诸概念主要采取描述式研究，力图呈现其本来的思想面貌。然而，这样一来则其中不免有交叉重复之处，对此本文尽量保持各观念理论渊源的完整性，对于有些重要的文献采取同义互现的方式，在不同的章节中有所侧重。

因而，总的来说，作为贯彻本书的一条基本阐释思路即是将《诗品》中的核心概念放在中国美学和文论之纵向的历史长河和魏晋时代之横向的

① ［德］伽达默尔：《真理与方法》，上海译文出版社1999年版，第19页。

文化氛围中加以考察，把特定思想话语体系中的特定诗学话语本身的独特品质研究同解析它所蕴含的一般思想文化原则结合起来，既要开拓《诗品》内在的诗学内涵，又要赋予其历史的纵深感。

这一解读方式在某种程度上说是一种冒险，因为相对来说，一方面这种解读会大大溢出《诗品》本身的理论范围，从而会有宾大于主的嫌疑；另一方面也会使得各交叉部分盘根错节，给人以同义复现的感觉。然而，相对于四平八稳地在《诗品》框架内穷分细绎，这种跳出文本本身，将文本转向于整个历史文化之流中进行观察的方式至少有助于我们理解文化的生成过程，同时也能让我们更清楚地看到《诗品》自身的文化要素。因而，既然选择了这样一种方式，那么是非毁誉无法预料，自听凭读者质疑。

第一章 “自然”

——《诗品》的本体追寻

周朝“天命”观念的解体促生了“自然”观念，作为“天命”观念的替代，“道”成为老子解释世界合理性的最高依据，而“自然”即是以“道”之存在样态出现的。这样，“自然”在一开始就与本体有着密不可分的关系，成为哲学解释世界生成及组织制度建立的依据之一。庄子的天性观念拉近了“自然”与“天”的关系，使“自然”与“天”开始调和，这为后来的哲学开创了新的方向。汉代的“天人感应”思想则把“天命”观念重新纳入人事制度建设的范围，并作为最高合理性起到绝对权威的作用。魏晋玄学进一步打破了这种思想上的垄断，“自然”由外在的自在转而成为内在的自性，进而成为解释世界合理性的最高依据。从王弼到郭象，这一观念日渐完善，最后形成“独化”论，万物依其“自然”本性而为自己立法。这种思潮逐渐在魏晋士人的文化生活中扩散开来，并最终波及艺术文化的各个层面。

钟嵘《诗品》即受上述哲学思潮的影响，作为魏晋玄学风尚的产物，“自然”成为统帅其整部作品的核心观念，影响了它对创作情感、创作方法、审美理想等方面的要求，使诗歌成为其自身的最高规定性。另外从这一观念出发，又直接衍生出一些具体的审美对象、审美范畴，主要是本章所涉及的自然山水、“真”、“清”等概念。具体说来，《诗品》以“自然”作为诗歌本性的存在方式，自然风物由于充分体现了“自然”的特点而受到重视，成为诗歌表现的重要对象，亦成为钟嵘赞赏的对象，构成“自然”的物质基础。而“真”与“清”则一方面维系着诗之本性，诗人之本心；另一方面显现着“自然”的艺术风貌，从而形成以自然山水为依托，向内体悟着诗性之“真”，向外追寻着艺术之“清”的独特“自然”标准。

第一节 “天命”与“自然”的对峙与融合

作为中国哲学核心概念之一，“自然”历来是一个充满争议的问题，这种争议首先来自于中西话语融合中“nature”这一西语概念的入侵。我们说，西语“nature”的输入固然丰富了这一概念的含义，但在丰富的同时也造成原来意义的流失与转化。“当西文 nature 被翻译成中文‘自然’之后，nature 中原先负载的意义就会源源不断地注入中文符号‘自然’之中，并随即和这个符号中从中国古代流传下来的固有意义发生一场符号意义的争夺，争夺中获胜的一方将成为符号意义的新的拥有者。但这种意义的僭越并不涉及符号能指的改变，因此常常造成误读。”[①] 这样，当我们在解读传统文化中“自然”这一概念时，势必会因为自己阐释语境的先入之见而影响了对象的本真文化品性，造成阐释方向偏离或过度阐释，从而降低了整个阐释活动的准确性。

因而，当我们对传统“自然”概念进行阐释时首先要排除的即是这种入侵所带来的语义上的转换，回到传统“自然”概念诞生的原初文化语境中去。只有从这一概念的原初语境出发才能真正把握它独特的内涵与嬗变过程，厘清它的生成机制与言说范围，从而避免由于中西话语交流所带来的语义窜改与流失。这样既厘定了传统“自然”的含义，又在与西方话语的区分中重新找回了这一概念失落与流失的意义。

一 “天命”观念的分裂与“自然”观念的诞生

“自然”作为一个哲学范畴乃是由先秦道家首创的，其内涵乃是道家哲学本体的自我澄明状态，尽管这一术语并没有在先秦道家话语中占据中心地位，但由于它与道家核心概念“道”具有意义上的联结，因而在先秦道家话语中占据其为重要的地位，并成为历来研究者所不断争议的话题。

① 罗钢：《一个词的战争——重读王国维诗学中的“自然”》，《北京师范大学学报》2007 年第 1 期。

一般研究者阐释“自然”这一概念时多从《老子》文本的内语境出发，进而涉及道家其他经典著作，或者从与儒家观念的对比中显示这一概念的独特性。这些阐释方法对于澄清“自然”的传统内涵，厘清中国文化的内在构成都有着非常重要的意义。然而单一方法或单一角度的分析毕竟不能完全揭示这一概念的全貌，为了进一步廓清这一概念的内涵以及它在中国思想文化中的地位与作用，我们必须将这些方法综合起来，多角度立体地分析这一概念，把具体文本语境解读与整体历史语境解读结合起来，从而使这一概念的生成机制得到更完善地解析。

尽管学界对这一概念的内涵有诸多不同的阐释，但是把“自然”与西语“自然界”（“nature”）这一含义区分开来，认为“自然”不是指实体的外在自然界这一看法还是得到了多数学者的认可。结合《老子》具体文本语境，多将之解释为自己如此、如其自己所是的状态，如朱谦之注曰：“黄、老宗自然，《论衡》引《击壤歌》：‘日出而作，日入而息，凿井而饮，耕田而食，帝力何有于我哉！’此即自然之谓也，而老子宗之。”① 蒋锡昌说：“《广雅·释诂》：然，成也。‘自然’指‘自成’而言。”② 而王庆节则对“自然”一词进行了详细的词源学考察后认为，自然乃是“自我的自己而然与他者的自己而然”③。刘笑敢则在排除自然界、与人类文明隔绝的状态、原初社会状态、所有人对所有人的战争的“自然状态”四种错误的阐释之后将老子的“自然”分为总体、群体、个体三个不同的层次。④

上述阐释尽管有细微上的差异与区分，但基本内涵大体是一致的，而且就阐释方法上来说都是从文本内部来分析。虽然这一方法对于准确解读文本起了重要的作用，但是这种就文本内部来开掘概念内涵的方法进展到一定程度必定会失之琐细与繁杂，从而造成理论研究上的停滞与重复。因而为了进一步拓展这一概念的理论空间及厘清其理论渊源，我们首先要考察它所存在的文化语境及话语前提。基于这样一种思路我们要追问自然这

① 朱谦之：《老子校释》，中华书局 1984 年版，第 71 页。

② 陈鼓应：《老子注译及评价》，中华书局 1984 年版，第 132 页。

③ 王庆节：《老子的自然观念——自我的自己而然与他者的自己而然》，《求是学刊》2004 年第 11 期。

④ 刘笑敢：《老子之人文自然论纲》，《哲学研究》2004 年第 12 期。

一概念诞生的文化情境是什么？它是在何种文化态势下成为一种新型思想观念的？

从生成过程来看，先秦哲学始于对社会组织方式的构想与反思，无论是儒家、道家还是墨家，其言说的基本目标指向都是如何建立合理的社会制度以结束西周后期以来四分五裂的政治局面。对现实社会组织层面的思考进一步理性化提升于是上升到哲学层面，这种脱胎于社会制度构建的哲学本身即具有强烈的现实功利性，它在要求现实实用的同时必须为这种制度寻找更高的信仰依据，以提高自己说话的权威度与解释能力，这样一来即形成哲理信仰与政治伦理紧密相连、道不离器的中国哲学思维方式。

作为这一思维方式生成的先驱是周初的周公，他通过一系列思想文化整合成功创制了以“天命”为信仰核心的礼乐文化制度。作为代殷而立的周朝在信仰上亦有了进一步思辨提升，“天”取代殷商的“帝”成为周人信仰的最高对象。在殷商，“帝”或“上帝”是信仰的最高对象，殷人的上帝或帝，是掌管自然天象的主宰，有一个以日月风雨为其臣正使者的帝庭。这一状态到周朝则发生改变，尽管仍然信仰“帝”或“上帝”，但“天”却成为最高的信仰对象。“西周时代开始有了‘天’的观念，代替了殷人的上帝”①，如：

> 予不敢闭于天降威，用宁（文）王遗我大宝龟，绍（卜问）天明（命）。（《尚书·大诰》）
>
> 天休命于宁（文）王，兴我小邦周。（《尚书·大诰》）
>
> 惟时怙冒闻于上帝，帝休，天乃大命文王。（《尚书·康诰》）
>
> 皇天改大殷之命，维文王受之，维武王大克之，咸茂厥功。（《逸周书·祭公》）
>
> 文王在上，於昭于天。周虽旧邦，其命维新。（《诗经·大雅·文王》）
>
> 有命自天，命此文王，于周于京。（《诗经·大雅·大明》）

近来有学者如张桂光、杜勇等指出，“天”取代并融合“帝”成为最

① 陈梦家：《殷虚卜辞综述》，中华书局1988年版，第562页。

高的信仰对象乃是由于殷周不同的信仰以及周对殷的文化同化，即周人以“天”的概念包融殷人的“上帝”信仰，从而完成思想上的同化。[①] 这样，“天”就成为支撑并制约现实社会生活的最终决定力量，并且具有人格神的含义。

然而，这种文化上的融合以及终极决定力量的地位使“天”的含义变得丰富而含混，从而成为一个具有多重内涵的概念。据冯友兰所考，“天”在传统文化中有五种含义：“曰物质之天，即与地相对之天。曰主宰之天，即所谓皇天上帝，有人格的天，帝。曰命运之天，乃指人生中吾人所无奈何者，如孟子所谓‘若夫成功则天也’之天是也。曰自然之天，乃指自然之运行，如《荀子·天论篇》所说之天是也。曰义理之天，乃谓宇宙之最高原理，如《中庸》所说‘天命之为性’之天是也。《诗经》、《左传》、《国语》中所谓之天，除指物质之天外，似皆指主宰之天。《论语》中孔子所说之天，亦皆主宰之天也。”[②]

冯友兰所析出的五种含义基本涵盖了“天”的内涵层次，但他认为《诗经》、《左传》、《国语》、《论语》中所说的“天”的含义除物质之天外皆主宰之天则不尽然。因为从理论分析上我们能析出这五种含义要素，但在事实存在上则很难说哪一句是哪一种，在当时人所运用“天”这一概念时它本身是一整体，这五种意义是混杂在一起的，并不是理论析出后的状态。

从先秦哲学的发展历程来看，随着西周社会组织模式的崩溃，西周所建立起来的信仰制度也受到怀疑，“天”乃决定现世的最终力量特别是作为人格神这一观点亦受到怀疑，故《论语》中有“敬鬼神而远之”，对鬼神存而不论的观点（《论语·雍也》）；《左传》亦言“国将兴，听于民；将亡，听于神”（《左传·庄公三十二年》），“天道远，人道迩，非所及也。何以知之?”（《左传·昭公十八年》）先秦思想家对“天”作为人格神义素的怀疑反映到哲学上来即是“天”是否作为最终决定力量而对现实世界具有赏善罚恶的功能？再进一步的疑问即是“天”是否乃最高至善本体？

对于这一问题儒家与墨家持肯定的态度，墨家认为“天”是决定现世

① 张桂光：《殷周“帝”“天”观念考索》，《华南师范大学学报》1984 年第 2 期；杜勇：《略论周人的天命思想》，《孔子研究》1998 年第 2 期。

② 冯友兰：《三松堂全集》第二卷，河南人民出版社 1988 年版，第 43 页。

生存的最终力量，并进一步提高其宗教信仰的一面，强调“天”的人格神义素。墨子认为天是有意志的，顺天意者得赏，反天意者得罚。并且认为“天欲义而恶不义。然而率天下之百姓以从事于义，则我乃为天之所欲也。我为天之所欲，天亦为我所欲”，人首先要为天所欲，服从天的意志，天才能为人所欲，赐福于人。“天”的神义性质在墨家中是决定性的，它对世间万物的存在加以衡量，赏善罚恶，“顺天意者，兼相爱，交相利，必得赏。反天意者，别相恶，交相贼，必得罚”，墨子把这种天志作为终极力量，他宣称“我有天志，譬若轮人之有规，匠人之有矩”（《墨子·天志上》），把“天志”作为度天下的规矩，成为决定世界的最高力量。

以西周文化继承者自居的儒家尽管对“神”的存在持怀疑态度，“敬鬼神而远之”（《论语·雍也》）、“子不语怪、力、乱、神”（《论语·述而》），但是同样肯定“天”对现实人生的决定作用，认为“天”本身乃是至高的善。所以孔子曰：“天何言哉？四时行焉，百物生焉，天何言哉!”（《论语·阳货》）孔子相信天意对世间之冥冥众生有决定作用，所以他坚信“天生德于予，桓魋其如予何”（《论语·述而》）。这样，在儒家这里，尽管作为神义的“天”被搁置不问，但是作为命运、本体意义的“天”却得到强调，从而继续成为支撑信仰的最高力量。

而道家则采取了相反的方法，它对西周以来的礼乐制度采取了解构的态度。“道家的创始人首先在伦理政治的层面上对先儒的那套仁义道德提出了质疑。当然，从时间上讲，这时所谓的‘先儒’未必是指孔子，因为在孔子之前，至少已有周公进行过‘制礼作乐’的文化努力”。[①] 老子激烈地批判西周以来的礼乐制度，他认为：“大道废，有仁义；智慧出，有大伪；六亲不和，有孝慈；国家昏乱，有忠臣。”（《老子·十八章》）出于对现实批判的需要，对于作为西周礼乐制度终极信仰层面的“天”，老子势必要解构其神圣性的一面，将其还原成为一般概念。所以老子说：“天地不仁，以万物为刍狗；圣人不仁，以百姓为刍狗。”（《老子·五章》）然而还原这一概念之后所空出来的终极信仰和本体论方面的位置则必须

① 陈炎：《多维视野中的儒家文化》，山东教育出版社 2006 年版，第 77 页。

由新的概念来担当，在《老子》中这一新的概念乃是由“道”来承担的，而“自然”则描述了“道”的存在状态，不是外在的、语言所规定的“道”而是“道”之存在本身才是《老子》所言说的中心。这乃是“自然”所诞生的基本文化语境，由此我们才能进入到对“自然”概念本身的分析。众所周知，“自然”一词最早出现在《老子》中，它在《老子》中凡五现：

> 太上，下知有之。其次，亲而誉之。其次，畏之。其次，侮之。信不足，焉有不信焉。悠兮其言贵，功成事隧。百姓皆谓我自然。（第十七章）
>
> 希言自然。故飘风不终朝，骤雨不终日。（第二十三章）
>
> 人法地，地法天，天法道，道法自然。（第二十九章）
>
> 道之尊，德之贵，夫莫之命而常自然。（第五十一章）
>
> 学不学，复众人之所过。以辅万物之自然，而不敢为。（第六十四章）

从先秦的基本文化语境来看，如何创建合理的社会制度或者说理想的社会应该是什么样子乃是先秦思想家所着力解决的问题，它亦是《老子》言说的出发点。由此我们可以追寻“自然”在《老子》文本内的逻辑发展方向：首先，“自然”乃是一种政治行为，它是指理想中的统治者的施政方式。从政治理念上，老子认为理想的统治者将自己融合在整个社会中，百姓仅仅知道他的存在而已，而任何的亲誉畏侮，赏罚刑杀都是对理想统治的背离。这样一来，老子就否定了自西周以来礼乐文化的合理性，认为统治的最高境界乃是使百姓感受不到统治的束缚。以最少的干预实现最大的成就是老子对统治提出的最高要求，所以他说：“悠兮其言贵，功成事遂。”

其次，老子从如何创建理想社会的角度提出要以自然的方式对待百姓，从统治者的角度来讲要使自己的统治成为一种自在的行为，无须刻意的礼乐刑罚，为了增强话语的公信力，他进一步向形而上的方向提升。正如西周的礼乐制度乃是以“天”为最后的信仰力量，“天”乃是现实制度的合理性根源一样；老子亦必须为他所主张的这种社会组织模式寻求合理性依据。正是出于这一形而上的要求，“道”成为老子哲学中最高的本体，开篇即云“道可道，非常道”，所以老子说：“人法地，地法天，天法道，道法自然。”在这里所谓“道法自然”，并非是在“道”之上还有一个更高的本体“自然”，而是指“道”的存在状态，如冯友兰所认为的，“道之作用，并非有意志的，只是自然如此。”① 由于在现实的制度设计上老子追求一种不干预的自在状态，支撑这种制度合理性的“道”本体显然亦不能像“天”那样有意志的决定现实存在，它必然要求一种自在的状态，故曰“道法自然”。对现实的规划促使了本体的论证，而本体的论证反过来又加强了对现实规划方案的理论力度，于是“自然”作为一种状态便成为上到至高本体“道”，下到世间万物的基本呈现方式，所以老子认为要“辅万物之自然，而不敢为”；而这种自在的呈现方式由于与至高本体的存在是一致的，所以它又具有本体的合理性。这样，“自然”这一概念不再是单指一种如其所是的存在状态；它更意味着合理性，具体事物的“自然”即意味着事物符合最高本体“道”的存在状态。

因而，“自然”这一概念在《老子》中是指一种理想的统治状态，由这一现实政治设计理念出发上升到形而上学本体，使“自然”成为“道”的状态，这样使现实的政治理念获得形而上的合理性支撑。在此基础上，他将“自然”推广到世间一切事物，认为一切事物都有一种自在状态，而回归到这一自在状态即是最合理的，从而“自然”由一种状态描述转换成一种合理性特征，自然的即是合理的。

庄子一方面继承了老子对“自然”概念运用方式，把“自然”仍然理解为一种自在的状态。这种自在状态首先展现为最高本体“道”的存在状态，它相对于制度化的文化礼仪具有先验的合理性，要求“常因自然而不益生”（《德充符》）、“顺物自然而无容私焉”（《应帝王》）。但同时又把这一状态进一步形而上学化，更加强调现象原始自在状态的合理性。所以他反对一切人为的努力，认为“有机械者必有机事，有机事者必有机心”（《庄子·天地》），主张“擢乱六律，铄绝竽瑟，塞师旷之耳，而天下始人

① 冯友兰：《三松堂全集》第二卷，河南人民出版社1988年版，第169页。

含其聪矣；灭文章，散五采，胶离朱之目，而天下始人含其明矣”（《庄子·胠箧》）。这样，“自然”转而指向与一切人为相对的天然状态。基于这样一种思维方式，庄子在强调“自然”的先验合理性时部分地恢复了“天”所具有的原始自然意义，从而使“自然”中融合了“天”中的合理性意义。“先应之以人事，顺之以天理，行之以五德，应之以自然”（《庄子·天运》），在这里，天理与自然具有互文的性质，天理即自然，自然即天理，皆是指一种先于人工的合理性。

这样，庄子沿着老子“辅万物之自然，而不敢为”的思路又前进了一步，本真状态、本性、天性成为“自然”的内涵，“真者，所以受于天也，自然不可易也”（《渔夫》）。在庄子这里，“天”亦不再是人格神的含义，“天”意味着一种本性的东西，合乎天性即是合乎自然。“是故凫胫虽短，续之则忧；鹤胫虽长，断之则悲。”（《庄子·骈拇》）强调要顺物之性，“无以人灭天”（《庄子·秋水》），追求先天状态的完整与完善。

可以说，庄子对“自然”的运用已经逐渐由“自在”向“自性”方面过渡，并且把“自性”与“天”结合起来，使“自然”观念与“天”观念得到一定程度的融合，这跟庄子哲学立足于个体的超脱与逍遥是分不开的。也正是这种对超脱与逍遥的追求使得庄子的个体天性观念向“道”的形而上层面靠拢，因而庄子对个体天性自然的强调并不是其根本，而只是其向“道”的一个途径，个体自性的完善来源于与本体之“道”的一致，“道”是论述个体自在的合理性依据，而不是后来的魏晋玄学以个体自性为言说中心。

二 “天人感应”观念的解体与“自然”观念的重构

汉代大一统的局面与随之而来的中央集权加强了文化方面的规范，在意识形态方面重新确立了儒家的权威地位，这也意味着在思想领域的西周—儒家文化路线与社会组织理念的回归，这一观念的集中体现即是董仲舒的“天人感应”学说。“天”乃是至高本体并作为信仰对象对现实世界具有支配力量的观念再次得到确认并且进一步系统化，与人事制度形成一一对应的紧密关系，老庄道家的“自然”观念则逐渐在汉代思想文化中处于亚层面而被整合到儒家“天命”观念中。

新的中央集权建立以后，如何为这一政权在意识形态领域内做出合理性论证便成为当时思想者的首要任务。出于构建新意识形态以适应中央集权的需要，以董仲舒为代表的两汉思想家重新激活并完善了“天命”观念的多重含义。冯友兰认为：“至春秋时，有一部分较开明之士，渐不信鬼神及所谓天道。”[①] 前面业已分析过，除墨家外，“天”的人格神意义普遍受到怀疑，而老子更是直接以“自然”否定“天命”，“天”的观念逐渐向命运、至善本体等形而上含义转化。这一状态在汉代发生了重大变化，从建立适合现行政治的意识形态出发，董仲舒综合了春秋以来关于“天命”的理解，并把它施之于现实人事制度，从而创立了完整的“天人感应”学说。

尽管以儒家继承者自称，但董仲舒的“天命”观念却不是单纯儒家的，而是融合了先秦数家的观点，从而集人格神、物质界、命运主宰、至上本体于一体，成为一个复杂而含混的概念。首先，他继承了儒家的仁学传统，将“天”设定为仁善之本，并对现实具有决定力量。

> 天之为人性命，使行仁义而羞可耻。（《春秋繁露·竹林》）
>
> 天高其位而下其施，藏其形而见其光。高其位，所以为尊也；下其施，所以为仁也；藏其形，所以为神；见其光，所以为明。故位尊而施仁，藏神而见光者，天之行也。（《春秋繁露·离合根》）
>
> 凡灾异之本，尽生于国家之失。国家之失乃始或萌芽。而天出灾害以谴告之，谴告之而不知变，乃现怪异以惊骇之，惊骇之尚不知畏恐，其殃咎乃至。以此见天意之仁而不欲陷人也。（《春秋繁露·必仁且智》）

“天”之意欲乃是仁，对于现实的不仁现象“天”会进行惩戒干预，从而维护现实世界的仁道，《春秋繁露》中两次讲到“察于天之意，无穷极之仁也”（《王道》、《王道三通》）。由是，“仁”便获得了信仰上的最高合理性，成为制约皇权的民本思想之体现。因而，我们可以说，在董仲舒这里将孔子的仁学思想进一步神圣化，“天”于是成为信仰与膜拜的对象，

① 冯友兰：《三松堂全集》第二卷，河南人民出版社 1988 年版，第 43 页。

完成了儒学神圣化的初步论证。

其次董仲舒亦吸取了墨家关于“天”的人格神思想，他将墨家的“天神”观念与儒家的仁义思想糅合起来，故有学者认为“董仲舒思想体系中的天实际脱胎于墨子思想，是对早期墨家学说的绍承与改造”。[①] 说董仲舒“天”的思想完全出于墨家自然不免有偏颇之嫌，但他吸收了墨家的人格神思想却是事实，《春秋繁露》中关于“天”的人格神论述颇多：

> 天者，百神之大君也。事天不备，虽百神犹无益也。（《春秋繁露·效语》）
>
> 为生不能为人，为人者天也。人之人本于天，天亦人之曾祖父也。此人之所以乃上类天也。（《春秋繁露·为人者天》）
>
> 天亦有喜怒之气、哀乐之心，与人相副。以类合之，天人一也。（《春秋繁露·阴阳义》）

“天”作为人格神是现实人生的执法者，对现实的人生具有奖惩作用。这样“天”的宗教意义得到突出，被先秦思想者所怀疑的鬼神及天道信仰被重新发掘出来并赋予新的含义。“天”因其人格神的形态与人乃是统一的，并且是人的源始处，这从本源上设定了人与“天”的一体性，确定了现实人生服从于上天的合理性。由这种一体性进一步推出人应该而且必须遵循“天”的意志，这就是其“法天”理论，在《人副天数》、《为人者天》等篇章中，董仲舒详细比附了人与物质界的种种对应，于是人与天就处在这样一种虚拟的同构关系中，“天”作为信仰被尊奉起来。

在“天命”观念的主导下，“自然”概念亦发生了变化，它由解构“天命”的“道”之合理性转化为“天命”本身所统辖的一个范畴。《春秋繁露·立元神》中认为天、地、人乃万物之本，顺天、奉地、养人则君主安晏，是谓“自然之赏”，反之则君主危亡，是谓“自然之罚”。“自然”在这里乃是顺应天地的自然，而不是解构“天命”的概念。甚至，更进一步，“自然”转而指一种中立意义的原始状态，“谓性已善，不几于无教，

① 曾振宇：《“法天而行”：董仲舒天论新识》，《孔子研究》2000年第5期。

而如其自然”（《春秋繁露·实性》）。因而，在“天命”观念占主流的情况下，“自然”只能退而成为次一级的概念而从属于“天命”。

然而这种状况在魏晋六朝发生了彻底的转变，中央集权政治的倒塌同时也摧毁了以“天人感应”为核心的思想体系，贯穿两汉的“天命”思想受到普遍怀疑。面对政治上的混乱局面及思想上“天命”受到怀疑的倾向，魏晋思想家首要的任务乃是如何确定现实名教制度的合理性，即如何在董仲舒官制象天、人副天数等观念不再被视为合理之后为现实的社会组织求得哲理上的依据。

在这样一种历史背景下，“自然”观念重新兴起并逐渐占据主流，然而这并不是简单地对老、庄“自然”观念的恢复，而是在新的历史条件下对“自然”观念的再诠释与新发展。因为无论《老子》还是《庄子》，在运用“自然”这一术语时均含有无所作为，废弃一切人为的倾向，把“自然”作为最高的法则，而把一切人为的事物，例如社会规范、道德秩序等，看作“自然”的对立面。《老子》云：“虽有舟舆，无所乘之；虽有甲兵，无所陈之；使人复结绳而用之。”（《老子·第八十章》）《庄子》亦云：“牛马四足，是谓天；落马首，穿牛鼻，是谓人。”（《秋水篇》）先秦道家将自然置于人为的对立面，自然的先验合理性成为批评人为的后天不合理性的依据，自然与人为之间没有任何缓冲的余地。

尽管魏晋玄学同样把“自然”作为核心议题，但已不再是对先秦道家的重复。不同于先秦道家，魏晋玄学运用“自然”这一概念时乃是从如何重新界定现实的“名教”制度为思维前提的。现实的“名教”制度也即现实的政治组织方式，在“天命”思想受到置疑之后如何能够重新获得信仰上的合理性，这是魏晋哲学家所面临的问题。“汉魏之际，天下大乱，纲常失纪。王弼所遇到的时代课题，是如何在‘繁’中不‘乱’，在‘变’中不‘惑’，这就需要建立一个新的社会秩序和文化秩序”，[①] 正是在这一思考动机下，“自然”作为最高合理性依据被重新发掘出来。

这一观念首先在王弼哲学中得到阐扬，作为魏晋玄学的前期代表，王弼努力想为现实的“名教”制度寻找合理性依据，以维系这一摇摇欲坠的

① 张伯伟：《钟嵘诗品研究》，南京大学出版社 1999 年版，第 47 页。

体制。由于先秦道家已经论证了“自然”与“道”的关系以及“自然”的合理性，因而王弼已无须再重新论证它的合理性，而是直接把它作为合理性本原而承担起为现实制度提供合理性的任务。

> 人不违地，乃得全安，法地也。地不违天，乃得全载，法天也。天不违道，乃得全覆，法道也。道不违自然，乃得其性（法自然也）。法自然者，在方而法方，在圆而法圆，于自然无所违也。自然者，无称之言，穷极之辞也。（《老子·二十五章注》）
>
> 自然，其端兆不可得而见也，其意趣不可得而睹也。无物可以易其言，言必有应，故曰“悠兮其言贵”也。居无为之事，行不言之教，不以形立物，故功成事遂，而百姓不知其所以然也。（《老子·十七章注》）
>
> 听之不闻名曰希。下章言，道之出言，淡兮其无味也，视之不足见，听之不足闻。然则无味不足听之言，乃是自然之至言也。（《老子·二十三章注》）

尽管王弼是在阐释《老子》，可是他却并不拘泥于原典而做出了新的推进，“自然”在王弼哲学中的本体意义更为突出。老子虽把“自然”作为“道”的存在状态而使这一概念具有本体论意蕴，然而它本身的独立性却相对较弱。虽然王弼在本体论上仍然祖述老子以“无”为本，“自然”亦用来表达这样一种状态，所谓“无味不足听之言，乃是自然之至言”，但是“自然”在王弼哲学中进一步名词化，由表示形容的词语向表示实体转化，所以他说“自然，其端兆不可得而见也，其意趣不可得而睹也”。

由纯然的状态描述到自身具有一定内涵的实体，这是“自然”概念的一个突破，它意味着不再仅仅是依附于至高本体的从属性概念从而有了自己独立发展的可能。相较于“道”、“无”这些纯抽象的概念，“自然”一方面具有形而上的本体意义，指涉本体的存在方式；另一方面又具有实体性的可感特点，成为现象界事物所能通达的样态。因而它更易为当时的思想者所接受而立为支撑现实合理性的最高本体。尽管这一倾向在王弼哲学中并不特别明显，但是它为后来的思想者提供了一种新阐释方向，魏晋玄学崇尚“自然”的风气即得益于这一概念的逐步独立与地位提升。

“自然”观念在王弼哲学中的第二个发展乃是由“自在”状态向“自性”状态的过渡。与“自然”概念的名词实体化相一致，王弼进一步强调“自然”的自性之义。尽管老子也意识到“辅万物之自然，而不敢为”也即物之本然状态的问题，但是并没有强调物之自性乃是物之存在合理性依据，而王弼则在这方面继承庄子的天性说，把自性作为物之存在之基。

> （明白四达，能无为乎？生之畜之，生而不有，为而不恃，长而不宰，是谓玄德）言至明四达，无迷无惑，能无以为乎？则物化矣。所谓道常无为，侯王若能守，则万物（将）自化。不塞其原也。不禁其性也。不塞其原，则物自生，何功之有？不禁其性，则物自济，何为之恃？物自长足，不吾宰成，有德无主，非玄而何？（《老子·十章注》）

在这里，尽管王弼仍然依循老子原意，强调“道”无为而无不为的特点，但论证的重心却转向物之自性方面。也即是说，老子所描述的乃是道对万物的决定作用，它“为而不恃，长而不宰”，任其自然而成。然而王弼则正好从相反的方向，即从物本身的“自化”、“自生”、“自济”来论证其合于“道”的自足性，“道”无为而无不为的本体之内涵乃源始于物之自性，从而为后来郭象的“独化”思想提供先导。

第三，王弼“自然”观念延续了庄子对本真状态的强调，并把本真推广到儒家的政治制度上，从而试图弥合道家“自然”与儒家“名教”制度的对立状态，为“名教”的存在做出更为有力的论证。

> 自然亲爱为孝，推爱及物为仁也。（《论语·学而注》）
>
> 忠者，情之尽也；恕者，反情以同物者也。未有反诸其身而不得物之情，未有能全其恕而不尽其理之极也。（《论语·里仁注》）
>
> 朴，真也。真散则百行出，殊类生，若器也。圣人因其分散，故为之立官长。（《老子·第二十八章注》）
>
> 始制，谓朴散始为官长之时也。始制官长，不可不立名分以定尊

卑，故始制有名也。(《老子·第三十二章注》)

王弼认为，孝乃是一种发自本然的亲爱行为，把这一行为推广到万物即是仁，于是儒家的核心概念其合理性即靠道家思想来奠定，从而融合儒道而成就新的思想。推而广之，理想的或者说本初的社会制度、道德规范始自本然纯真状态，其之所以存在乃是在真朴分散之后，圣人依循真朴之境重新创立秩序以规范世人行为的结果。因而名教的社会制度、社会理想都是有其存在依据的，这一存在依据即是圣人法自然、法真朴的创立方式。这样就为人为与“自然”之关系的调和打通了第一步，使人为初步具有自然的合理性。

此后尽管有嵇康的“越名教而任自然”，重新强调“自然”与“名教”的冲突，但由于他是用“自然”来否定“名教”，因而事实上更提高了“自然”的地位，而且作为实践上的任自然者，其对“自然”的追求乃是“自然”所具有的天然本性之义，自性的“自然”进一步得到强调。

真正做到完全调和名教与自然，使人为完全获得自然的合理性的是郭象，作为魏晋玄学的后期理论代表，郭象完成了对“自然”这一概念的最后定型。如同王弼注《老子》而发挥老子之“自然”一样，郭象注《庄子》亦更多的是从庄子自然的角度继续深化，当然，作为后期玄学的代表他也受前期玄学的影响。

首先，郭象明确把“自然”从对“道”的存在状态的描述转向对万物本身状态的描述。郭象“通过《庄子注》高标‘自然’说，并以之改变了庄子强调道体‘自然’而物‘不自然’的理论架构”,[①] 这样一来事实上郭象是发挥了“自然”的形而上含义，“自然”不再是依附于“道”的次级概念，而是作为本体而对万物具有统摄作用的概念。

夫天籁者，岂复别有一物哉？即众窍比竹之属，接乎有生之类，会而共成一天耳。无既无矣，则不能生有。有之未生，又不能为生。

① 李延仓：《从〈庄子〉、郭〈注〉、成〈疏〉看庄学“自然”义的歧异指向》，《文史哲》2007年第4期。

然则生生者谁哉？块然而自生耳。自生耳，非我生也。我既不能生物，物亦不能生我，则我自然矣。（《南华真经注疏·齐物论注》）

夫造物者有耶，无耶？无也，则胡能造物哉？有也，则不足以物众形，故明众形之自物，而后始可与言造物耳。是以涉有物之域，虽复罔两，未有不独化于玄冥者也。故造物者无主，而物各自造。物各自造而无所待焉，此天地之正耳！（《南华真经注疏·齐物论注》）

郭象否定了道的本体地位，认为不存在为现实提供合理性的道本体，现实世界只是如其所然的存在，即所谓的“块然自生”。尽管“自然”仍然可以指一种状态，一种本性，但从哲学层次上来看，这时“自然”独立担当起万事万物存在合理性依据而无须再借助于“道”，万物与“自然”构成哲学上的体用关系。

其次，郭象延续庄子的“天”思想，并吸收改造“天命”思想，使其与“自然”观念融合在一起。郭象将天性与“自然”贯通起来，天性成为“自然”观念合理性的一个支撑，合乎天性即是合乎自然。这样，传统上对“天”的尊崇思想被悄然安置到其以“自然”、“独化”为核心的哲学体系中来。“自己而然则谓之天然。天然耳，非为也，故以天言之。（以天言之），所以明其自然也，岂苍苍之谓哉！”（《南华真经注疏·齐物论注》）郭象明确将天然作为“自然”的同义词，并区分了“天”的物理含义与哲学含义，认为所谓“天”乃是指非人为的状态，而不仅仅是物理意义上的苍天。

当“天”的含义被转换到“自然”这一方向时，天性亦意味着自然之性。郭象认为“天性所受，各有本分，不可逃，亦不可加”（《南华真经注疏·养生主注》），天性即是万物的根本，是万物无法祛除的本性，所谓“物各有性，性各有极”（《养生主注》），物之本性乃是使物成就其自身的本质，它“不可逃，亦不可加”，对这种“自然”之性意义上的天性的强调事实上也意味着“自然”乃是构成事物合理性的根本。

第三，郭象认为这一本性、天性乃是现实名教制度存在的基础。王弼将本真状态设定为名教制度的前提，现实的名教制度以本真状态为源始，体现了其返本的哲学思路；而郭象则将天性视为其存在之基，名教制度存在的合理性亦体现在其本性中，从而完成了“名教”即“自然”的哲学论证。他在注《庄子·秋水》之“牛马四足，是谓天；落马首，穿牛鼻，是谓人”时说：

> 人之生也，可不服牛乘马乎？服牛乘马，可不穿落之乎？牛马不辞穿落者，天命之故当也。苟当乎天命，则虽寄之人事，而本在天也。

郭象认为尽管“落马首，穿牛鼻”是人为行为，但这是牛马的本性所固有的，因而“虽寄之人事，而本在天也”，其实体现的仍然是自然本性。这样郭象就超越了先秦老庄的观点，“自然”尽管还具有自然而然、自在的意思，但已摆脱了无所作为，任其自在的消极方面；“自然”在这里成为本性、本真的“自然”。只要属于本性的东西，无论人工物还是自然物，人为行为还是自然行为，都是自然的。这样人为（名教）也就获得了最高合理性的依据，这一点他在另一段话中说得更明确：

> 臣妾之才，而不安臣妾之任，则失矣。故知君臣上下，手足内外，乃天理自然，岂真人之所为哉！（《南华真经注疏·齐物论注》）

从万物的本性乃是合理的这一观念出发，作为名教统治的君臣上下之规矩有其本性，故臣妾须各安其任，如此方称得上天理自然。这样，郭象把“自然”的含义扩展到名教制度上，彻底泯灭了“自然”与名教的界线，从而使“自然”概念成为涵盖天地万物的核心概念。

综观“自然”这一概念的发展历程，它肇始于现实的政治设计，并在先秦即上升到描述本体状态的高度，作为与本体之“道”一体的概念，它意味着一种自在状态，先验于现实的人事而具有原初合理性之意义。这一概念在魏晋六朝得到重新阐释并具有新的含义，由于两汉天命论普遍受到怀疑，“自然”作为新的合理性依据而得到重视，在王弼玄学中它既已经开始摆脱“道”本体的制约，而自身开始走向本体的地位，与此同时“自然”作为最高合理性的因由不再是一种自在，而是基于物之本身的自性。这一思路在郭象哲学中得到最后的完善，“自然”由外在的自在转向内在的自性，存在的合理性不再建基于外在的“天”、“道”等神意或玄奥本体，存在的合理性即在于物之本性自身。这样，“自然”成为支撑世界的本体论因由，完成了它最后的形而上提升。

魏晋“自然”观念的转变对于当时的思想文化氛围影响是巨大的，一方面，它从哲学上论证了“人的自觉”的合理性，正因为每一个体都是适性自足的，因而个体无须依靠外在的神意或道德理性来制约自己，从而使自己屈从于某一理念之下，个体只需充分伸展自己的本性即是最大的合理性。这样即保证了魏晋士人的个性自觉，从而为当时的思想解放提供了哲理上的证明。另一方面，这一观念亦为当时的人们提供了新的理解、体验外物的方式，世间万物以其自身的本性而展现自己，合乎自身物性的自由呈现乃是其本真的存在，而一切人为努力的事物亦须使其自身本性得到最大限度的展现，这即是人为事物比如政治组织方式的最高境界，也是它们的合理性依据。这样，“自然”即作为一种新的文化风气而渗透到整个社会生活的全部层面，形成一种潜意识的思维方式并进而影响了魏晋六朝文化心态与思想创造。

第二节 《诗品》中“自然”的内涵

通过以上解读，我们说“自然”概念在魏晋六朝已经作为核心话语而影响了这一时期的社会文化生活，围绕这一概念展开的一系列哲学探讨作为一种社会思潮和文化氛围悄然渗透到文化的各个层面，从而在思想的深处对现实的文化现象发生重要的潜意识制约作用。从这一基本文化背景出发，我们来看钟嵘《诗品》中的“自然”观念。

《诗品序》中说“近任昉、王元长等，词不贵奇，竞须新事。迩来作者，寖以成俗。遂乃句无虚语，语无虚字，拘挛补衲，蠹文已甚——但自然英旨，罕值其人；词既失高，则宜加事义，虽谢天才，且表学问，亦一理乎！”由是钟嵘明确提出诗歌创造要体现出“自然英旨”，并把它作为诗歌艺术的评判标尺。

然而我们如何来理解钟嵘“自然”的含义呢？从最基本的上下文语境来说，钟嵘是以“自然”批判四声、用典理论，仅是指诗歌的形式创造要流畅优美、合乎基本音韵，而不是拘谨用事、生拉硬凑，用卖弄学问来掩饰自己诗才的匮乏，用他自己的话说即是“但令清浊通流，口吻调利，斯为足矣”。但是从《诗品》全文来看，“自然”已经超出了纯形式的范围，它不仅指形式上的流畅优美，更多的乃是指诗歌本性上的自足天成。形式与诗歌本性所构成的乃是形与神、器与道的关系，形式上的“自然”是自然诗性的体现。诗歌本性真美乃是其评判诗歌品质的最高标准。

在“自然”具有先验的合理性且是最高本体的存在方式这一点上，钟嵘与魏晋主流哲学思想是一致的，即他也认为“自然”是判定诗歌优劣的最高合理性法则，是诗歌本体的存在方式。同时，他也与魏晋时人一样，把“自然”作为一种本真的存在方式，一种自足的本性，它超越于具体的现象而又存在于具体的现象之中，诗不是由外在的规范制造而成的，诗是一种内在特质的自成，而这种自成即取决于其本身的“自然”本性。“自然”体现在诗歌所“吟咏情性”之真挚上，体现在欣赏过程中所感到的“滋味”上，体现在创作方法的“多非补假，皆由直寻”上，体现在和谐完美的诗歌理想上。总之，即体现在整个诗歌活动的全过程，这是“自然”作为本体的哲学体现。

“自然”作为最高本体体现的乃是诗性本身，是诗歌赖以成就自身的品质，然而从玄学的角度来看，这一最高本体却不能作为一种可以视见的对象而出现。所谓“无形无名者，万物之宗也。不温不凉，不宫不商，听之不可得而闻，视之不可得而彰，体之不可得而知，味之不可得而尝”，而具体的事物则“若温也则不能凉矣，宫也则不能商矣”；但是它又离不开具体的事物，只有在具体的事物才能展现自己，所谓“四象不形，则大象无以畅；五音不声，则大音无以至”（王弼《老子指略》）。因而，“自然”的诗性也只有通过具体的诗歌创作才能展示出来，从钟嵘的《诗品》来看，主要体现在下面三个方面。

一　“自然”与自然山水

“自然”作为一种植根于事物本性的自在自为状态，尽管并不是实体性的自然物，但是却与自然物有着密切的关系。自然物或自然山水因为先在于人为创作物从而拥有先在的原始完整性，故可以视之为最大限度地体现了物之本性，“天地有大美而不言，四时有明法而不议，万物有成理而不说”（《庄子·知北游》）。自然之物各凭其天性而自在逍遥即如《庄子·逍遥游》中所说的无用之大树，“树之于无何有之乡，广莫之野，彷徨乎无为其侧，逍遥乎寝卧其下”，这种任其自性乃是最大的自然。

这一观点在魏晋六朝得到全面的发展，魏晋玄学家“把对自然山水的亲近、观赏看作是实现自由、超脱的人格生活理想的一个重要方面，纵情山水成为名士们的一种好尚，也是做名士需有的一种素养”，[①] 自然山水中蕴含着足以使人畅意、适性的因子，个体在自然山水无边无际的自在与自适中体会到自身的写意、自由。“从自然山水中体验到了玄学和佛学所追求的对现实人生的超越和解脱，与自然融为一体了。这样一种对自然山水的观赏，是从自然山水中去领悟玄学、佛理的具现”。[②] 故《世说新语》“文学”中载：“王司州至吴兴印渚中看，叹曰：‘非唯使人情开涤，亦觉日月清朗。’”在“言语”中则曰：“郭景纯诗云：‘林无静树，川无停波。’阮孚云：‘萧瑟不可言。’每读此文，辄觉神超形越”。

通过体验自然山水而体验人生玄理，这成为魏晋六朝的主流观念，宗炳的《画山水序》在此做了明确的理论表述：“圣人含道应物，贤者澄怀味象。至于山水，质有而趣灵……夫圣人以神法道而贤者通，山水以形媚道而仁者乐，不亦几乎？”山水的形态体现了“道”的意蕴，成为个体感应的对象，圣人以“道”立法应物，而贤者则可能通过怀味具体的物象而体验到“道”的内涵。当时的哲学思潮认为“体自然”，故亦可以通过具体的自然物象而反向体会到“自然”的玄思意趣，“自然”与自然山水组成形神同构关系。

从这样一种基本文化氛围出发，我们来分析《诗品》中“自然”与自然山水的关系。此前学者在解“自然英旨，罕值其人”时多把此“自然”同自然风物等同起来，用今天的自然观点来描述古代的自然概念，这完全犯了将今义注入古文中去的错误，造成一种语境上的误读。前面已经说过，在这里的“自然”乃是指诗歌的本性。“因为人们把人类社会以外的东西看作是最自然的东西，所以后来就把人类周围的环境叫作‘自然’。

① 李泽厚：《中国美学史》魏晋南北朝卷，安徽文艺出版社 1999 年版，第 479 页。

② 同上书，第 481 页。

但在魏晋时期，这样一种观念尚未确立。当时只不过是把人类社会以外的东西作为自然的东西来充分认识的。”① 但是，我们显然亦不能因为“自然”一词不等于“自然物”，而认为“自然”与自然物无关。宗白华先生说：“晋人向外发现了自然，向内发现了自己的深情。山水虚灵化了，也情致化了。”② 前面所分析的“自然”与自然山水之间的道器关系构成魏晋士人青睐山水的重要原因。诗歌作为体现士人精神的重要领域亦体现了这一点，外在的自然山水在魏晋六朝诗中占据了重要的地位，到南朝宋初一跃而成为主流，“庄老告退，山水方滋；俪采百字之偶，争价一句之奇，情必极貌以写物，辞必穷力而追新”（《文心雕龙·明诗》）。

钟嵘对自然写景之诗的具体评价同样体现了这一特点，尽管没有专门的评论山水诗，但对自然山水的重视却是可见的。首先在强调“自然英旨，罕值其人”之前，所列的体现作者情性，具有“自然英旨”的所谓“古今胜语”中，除“清晨登陇首”不太明显外其余三句皆是明显的写景。另外据袁秋侠统计，《诗品》所品诗作出现流水意象的就有106首，③ 可见自然风物在钟嵘心目中的分量，钟嵘对描写自然景物的佳句是十分重视的，《诗品》中所摘名句亦多是写景之作，如：

鸿鹄比翼游，群飞戏太清。（何晏《拟古》）
晨风飘歧路，零雨被秋草。（孙楚《征西官属送于陟阳候作序》）
朔风动秋草，边马有归心。（王赞《杂诗》）
青条若总翠，黄华如散金。（张翰《杂诗》）
青松荫修岭，绿蘩被广隰。（潘尼《迎大驾诗》）
日暮天无云，春风扇微和。（陶潜《拟古》）
池塘生春草，园柳变鸣禽。（谢灵运《登池上楼》）

我们可以从上面所举之诗句中略作分析，来体味山水景物中的“自

① ［日］小尾郊一：《中国文学中所表现的自然与自然观》，上海古籍出版社1989年版，第28页。

② 宗白华：《美学散步》，上海人民出版社1981年版，第215页。

③ 袁秋侠：《〈诗品〉流水意象的文化透视举隅》，《广西社会科学》2003年第4期。

然”之意。叶梦得《石林诗话》曰：“‘池塘生春草，园柳变鸣禽。’世多不解此语为工，盖欲以奇求之耳。此语之工，正在无所用意，猝然与景相遇，借以成章，不假绳削，故非常情所能到。诗家妙处，当须以此为根本。而思苦言难者，往往不悟。钟嵘《诗品》论之最详。”

春草青青，杨柳依依，鸟儿随意跳动在枝头，万物皆随其本性自由自在地生长、跃动，这正是山水景物中所蕴含的“自然”玄理。这一自然跃动的生命情态并不是诗人事先有所准备、有所预设的，它只是诗人凭自己的天才领悟能力获得的刹那直感。通过这一直感，诗人主体与外在的自然山水融为一体，外在山水景色蓬勃的生命意志与无拘的生命情态同诗人主体本真的生命情怀和自由的审美想象力达成共鸣。而这一切又都通过诗人超强的语言表现力得以妥切的表达出来，在看似随意的描述中准确地传达出自己的感受，景物之自然与表达之自然完美地结合在一起，从而形成“不假绳削”、“非常情所能到”的“诗家妙处”。

其余如“青条若总翠，黄华如散金”、“青松荫修岭，绿蘩被广隰”、“日暮天无云，春风扇微和”、“鸿鹄比翼游，群飞戏太清”，我们亦可以体验到这一特点。无论是在暮春晴朗的阳光下柔嫩的柳条泛着醉人的娇绿，点点黄花闪耀着金色的生机；还是浓郁的青松遮住了长长的山岭，绿蘩覆盖了广阔的隰地；抑或是傍晚的天空里了无一丝云翳，和煦的春风随意地拂过；还是天鹅成双成对，在天空中自由自在嬉戏，它们都展现了活泼跳脱的生命情态，自由的生命意志充溢了整个生存空间，转达到纸上化为永恒的“自然”境界。

而“晨风飘歧路，零雨被秋草”、“朔风动秋草，边马有归心”则展示了世界的另一面，晨风歧路、零雨秋草；朔风边马，萧瑟的自然景色浸染了诗人的主观情怀，在体验景色的审美过程中暂时摆脱了外界的束缚，从而达到艺术的自由状态。“我们就好像进入了另一个世界，在那儿，（日常）推动我们的意志因而强烈地震撼我们的东西都不存在了，认识这样获得自由，正和睡眠与梦一样，能完全把我们从上述一切解放出来，幸与不幸都消逝了，我们已不再是那个体的人，而只是认识的纯粹主体，个体的人已被遗忘了。”①

① ［德］叔本华：《作为意志和表象的世界》，商务印书馆2006年版，第276页。

在自然山水的感受与体验中，个体摆脱了现实生存的种种局限，从而达到自由自在的境界，达到生命的“自然”状态。

由此可见，自然山水以其本身自在的天性为诗人提供了丰富的感受对象，而诗人在体验、表达这一天性时触发了自身生命中的自由天性，从而获得一种审美的体验与超脱，这乃是自然山水给人的“自然”体验。

《诗品》评颜延之条载：“汤惠休曰：‘谢诗如芙蓉出水，颜诗如错彩镂金。’颜终身病之。”可见当时人皆谓芙蓉出水胜于错彩镂金。如果我们参照记载这一评论更详的《南史》，则可了解此种看法的原因。《南史·颜延之传》：“延年尝问鲍照，己与灵运优劣。照曰：谢五言如初发芙蓉，自然可爱；君诗若铺锦列绣，亦雕缋满眼。”“初发芙蓉”之所以取胜是因为它自然可爱，自然风物是“自然”的体现者，“器”的物质层面上蕴含着“道”的形而上品性，从而具有天然的合理性，并成为高于人工美的美学类型。这样自然风物在“物”的层面上就获得了审美的先天优越性，成为诗歌表现的对象。透过对山水的描写，我们看到的是诗人对自然本性的把握与回归。故谢灵运说：“清辉能娱人，游子憺忘归。”（《石壁精舍还湖中作》）陶渊明云：“少无适俗韵，性本爱丘山。”（《归园田居》）在自然山水中随意挥洒个体的自然本性，使“自然”成为一种生存的态度，从而展现了“自然”与自然山水“道”、“器”相依的关系，也成为自然山水在魏晋六朝得到大力弘扬的重要原因。

其次，钟嵘从理论上肯定了自然山水的地位，外在的景物是触发诗人情感的先在条件。《诗品序》一开始即提出：“气之动物，物之感人，故摇荡性情，形诸舞咏。照烛三才，晖丽万有。灵祇待之以致飨，幽微藉之以昭告，动天地，感鬼神，莫近于诗。”而在《诗品序》中间他又明确指出自然风物是诗人诗思的来源之一：“若乃春风春鸟，秋月秋蝉，夏云暑雨，冬月祁寒，斯四时之感诸诗者也。”诗人情感的迸发源于外在的自然景物，而自然景物又在诗中得到本真的展示，这即是自然景物与诗人主体的交互影响。

自然景物能够触发人的情感，这是魏晋以来的通识，《世说新语·言语》中记载：“荀中郎在京口，登北固望海云：‘虽未睹三山，便自使人有凌云意。若秦、汉之君，必当褰裳濡足’。”简文入华林园，顾谓左右曰：“会心处不必在远，翳然林水，便自有濠濮间想也，觉鸟兽禽鱼自来亲人。”在山水景色中体验世界，感受人生的自由超脱乃是魏晋士人的一种生存方式，故隐逸山水、啸傲林泉，放情于竹林松涛构成魏晋名士的重要生活基调。

从文论的历程来看，这种由生活情态而衍生出来的物我交感的观念亦是当时的基本看法。陆机《文赋》中说：“遵四时以叹逝，瞻万物以思纷。悲落叶于劲秋，喜柔条于芳春。心懔懔以怀霜，志眇眇而临云。”谢灵运《游名山志序》则曰：“夫衣食，生之所资；山水，性之所适。”刘勰《文心雕龙·明诗》更为明确：“人禀七情，应物斯感，感物吟志，莫非自然。”从具体的创作层面来看，自然界的落叶、柔条给主体以或悲或喜的感受，是主体创作的直接根源，物我交感的状态构成诗的基本情境；从抽象的哲学层面来看，自然山水乃是个体本性所愉悦、乐适的处所，人受外物所感并把这种感受表述出来乃是一种自然行为，它体现了“自然”这一本然的生存状态。

钟嵘对于自然景物与“自然”的关系之表达亦承继这种观点，并进一步把它提炼成“气—物—情—诗”这样一个系统过程。对于这一过程我们可以有微观与宏观两种解读方法，从微观上我们可以把“气”理解为节气时令，那么这一过程就可以表述为：四时节气的变化使自然界的各种事物随之改变生长形态（气之动物），外界事物的变化触发了诗人的种种复杂情感（物之感人），诗人的主观情感在这种种刺激下难以自禁，于是不由自主地或手舞足蹈，诉诸吟唱；或挥洒笔墨，形之篇章（摇荡情性，形诸舞咏）。当这样解读时我们就会发现，事实上它是上面所引陆机《文赋》中那段话的一个更简洁、更理论化的表述。这一过程描述的乃是具体创作环节，它与后文中所说的“若乃春风春鸟，秋月秋蝉，夏云暑雨，冬月祁寒，斯四时之感诸诗者也”是一致的。

从这一层面上我们可以看出，随着文学研究的深入，文学创作过程日益成为研究者所关注的对象，文学创作所涉及的主客观因素得到理论上的分析与说明。通过“物”与“情”之关系的审辨，文学创作本身的特定品性得以确立，即艺术具有自己独特的生成机制。它促进了魏晋六朝的文学独立，使文学的自性得以彰显，从而成为整个魏晋六朝“文的自觉”的一部分。

由于“气”这一概念含义的复杂性，我们还可以对这一过程做宏观上的理解：我们可以从朴素的唯物观念把“气”理解为世界的本源。《淮南子·天文训》云：“天地未形，冯冯翼翼，洞洞灟灟，故曰太始。太始生虚廓，虚廓生宇宙，宇宙生元气，元气有涯垠。清阳者薄靡而为天，重浊者凝滞而为地。”“气”乃是天地自然界的物理本源，但其本身尚未成为有形质的。“中国哲学中所谓气，是未成形质之有，而为形质所由以成者，可以说是形质之‘本始材朴’（荀子论性语）。以今日名词说之，便可以说是一切有形之物之原始材料。”①

“气”在《诗品》这里我们同样亦可作这种宽泛的理解，这样一来所谓“气之动物，物之感人”即是先天的宇宙元气催动世界万物，万物触发个体的情感，并进而形成诗歌创作。这就从本源论上将诗歌提到宇宙发生的高度上。而宇宙元气乃是最原始、最本真的存在，它代表了最高的“自然”状态，从这个角度看，根源于宇宙元气的诗歌创作乃是一种真正的“自然”。

从宏观层面上看，先天元气这一“自然”的存在被理解为万物推动者，而万物的生成发展又构成诗歌的触发动机，这样诗歌即从与物性之“自然”中分享先天之“自然”，物性之“自然”促成了诗人情感之“自然”，并最终生成物我皆“自然”的诗歌意境，于是“自然”即被确定为诗歌的基本存在合理性。

总之，无论是在具体的品评上还是在理论的表述上，在钟嵘《诗品》中“自然”与自然山水之间都构成“道”与“器”的相依关系。前者代表了最高的本性，是诗歌的理想状态，而后者则为诗歌达到这一状态提供了现实对象，正是千变万化、姿态各异的自然山水为“自然”这一存在样态提供了可感的现实情状，从而能够使诗人充分体味到“自然”本身，并把这种难言的生存状态用艺术的语言传达出来。

二 “自然”与“真美”

《诗品》对“自然”的强调与追求是与其对当时不良文学习气的批评

① 张岱年：《中国哲学大纲》，中国社会科学出版社1982年版，第40页。

同步的，对于六朝诗歌渐入绮靡的倾向当时理论家是有所警觉的，裴子野即批评曰：“学者以博依为急务，谓章句为专鲁，淫文破典，斐尔为功。无被于管弦，非止乎礼义；深心主卉木，远致极风云。”（《雕虫论》）与裴子野一样，钟嵘亦不满于当时的文坛风气，但是与裴子野从儒家正统来反对文坛上的绮靡风气不同，钟嵘乃是追求一种自然、健康的文学风气，他的理论资源是魏晋以来追求个体“自然”的玄学风尚，“自然”诗风是钟嵘反对当时雕琢风气的理论根据。

出于对“自然”诗性的追求，钟嵘认为优秀的诗歌创作“多非补假，皆由直寻”；对当时以用典、任事为高的诗学风气他斥之为“拘挛补衲，蠹文已甚”、“自然英旨，罕值其人”，并进一步认为，王融、谢朓、沈约等人的创作造成“士流景慕，务为精密，襞积细微，专相陵架”的局面，引起文坛混乱，把文学创作导向歧路，最终“使文多拘忌，伤其真美”。

在这里钟嵘提出“真美”的概念，即文章不受音韵、用典等方面的拘束，随其真性所致“自然”表达，体现出诗歌的本性。对照前文，也即是要写出诗歌的“自然英旨”，因而所谓“真美”也即是指诗性的“自然”，这事实乃是魏晋玄学中“自然”即天性、自性这一观念在诗歌领域的自觉渗透。前面已经说过郭象即认为万事万物都有自己的真性，这种真性是自然的、本然的，顺性而为就是自然。真性就是人工契合于自然的基础，是人工事物达到自然境界的可能因子。他说：

> 物各有性也，性各有极，皆如年知，岂跂尚之所以及哉！（《庄子·逍遥游注》）
>
> 马之真性，非辞鞍而恶乘，但无羡于荣华。（《庄子·马蹄注》）

让人乘骑本就是马的一种真性，只要不过分追求装饰仍然可以说是自然的。这种情况同样可以施之于诗：诗歌尽管属于人为，但是同样具有自己的真性，若能循此真性而为，则所为之作即能体现出“自然英旨”；若违此真性而“羡于荣华”，施之以典事，限之以声律，则反违其性，“伤其真美”，害其“自然”，终至于使诗无味、寡味，不成为诗。

那么钟嵘心目中诗的真性是什么呢？我们可以说所谓诗的真性就是诗之所以为诗的本质特点，也即诗的本性。但是这一本性却是不能定义的，因为从当时的主流观念来看，所谓本性的东西都是无法定义的，道体本无，道法自然。任何本性都只能自现、自明而不被定义，也即老子所说的“吾不知其名，字之曰道，强为之名曰大。”（第二十五章）

然而这一诗歌自然本性尽管不能被正面定义，但是却可以通过它存在的具体层面来加以分析：首先，诗的真性就是以恰切的语言来展示诗人独特的感受，诗是运用语言的艺术，对于语言进行提炼可以说是诗的一种本性，因此钟嵘所谓诗的“真美”最基本的就是指对语言运用。

> 昔曹刘殆文章之圣，陆谢为体贰之才，锐精研思，千百年中，而不闻宫商之辨，四声之论；或谓前达偶然不见，岂其然乎？尝试言之，古曰诗颂，皆被之金竹，故非调五音无以谐会。若“置酒高堂上”，“明月照高楼”，为韵之首。故三祖之词，文或不工，而韵入歌唱。此重音韵之义也；与世之言宫商异矣。今既不被管弦，亦何取于声律邪？齐有王元长者，尝谓余云：“宫商与二仪俱生，自古词人不知之；唯颜宪子乃云律吕音调，而其实大谬，唯见范晔、谢庄颇识之耳。”尝欲造《知音论》，未就。王元长创其首，谢朓、沈约扬其波。三贤咸贵公子孙，幼有文辩，于是士流景慕，务为精密，襞积细微，专相陵架，故使文多拘忌，伤其真美。余谓文制本须讽读，不可蹇碍，但令清浊通流，口吻调利，斯为足矣。至平上去入，则余病未能；蜂腰鹤膝，闾里已具。（《诗品序》）

从上面我们可以看到，钟嵘对“真美”的推崇是从批判声律开始，进而上升到诗歌的“自然”真性上。中国诗歌理论发展到六朝，随着研究的深入，声律渐受重视。我们说，汉语四声的发现在中国诗歌史上具有里程碑式的意义，在这期间王融、沈约等人做出了关键性的贡献，然而他们在强调声律的同时却又把声律绝对化，从而走上了唯声律论的歧途。如沈约即说：“夫五色相宣，八音协畅，由乎玄黄律吕，各适物宜。欲使宫羽相变，低昂互节，若前有浮声，则后须切响。一简之内，音韵尽殊；两句之中，轻重悉异。”（《宋书·谢灵运传论》）这种严格的要求对于创作来说无疑太过苛刻，即使沈约本人的诗作也没有完全符合要求，后来定型的唐朝律诗也允许有拗句的变化。而对于沈约等人的追慕者来说，则更难做到，只能生吞活剥、割裂文句，写出“黄鸟度青枝”之类的句子，从而使文坛庸音杂陈，每况愈下。

由于沈约等人在文坛上的权威地位，造成了“士流景慕，务为精密，襞积细微，专相陵架”的混乱状态，钟嵘反对沈约的“声病说”，即是出于这样一种对现实的焦虑。尽管他以曹刘陆谢等天才“千百年中，而不闻宫商之辨，四声之论”来否定王融、沈约等人发现声律的价值犯了崇古贱今的错误，但是他以“真美”为理论基点反对声律却是恰当的。诗歌的本性要求乃是“自然”纯真，从魏晋六朝的观点来看，即是“虽寄之人事，而本在乎天也”（郭象《庄子·秋水注》），而对声律的过分讲求则是与诗歌的“自然”天性相违背的，所以钟嵘极力反对“声律说”。

但是钟嵘也并非完全不讲声律，因为那也是“有伤真美”、违背诗性的，他所要求的乃是“清浊通流，口吻调利”这样一种“自然”的诗歌语言，也即语言不能蹇碍，体现出“自然”的韵律来。这从对具体诗人的评价中也能看出来：

> 其源出于王粲。文体华净，少病累。又巧构形似之言，雄于潘岳，靡于太仲。风流调达，实旷代之高手。词彩葱菁，音韵铿锵，使人味之亹亹不倦。（《诗品上·张协》）
>
> 其源出于陈思，才高词赡，举体华美，气少于公干，文劣于仲宣，尚规矩，不贵绮错，有伤直致之奇。然其咀嚼英华，厌饫膏泽，文章之渊源也。（《诗品上·陆机》）

张协因其“文体华净”，“词彩葱菁”而高居上品；陆机因其“才高词赡，举体华美”甚至被推为太康之英。综合来看，钟嵘对诗歌的语言要求是非常高的，所谓“干之以风力，润之以丹采”（《诗品序》），“丹采”是其评判作品的基本依据之一。而“笃意真古”的陶潜，“甚有悲凉之句”的曹操则因“丹采”不足而分别被置入中、下品。

陆机的诗在现在看来，“追求华丽词藻、描写繁复详尽及大量运用排偶”[①]，有堆砌之嫌，可以说伤及“真美”了，但从魏晋六朝的标准来看却没有。尽管陆机已经“有伤直致之奇”，但由于他并没有刻意雕琢声病，对比齐梁之人，还是可以接受的。有些论者认为钟嵘重“丹采”而轻“风力”，这显然是一种误解，在基本态度上他还是二者兼重的。只是在“真美”的标准上，钟嵘的要求与现在有一定的偏差。因而，如果比照郭象前面的话，我们则完全可以说：“诗之真性，非辞丹而恶采，但无羡于雕琢。”

追求“真”的另一点体现在钟嵘强烈要求诗歌表现诗人自己的真实情感上，“自然”纯真的诗歌不是仅靠语言技巧所能创造的，它是个体自我感受的凝结，体现了诗人个体的独特境遇。出于这一目的他反对用事：“至乎吟咏情性，亦何贵于用事?”“观古今胜语，多非补假，皆由直寻”。在诗歌中运用典故固然可以扩大诗歌的内容含量，增强诗歌的历史纵深感，但是毫无疑问，它也在一定程度上使诗歌散文化，使诗歌的抒情品质受到伤害，而过分地用典则更是直接脱离了诗歌作为抒情艺术的轨道，成为单纯的文字游戏。因而钟嵘在《诗品》中极力反对用典，在他看来用事妨碍了诗人真情实感的表达。

关于主体情感方面下章中有专门的分析，在此先就情感的真实略作简论。《诗品序》特别强调了诗人的真实情感对创作的影响：“至于楚臣去境，汉妾辞宫。或骨横朔野，魂逐飞蓬。或负戈外戍，杀气雄边。塞客衣单，孀闺泪尽。或士有解佩出朝，一去忘返。女有扬蛾入宠，再盼倾国。凡斯种种，感荡心灵，非陈诗何以展其义？非长歌何以骋其情?”这种凝聚着作者艰辛与苦痛的生活情境本身即是诗的良好素材，绝不是仅仅通过讲究用典、声律创造出来的文字游戏所能比拟的，因而诗歌的“真美”乃是奠基于诗人情感的真实之中的。在具体的批评中他也非常重视作者的经历并认为这与作品的成就具有一定的联系。如评李陵：

> 使陵不遭辛苦，其文亦何能至此！

① 袁行霈：《中国文学史》第二卷，高等教育出版1999年版，第55页。

谓秦嘉、徐淑：

> 夫妻事既可伤，文亦凄怨。

论刘琨：

> 琨既体良才，又罹厄运，故善叙丧乱，多感恨之词。

语渊明：

> 每观其文，想其人德。

这种将诗人作品与诗人个体遭际联系的方式固然受传统“知人论世”方法的影响，但更重要的无疑是对诗人情感真实的追求。从更深层面的要求来说，诗歌不仅仅是创作，也不单是语言的技巧问题，它是创作主体本身精神境界、生活情趣的“自然”外化，因而诗即意味着创作主体的生命体验，是诗人的心灵展现。通过对诗人所写诗歌的品评、鉴赏可以感受到创作主体独特的文化人格，从而使诗歌成为沟通个体心灵的文化桥梁。

另外对诗人情感的表达还必须是独特的这一个，即作品必须展现出自己的个性，体现出诗人的本真生活，这是对“真”的更高层次的要求。因而钟嵘追求作品的雄健超奇，如被他称为“譬如人伦之有周、孔，鳞羽之有龙凤”的曹植开头的评论即是“骨气奇高，词采华茂，情兼雅怨，体被文质，粲溢今古，卓尔不群”（《诗品上·曹植》）；而他认为成就仅次于曹植的刘桢则是“仗气爱奇，动多振绝。真骨凌霜，高风跨俗”（《诗品上·刘桢》）。这种“奇”不是刘勰所批评的“词人爱奇，言贵浮诡”那种“奇”（《文心雕龙·序志》），钟嵘所说的“奇”乃是一种雄健饱满的生命强力，它努力打破世俗生活的束缚，将诗人的独特个性展现在世人面前，它所体现的是一种拒绝平庸，不与尘世同流合污的真境界，真情感，真人生！

从这种观念出发，钟嵘反对平淡无奇的作品，如批评傅亮：

季友文，余常忽而不察。今沈特进撰诗，载其数首，亦复平美。（《诗品下·傅亮》）

称赞王巾、卞彬、卞录：

王巾、二卞诗，并爱奇崭绝。慕袁彦白之风，虽不宏绰，而文体剿净，去平美远矣。（《诗品下·王巾、卞彬、卞禄》）

对超伦绝俗个性的肯定，对个体感受之真的追求，使钟嵘在理论上拒斥平美之作。诗歌不是歌功颂德、粉饰太平的装潢，也不仅仅是调章弄句、循声定韵的文字游戏，它是诗人真实生命体验的“自然”表达，是蕴含着诗人独特魅力的文化人格的真实展现。因而，相对来说，越是显得四平八稳、中规中矩的诗作越不能体现出作者自己的真实个性，从而也远离诗歌要反映作者“自然”之性的要求，这样对平美之作的拒斥是要求真性的体现，诗人的情感首先是独特的这一个才能创作出不同凡响的诗作。

《庄子》说：“真者，精诚之至也。不精不诚，不能动人。故强笑者虽悲不哀；强怒者虽严不威；强亲者虽笑不和。真悲无声而哀，真怒未发而威，真亲未笑而和。真在内者，神动于外，是所以贵真也。……真者，所以受之于天也，自然不可易也。故圣人法天贵真。不拘于俗。”（《渔父篇》）诗歌作为诗人精神自由的表现方式，最重要的即是要展现出这种不拘于俗世的真实情感。王国维有言，“词人者，不失其赤子之心者也”（《人间词话》）。唯有真诚纯然的赤子之心，才能展现出一片纯真的诗歌境界，这一片纯真便是诗的内在灵魂，便是“自然”诗性的本真体现，它与清新的自然风物一起铸造了洋溢着浓厚个性风采的六朝诗人，诞生了“味之者无极”的五言新诗。

因而，“真美”乃是钟嵘诗歌“自然”观念的内涵，从形式上来说它要求“清浊通流，口吻调利”，反对刻意雕琢与造作陵架；从内容上它要求诗歌再现作者的真实性情，表现其本真的生命情态。

三 “自然”与“清”

老子认为作为最高本体的世界本原应该是纯一的，只有纯一才能成为缤纷复杂的世界之本，他说："道生一，一生二，二生三，三生万物。"（《老子·第四十二章》）道一体万，纯一的本体统辖规划万物，是万物存在的最高原因。这一观点在王弼的《大衍义》中得到进一步发挥："演天地之数所赖者五十也。其用四十有九，则其一不用也。不用而用以之通，非数而数以之成，斯易之太极也。"对此汤用彤认为："不用之一，斯即太极。夫太极者非于万物之外之后别有实体，而实即蕴含万理孕育万物者耳。"①

作为支配万物的本体是纯一的，因而也是不含杂质的，所以本体的纯一乃是一种清澈状态，简约、单一是它的本质规定，"天得一而清，地得一而宁"（《老子·第三十九章》）。"自然"作为一种本体的存在状态或事物的本性，它所体现的乃是事物自身的天性，即事物自己本然面貌的呈现。因而可以推论，"自然"本身亦是不含杂质的清纯状态。

"清"作为一种可视的状态，其本身来源于世界之本体，它是本体的影像。这在王弼哲学中说的最为明白："清不能为清，盈不能为盈，皆有其母以存其形，故清不足贵，盈不足多，贵在其母，而母无贵形。"（《老子·第三十九章注》）王弼认为，"清"作为一种状态其本身并不能独立存在，它必须依赖于本体存在，所谓"贵在其母"，更进一步说，"清"作为本体的影像其本身必然也是纯一的，因而"清"也即意味着乃是纯洁单一的状态。

随着魏晋"自然"观念的流行及逐渐深化，"清"这一概念也逐渐向整个文化中散发，广泛涉及人物品评、诗论、美学等各个领域，成为一个重要的美学、诗学概念。

在"自然"观念的影响下，魏晋士人崇尚"自然"的思潮首先涉及的乃是个体的个性风采方面，即个体本身所具有的独特魅力。这样一来，"清"作为一个哲学、美学概念最初即运用在人物的品评上，翻开《世说新语》，其中品藻人物所用的"体识清运"、"清简蔚令"、"清易令达"、"朓朓清便"、"风骨清举"等有关"清"的术语几乎随处可见。由于"清"乃是"自然"的外现，因而在这里作为一种人格，它指的乃是那

① 汤用彤：《魏晋玄学论稿》，上海古籍出版社2001年版，第63页。

种超脱玄远、脱离世俗的生活情趣，追求个体自由与纯真人生境界自然人格。

这种人生对俗世采取分离的态度，注重人生意义的反思与体味，因而是一种玄思的人生、审美的人生。尚“清”的人生态度在阮籍的《清思赋》中描述的最为清楚：“夫清虚寥廓，则神物来集；飘飖恍忽，则洞幽贯冥；冰心玉质，则皦洁思存；恬澹无欲，则泰志适情。”通过集中心神，玄思主体获得一种宁静、超越、玄远、清淡的人生体验，这种人生体验乃是魏晋士人所极力追寻的人生至境。对于这一清虚恬淡境界的追求进一步影响了文学创作，简约清淡的风格开始出现在诗文创作之中，并在后来的诗学、文学发展历程中逐渐成为最高的艺术境界。

在文论领域则以陆云较早倡导“清”的美学取向，在与其兄陆机的文学探讨中陆云明确提出“清省”这一审美倾向：“往日论文，先辞而后情……云今意视文，乃好清省。欲无以尚，意之至此，乃生自然。”（《全晋文·卷一零二》）在今存陆云给陆机的三十多封论文学创作的短信中，反复出现了“清工”、“清美”、“清艳”、“清约”等用语。[①] 刘勰《文心雕龙·熔裁》中对此亦评价曰：“士衡才优，而缀辞尤繁，士龙才劣，而雅好清省。”追求简约清淡的文风，向往纯洁明快的艺术境界是陆云论文的标准。对于文辞富丽、繁杂绮丽的作品则提出批评，比如对《文赋》即颇有微词：“《文赋》甚有辞，绮语颇多，文适多体，便欲不清。不审兄呼尔不?”（《与兄平原书》）

在陆云看来“清”乃是一种源自于个体真情的文学风格，体现了作者的情怀风茂，所以他评价乃兄《述思赋》曰：“省《述思赋》，流深情至言，实为清妙”，文章的“清妙”来自于创作主体的“深情至言”。另外，陆云对“清”的要求其实也蕴含着在有限的语言中表达无穷意味的意思，这正是玄学本体论反思的直接影响，“清”乃是“自然”本体的展现，因而它必然自身表现为尽可能的简约、明净，所谓“言有尽而意无穷”。“陆云的‘清省’说，就是主张用尽可能简约而鲜明的语言，表达尽可能丰富

① 袁济喜：《六朝美学》，北京大学出版社 1999 年版，第 196 页。

的情意，从而达到应有的审美效果”。[1] 的确，在魏晋玄学思潮熏陶下的尚“清”文风在深层面上契合了中国文化的审美精神，从而给后世带来深远的影响。

随着魏晋玄学的进一步发展，郭象的天性“自然”观念将“自然”与名教的鸿沟抹平，“自然”不再与人为事物处于对立状态，所以郭象说：

> 苟以不亏为纯，则虽百行同举，万变参备，乃至纯也。苟以不杂为素，则虽龙章凤姿，倩乎有非常之观，乃至素也。若不能保其自然之质而杂乎外饰，则虽犬羊鞹，庸得道之纯素哉！（郭象《庄子·刻意注》）

郭象认为，“自然之质”即是事物的本然属性，不掺杂任何外饰的素朴状态，即使是绚丽多彩的事物只要合乎本性就是纯然的、至素的。尽管这里郭象所要证明的乃是合乎本性即是“自然”，但是他的理论前提乃是“自然”是一种不含杂质的清纯状态，因而我们可以说，“清”乃是“自然”的呈现状态。而且，郭象这一理论论证了文采富丽、语言优美的文学作品的合理性，即只要是出于本性，即使富丽堂皇的作品也仍然是“自然”的，仍然不违背“清”的原则。

这样“清新”与“绮丽”在理论上就不存在对立冲突的问题，从而为“清”这一观念的发展开创了新的空间。这种观念在六朝文论家那里得到了普遍认同：

> 意气骏发，则文风清焉。（《文心雕龙·风骨》）
> 风清骨峻，篇体光华。（《文心雕龙·风骨》）
> 风清而不杂。（《文心雕龙·明诗》）
> 潘安仁清绮若是，而评者只称情切。（《金楼子·立言》）

刘勰认为，文风之“清”已经不再与篇体的“光华”相矛盾，而且相

① 何庄：《论魏晋南北朝的文论之“清”》，《中国人民大学学报》2007年第2期。

反，文风清扬乃是篇体光华的内在因素，这样即把“清”的含义进一步扩大。萧绎则直接把“清”与“绮”结合起来，形成一种新的美学范畴，那就是“灿若舒锦”也是一种天然的“清新”状态，“清”只关涉诗文的本性“自然”，与诗文具体的样态并没有必然的关系。

钟嵘对“清”这一概念的理解与运用亦同当时的评论家相似，并不仅以简约、玄深为“清”，而是以“清”为诗歌的“自然”状态，《诗品》中出现了大量涉及“清”的评论可以看出这一点：

> 人代冥灭，而清音独远。（古诗）
> 《团扇》短章，辞旨清捷，怨深文绮。（汉婕妤班姬）
> 托喻清远。（晋中散嵇康）
> 善为凄厉之词，自有清拔之气。（晋太尉刘琨）
> 风华清靡。（宋征士陶潜）
> 务其清浅。（宋豫章太守谢瞻等五人）
> 清便宛转，如流风回雪。（梁卫将军范云）
> 不闲于经纶，而长于清怨。（梁光禄沈约）
> 诗虽嫩弱，有清工之句。（晋征士戴逵）
> 气候清雅。（宋光禄谢庄）
> 康帛二胡，亦有清句。（齐惠休上人、道猷上人）
> 往往崭绝清巧。（齐鲍令晖）
> 奇句清拔。（梁常侍虞羲）

钟嵘对“清”的运用一方面继承陆云的观点，采用“清音”、“清远”、“清雅”等具有玄理意味的概念，将“清”与玄学本体相联系；另一方面，钟嵘亦把“清”与“绮”相联系，如评论班姬就把“清捷”与“文绮”并举，陶潜则被称之为“清靡”，文辞的绮丽多彩与清冷深远的境界不再是两个截然不相关联的领域，它们共同统一在“自然”天性这一本体规定之下，形成如出水芙蓉般灿烂却又不失天然情趣的清纯之美。

那么，这诸多涉及“清”的审美用语在哪些方面具体与“自然”相联系呢？我们知道，“清”是与“浊”相对的概念，具有不含杂质、不混杂的含义。而“自然”我们据前分析为本然，自然而然，原初之意。这种原初、本然状态因为是自然而然的，未经人为的，所以它可以被认为是不含杂质、不混杂的，而经过人为之后，则有可能产生混杂，形成“浊”的局面，所以对“清”的追求就意味着对原初本然状态的回归努力。“清”即体现着自然本性，是自然本性的展现，具体说来它从以下三个方面与“自然”相通。

（1）纯净。“清”首先是一种未受俗世沾染的真纯境界，一种纯正的气质，所谓“气候清雅”，“清拔之气”是也。在自然景物它是指原始的状态，一种未经人世的天然风采，在个体性格它是指的一种赤子之心，一种不同于流俗的超然之气。《世说新语·言语》载：

> 司马太傅斋中夜坐。于时天月明净，都无纤翳，太傅叹以为佳。谢景重在坐，答曰：“意谓乃不如微云点缀。”太傅因戏谢曰：“卿居心不净，乃复强欲滓秽太清邪？”

“清”便是天月明净，都无纤翳的纯净，它去除了一切繁芜和人工的痕迹，展现的乃是一片真如世界，任何的修饰点缀在这里都是多余的，它本身的纯净不染便是一种令人自惭的美丽。这种纯净对诗歌的语言表现便是“清便宛转”，便是“清工”之句，一种流风回雪的纯净与高洁，些微的纤介都会破坏它整体的纯净性，这便是诗性的自然展现。

纯净作为“清”最明显的特征体现了“自然”之真，它显示了物性的自我特征，即物作为物自身之规定性乃是纯一的，任何掺杂他质的物体都不是一种纯一的状态，换言之，都不是其本然状态，也即是与本体规定性相违背的。

（2）新颖。“清”第二个层面上的意思乃是新颖，即所谓“清新”。本体是恒一不动的，但是具体的现象却是瞬息万变的，而正是在物象的即起即落、乍现乍隐中本体的恒一真性才得以自现。而作为感受主体来说，也只有在这种随时更新的世界中才能体味到至高本体的永恒境界。因而，从现象界来说，“自然”的“清”境也只有在不断更新的物象中得以呈现，只有这样才能够历久弥新，永远向着本体的澄明之境回归。

从《周易》的观点来看，宇宙万物时时处于不断运化之中，每时每刻都在展示其新颖独绝的一面，所谓“群籁虽参差，适我无非新”（王羲之《兰亭诗》）。这种运化又是自然有序的，因而是一种不假装饰不落尘垢的新颖。若日久不更则沾尘蒙垢，不得谓新；若一味求异，则流于猎奇，不得谓自然，亦不可谓新。所以“清新”乃是一种活泼泼的自然，一种不假装饰的清真。泉水叮咚，流水淙淙，虽然浅显，却自然可爱，以清新故也；至若江海，虽雄阔万里，但不可谓自然清新。故“务其清浅”，便“殊得风流媚趣”，出水芙蓉，自然可爱，亦其“清新”、“清巧”之故也。

从“清”与“新”的结合来看，它所体现的乃是本性恒常与现象万新的关系，在不断更新的现象中才能体现着本性的清真，而个体也只有在时时更新的世界中才能感受到本体的清纯自如，才能进入艺术的真纯状态。

（3）幽雅。最后“清”还指涉一种幽雅的境界，也即“清幽”。由于“清”乃是本体的存在样态，它所折射的乃是最玄奥、甚至不可言说的最高存在。因而从本源上它即与幽相联系，这种无法窥测的玄幽状态乃是本体的存在之在。如果说“清新”是从现象这一端来感受存在于物象之中的本然之性，那么“清幽”则是直接从本体这一端来描述其与具体物象的区别，“清幽”即是一种脱离尘俗的超然境界，它指向的乃是玄奥的本体，一种远离现象的超越。

“清幽”总是与尘世的繁华相对立的，它是一种远离繁华的虚静，在此一境界中个体所体味的乃是存在本身的孤独与冷清，承受“我思”所带来的痛苦与无奈，因而这种与尘世隔绝的虚静给人的感觉便是幽冷。“焉长灵以遂寂兮，将有歙乎所之。意流荡而改虑兮，心震动而有思。若有来而可接兮，若有去而不辞”，阮籍之《清思赋》即描述了思者本身的这种无所着落，寂然无可存处的状态。所以钟嵘不断强调“清音独远”、“托音清远”以及“清怨”，这正体现了“清”本身所蕴含的幽远之意，一种个体感受到自身存在之不完善、不完美时所不由自主体验到的痛苦与孤独，一种试图超越这种不完善却又无法完全超越时所带来的惆怅与无奈。清幽玄远的境界带给感受者体验本体、体验真实存在的瞬间感悟，但是这种感悟又重新给我们以现实不完善的缺憾，在超越中重新让我们体验到现实存在的困惑，这正是“清幽”给我们的艺术提升与审美享受。

总的来说，“清”是一种素朴的境界，是一种无所挂碍的自然心性，是月光冷冷地洒在雪地上，是山阴处随风飘动的松涛竹影，是鹤立霜天的孤独，是白玉映沙的净洁。它舍弃了一切繁华与虚荣的外衣，将自然纯洁无瑕的一面展示出来，这种无瑕又总是带有一种难言的幽冷，一种不能达到、不可接近的缥缈。所以“清”总是有意无意地和幽雅、净洁、新颖联系起来，形成一种忘怀机务、独味玄冥的意境。

第二章 “性情”

——诗人个体情感对诗歌创作的影响

从发展历程来看，诗作为一种重要的文化形式，从诞生开始就不仅仅是单纯的技艺，最初它作为与乐、舞一体的复合体，除了本身的艺术功能之外还承担了宗教功能，这使诗歌具有娱乐神灵的宗教意义并成为一种神圣的精神文化活动。此后周公—孔子的儒家文化路线将诗歌纳入到意识形态建设中来，诗的文化规范意义得到强调，于是诗的美刺、教化作用一直成为两汉诗论的主流，在此种社会意识形态规范下，“诗言志”也就成为一种不可动摇的诗学观念，诗歌顺理成章地成为诗人政治怀抱的抒发工具。

随着魏晋六朝诗歌创作的繁荣以及个体意识的觉醒，诗歌作为一种重要的精神文化活动在士人个体生活中日益占据中心地位，在这一文化转向过程中，个体的生命情怀成为关注的对象。诗由对社会成员进行教化的工具一跃而成为展现个体精神风貌，体现自我风采的行为方式，甚至是个体本真生存的展示。对于魏晋六朝诗学理论来说，诗歌与创作主体的个体性情之关系也随即成为理论关注的重心，“诗缘情”即是在这样一种文化语境中得以孕育、诞生。

作为诗歌理论专著，《诗品》同当时的众多理论著作一样将“性情”提到了创作的显性层面加以研究，并把它作为诗歌创作的本源。但是“性情”乃是从哲学思辨领域延伸到文学领域的概念，其本身有着复杂的文化背景。因而，本章重点分析这一概念的文化脉络，关注它在整个《诗品》中的理论内涵。

第一节 "性"、"情"之辨与六朝尚"情"观念的崛起

宗白华说："深于情者，不仅对宇宙人生体会到至深的无名的哀感，扩而充之，可以成为耶稣、释迦的悲天悯人；就是快乐的体验也是深入肺腑，惊心动魄；浅俗薄情的人，不仅不能深哀，且不知所谓真乐。"[①] 两汉儒家名教体制解体后魏晋六朝士人的个体自我得到超前的解放，个体的内在风采神情成为时人探讨关注的核心。"情"作为反抗名教束缚的理论武器受到热烈褒扬，任"情"即意味着以本真的姿态生活，从而体现人的本然之性，不虚伪，不外饰，还个体以"自然"生态与感受，所以王戎宣称："情之所钟，正在我辈。"（《世说新语·伤逝》）

然而，任何观念的变化都不是凭空而来的，在其表层的文化现象后面总是具有深刻的思想转换过程，其本身都是历史的思想潮流与现实的社会环境冲撞、融合的结果。魏晋六朝的尚"情"风气同样有着深远的思想文化内因，它本身亦是一个历史的生成过程，我们只有将这一概念还原到其所经历的具体历史文化情境，在整体历史语境下解读其具体的文化内涵，才能透过繁杂的历史文化现象本身而把握到其内在的文化生成机制。

在现代汉语中"性情"为一词，而汉魏六朝之际为二词，"性"与"情"尽管有时合在一起用，但本身还是有分别的，因此对于"情"这一概念的分析便不能不涉及"性"的辨析。从哲学的角度来看，由于"性"所指涉的乃是人的本质，因而较之"情"便更为哲学家所关注，而"情"则是在对"性"的探讨中得到生发与延伸。

一 人性之论与"情"概念的诞生

在中国哲学史上，孔子首先论及"性"，他说："性相近也，习相远也。"（《论语·阳货》）孔子认为人的本性是相接近的，但是个体所受教养的差异使人成长为不同层面、不同个性的人。这一论断触及天性与教化两个构成个体品性的重要方面，从而开启了中国哲学中关于人性的绵长争

---

① 宗白华：《美学散步》，上海人民出版社1981年版，第214—215页。

论。但是孔子只是说人的本性是相近的，并没有论及这相近的本性其性质是善还是恶，同时也没有说明教化在多大程度上是可能的，因而便给后世的思想者以各自发挥的空间。

孟子是孔子之后第一个认真探讨人性的思想家，从整体上来说，孟子继承了孔子思想中内圣的一面，将个体自身的仁心作为整个思想的基础。这样一来，从逻辑上孟子势必要为“仁”的价值作学理上的辩护，因而在孟子这里，“性”善乃是为其仁学思想作辩护的，人的本性是善的，从而证明“仁”是具有先天合理性依据的，它即植根于人的内在品质本身。所以他说：

> 恻隐之心，人皆有之；羞恶之心，人皆有之；恭敬之心，人皆有之；是非之心，人皆有之。恻隐之心，仁也；羞恶之心，义也；恭敬之心，礼也；是非之心，智也。仁义礼智，非由外铄我也，我固有之也，弗思耳矣。（《孟子·告子》）
>
> 恻隐之心，仁之端也；羞恶之心，义之端也；辞让之心，礼之端也；是非之心，智之端也，人有是四端也，犹其有四体也。有是四端而自谓不能者，自贼者也。（《孟子·公孙丑上》）
>
> 人之所不学而能者，其良能也；所不虑而知者，其良知也。孩提之童，无不知爱其亲者；及其长也，无不知敬其兄也。亲亲，仁也；敬长，义也。（《孟子·尽心上》）

孟子认为，恻隐、羞恶、辞让、是非之心，是仁、义、礼、智之端，而这一切都出于人的本性，无须学习而先天具有，从而仁、义、礼、智这些儒家核心思想便建立在人的本性之上，取得了先验合理性。并且进一步认为，一切道德都具有其先天的基因，都是出于人之本性。因而，孟子的性善论并不仅仅是一个对事实如何的分析，而是一种对道德的自觉选择。

事实上，孟子也不是不知道人性中除了仁、义、礼、智之外还有恶的成分：“人之所以异于禽兽者几希，庶民去之，君子存之。”（《孟子·离娄》）孟子认为人与禽兽相异的成分远远少于相同的成分，因而就先天之性来说，人性中还是有很多不善的成分，所以“逸居而无教，则近于禽兽”（《孟子·滕文公》）。因而，孟子对“性”做了严格的界定，“孟子所谓性者，正指人之所以异于禽兽之特殊性征。人之所同于禽兽者，不可谓为人之性；所谓人之性，乃专指人之所以为人者，实即是人之‘特性’。而任何一物之性，亦即该物所以为该物者”。[①]

正因为如此，所以孟子说：“无恻隐之心，非人也；无羞恶之心，非人也；无辞让之心，非人也；无是非之心，非人也。”（《孟子·公孙丑上》）所谓非人并不是指不具备人的基本外表及能力，而是不具备人的基本道德观念，从而丧失了做人的基本品格。因而孟子所谓性善并非本能，而是特定选择下的“性”，这在《尽心》中说得更明确：“口之于味也，目之于色也，耳之于声也，鼻之于臭也，四肢之于安佚也，性也，有命焉，君子不谓性也。仁之于父子也，义之于君臣也，礼之于宾主也，智之于贤者也，圣人之于天道也，命也，有性焉，君子不谓命也。”（《孟子·尽心下》）

即使是人的本能中的东西亦不得谓之“性”，只有合乎仁义道德的东西才能称之为“性”，这是孟子性善论的根本内涵，也是其仁学思想的一个必然选择。它自觉延伸了孔子“性相近”这一端，并赋予其先天的合理性，从而开创了“性善论”。

荀子则从外王的角度提出了针锋相对的论点，他继承了孔子思想中重视制度规范的一面，把尊“礼”作为自己立论的基础，因而他强调外在礼制对塑造人的行为、规范社会秩序的作用。这样在人性论上他就不再认为“善”是一种先天的本性，在他看来，“善”只能是后天礼教的结果，而人的本性则是“恶”的。荀子说：

> 人之性恶，其善者伪也。今人之性，生而有好利焉，顺是，故争夺生而辞让亡焉；生而有疾恶焉，顺是，故残贼生而忠信亡焉；生而有耳目之欲，有好声色焉，顺是，故淫乱生而礼义文理亡焉。然则从人之性，顺人之情，必出于争夺，合于犯分乱理而归于暴。故必将有师法之化，礼义之道，然后出于辞让，合于文理，而归于治。用此观

① 张岱年：《中国哲学大纲》，中国社会科学出版社1982年版，第185页。

之，然则人之性恶明矣，其善者伪也。（《荀子·性恶》）

今当试去君上之势，无礼义之化，去法正之治，无刑罚之禁，倚而观天下民人之相与也。若是，则夫强者害弱而夺之，众者暴寡而哗之，天下之悖乱而相亡不待顷矣。用此观之，然则人之性恶明矣，其善者伪也。（《荀子·性恶》）

荀子认为，所谓人之本性即是好利避害，满足人的生理欲望及生物本能，也即人的一切先天生理欲求。因为这些东西都只是指向个体自身的需要而毫不顾忌其他个体，因而是恶的；而道德礼义则是人接受教化的结果，因而不能称之为人的本性，而是一种伪饰。人之所以向善乃是出于道德及社会制度的约束，人性本恶，而行善只是一种被迫的行为。尽管他也认为“礼义积伪者，是人之性”（《荀子·性恶》），但是这种“性”并不是人的本性，荀子所谓本性乃是人的先天生理欲求，对此他自己界定的很明确：

凡性者，天之就也。（《荀子·性恶》）

不事而自然谓之性。（《荀子·性恶》）

生之所以然者谓之性。（《荀子·正名》）

很明确，荀子所谓性是一种与生俱来的性质，即先天的、无须学习即拥有的生物本能，据此他指责孟子的性善论是“不及知人之性，而不察乎人之性伪之分者也”，并且宣称“凡性者天之就也，不可学不可事”（《荀子·性恶》）。这与荀子整体的哲学思路是相一致的，荀子强调孔子思想中“习相远”的一面，认为只有通过礼乐教化才能使人具有道德内涵，故而先天的本性只能是属于被改造的部分，从本质上讲是恶的。而人性中可以成就道德教化的先天可塑因子尽管也是一种先天之性，但却不能称之为本性，这就是荀子为什么尽管承认“途之人可以为禹”（《荀子·性恶》），但是却没有像孟子那样认为人性善的原因。

由此可见，荀子所谓“性”正好与孟子所说“性”的内容相反，在孟子看来“性”乃是指人类的特征，即人区别于动物的本质所在，故而孟子认为性善；而在荀子看来“性”乃是指人的生物本性，是人同于一切生物的生物之本能，故而荀子宣称性恶。这两种观点尽管看似完全对立，其实在基本划分上是一致的，都分为生物本能与道德礼义两个层面，只是在哪一个更本质这一问题上荀、孟出于不同的哲学需要而采取了不同的认定。这也深刻影响了后世哲学家，同时也影响到“情”这一概念的确立。

不同于儒家从善恶观念来分析“性”的含义，庄子从“自然”的角度来界定性的内涵，他把“性”设定为人的本然状态。礼乐制度、道德仁义在庄子看来皆是非本性的东西，因而是需要被剥离掉的外在束缚，维系人本质的乃是人的“自然”真性；但是他又不像荀子那样仅仅把人的生理欲求看作人的本性，庄子所谓人性乃是人的本然之性，即人在非限制的自由状态中的个体内涵。

从“自然”本性的角度出发，庄子极力贬斥儒家的仁义思想，他说：

> 自虞氏招仁义之挠天下也，天下莫不奔命于仁义，是非仁义易其性与？故尝试论之，自三代以下者，天下莫不以物易其性矣。（《庄子·骈拇》）
>
> 彼民有常性，织而衣，耕而食，是谓同德；一而不党，命曰天放……夫至德之世，同与禽兽居，族与万物并，恶乎知君子小人哉，同乎无知，其德不离；同乎无欲，是谓素朴。素朴而民性得矣。及至圣人，蹩躠为仁，踶跂为义，而天下始疑矣，澶漫为乐，摘僻为礼，而天下始分矣。故纯朴不残，孰为牺尊！白玉不毁，孰为珪璋！道德不废，安取仁义！性情不离，安用礼乐！五色不乱，孰为文采！五声不乱，孰应六律！夫残朴以为器，工匠之罪也；毁道德以为仁义，圣人之过也！（《庄子·马蹄》）

庄子将“自然”本性作为先天合理性依据来反对儒家的仁义道德，在他看来，仁义道德只会扰乱人的本性，使社会陷入纷乱争战的状况。而顺应人的“自然”本性则能够使人安居乐业，消弭纷争。因而，顺应本性即是最高的道德，“物得以生谓之德；未形者有分，且然无间谓之命；留动而生物，物成生理谓之形；形体保神，各有仪则谓之性。性修反德，德至同于初”（《庄子·天地》）。

“性修反德”即把“性”与“德”相结合，但是这种“德”不是儒家的仁义道德，而是“自然”之德，它建基于人的本性，是人性的自然展现。因而，庄子将“性”界定为“自然”之性，虽然有与荀子一致的地方，但并不仅仅如荀子所说的生理欲求，它指的是一切合理性。所以，庄子的“性”乃是指一种合理的动因，这对于从哲学上提高“性”的地位是非常重要的，为后世将“性”与“天道”相结合开创了思路。

“情”这一概念的出现是与人性论密不可分的，在先秦它紧紧地依附于人性论，与各家所主张的人性观是一致的，甚至在有些地方所谓“情”也即是“性”，“性”、“情”并没有太严格的区分。

孟子把仁义道德看作人之本性而主性善，因而与此相对应的“情”亦是善的，“乃若其情，则可以为善矣，乃所谓善也。若夫为不善，非才之罪也”（《孟子·告子》）。孟子认为顺情即可为善，悖情则为恶，这事实上乃是其性善观点的延伸，在这里“情”与“性”含义是非常接近的。这一观点孟子在另一段中说得更清楚：

> 虽存乎人者，岂无仁义之心哉？其所以放其良心者，亦犹斧斤之于木也，旦旦而伐之，可以为美乎？其日夜之所息，平旦之气，其好恶与人相近也者几希，则其旦昼之所为，有梏亡之矣。梏之反覆，则其夜气不足以存；夜气不足以存，则其违禽兽不远矣。人见其禽兽也，而以为未尝有才焉者，是岂人之情也哉？

孟子认为，人之情即是与禽兽相异的东西，如果与禽兽不远则失人之情。这样，孟子的“情”概念与他的“性”概念一样，都属于人之区别于禽兽的特质，因而，从本质上来说，他们都是善的。至于“情”与“性”之间的区别如何，孟子并没有详细分辨。

荀子是第一个正面界定“情”的，他认为，“性之好恶喜怒哀乐谓之情”（《荀子·正名》）。在他看来，“情”是“性”的外在展现状态，就人情来说即是人性中的好、恶、喜、怒、哀、乐等生理外相。荀子将“情”与“性”相联系，以“情”为“性”之表现，对“情”这一概念的确立起了重要的作用，以后的学者尽管对人的本性为何多有不同意见，但是把“情”与“性”相联系，认为“情”出于“性”则并没有太多分歧。

既然“情”是“性”的外现，在荀子看来“性”又是恶的，因而人的“情”亦是恶的，需要加以抑制与规范，所以他说，“情然而心为之择谓之虑。心虑而能为之动谓之伪。虑积焉，能习焉，而后成谓之伪”（《荀子·正名》）。人的先天之情需要随时受后天的心智规范，这与其性恶论是一致的。

此外，由于荀子把“性”看作事物的先天本性，在人则是人的生理欲求，在物则是物的天然本性。进一步推论，既然人有“人情”，那么物亦应有“物情”，所谓“物情”则是指物的天然状态，所以荀子说“愿于物之所以生，孰与有物之所以成！故错人而思天，则失万物之情”（《荀子·天论》）。所谓“万物之情”即是万物之本然状态。这样，“情”的范围便扩展到天地万物之中，从而拓宽了其应用的范围。

庄子则跳出儒家的性善性恶之辨，进一步推动了“情”这一概念的发展，它以自然本性超出善恶之分来界说“情”的含义。

> 惠子谓庄子曰：“人故无情乎?”庄子曰：“然。”惠子曰：“人而无情何以谓之人?”庄子曰：“道与之貌，天与之形，恶得不谓之人?”惠子曰：“既谓之人，恶得无情?”庄子曰：“是非吾所谓情也。吾所谓无情者，言人之不以好恶内伤其身，常因自然而不益生也。”

庄子反对把“情”仅仅局限于个体的世俗得失之上，他追求一种“无情之情”，这种“情”“不以好恶内伤其身”，即不以人的世俗得失为挂念，庄子认为这是人的自然之“情”，也即“性命之情”。庄子屡次赞扬这种“性命之情”，“君将盈耆欲，长好恶，则性命之情病矣；君将黜耆欲，牵好恶，则耳目病矣”（《庄子·徐无鬼》）；“彼正正者，不失其性命之情”（《庄子·骈拇》）；“吾所谓臧者，非所谓仁义之谓也，任其性命之情而已矣”（《庄子·骈拇》）；“自三代以下者，匈匈焉终以赏罚为事，彼何暇安其性命之情哉”（《庄子·在宥》）。

“性命之情”即是自然的真情，这种自然真情体现了本性的至纯状态，因而其本身相对于现实的道德仁义具有更高的合理性。这样庄子尽管也把“情”认定为一种天然状态，但是不同于荀子，在这里自然之情乃是一种最高的、合理的真情，因而优于现实的道德礼义。

此外，今郭店楚简有《性自命出》篇，其中对性、情关系论述颇多，在当时或为重要思想，然而由于尚无法确定其是否对后世性、情理论有所影响及影响大小，故存而不论。[①]

综合来看，先秦诸子之论“情”皆与各自人性论相一致，但是就“情”的范围却基本达成一致，即“情”是“性”的外现状态。其本身的善恶问题则随各家论人性之善恶的不同各有差异，“情”本身的独立性尚有待继续展开。但是，先秦子对“情”的运用促使了“情”这一概念的成熟，他们对其基本应用范围的规定，也为以后“性情”之辨的进一步发展打下了基础。

二　“性善情恶”论

“性善情恶”论的产生一方面是人性论进一步讨论的结果，有其自身理论的深化因素；另一方面则与中央集权要求统一思想信仰的意识形态运作有关。在思想与现实的双重推动下，以董仲舒为发端的“性善情恶”论于是应时产生并成为官方的主流意识形态观念。从建设一套符合中央集权统治的意识形态出发，汉代统治者需要从天理到人性都能提出合理的论证，以说明其统治的合理性，而董仲舒的“天人感应”说则提供了这样一种说明。

从理论上说，先秦诸子并没有区分“性”、“情”之间的善恶关系，“情”是与“性”相一致的，服从于各家整体的人性论。就可能性而言，关于人性的善恶讨论无非三种可能：善、恶、善恶互渗（无善无恶、有善有恶、超出善恶）。当这种讨论仅限于思想上的争锋时则不一定会带来直接的选择淘汰，但是当它与现实的政治统治相关联时则必然会带来抉择，尽管影响抉择结果的乃是现实的政治需要。

首先，“性恶”论是被证明为一种很难贯彻下去的路线。荀子之后法

① 参见刘钊《郭店楚简校释》，福建人民出版社 2005 年版，第 88—106 页。

家继承了荀子的“性恶”论并把它与现实的政治建设相结合，从而创立了秦国的立法制度。韩非子认为，人性的根本乃是利己的自私观念，君主与臣下之间乃是“下匿其私，用试其上；上操度量，以割其下”（《韩非子·扬权》），不仅君臣之间如此，即使父母子女之间亦是纯利用关系“且父母之于子也，产男则相贺，产女则杀之。此俱出于父母之怀衽，然男子受贺，女子杀之者，虑其后便，计之长利也。故父母之于子也，犹用计算之心以相待也，而况无父子之泽乎？”（《韩非子·六反》）

既然天下之人都是自私自利的，用私心以谋私利，“用计算之心以相待”，那么就不能指望用仁义道德的软约束来规范人的行为。对于君王来说，只能靠权力与法术来时时防范臣属。“严家无悍虏，而慈母有败子。吾以此知威势之可以禁暴，而德厚之不足以止乱也。夫圣人之治国，不恃人之为吾善也，而用其不得为非也。”（《韩非子·显学》）正是从人性自利的观点出发，法家强调绝对权力，强调专制君主对臣下一种无差别的控制，这即导向对法的崇拜：“释法术而任心治，尧舜不能正一国；去规矩而妄意度，奚仲不能成一轮；废尺寸而差短长，王尔不能半中。使中主守法术，拙匠守规矩尺寸，则万不失矣。君人者，能去贤巧之所不能，守中拙之所万不失，则人力尽而功名立。”（《韩非子·用人》）这样，韩非子即由道德上的人性论走向实践上的治国论，并且这一思想很大程度上在秦国的现实政治中得到落实。

然而，这种将统治者与被统治者置于绝对对立面，以完全的个体利益来驱使民众的做法显然并不符合长远的统治利益，它必然使整个社会都陷入枕戈待旦的紧张中，从而危及统治者的生存。事实上，强大的秦帝国转瞬即烟消云散也证明了这种建基于“性恶”论的统治思维并不适合长远的统治。

其次，“性善”论同样有其不可克服的缺陷。孟子所创之“性善”论在实践层面上有着难以回避的困境，即它的理想主义色彩很难与现实的社会状态相符合。相对来说持“性恶”论的法家可以通过严刑峻法来强制规范人们的社会行为，但是“性善”论所持的道德教化思想则不具有强制的约束力量，因而对于社会现实中的恶劣行为很难有强制的手段来加以规范，从而使其整个学说不具有实践的力量。

另外从理论本身来说，“性善”论亦有其难以解说之处：如果承认人性皆善，对于已善之人则无须规训，于是统治者的所谓教化即无所措施，统治亦失去其存在合理性，此显然是统治者所无法接受的；如果认为“性善”只是君子的品质，而广大小人则其性非善，此亦与“性善”本身相矛盾。

所以尽管孟子屡次申明君子、小人之别，认为“体有贵贱，有小大。无以小害大。无以贱害贵。养其小者为小人，养其大者为大人”（《孟子·告子上》），但是并没法解决其人性论的内在理论困境。因为循此思想只能得到君子与小人的对立结论，最后进入“劳心者治人，劳力者治于人”的统治思维中（《孟子·滕文公上》），从而在事实上转入其对立面法家的思维方式。

有鉴于此，即需要一种新的学术观点来为统一的中央集权服务，这种观点一方面要说明善的先天合理性，即人性不只是本能的欲望而是具有进行社会道德教化的先天可能性。这无论是对统治者还是被统治者都是一个可以接受的结果，毕竟如果自己的本性乃是生物的自利性，那无论对于统治者还是被统治者都是一种难以接受的尴尬，从而使自己的行为不具有道德上的自我反省。另一方面，这种观点还要解释恶的存在原因，即恶如何在社会现实中生成并普遍存在，另外还要说明如何对恶加以限制，也正是恶的存在使得统治者的教化具有其存在的合理性。

本来，善与恶是一组相对出现的概念，“唯有人是善的，只因为他也可能是恶的，善与恶是不可分割的”，[①] 但是出于特定的意识形态需要则会出现不同的善恶关系理论。董仲舒所创始的“性善情恶”说即在汉初统治者为其统治寻求法理与信仰上的合理性这一特定的意识形态需要下所产生的。上章已分析过“天人感应”是其整个思想的核心，“天”在其哲学乃是最高的合理性，是一个包含神义、物质义、命运主宰义等多个层次义项的信仰对象，而人则是循天意而生、而行、而化的理性行动者。从其基本的哲学理念出发，董仲舒将人的本性与天的最高合法性相结合。

董仲舒以“天”为最高合理性，执“天人感应”理念，从“性”与“情”两个方面同时调节、改造先秦人性论，从而创立了他的“性善情恶”

① 黑格尔：《法哲学原理》，商务印书馆 1979 年版，第 144 页。

论。董仲舒认为，人“性”是缘出于“天”命的：

人受命于天，有善善恶恶之性，可养而不可改，可豫而不可去，若形体之肥癯，而不可得革也。（《春秋繁露·玉杯》）

天之为人性命，使行仁义而羞可耻，非若鸟兽然苟为生苟为利而已。（《春秋繁露·竹林》）

今善善恶恶，好荣憎辱，非人能自生，此天施之在人者也。（《春秋繁露·竹林》）

人的道德思辨能力来源于“天”，善善恶恶、行仁义羞可耻乃是先天具有的能力，亦是人区别于禽兽之特征，从这方面来说，董仲舒与孟子是一致的。而且，从他的整体思想来看，由于“天”不唯是最高信仰对象，亦是最高道德对象，是现实道德的根源，“父者，子之天也。天者，父之天也。无天而生，未之有也”（《春秋繁露·顺命》）。人性源于“天”，所以从学理上讲，人性中必有善因，否则只能说“天命”非善。

这样董仲舒即将人性中的善因置于“天”的意志之中，从而成为先验命题超出世俗经验的合理性。人性之至善即是天道之本原，人性只是有善因而非已是全善，否则“天”的最后决定因素则不复存在，人已达天，则天无所措。所以董仲舒认为：

故性比于禾，善比于米。米出禾中，而禾未可全为米也；善出性中，而性未可全为善也。善与米，人之所继天而成于外，非在天所为之内也。（《春秋繁露·深察名号》）

天生民，性有善质，而未能善。（《春秋繁露·深察名号》）

质于禽兽之性，则万民之性善矣；质于人道之善，则民性弗及也。万民之性善于禽兽者许之；圣人之所善者弗许。吾质之命性者异于孟子，孟子下质于禽兽之所为，故曰性已善；吾上质于圣人之所为，故谓性未善。（《春秋繁露·深察名号》）

性等渐于教训而后能为善；善教训之所然也，非质朴之所能至也。（《春秋繁露·实性》）

从表面上看，董仲舒的观点与告子的观点有相似之处，告子即说：“性犹杞柳也，义犹杯棬也，以人性为仁义，犹以杞柳为杯棬。”（《孟子·告子上》）但是，董仲舒是从为整个社会制定统一意识形态的角度出发，所以他认为性中有善质，而不是告子的性无善无恶。正因为承认性有善质，故而教化之为可行，而不必完全靠法术以维系统治。所以，从“性”的角度，董仲舒认为，任何人皆有向善之可能。

另一方面，董仲舒改造“情”的内涵，把“情”规定为贪欲这种负价值。如《春秋繁露·深察名号篇》云：“身之名取诸天。天两，有阴阳之施，身亦两，有贪仁之性，天有阴阳禁，身有情欲袵，与天道一也。”“情”与“欲”合称，尽管董仲舒仍然把“情”看作“性”之所有，认为“情”出自“性”，但他不再把“情”看作“性”之体现，而仅仅是把它看作“性”之一部分，由状态描述转为种类分别，这样，“情”的内涵事实上即已悄然转化为个体的欲望。

这种转化一是出于董仲舒的特定理论需要，另外也是由于“情”与“欲”观念之间的含混。“欲是饮食男女声色货利之欲，情则是喜怒哀乐爱恶惧之情。《荀子·正名篇》云：‘情之好恶喜怒哀乐谓之情。’这是最早的情之界说。一般常将欲算作一种情，如以喜怒哀乐爱恶欲为七情，欲是七情之一”。[①] 董仲舒即将“情”与“欲”相混合，认为“情”即是人之生物贪欲，从而是人性中所要抑制的部分。他将这种观念进一步系统化，并与其思想中的阴阳理论相联系：

> 天地之所生，谓之性情，性情相与为一瞑，情亦性也，谓性已善：奈其情何？……身之有性情也，若天之有阴阳也，言人之质而无其情，犹言天之阳而无其阴也。（《春秋繁露·深察名号》）

“情”与“性”同为一体构成人性之整体，“性”为阳、为仁、为尊；“情”为阴、为贪、为卑。由于“情”本身乃是恶、贪等负价值，而“性”则是善、仁等正价值，这样从官方意识形态出发就要求以“性”来抑制

① 张岱年：《中国哲学大纲》，中国社会科学出版社 1982 年版，第 467 页。

“情”。这一观点为汉代正统所奉行：

> 性情者何谓也，性者阳之施，情者阴之化也。人禀阴阳而生，故内怀五性六情。情者静也，性者生也。（《白虎通德论》）
>
> 情生于阴，欲以时念也。（《易·乾卦》正义云，随时念虑谓之情。《礼记·乐记》疏云，因性念虑谓之情）。
>
> 性生于阳，以就理也。阳气者仁，阴气者贪。（《白虎通》引《钩命诀》）
>
> 情生于阴以计念，性生于阳以理契。（《孝经援神契》）

以上诸论皆认为“性”与“情”是相对立的，凡是“仁”、“理”等正面价值都属于“性”，而“贪”、“欲”等负面价值属于“情”，这种“性”、“情”观具有一种宗教神学的色彩，从而使“性”获得一种神义论上的先验合理性，而“情”的不合理性也是一种神义性的。

更为关键的是，当这一观念被作为官方意识形态而奉行时，出于统治者的利益不断压缩“情”的范围以伸张“性”的要求。“性”逐渐由道德的仁、善外化为礼教制度规范，而“情”则更多代表了个体的基本欲望，官方意识不断提高礼教的价值而贬斥个体的私欲，要求规范个体欲望以顺从礼教要求。于是，原来属于学术讨论的性情善恶论转化为统治的工具，发展到最后则成为以礼教扼杀个体人性，从而为后来魏晋“越名教而任自然”的个体解放埋下了伏笔。

三 “情”的哲学承认与“性”、“情”的和解

当董仲舒所创“性善情恶”论与其“天人感应”理论一同被作为官方意识形态而获得独尊的地位之后，进而就转化为现行名教制度的理论支柱。“性”中之善因成为统治者进行教化的根据，而实行教化使民众向善的措施则是礼教制度；“情”则由于被认定为个体私欲于是成了不断受压制的对象，这样，本来关于人性的哲学讨论即转化为现实的统治之术。

随着东汉政治的腐朽，名教制度越来越成为禁锢人们思想行为的枷锁，而现实中“举秀才不知书，举孝廉父别居”（桓、灵时童谣）的现象

则更激起时人对名教制度的怀疑与反叛。因而，如何重新在学理上对名教制度进行说明，重新调整意识形态观念就成为魏晋士人之首要任务，而这一要求在深层次上则又涉及对人的“性”、“情”关系的讨论。

基于对现实名教制度的反叛，魏晋玄学追求“自然”的生存方式，即把个体的生命本性作为先验合理性依据，从而最大限度地展现个体自由，展现个体的个性风采。为实现这一目标，在“性”、“情”概念上亦必然要有新的转换，即不再把“性”、“情”看作对立的善恶概念。

这样两汉以来对性情关系的另一些看法即成为理论的先导，如刘向即认为：

> 夫民有血气心知之性，而无哀乐喜怒之常，应感起物而动，然后心术形焉。（刘向《说苑》）
>
> 刘子政曰，性生而然者也，在于身而不发。情接于物然者也，出形于外（黄晖校谓出形作形出）。形外则谓之阳，不发则谓之阴。（王充《论衡》）
>
> 性情相应，性不独善，情不独恶。（《申鉴·杂言下》引刘向说）

刘向尽管将性情与阴阳相联系，但他是从动静论性情，而阳动阴静，所以主性阴情阳说。[①] 这样他便无法再套用阳尊阴卑说，除非他持“性恶论”，但前面分析过，性恶论对于统治者并不是非常有利的，他自然不愿冒这个险，于是只好摈弃旧说，转而认为“性不独善，情不独恶”。初步化解了“性”与“情”的对立，而且他还认为，“性生而然者也，在于身而不发”，这样“性”先天本然的性质没有改变，而“情接于物然者也，出形于外”，“情”不再是先前阳尊阴卑论中先天罪恶的因子。它是性的派生，是性的展现方式，故不含有先天罪恶性，可谓无善无恶，可善可恶。尽管“性”是先天的、本然的，但先天本然的也不即是善的，故“性”亦无善无恶。

这种思想直接启迪了王弼，他说：

① 汤用彤：《魏晋玄学论稿》，上海古籍出版社 2001 年版，第 74 页。

圣人茂于人者神明也，同于人者五情也。神明茂，故能体冲和以通无；五情同，故不能无哀乐以应物。然则圣人之情，应物而无累于物者也。今以其无累，便谓不复应物，失之多矣。

夫明足以寻极幽微，而不能去自然之性。颜子之量，孔父之所预在，然遇之不能无乐，丧之不能无哀。又常狭斯人，以为未能以情从理者也，而今乃知自然之不可革。（何邵《王弼传》）

此文中可注意者有二：首先，王弼认为“五情”乃是人的自然本性，这种自然本性是合理的，即使圣人也不能去掉，所以说“不能去自然之性”、“而今乃知自然之不可革”，于是在“性”的合理性问题上，王弼就由以前的神义合理性转向自然合理性，自然成为“性”的合理性依据。因而他要求“以情从理”，此处“理”当为自然之理，或曰自然之性。这样王弼就修正了刘向的“性不独善，情不独恶”说，重新确立了“性”的合理性，“性”为善，故诸正面价值均可归于“性”。不过这一合理性以自然为根据，而不是以汉儒的宗教神义为根据。其次，在“情”的一方面，王弼认为“圣人茂于人者神明也，同于人者五情也”。即圣人不能无情，情乃自然本性，这样就坚持了“情”乃“性”之现的说法，仍旧摈弃“情恶说”，却守住了“情不恶论”。由圣人不能无情，则无须拒斥“情”，而由“应物而无累于物”，“性”乃自然合理，“情”乃“性”之现三方面则可得出，“情”若不恶，则须依“性”而行。故要求“以情从理”（此处理当为自然人性之“理”）。“动而正，则约情使合于理而性能制情。动而邪，则久之必至纵情以物累其生而情乃制性”。[①] 这种观点王弼反复论述：

不为乾元，何以通物之始？不性其情，何能久行其正？是故始而亨者，必乾元也；利而正者，必性情也。（《易·乾卦注》）

大明乎终始之道（此即明足以寻极幽微，亦即指圣人茂于人之神明），故六位不失其时而成，升降无常，随时而用，处则乘潜龙（退能静处），出则乘飞龙（进能制动），故曰时乘六龙也。乘变化而御大

① 汤用彤：《魏晋玄学论稿》，上海古籍出版社2001年版，第71页。

器，静专动直，不失大和（此言应物而无累），岂非正性命之情者耶（此言圣人得性之正，而全其真。情者实也，对伪而言，又如谓应物而有情，则此谓圣性应物而得其正也）。（《易·乾卦注》括号内为汤用彤之释文）

总之，王弼以“自然”为最高合理性根据，认为凡正者皆性，在承认“性善”的同时而又对“性善”的原因作了不同于汉儒的宗教神义界定，使“性”的合理性根据摆脱了神义性的局限。在“情”与“性”的关系上，以“性”为本，为静，为体；以情为末，为动，为用，从而超越了汉儒的“情恶论”，使“情”成为“性”的体现，且将“情”之善恶的标准界定为是否合“性”，打通了“性”与“情”的关系，使“情”具有自然合理性，为提高“情”的地位，“性”、“情”合二为一，作了哲学上的准备。

王弼的“性”、“情”论对文学亦具有重要的影响：唯情无恶，故无须弃“情”以就理，唯“情”待“性（理）”，故不得任“情”自动。这就为文学的存在提供了理由：文学者，陶情以返性也。

王弼之后进一步融合性情的是嵇康，同王弼一样，嵇康亦把“自然”作为最高合理性，而且是唯一的合理性。而“性”则是人的“自然”之本性，这样一来，命题即变为“性”即“自然”本性，而“自然”的即是合理的，因而本性的东西即是合理的。

夫民之性，好安而恶危，好逸而恶劳。故不扰，则其原得；不逼，则其志从。昔洪荒之世，大朴未亏，君无文于上，民无竞于下；物全理顺，莫不处得。饱则安寝，饥则求食，怡然鼓腹，不知为至德之世也。若此安知仁义之端，礼律之文？……六经以抑引为主，人性以从欲为欢。抑引则违其原，从欲则得自然。然则自然之得，不由抑引之六经；全性之本，不须犯情之礼律。（《难自然好学论》）

嵇康认为“好安而恶危，好逸而恶劳”是人的自然本性，但是这种自然本性并不是恶的；恰恰相反，“饱则安寝，饥则求食，怡然鼓腹”对嵇康来说乃是至德之世。并且他进一步认为“人性以从欲为欢”，从欲即是得“自然”。在这里，我们需要区分嵇康所谓“自然”之欲的含义，显然它不是指那种奢华铺张的欲望，它是指民众衣食住行的基本欲求，是生存的基本条件，因而这种欲望乃是基本的欲望，它满足的是生理的本性，处于“大朴未亏”的状态，是纯朴之欲。

这样，嵇康即将欲望作了范围上的区分，满足基本生理需求的欲望在嵇康看来是符合的人本性的。更为关键的是，嵇康将“情”与“欲”作了区分，推翻了汉儒将“欲”跟“情”相关联通过否定“欲”进而否定“情”这一逻辑推论。

> 夫气静神虚者，心不存乎矜尚；体亮心达者，情不系于所欲。矜尚不存乎心，故能越名教而任自然；情不系于所欲，故能审贵贱而通物情。物情顺通，故大道无违；越名任心，故是非无措也。是故言君子，则以无措为主，以通物为美。言小人，则以匿情为非，以违道为阙。（《释私论》）

嵇康认为，体亮心达的君子其本身的感情不受欲望的干扰，正因为不受个体欲求干扰，所以能够超出个体一己之私欲本身，即超出主体自身的界限，而能够真正本然的感受世间万物，从而使主体的自我与世界融合，超出自身的有限性而通达世界的无限中去，在无限自由的世界中感受至高本体之境。所谓“情不系于所欲，故能审贵贱而通物情”即是要求个体超脱出自身欲求的限制，以纯然之心来感受外在世界，把自我之情融入万事万物的自然情状之中，在事物自身的完满性中达到自我的完满。

这样，嵇康所谓的“情”被赋予了更深的哲学内容，它一变而成为个体理解感受外在世界的能力，通过“任情”魏晋士人真实的感受这个世界的山水草木，真实的体味自己的悲欢离合，真实的感受生命的坚韧与脆弱，在一个充满战乱离丧的年代里纵情书写自己的诗意人生。这样一来它便不再是单纯的善恶问题，在魏晋士人眼里它是一种比日常生活更为真实的生命存在，它体现了生存的本然状态。

更为关键的是，以阮籍、嵇康为代表的竹林名士不但在理论上赋予

“情”以新的内涵，而且在现实生活中贯彻了这一本然的生存状态。他们超脱、自然而又任情、率真，追求玄远的哲理却又不背弃现实的人生感受。正是在这种崇尚自然之情的风气下才有王戎那句著名的情感宣言：“圣人忘情，最下不及情，情之所钟，正在我辈”（《世说新语·伤逝》）。也正是在这种生活态度下才有后来王伯舆在登茅山之后的痛哭：“琅琊王伯舆，终当为情死!”（《世说新语·任诞》）“情”在这里乃是现实人生不完满的真实之痛，是对外在世界的生命体验。在清醒地认识到世界的不完善、人生的短暂之后而迸发出的对世界、人生的更为深刻的眷恋与珍视，更为热烈的感受与体验，这就是魏晋士人心目中“情”的内涵与意义!

在这一冗长的历史分析之后我们发现，“情”的内涵与“性”的辨析具有密不可分的关系，对“性”的定义的不同在很大程度上决定了“情”的意义和地位。从先秦诸子根据各自的人性理念论“情”到董仲舒的“性善情恶”论，“情”的内涵随着“性”的意义不同而各有所指。而这一切又受到各家政治理念的整体制约，从而形成“性”、“情”论为各自政治理念作理论辩护的状况。

因而，“情”在不同的历史时期有不同的哲学含义，在魏晋时期随着“自然”观念成为最高合理性的依据，人的自然本性，本然情感亦成为自身合理性的标尺。这样，它既不同于前期“性”之善恶争辩下的“情”，也不同于后来被世俗化了的个人之喜好的“情”而有着自己的独特规定性。“情”在魏晋作为个体理解世界的能力表达了个体本真的感受，从而超越俗常的情感而具有哲学、美学上的形而上品质，成为魏晋士人生存风尚的标志，并进入到诗学、审美领域而获得了更深广的内涵。

第二节 “吟咏情性”的诗学内涵

处在魏晋六朝这一整体文化环境中，钟嵘亦非常重视“情”在诗歌创作中的作用。《诗品序》开篇即曰“气之动物，物之感人，故摇荡性情，形诸舞咏”，一开始即将“性情”作为诗歌创作的直接动因；而在下文的论述中则进一步提到诗歌要“指事造形、穷情写物”；更为重要的是他明确表明“夫属词比事，乃为通谈。若乃经国文符，应资博古；撰德驳奏，宜穷往烈。至乎吟咏情性，亦何贵于用事”，把“吟咏情性”看作是诗歌的本质特性。

然而我们如何理解这一特定的诗学概念呢？作为六朝文化整体中的一部分，《诗品》中“性”、“情”的含义自然与当时的文化氛围相吻合；但是作为一独立自足的艺术种类，《诗品》中的“性”、“情”又有它自己的独特内涵。因而在理解这一概念时我们一方面须考虑它的整体文化背景，将它看作当时社会文化氛围的产物；另一方面我们又必须突出它本身的诗学、美学内涵，这是它成就自己个性的根本所在。

从整体文化环境来看，魏晋玄学关于“性”、“情”的重新反思奠定了《诗品》中“性”、“情”的基本含义，但是从诗歌这一特定的艺术形式来看，《诗品》中的“性”、“情”又超出了纯粹哲学反思的范畴，它在吸收当时哲学思想的同时亦继承了文学中的传统，将哲学中的理性思辨置换为诗学的审美反思，从而使其既具有哲学的深度，又具有诗学的直观感受，并在新的文化思维形式下构建出新的诗学话语内涵。

一　钟嵘“性情”解析

从《诗品》文本来看，“性”、“情”并出的用法，除上文所列之处，其在评阮籍时还说：“《咏怀》之作，可以陶性灵，发幽思。言在耳目之内，情寄八荒之表。”从“摇荡性情”到“吟咏情性”再到这里的分而用之，《诗品》中“性”、“情”的用法与魏晋六朝玄学家的有相同之处亦有不同之处。

作为诗学中的概念，钟嵘不再像玄学家那样讨论“性”、“情”的关系，自王弼以来的魏晋玄学已经确立了这样一种观念：“性”作为人的本质存在乃是源于人的“自然”天性，即“性”乃是一种天然的合理性，它的合理性来自于“自然”这一最高本体。

这一观念发展到最后即是郭象的独化论，即万物各依自身的规定性而独立存在，并没有外在的更高规定性来为万物的存在提供合理性依据。所谓“明物物者无物，而物自物耳。物自物耳，故冥也。……不际者，虽有物物之名，直明物之自物耳。物物者，竟无物也，际其安在乎！既明物物者无物，又明物之不能自物，则为之者谁乎哉？皆忽然而自尔”（《知北游注》)。这一观点简练的表达即是“物各有性，性各有极”(《逍遥游注》)。“性”成为万物合理性的尺度，从而使自身在学理上占得制高点。

而“情”作为个体理解感受外在世界，体验生命存在意义的能力，它本身乃是人的一种本性，所谓“圣人茂于人者神明也，同于人者五情也”(《王弼传》)。也即是说，“情”从整体上看亦是一种“本性”，这事实上与董仲舒的观点并不相悖。但是同董仲舒不同的是，魏晋玄学家已经不再以善恶观来看待“性”了，他们从“自然”观念出发来论证“性”是合理的，这样即超越善恶论的道德层面而进入到哲学合理性论证的层面。

董仲舒的“性善情恶”论立论之根本即是因为善的“性”中有恶的“情”存在，所以使得本性不纯善，“天地之所生，谓之性情。性情相与为一瞑，情亦性也。谓性已善，奈其情何……身之有性情，若天之有阴阳也，言人之质而无其情，犹言天之阳而无其阴也”(《春秋繁露·深察名号》)。在董仲舒看来，正是“性”中所含的“情”的成分使得“性”不能纯善。而魏晋玄学家由于将“性”作为一种“自然”的合理状态，相应的，“情”作为本性之一亦是合理的。故魏晋士人把“情”作为个体本身感受世界、体验自我的能力。

鉴于“性”、“情”之间这种理论上的紧密性，钟嵘在运用这两个概念时基本上已经不再做刻意的区分。除了评价阮籍“陶性灵，发幽思。言在耳目之内，情寄八荒之表”其中“性”与“情”各有含义，前者指个体的自我本性，后者指个体的感受能力外，如“摇荡性情”、“吟咏情性”已经不再关注这二者之间的区别，“性”、“情”在这里有合二为一之义，“性情”作为一个新的合成词其本身的组合方式还不固定，既可以写作“性情”，亦可以写作“情性”；但是从内涵上来看，它是指作者主体的个性本真与感受能力，这实际上乃是以“情”为主要言说对象，同时赋予这一对象以本然的合理性。于是“情”成为诗歌创作的重要环节。

那么钟嵘所谓“情”的能指对象是什么呢？也即是说作者主体的本真感受主要体现在哪些方面呢？钟嵘在《诗品序》中说：“嘉会寄诗以亲，离群托诗以怨。至于楚臣去境，汉妾辞宫；或骨横朔野，或魂逐飞蓬；或负戈外戍，或杀气雄边；塞客衣单，孀闺泪尽；或士有解佩出朝，一去忘返；女有扬蛾入宠，再盼倾国。凡斯种种，感荡心灵，非陈诗何以展其义？非长歌何以骋其情？故曰：'诗可以群，可以怨。'使穷贱易安，幽居靡闷，莫尚于诗矣。"在评价曹植时则说："骨气奇高，词彩华茂，情兼雅怨，体被文质，粲溢今古，卓尔不群。"前者说明了"情"的外延，即骋"情"所涉及的具体的个体生命境遇；后者则解释了"情"的内涵，说明了"情"这一概念的具体规定性。从内在规定性来说，"情"要兼顾"雅"、"怨"，"雅"即是指品格的雅正、高洁，它规定的乃是"情"的性质，这留待下文论述。而"怨"则是指情感的内容，具体说来即是前面所说的"楚臣去境，汉妾辞宫"等种种离群之感。

钟嵘将"怨"作为诗歌所要表达的最主要的情感，这并不是说如"嘉会寄诗以亲"之类的欢乐之"情"不可以入诗，而是"怨"这一情感形式更贴近魏晋士人所追求的"自然"无伪这一天然之"情"的本质。诚然，欢欣愉乐亦是人之性情，然而哀怨悲愁等情绪则更展现了生命的本性，也更能显示存在者的生存之痛。人的情感固不止"怨"，但钟嵘认为诗歌创作须最能体现诗人的"自然性情"，故而对于反映情感的范围是有选择的，最应该优先考虑，体现"情"之本质的情感在钟嵘看来即是"怨"。因而我们说，钟嵘所强调的"情"即是以"怨"为核心的生命遭际之感。

然而"怨"作为传统诗学命题，在传统诗学中亦有着自己的历史历程。那么钟嵘的"怨情"观念在这一历程中有着怎么样的理论特性呢？

《论语·阳货》中曰："诗可以兴，可以观，可以群，可以怨。"这一论断揭开了诗"可以怨"的历史传统。然而同一词汇在不同的历史语境中其能指与所指却是有着时代差异的，"怨"这一概念亦有着其自身的历史特性。孔子所谓诗"可以怨"所怨的内涵是特指的，即对现实的政治行为所作的个体批评。他从其哲学的"仁"、"礼"观念出发，将"怨"的具体内涵设定在对统治者不合理行为劝诫与讽谏，所谓"怨刺上政"（孔安国）、"怨而不怒"（朱熹）。因而"怨"是有严格规定性的，那就是必须适可而止，"事父母几谏。见志不从，又敬不违，劳而不怨"；"事君数，斯辱矣；朋友数，斯疏矣"（《论证·里仁》）。对于父母君上始终是以尊敬为主，即使意见不见纳，也必须"劳而不怨"或者默而不言。

这种现实中郁结的"怨"的情感又须得以适当引导，而诗则提供了这样一种宣泄的通道，故孔子曰诗"可以怨"。然而即使是在诗中这种情感亦是受监控的，那就是必须以“群”为前提，所谓“怨”以“群”为旨归，怨者亦深而向群之心亦真。因而，“怨”在先秦文化语境中其内涵指向乃是个体的政治见解与政治抱负，即使是个体的生命遭际也都被染上一层政治色彩。

司马迁则开创了对“怨”的另一种理解，他说：“夫天者，人之始也；父母者，人之本也。人穷则反本，故劳苦倦极，未尝不呼天也；疾痛惨怛，未尝不呼父母也。屈平正道直行，竭忠尽智以事其君，谗人间之，可谓穷矣。信而见疑，忠而被谤，能无怨乎？屈平之作《离骚》，盖自怨生也。”（《史记·屈原贾生列传》）司马迁由于自身遭遇凄苦，故而从个体的遭遇出发来审视屈原《离骚》的创作，由此他认为“屈平之作《离骚》，盖自怨生也”。因而司马迁所说的“怨”从外在的政治事功向内在的个体自我转化，开始关注个体的生命际遇，从孔子“诗可以怨”的外在功利性向内在自我感受转化。

基于这一思想，他强调厄运对于个体成就自身的作用：“盖文王拘而演《周易》；仲尼厄而作《春秋》；左丘失明，厥有《国语》；孙子膑脚，兵法修列；诗三百篇，大抵圣贤发奋所为作也。”（《报任安书》）在这里，司马迁认为个体的不幸恰恰是激励个体有所作为的原因，个体由于感受到生命的不公平进而生发出上进的信念，从而取得更大的成就，这样即把个体心中的怨愤作为触发个体奋发向上的动机。

我们同样可以看到，司马迁尽管将“怨”由外在的事功指向内在的个体，但是他还是没有完全从事功转向个体。在他看来，外在的事功还是首要的，个体的怨愤最终还是指向外在的事功，个体在怨愤的激励下或者成忠臣义士，或者发奋著书以名留青史，对个体怨愤的强调又回归到外在事功上，于是在终极目的因上，司马迁重新退回到儒家的文化立场。这种情况在儒家思想定为独尊之后更为明显，作为汉代权威诗论的《毛诗序》即体现出这一点。

《诗大序》认为，“情发于声，声成文谓之音。治世之音安以乐，其政和；乱世之音怨以怒，其政乖；亡国之音哀以思，其民困”，强调情感是与现实政治密切相关的。较之先秦诗论，《诗大序》论述的更为明确，或者说更机械性。将诗与政相对应这既是儒家诗论的一贯立场，也是汉代中央集权进一步加强对艺术进行官方意识形态渗透的结果。诗直接反映现实的政治得失，这是汉代主流诗论的观点。

但是《诗大序》也有开启后来魏晋六朝诗论的地方：首先，它把“怨”看作“情”之一种，尽管是作为乱世之音，但亦肯定其存在的合理性；其次，它认为“国史明乎得失之迹，伤人伦之废，哀刑政之苛，吟咏情性，以风其上，达于事变而怀其旧俗者也。故变风发乎情，止乎礼义，先王之泽也”。这样，《毛诗序》特别强调了“伤人伦之废，哀刑政之苛”这种以“怨”为内容的情感，并且认为它“吟咏情性”，这事实上为钟嵘把“怨”作为诗歌表达的主要情感要素作了理论上的先导。尽管《毛诗序》把“怨”作为“情”的重要内容加以论述，并且把“情”作为诗歌的原动力，但是它仍旧把“怨”与政治内涵相连接，使之成为整个政治模式中的一个组成部分，因而《毛诗序》注重的仍然是诗的外在事功作用。

作为两汉政教诗论的解构者，六朝诗论将关注的目光从外在的政教事功转向了个体内在的心灵感受。较之前人要求诗歌要反映政治教化，钟嵘要求诗歌要走向个体的自我之情。因而，“他所说的诗‘可以怨’的‘怨’，与‘怨刺上政’的那种狭隘的‘怨’已经不同，钟嵘是从一个更广阔的而不是局限于讽喻的政治视野来理解诗‘可以怨’。他所举的七个事例涵盖了社会生活的各个方面的‘怨悱’之情”。[①] 这是怨的内涵转变，更为重要的是，钟嵘在列举这七个事例时，所着眼的完全是个体的心理感受，而不是外在的政治教化。

因而，钟嵘一方面沿袭了《毛诗序》的理论思路，把“情”作为诗的直接产生根源，同时进一步把“怨”作为最受重视的诗歌情感，继承了《毛诗序》“伤人伦之废，哀刑政之苛”；另一方面他转换了“怨”的内涵，使“怨”从对政治事功的依附中解放出来，成为个体自身遭际的表达。

在钟嵘这里，诗歌即是个体自我遭遇的诉说。尽管司马迁亦主张发愤著书，但是他所讲著书毕竟还有藏之名山以待后人的功利性目的。而钟嵘则完全不强调外在的功利，诗人对自身不幸命运的诉说不是为了追求外在

① 童庆炳：《钟嵘诗论解读》，《保定师范专科学校学报》2002年第1期。

的功利，诗歌完全是个体抒写自己一腔郁闷、愤慨的方式，诗人做诗只是因为郁结在胸中而不得不发的一腔不平之气。诗中体现出的“怨”即是诗人对自身不幸命运的抗争，对个体所遭受的不公平、不公正待遇的艺术化反抗。

钟嵘对“怨”的这种内涵转换贯彻在其具体的诗论尤其上品诗人的评价上，在他所认定的12位上品诗人中（古诗算一位），所列12则有7则以怨称，如评李陵“文多凄怆，怨者之流。陵，名家子，有殊才，生命不谐，声颓身丧。使陵不遭辛苦，其文亦何能至此！”班婕妤“词旨清捷，怨深文绮”；曹植“情兼雅怨”；左思“文典以怨”。个体的不幸使其诗歌创作成就反而更为彰显，诗成为个体“自然”情感的真实宣泄，而这种情感又以不幸、哀怨等负面情感最真实，也最接近诗的要求。由于《诗品》推源溯流的理论追求，上品诗是整个《诗品》中诗人的源头，所以在上品中对“怨”的强调实际也意味着“怨”乃是《诗品》的一个基本理论向度。

另外，钟嵘在以“怨”为“情”的基本内涵时还强调“悲”，从而拓宽了“怨”的纵深度。“悲”是由个体本身的遭遇上升到人生的不完整性，它与个体的自身遭遇相关却又超越具体的事件，表现为对生命本身的执着与眷恋，因而它着重指向对生死存亡的重视与思考。“这种对生死存亡重视、哀伤，对人生短促的感慨、喟叹，从建安直到晋宋，从中下层直到皇家贵族，在相当一段时间中和空间内弥漫开来，成为整个时代的典型音调。”[①] 王褒《洞箫赋》云：“故知音者悲而乐之，不知音者怪而伟之。故为悲声则莫不怆然累欷，擘涕汶泪。”（《文选》卷十七）钱锺书评曰：“奏乐以悲为善声，听乐者以能悲为知音，汉魏六朝，风尚如斯，观王赋此数语可知也。”[②] 这种对个体命运的关注，对世事无常生命短促的感慨，对人生坎坷、忧多乐少的喟叹即是“悲”，它以反面的形式写出了对生命的留恋，对命运的怀疑，对美好的向往。

钟嵘的“悲怨”观念继承了这一文学传统，他在评价《古诗》时集中

① 李泽厚：《美学三书》，安徽文艺出版社1999年版，第92页。

② 钱锺书：《管锥编》，生活·读书·新知三联书店2001年版，第1506页。

体现了其观点："文温以丽，意悲而远。惊心动魄，可谓几乎一字千金"，并且感慨"人代冥灭，而清音独远。悲夫!"而古诗"在对日常时世、人事、节候、名利、享乐等等咏叹中，直抒胸臆，深发感喟。在这种感叹抒发中，突出的是一种性命短促、人生无常的悲伤。它们构成《十九首》一个基本音调"。①

"去者日以疏，生者日已亲"；"生年不满百，常怀千岁忧"；"客从远方来，遗我一书札。上言长相思，下言久离别"；"所遇无故物，焉得不速老"……正是这种对人生无常的深切感慨，这种对年华易逝、命若朝露的切骨之痛使得钟嵘深切的感慨"人代冥灭，而清音独远。悲夫!"

这样，钟嵘把"怨"的内涵扩展到生命存在的高度，从而使个体的情感升华到全人类情感的高度，诗成为对人生存在意义的艺术追问，从而更本质地展现"情"这一人类感性存在。

姜晓云认为："先秦的贵族诗人拥有很高的政治地位，怀抱'礼乐治国'的理想。诗歌作为礼乐治国的工具，担负着许多伦理、政治等功能，更多关注人的外部世界。故诗中的'怨'，有主动的规劝，有直接的指斥，有大胆的暴露，有深情的控诉，锋芒所向，表现为'刺'。而在汉末魏晋，士族诗人面对大动乱的社会，黑暗的政治，有心济世却又无力济世，甚至自己的特权位置不保，自己的性命不保；并且在乱世，人们的思想从繁琐无用的经学统治下解放出来，目光从外转内，更多地关注自身，思考自身，人的个体意识开始觉醒。于是，对外部世界的'怨'转化为对自己的'哀'。"② 这一判断就基本历史走向来说无疑是有概括性的，正是生命中不得不时刻面对的死亡与不安，才使当时士人如此深思生命存在的价值，才能更准确地把握生命之"悲怨"。

我们说"怨"确实是个体对自身不幸遭际的表达，它从外在的政治事功转向内在的个体感受，体现了个体自我意识的觉醒。但是，它不仅仅停留在个体自身的不幸上，"怨"进一步上升为一种对人类存在状态的关注意识——"悲"，它是对生命存在本身的感悟，由个体的一己之感上升到

① 李泽厚：《美学三书》，安徽文艺出版社 1999 年版，第 91 页。

② 姜晓云：《"清"与"怨"的历史传承与钟嵘〈诗品〉》，《文艺理论研究》2000 年第 3 期。

整个存在者的存在之惑，从而使“怨”成为最能体现诗歌本性的人类情感，成为诗人情感的基本内涵。

二 “吟咏情性”与“诗言志”

魏晋六朝是一个重“情”的时代，随着陆机“诗缘情而绮靡”这一理论的提出，即与此前一直盛行的“诗言志”观念在理论上有着不同的旨趣，把诗歌由外在的事功价值转向内在的个体感受。这样“诗缘情”与“诗言志”在此后漫长的中国诗学历程中相互对立、相互制约，成为中国传统诗论的一个核心问题，对中国诗学形态产生了深远的影响。

然而二者之间并非水火不容的对峙，事实上“缘情”与“言志”之间有着密切的关系，《毛诗序》即说：“诗者，志之所之也，在心为志，发言为诗。情动于中，而形于言。言之不足，故嗟叹之；嗟叹之不足，故永歌之；永歌之不足，不知手之舞之，足之蹈之也。”“志”与“情”不仅不对立反而具有重要的内在关联性。孔颖达《五经正义》中则说：“此六志《礼记》谓之‘六情’。在己为情，情动为志，情、志一也。”直接把“情”与“志”作为同一东西。近代亦有人论证了二者之间的联系，如朱自清即认为，随着诗由阅读转向创作，论诗者渐渐意识到作诗人的存在，“他们虽还不承认‘诗缘情’的本身价值，却已发现了诗的这种作用，并且以为‘王者’可由这种‘缘情’的诗‘观风俗，知得失，自考正’。那么‘缘情’作诗竟与‘陈志’献诗殊途同归了”。[①] 然而，“言志”与“缘情”毕竟是有区别的，由于所处的具体历史情境的差异，其所关注的重心也不一样。因而，这二者就内涵来说是有重叠之处的，只是在侧重点上经历了几个不同的历史阶段。

(一) 以“志”统“情”

“诗言志”作为中国最高的诗歌理论是一个几乎快被说滥了的话题，最明确的记载当为《尚书·舜典》：

帝曰：夔！命女典乐，教胄子，直而温，宽而栗，刚而无虐，简

① 朱自清：《诗言志辨》，岳麓书社2011年版，第27页。

而无傲。诗言志，歌永言，声依永，律和声。八音克谐，无相夺伦，神人以和。

《说文》释词曰：

诗，志也。从“言”，“寺”声。

在这里“志”的内涵是什么呢？朱自清在《诗言志辨》中认为，“志”指怀抱，并且这种怀抱是与“礼”分不开的，也就是与政治、教化分不开的。“志”广泛用于对上位者的讽与颂，以及外交活动中，而且他还进一步认为尽管《诗经》里有一半是“缘情”之作，乐工保存它们却只为了它们的声调，为了它们可以供歌唱。那时代是还没有“缘情”的自觉的。[①]考虑到当时诗歌尚处于集体创作阶段，这个论断基本是符合那时情形的。

真正涉及“志”与“情”的关系的是《诗大序》：

诗者，志之所之也。在心为志，发言为诗，情动于中而形于言。

“志”是内在的、稳定的，为外物感情所牵动而形诸言，而“情”是外在的、较为活跃的，是使“志”外显的因素。受汉儒“情”恶论影响，“情”是需要控制的，故又说“发乎情，止乎礼仪”。“礼”的制定从一开始就是规范、制约“情”的，所谓“礼制情佚也”。[②]

总之，在这一时期，“志”是主导的，“情”是从属的，“志”的内容集中在政治道德、理想抱负方面，“情”亦受此影响而主要指人的社会情怀。“志”与“情”的关系是以“志”统“情”。并且由于“情恶论”的影响，“情”一再受到“礼”的限制而弥见拘束。

（二）以“情”含“志”

陆机在《文赋》中说：“诗缘情而绮靡。”论者遂以此为“缘情说”的

① 朱自清：《诗言志辨》，岳麓书社 2011 年版，第 7、19 页。

② 萧华荣：《中国诗学思想史》，华东师范大学出版社 1996 年版，第 39 页。

开端。如朱自清认为，“陆机《文赋》第一次铸成‘诗缘情而绮靡’这个新语。‘缘情’这词组将‘吟咏情性’一语简单化，普遍化，并檃栝了《韩诗》和《班志》的话，扼要地指明了当时五言诗的趋向”。[①] 蔡镇楚则认为，陆机的“缘情说”，“抓住了诗歌创作过程中的审美心理特征和诗歌的本质属性，因而具有强大的艺术生命力”。[②]

那么陆机是否就放弃了言“志”的理论呢？同样在《文赋》中陆机还说：“济文武于将坠，宣风声于不泯。”《遂志赋序》论及崔篆之诗时许以“明道述志”，显然陆机仍有浓厚的言“志”观念。且《晋书·陆机传》说他“少有异才，文章冠世，伏膺儒术，非礼不动”。因而说他以“缘情说”取代“言志说”是不太恰当的，我们需要辨析其“情”的含义：

> 烟出于火，非火之和；情生于性，非性之适。故火壮则烟微，性充则情约。是以殷虚有感物之悲，周京无伫立之迹。（《演连珠》）

“性”乃“情”之本，有持正之义，“情”受“性”之制。这显然与王弼的“性情观”相同。这样我们可以看出，陆机的“情”是含有“志”的，即原先属于“志”的内容被作为一种本性，一种应有之理包含在他的“情”的观点中了。或许只有到了萧纲的“立身先须谨慎，文章且须放荡”（《诫当阳公大心书》），“缘情说”才真正抛弃持正之义，抛弃“志”的内涵成分，从社会群体之情转向个人男女之情，接近我们现在意义上所说的感情了。

总的来看，陆机尽管已经认识到“情”在诗中具有重要的作用，但又不放弃“志”的规范作用，因而努力想使“志”蕴含于“情”中。但是陆机在后世中却屡遭正统文人的非议，如沈德潜《古诗源》指责其“先失诗人之旨”；纪昀《云林诗钞序》云“自陆平原‘缘情’一语引入歧途”，这固然是由于其首倡“诗缘情”，然而更重要的是他主张诗要“绮靡”。前面《毛诗序》中并不排斥“情”，只是“情”要受“志”的制约，须得符合教

① 朱自清：《诗言志辨》，岳麓书社 2011 年版，第 33 页。

② 蔡镇楚：《中国古代文学批评史》，岳麓书社 1999 年版，第 141 页。

化的需要，然而将诗的特征定性为“绮靡”却无论如何都难与表达教化之“志”的价值要求统一起来。

因而，我们说，真正使陆机“诗缘情”理论受到非议的是其后面的“绮靡”的要求，在具体的理论论述中他背离了诗要反映纯正之“性”的要求。这一点在后来的理论家中得到一定程度的修正，如刘勰重新回到《毛诗序》的立场上认为“在心为志，发言为诗”；在《文心雕龙·明诗》中，钟嵘虽然不再讲“诗言志”，但是在具体的理论操作中他却用另一概念——“雅”为“志”保留了位置。

（三）钟嵘的“情”、“志”观

《诗品》序开端即言：

> 气之动物，物之感人；故摇荡性情，形诸舞咏。

很明显，钟嵘的诗歌发生学理论是一个气—物—人心—诗歌的四段论，而且它的直接根源是人的性情。这在另一段话中说得更直接：

> 夫属词比事，乃为通谈。若乃经国文符，应资博古，撰德驳奏，宜穷往烈。至乎吟咏情性，亦何贵于用事？

这样看来钟嵘的“性情说”更接近陆机“缘情说”一派，可是钟嵘的观点有什么独特之处呢？下文将略作分析。

钟嵘《诗品》中绝口不提“诗言志”，仅在“晋步兵阮籍”条中说“颜延注解，怯言其志”，这与刘勰在《文心雕龙》中反复申明“诗言志”形成鲜明对照。这一点日本学者林田慎之助也注意到了：“《诗品》中却几乎没有使用‘志’这一概念，这是很有意思的。”①

但是，没有使用是否就代表不重视“志”呢？我们还是先来看他的“情”的内涵。除了上文“非长歌何以骋其情”，钟嵘对“情”的正面界定

① ［日］林田慎之助：《汉魏六朝文学理论中的“情”与“志”问题》，卢永璘译，《古代文学理论研究》第13辑。

体现在对曹植的评价上——“情兼雅怨”。在这里，“怨”是“情”的内容，我们在上文中已经分析过，重视“怨”也即重视“情”。但在钟嵘的诗歌理想中光有“怨”是不行的，它必须还要受到“雅”的规范，即含有“雅”的一面，这样才能体现钟嵘心目中的“情”，也就是诗人需要吟咏的“情性”。如果说“怨”乃是最能体现“自然”之性的诗歌情感，那么“雅”则规定了这一情感的品质，使之不至于流于生物的本能。

那么钟嵘的“雅”的含义是什么呢？“雅”的根本含义是“风雅”，指意存“劝导”。内容“正经”、方法“宛转”的诗文体性，体现“文质彬彬”的理想品质。[①] 这和《诗品》中的运用基本一致。如论应璩：

> 指示殷勤，雅意深笃，得诗人激刺之旨。……华靡可讽味。

“雅”含有“激刺”之意，“讽味”亦存“规劝”之意，与“诗言志”中的“下以风刺上”之意并无不同。

他在评论左思则说：

> 文典以怨，颇为精切，得讽谕之致。

“典”即典雅之意，可说与“雅”是同义语，同样左思亦“得讽谕之致”。另外，论颜延则“经纶文雅才”；阮籍“志在激刺”，则“洋洋乎会于风雅”；任昉诗能持正，则许以“拓体渊雅，得国士之风”；而嵇康诗由于超越了“讽”的界线，所以便“过为峻切，讦直露才”，最后便“伤渊雅之致”了。

如果我们将“雅”的标准与“诗言志”中“志”的标准对比一下就会发现，二者在基本层面上是吻合的。如都关乎讽颂，都须持正（志的内容非关修身，即关治国）。都强调不能超越“讽”的界线，“诗言志”主“温柔敦厚”（《礼记·经解篇》），钟嵘则谓不能“过为峻切”。

① 伍蠡甫语，转引自邬国平《刘勰与钟嵘文学观“对立说”商榷》，《文学理论研究》1984年第1期。

因此，我们可以说，先秦以来一直强调的“诗言志”的观点到钟嵘这里一变成为隐性的，内置性的，对于“志”的要求由一个更有诗学意味的词——“雅”来承担。而且更为重要的是，“雅”成为他的“性情”观的一个重要组成部分。“情”既含有作者的切身感受（怨），又须具有持正、蕴藉的特点（雅）。在坚持了诗歌抒情性的同时又捍卫了情感的严肃性，正是从情感的严肃性这一要求出发，他不满于张华的“儿女情多，风云气少”，指斥汤惠休“惠休淫靡，情过其才”，将善写爱情诗的繁钦直接不予入品，而曹植尽管写了不少情诗，但内涵深远不止于私情，故获得极高的评价。

三 “吟咏情性”与物感说

伴随着“缘情”观念兴起的是另一观念即物感说。魏晋玄学尚“自然”、重“性情”的观念为诗人抒发个体情感提供了理论基础，而真纯、自然的个体情感离不开对外在事物的感受，个体的情感从内心延伸到外物，而外在事物则成为个体内在情感的投射。

事实上，物感说的起源远早于魏晋六朝，它作为我们民族的基本思维方式，伴随着文明的诞生而诞生。《易经·咸卦》中说：“天地感而万物化生，圣人感人心，而天下和平。观其所感，而天下万物之情可见矣”。世间万物由天地交感而生成，圣人能够感人心致太平，而通过所感的对象能认识万物的情状，这是较早关于物感的理论。此外，先秦哲学中亦多言及物感，如《论语·子罕》所说的“子在川上曰：‘逝者如斯夫！不舍昼夜。’”

然而，这些言说只论及外在事物与个体道德情感之间的关系，其中审美的意味并非是主要的。只有到魏晋六朝，物感说才成为描述个体与外物审美关系的概念，这样它才得以进入诗学领域并与“缘情”观念形成密切的关系。因而，我们首先回顾这一观念的发展历程然后再分析它与“吟咏情性”的关系。

（一）早期的物感说

先秦儒家从道德伦理的角度首先论述了外在事物与人的关系，孔子曰：“知者乐水，仁者乐山。知者动，仁者静。知者乐，仁者寿。”《论语·雍也》

在这里，孔子将“仁”、“智”与“山”、“水”对举，指出二者之间的关联性，认为“山”、“水”分别体现了二者内在的品质，那么这种外在自然事物与个体的内在品质究竟有何联系呢？

我们说“仁”在孔子那时是一种内在的道德自觉，它不受个体外在境况的影响而坚持自己的准则，“饭疏食，饮水，曲肱而枕之，乐亦在其中矣。不义而富且贵，于我如浮云”（《论语·述而》）。物质的贫乏并不能影响内心的安然与快乐，不耻贫，不慕富，只有道德仁义才是其追求的对象，这种品质与山岳静默严肃的形象具有内在的相似性，“泰山岩岩，鲁邦所詹，奄有龟蒙，遂荒大东，至于海邦。淮夷来同，莫不率从，鲁侯之功”（《诗经·鲁颂·閟宫》）。对他人境遇仁心关怀的社会责任感与山的这种承载万物，哺育众灵的大气在精神上是相通的，故仁者乐山，仁者静，仁者寿。而智则是对个体自身处境的清醒认识，对个体生命的理智保全，它灵活地应对各种外在事物对个体的冲击与伤害，使个体的生命得以长久勃发与灵动。这种对个体自我的保全与对外界伤害的躲避与水那种不强行突破、择地而流的特性是非常吻合的，流水的灵性于是成为智者的象征。

然而这只是对外在事物的道德联想，其中物感的含义是非常微弱的，真正体现物感这一特征的是前面所提到的《论语·子罕》所说的“子在川上曰：‘逝者如斯夫！不舍昼夜。’”在这里，流水不是以道德的形式被感知的，川流不息的河水本身即是所思所感的对象。奔腾不息的河水将昼夜交替、转瞬即逝的时间置换成具体可感的画面，在匆匆而过的流水面前生命本身的短促被悄无声息地展现出来，一种发自内心深处的感慨被眼前的对象勾引起来，对生存的思考在刹那间涌向心头。这真正体现了物感的含义，可以说是最早的物感实例。

此后孟子将外在事物与道德哲理相联系，荀子将外在事物与道德品质相对应，尽管细化了孔子对外物的感受，但是也使得这种感受本身越来越道德化而失去了对个体内心的触动。

在这种情况下，道家的庄子则从“自然”的角度发展了物感理论，他满怀深情地说：“山林与皋！壤与！使我欣欣然而乐与！”（《知北游》）山林、皋壤的“自然”情态使其感受到内在的生命乐趣，个体的生命与自然界处于深层的和谐状态，因而使之不由自主地融入其中。这样，物感理论与“自然”观念结合在一起，成为人与自然界生存关系的描述，从而给后世以深刻的影响。

（二）六朝物感物诗论

魏晋玄学理论深化了人与“自然”的关系，在这一哲学背景下对自然外物的欣赏成为一种时尚风气。孙绰谓卫君长曰：“此子神情都不关山水，而能作文。”（《世说新语·赏誉》）在他看来，神情关乎山水乃是作文的基本条件，而卫君长神情不关山水却能作文故而令其十分惊讶。由此可见，对山水的欣赏在那时已经成为写诗作文的基本条件。在这种普遍风气下，诗学中的物感论亦应运而生。陆机在《文赋》中首先做了理论描述：

> 遵四时以叹逝，瞻万物而思纷。悲落叶于劲秋，喜柔条于芳春。心懔懔以怀霜，志眇眇而临云。咏世德之骏烈，颂先人之清芬。游文章之林府，嘉丽藻之彬彬。慨投篇而援笔，聊宣之乎斯文。

陆机认为外在的落叶、柔条会给个体以或悲或喜的不同感受，这种感受进一步触发诗人的写作兴致，进而思考社会中的事物，“咏世德之骏烈，颂先人之清芬”，由自然景物进入到社会内容，最后“慨投篇而援笔，聊宣之乎斯文”。它涉及了“物”与“情”两个基本的要素，物是客观的、外在的，情是主观的、内在的，内外呼应，心物交感，使作家产生创作的冲动，这就是陆机的“物感说”的基本内涵。[①] 在这里，陆机论述了“物”与“情”的互动关系，物感与缘情一开始即有密不可分的关系，我们说，缘情指明了诗的创作主体要素，而物感则是这一要素的具体展开。

此后刘勰进一步论述了物感的内涵以及它与缘情的关系，《文心雕龙·物色》说：

> 春秋代序，阴阳惨舒，物色之动，心亦摇焉。盖阳气萌而玄驹步，阴律凝而丹鸟羞。微虫犹或入感，四时之动物深矣。若夫珪璋挺其慧心，英华秀其清气，物色相召，人谁能安！是以献岁发春，悦豫

① 张希玲：《“物感说”及其理论创作基础》，《哈尔滨学院学报》2003 年第 9 期。

> 之情畅，滔滔孟夏，郁陶之心凝，天高气清，阴沉之志远；霰雪无垠，矜肃之律深，岁有其物，物有其容，情以物迁，辞以情发。

刘勰从自然界的时序变化引起生物的活动变化论起，认为时序对人的影响是非常重要的，“物色相召，人谁能安!”，在外物的感召下，人的情感亦自然萌动，这种被激发出来的情感宣之于纸上即成为辞章。这样，刘勰即建立起物—情—辞这样一个创作的基本过程，从而较为完整地论述了物与情的关系。

（三）《诗品》中的咏情与感物

钟嵘同样重视外在事物对主体情感的感发作用，除了开头所建立的“气—物—情—诗”的理论体系外，他在下文继续说：

> 若乃春风春鸟，秋月秋蝉，夏云暑雨，冬月祁寒，斯四候之感诸诗者也。嘉会寄诗以亲，离群托诗以怨。至于楚臣去境，汉妾辞宫；或骨横朔野，或魂逐飞蓬；或负戈外戍，或杀气雄边；塞客衣单，孀闺泪尽；或士有解佩出朝，一去忘返；女有扬蛾入宠，再盼倾国。凡斯种种，感荡心灵，非陈诗何以展其义？非长歌何以骋其情？

钟嵘首先认为，“春风春鸟，秋月秋蝉，夏云暑雨，冬月祁寒”这种种外在的自然景物能够感之于诗，是诗人表现的对象。从诗歌的发展历程看，这事实上也反应了五言诗兴起时山水诗不断壮大的现象，外在的自然景物成为五言诗重要的反映对象，这是物感的主要内容。

其次，钟嵘将物感的内容扩大到社会事件，诗人个体的人生际遇更能感荡人的心灵成为重要的诗歌创作来源。“凡斯种种，感荡心灵，非陈诗何以展其义？非长歌何以骋其情?”这样，钟嵘事实上由感物进而扩展到感事，把感物与感事联系起来。他扩大了感物的范围，由外在的自然景物上升到社会事件，从理论上丰富了感物的内涵。另外，他亦表明感物与感事都是“情”的内涵，都是诗人情感运动的结果，这样即把“吟咏性情”与感物统一起来，前者是诗歌的主体来源，后者是这一情感的运动方式。

钟嵘对物感的重视在具体的诗歌品评中于“谢灵运”条最为明显，“若人兴多才高，寓目辄书，内无乏思，外无遗物，其繁富宜哉！然名章迥句，处处间起；丽典新声，络绎奔会。譬犹青松之拔灌木，白玉之映尘沙，未足贬其高洁也”。他认为谢灵运具有“兴多才高，寓目辄书”的特点，这种天赋显然对其创作山水诗具有极大的便利，故能够“外无遗物”，准确地把握外物的特点。然而这种把握亦离不开内在的情思，只有“内无乏思”才能够“外无遗物”，因而情思仍然是决定性的因素。

所以，对物感来说，重要的不是“物”，而是“感”，只有主体在“感”时，外在的“物”才有意义，而“感”也即意味着诗人主体的“情”在具体时空的运动。这样看来，物感与咏情乃是同一过程，只是一个指向具体的运动，一个指向发生的本原。

钟嵘在王弼“性情论”的基础上继续前进，使“性”、“情”二词渐趋为一，并继续提高“情”的自然合理性地位，坚持“情”的纯正严肃性。在“情”与“志”的关系上，他则沿着陆机的方向推演，用“雅”的标准取代原来“志”的要求，使原来的“以志统情”化为“以情含志”，更加贴近了诗歌的本质。另外，由于他在倡导诗歌“吟咏情性”的同时坚持了“雅”的标准，所以又不同于以后的萧纲直接把“性情”解释为男女之情，从而坚持了诗歌的雅正品位。因而钟嵘的“吟咏情性”仍然属于“雅”文学内部的演变，与以后的俗文学对“情”的定位并不相同。

如果我们对比萧纲的《答新渝候合诗书》中评萧暎之宫体诗就可以看出钟嵘的特点，萧纲说：

> 此皆性情卓绝，新致英奇。故知吹箫入秦，方识来凤之巧；鸣瑟向赵，始睹驻云之曲。手持口诵，喜荷交并也。

萧纲认为，“描写和欣赏女子体貌神情之美，喜怒哀乐之色，抒发男女眷恋之情，皆出自人的本性，体会愈深，描写愈工，性情便表现的愈卓绝。”① 同样是言性情，二者之间的内涵截然不同，如果说钟嵘所说“性

① 高文强：《论“诗缘情”说的现代误读》，《湖北大学学报》2004年第1期。

情”内容多为正面高尚情感，尚有以“性”制“情”的意思，那么萧纲“性情观”则已不具备这种含义。他所说的“性情”已经是汉儒及王弼都反对的“情欲”，是先前所极力排斥的东西，是“性”、“情”二者在发展中进一步抑“性”扬“情”的结果。至此，“性情”中不复含有原来持正之意，而钟嵘在这一过程中扮演了重要的过渡角色。

第三章 “直寻”

——哲学视野中的诗学方法论

随着对传统文化研究的不断深入，中国诗学所特有的运思方式也越来越受重视。作为中国最早的诗学专著，钟嵘的《诗品》首先提出“观古今胜语，多非补假，皆由直寻”，从而为中国诗学创作方法的发展打下了坚实的基础。然而对于“直寻”的诠释却历来众说纷纭。陈延杰认为“钟意盖谓诗重兴趣，直接由作者得之于内，而不贵同于用事”；[①] 许文雨则说“直寻之义，在即景会心，自然灵妙，即禅家所谓‘现量’是也”；[②] 而当代诸家则或曰“强调诗歌必须反映社会生活”[③]，或曰“直书即目所见”[④]，或曰“直接写纵目所见之外物”[⑤]，或曰“直抒胸臆”[⑥]。

综合来看，尽管以上诸家所论之侧重点不同，其方式却是完全相同，都是试图对这一概念本身的含义进行诠释，这种诠释固然能够加强我们对于《诗品》文本的理解，但是显而易见，这种诠释方式受制于诠释者的文化视野，使诠释带上了很强的个人主观色彩，从而降低了其诠释的客观有效性。另外，这种诠释方式仅仅就诗歌方法论本身来理解“直寻”，无形之中忽视了这一理论背后的文化基础，从而削弱了其理论纵深度。

鉴于以上问题，本文认为必须把诗学中的文化与文化中的诗学结合起来，即把特定思想话语体系中的特定诗学话语本身的独特品质研究同解析

① 陈延杰：《诗品注》，人民文学出版社1963年版，第12页。

② 许文雨：《钟嵘诗品讲疏》，成都古籍出版社1982年版，第22页。

③ 武显璋：《浅谈钟嵘的“直寻”说》，《文学遗产》1984年第2期。

④ 曹旭：《诗品集注》，上海古籍出版社2011年版，第226页。

⑤ 向长青：《诗品注释》，齐鲁书社1986年版，第18页。

⑥ 蒋祖怡：《钟嵘的“滋味说”对我国诗歌发展的作用》，《杭州大学学报》1985年第4期。

它所蕴含的一般思想文化原则结合起来。“直寻”这一中国诗学创作方法论固然是与《诗品》这一特定的诗学话语分不开的，但它本身又是整个传统文化的产物，本文即旨在追寻这一诗学的传统文化基因。

第一节 “直寻”的传统文化之源

作为研究的基本出发点，我们同样须从“直寻”这一概念本身出发，然而这并不是仅仅要求我们从个人的文化视野出发对其进行一番适合自己文化观念的理解，抑或是仅仅指出这一术语与当时或者之前的其他哲学诗学概念的关联问题。当然，我们也不能否认，事实上任何一位研究者都不可能完全摆脱个人视野的限制，而且如果辩证地看，这种阐释的个体色彩与时代色彩恰恰是阐释的魅力所在。但是尽管如此，为了保证阐释的深度，避免使阐释流于个人臆测，我们仍然有权要求为阐释寻找一种历史的支撑，一种文化的传承，将个体阐释的合法性建立在历史文化的基石上。

一 儒家的发轫

“直”作为一个哲学概念最早始于孔子，它的基本含义是正直，即以公正的态度处理事务的品质，也就是不徇私，不枉情。《论语》中曾两次提到这种品质：“举直错诸枉，能使枉者直”（《论语·颜渊》）；“举直错诸枉，则民服；举枉错诸直，则民不服”（《论语·为政》）。子夏在解释前一则时说：“舜有天下，选于众，举皋陶，不仁者远矣。汤有天下，选于众，举伊尹，不仁者远矣。”（《论语·颜渊》）由此可见“直”是作为一个仁者个体所具备的高尚品质，它与儒家哲学的核心概念“仁”是紧密相连的，它“不仅具有正直之义，亦具有正义之义，具有‘应当’、‘本当如此’之义”。[1] 因此我们可以说它是“仁”的一种外现形式，是“仁者”的一种存在状态。

这样一来，孔子就将“直”的理论基础建立在人的内在品性上，所以他说“人之生也直，罔之生也幸而免”（《论语·雍也》）。在这里“直”即

① 罗安宪：《孔子“直”论之内涵及其人格意义》，《孔子研究》2005年第6期。

成为构成人性的重要方面，如果不具备这方面的品质那么就不能称之为“人”，只能处在一种遮蔽状态，懵懵懂懂地活着。这种人能够苟活在世上，只是出于侥幸，由此，“直”被提高到规定“人”的本性的高度。这在《论语·颜渊》篇中表现得更加明显：

子张问：“士何如斯可谓之达矣?”子曰：“何哉，尔之所谓达者?”子张对曰：“在邦必闻，在家必闻。”子曰：“是闻也，非达也。夫达也者，质直而好义，察言而观色，虑以下人。在邦必达，在家必达。夫闻也者，色取而行违，居之不疑。在邦必闻，在家必闻。”

“直”是人的本质特征，是一个纯正的人真实内心的显现，是仁者的一种本真存在，外界的毁誉不是它的评判标准。所以孔子看不起那种“在邦必闻，在家必闻”的人，因为这种人“色取而行为”，完全违背了“直”的原则，故孔子有“巧言令色，鲜矣仁”之叹（《论语·阳货》）。这一点从儒家推崇的“德”的意义中也可看出，《说文解字》曰：“惪，外得于人，内得于己也，从直，从心。”可以看出从内心中直接发出的感情即为“德”，这是一种自然真情的流露，是不掺杂任何伪质的内心情感。这样“直”就直接与情感的“真”相联系。这一点孔子亦曾反复强调：

孰谓尾生高直？或乞醯焉，乞诸其邻而与之。（《论语·公冶长》）

叶公语孔子曰：“吾党有直躬者，其父攘羊，而子证之。”孔子曰：“吾党之直者异于是。父为子隐，子为父隐，直在其中矣。”（《论语·子路》）

邻人乞醯，或有或无，或予或否，皆是生活之常态，人之常情，直言即可；尾生乞诸其邻而与之，自是未忘名利，借此以邀誉，故孔子讥之。其父攘羊，而子证之，若从法理学的角度则非为不对；然孔子所着眼处在人之真情：父子亲情，本自天性，苟无非常之名利诱惑，则何使人弃父子之情而不顾？所以在孔子看来，这种毁弃人之天性的“直”恰恰是最大的不“直”。

这样一来，“直”不仅意味着情感的真诚无伪，同时也暗含了实践这种情感的艰难。因为人在具体的社会生活中时时受到各种名利、欲望、私念的制约，而这诸种利己的情感在很大程度上就容易遮蔽了“直”这种更为本真的情感。如果说孔子所要求的“直”是一种胸怀坦荡的人格，“这样的人，不怀旧恶，不计新仇，是即是，非即是非，有则言有，无则言无。心里怎么想，就怎么说，就怎么做。不虚伪，不造作，不贪图虚名”，[①] 那么实践这种人格则无疑需要相当的主体自决能力。这事实上也意味着从“直”作为主体的一种道德品性转移到如何实现这种品性的问题上，即由一种名词性的品质规定转变为如何实现这种品质的方法论问题。也即是问题的重心由名词的“直”转向如何实现这种“直”的动词“寻”上。

二 道家的开拓

道家对“直寻”概念的影响主要是由庄子来完成的。庄子并没有把“直”作为一个特别的哲学概念来运用，然而如果我们从“直寻”范畴的发展历史来看，庄子恰恰是促成这一范畴的一个不可或缺的人物。自韩愈以来即有学者如章太炎认为庄子传孔子之学，二者是否具有师承关系自难断定，然孔、庄哲学亦确有相通之处。[②] 就“直寻”范畴的发展说，庄子在情感的真实性问题上作出了自己的贡献。

较孔子而言，庄子在情感的问题上有了更深的开拓。孔子在论述“直”的时候把“直”的根本特征规定为情感的真实，而且在孔子这里这种情感主要是指社会伦理情感。庄子则突破了这种建基于原始血亲上的伦理情感，将情感的真实建基于人的自然本性上，把“性命之情”（《庄子·骈拇》）作为人的行为的最高依据，从而有了更深的哲学支撑。所以他说：

> 真者，精诚之至也。不精不诚，不能动人。故强哭者虽悲不哀，强怒者虽严不威，强亲者虽笑不和。真悲无声而哀，真怒未发而威，

① 罗安宪：《孔子“直”论之内涵及其人格意义》，《孔子研究》2005 年第 6 期。

② 郭沂：《生命的价值及实现——孔庄哲学贯通处》，《孔子研究》1995 年第 2 期。

真亲未笑而和。真在内者，神动于外，是所以贵真也。其用于人理也，事亲则慈孝，事君则忠贞，饮酒则欢乐，处丧则悲哀。忠贞以功为主，饮酒以乐为主，处丧以哀为主，事亲以适为主，功成之美，无一其迹矣。事亲以适，不论所以矣；饮酒以乐，不选其具矣；处丧以哀，无问其礼矣。礼者，世俗之所为也；真者，所以受于天也，自然不可易也。故圣人法天贵真，不拘于俗。（《庄子·渔父》）

真实的情感是受之于天的，它不该因为世俗的礼法而被遮蔽；相反，世俗的礼法必须得符合先天的自然情感。“真正的仁义道德应该是同人的生命的自由发展相一致，为人的自然本性所固有的，而不应当是同人的自然发展相敌对，从外面强加给人的。”[①] 更进一步说，只有保持这种天然的情感，人才能够进入到一种澄明状态，从而体悟到宇宙之大道。

庄子这种对本真与非本真的区别是“直寻”理论形成的一个重大发展，因为在区分了本真与非本真状态后接下来的问题便是如何扬弃非本真状态以到达本真状态，这正是“直寻”所要言说的内容，这一问题在以后的玄学与佛学中得到更深的阐发，庄子本人也有所论述。庄子认为只有保持一种自然的情感状态才能体悟到宇宙大道；然而事实上在纷攘的现实中，这种自然情感是很难获得的，它时时都在受着现实功利的侵蚀，因而如何进入这种情感状态中就成了庄子不断强调的问题：

若一志，无听之以耳而听之以心；无听之以心而听之以气，耳止于听，心止于符。气也者，虚而待物者也。唯道集虚，虚者，心斋也。（《庄子·人世间》）

堕肢体，黜聪明，离形去知，同于大通，此谓坐忘。（《庄子·大宗师》）

圣人之静也，非曰静也善，故静也；万物无足以挠心者，故静也。水静则明烛须眉，平中准，大匠取法焉。水静犹明，而况精神？圣人之心静乎，天地之鉴也，万物之镜也。夫虚静恬淡，寂寞无为

---

① 李泽厚：《中国美学史》，安徽文艺出版社 1999 年版，第 235 页。

者，天地之本而道德之至，故帝王圣人休焉。（《庄子·天道》）

在这里，无论“心斋”、“坐忘”还是“虚静”，其本质都是要求人们摆脱现实的功利束缚，“离开人的一切利害关系，不受私欲杂念干扰，排除知识对它的奴役作用”，[①] 恢复到原初的澄明状态，从而体悟到宇宙运化的最高规律，达到与世界同化，与万物齐生的宇宙大同境界。

然而这种纯然忘我的境界却不容易达到，它需要主体的不断努力追寻，庖丁解牛需要十九年如一日的磨练，佝偻承蜩若要达到“承蜩犹掇”的境界则要累五丸而不坠，在看似随意的挥洒中积淀了长期的技巧训练。庄子对证“道”方式的阐述正好启迪了“直寻”那种以有意合无意，在看似无意中达到对事物的准确传达的艺术特性，从而为“直寻”理论奠定了哲学基础，成为“直寻”理论的哲学先导。

三 字源学的解释

从“直寻”这一词的构成来看，它是由“直”与“寻”组成的合成词。我们的问题是这样一种组合背后是一种什么样的文化思路？它仅仅只是一种诗歌创作方法还是本身有着更深的形而上意味？

为了追寻这一问题的原始根基，我们回到它的构词本身。《说文解字》释曰“直，正见也。从乚从十从目，徐锴曰，乚隐也，今十目所见是直也。”因而“直”的本意首先是指一种纯正的视，一种不带任何功利色彩的原初的本真之视见，它使一切隐匿之物从幽暗之处现身，在这一视见面前世界呈现为一种无遮蔽的状态，所谓“十目烛隐曰直”（段玉裁注《说文解字》释“是”）说的即是这一“视见”澄明世界的特征，由此可见，“直”的“视”性质显示的乃是“视”的当下未经反思的纯然状态，万物从各种隐暗幽昧状态中“自我”呈现出来，显现出其本然之姿。这一“视”不是为了“见到”什么，而只是世界在“视者”面前的一种本然存在，或者更确切地说，是“视者”的“视”使世界敞亮出其原始的自然。

其次，这不是一种囿于个人一己之见的视，是由众多的视者所组成的

① 张少康：《中国文学理论批评史教程》，北京大学出版社1999年版，第47页。

一种“公视”，这种“公视”亦不同于今日之基于不同利益妥协所形成的公共视野，这是一种由原始个体在共处之时所自觉形成的共同之“视”。它不是为了认知某物而“视”，因为在认知性的“视”中，“视”的目的是为了“见到”，并且这一“见到”直接关联着“视者”的个体世俗日常生活，处在这一“视见”中的存在物即如海德格尔所说的，是“在操劳活动中照面的存在者”，其性质显示为“用具性”。[①] 而在“直”所昭示的原始公视中，事物显示为它本身的所是，以其本然之面现于共视之诸体面前，所以《礼记·大学》云：“十目所视，十手所指，其严乎！”

最后，这一“视见”还昭示了一种原初的公正性，《汉语大字典》收引《广雅·释诂二》：“直，义也。”《字汇·目部》：“直，正也。”由于这一“视见”是一种原始无蔽的“视见”，因而它能够作为其他一切“视”的根基而具有先天上的公正性，从而“直”这一词也就具有公正无私之义。在俗常的视野中，物的有用性压倒物作为一种自然的存在者而被强调，从而使原始的“视”这一本真的活动滑落为一种向某物而视，为某物而视，把某物视作什么的俗常生活之“视”中去，使视者的视野为俗常的生活利益所遮蔽。因而对于后一种“视”，那种原初本然之“视”就具有一种先天的公正性，它保证“视者”之视野的纯正明洁，不致使“视”滑落到为各种世俗利益而追逐奔波的世俗状态中。

“直”的原始意义所包含的自然无蔽与先天公正性在以后的哲学中得到进一步的深化。孔子重点发展了其公正性的一面，并把它指向个体的道德修养，如“举直错诸枉，能使枉者直”（《论语·颜渊》）；“举直错诸枉，则民服；举枉错诸直，则民不服”（《论语·为政》）；“人之生也直，罔之生也幸而免”（《论语·雍也》）。在这里“直”即成为构成人性的重要方面，如果不具备这方面的品质那么就不能称之为“人”，只能懵懵懂懂地活着，这种人能够苟活在世上，只是出于一种侥幸。这样一来，孔子就将“直”的理论基础建立在人的内在品性上，“直”是人的本质特征，是一个纯正的人真实的内心显现，是仁者的一种本真的存在。

这种本真的状态在庄子哲学中得到更多的体现，尽管庄子没有直接用

① ［德］海德格尔：《存在与时间》，生活·读书·新知三联书店1999年版，第80页。

“直”这一术语，然而他却将“直”所指示的“视见”之自然无蔽状态做了进一步的阐释，并把它作为一种方法论来运用，这就是“目击而道存”（《庄子·田子方》）。庄子深刻认识到自然本真之“道”是不能通过知识来获取的，它只能通过一种当下观照来实现。“道”本无形，不可以理求之，个体只有在恢复到原初的澄明状态时，用自己的身心来直接体悟。这种与道一体的感悟方式即是一种生命的直觉，在这直觉中个体进而体验到宇宙运化的最高规律，达到与世界同化，与万物齐生的宇宙大同境界。这不正是对“直”的原始之义所做的最切合的阐释吗？

这样，“直”作为一种原始的本真状态就被植根于其原始诞生之处，它体现了世界的自然状态并且成为人类所能返回的最初澄明之境，对这一境界的追求成为中国哲学中一个不断深化的议题。而体之于个体的心灵本身，它表现的乃是一种无所挂碍，无所沾染的空明心性，一种无所伪饰的自然情感，一种人生的本色状态。

“寻”，《说文解字》释曰：“绎理也，从工，从口，从又，从寸。工口乱也，又寸分理之。彡声。此与 同意，度人之两臂为寻，八尺也。”从字源学的角度来看，“寻”首先是一种长度单位，这种长度单位的原始之处乃是人的身体本身。朱骏声在《说文通训定声》中释曰：“程氏瑶田云：‘度广曰寻，度深曰仞。皆伸两臂为度：度广则身平臂直，而适得八尺；度深则身侧臂曲，而仅得七尺’。”这一解释充分说明了“寻”与身体的关联关系，作为一种长度单位，“寻”是人类以自身为标尺来衡量外部世界，从而实现其认识世界的目的的手段。因而，在最原始的义项上“寻”就蕴含了人类对外在世界的知识性认识意义，是人类认识外在世界的工具，而且这一认识工具发端于人类的身体本身，是人类认识、掌握外在世界能力的直接延伸。“寻”作为一种尺度，同时就象征着一种已成的、有秩序的社会规则，这在先秦儒家中表现为礼乐制度。故荀子说：“礼者，人主之所以为群臣寸尺寻丈检式也”（《荀子·儒效》），“寻”在这里同“寸尺丈”等其他计量单位象征着社会的礼法制度。

当“寻”由名词转化为动词时，它即指运用工具进行认识世界的活动。因而它的随之而来的义项就是探求、研究，也就是析物绎理，破解未知的秘密，把握外界的规律。所以《汉语大字典》援引《说文通训定声》

曰："寻所以度物，故揣度以求物谓之寻"；《正字通·寸部》："寻，探求也。"以"寻"来度物，即是人类运用已有知识来认识未知的事物，它昭示为"向……而寻"，或者是"为了……目的而寻"，因而"寻"的这一意象是指人类为改善自己境况而对外在世界进行的有目的的探知活动，这种活动在具体的进程中显示为一种功利性的劳作。所以《墨子·修身》云："思利寻焉。"高亨新笺释曰："寻，求也。思利寻焉，谓思利而求之。"从"寻"这一活动的本质来看，事实上所有的寻求活动都是功利的，因为这一功利性是植根于"寻"的最原始的意义上的。它源始于人类认识世界活动本身，不是指涉某一具体的活动，而是指涉这一活动的整体。

另外，"寻"是指一种探求的状态，它不同于"致"。钟嵘在评陆机时说"有伤直致之奇"，并多次提到"致"：如评班姬"得匹妇之致"，评左思"得讽谕之致"，评嵇康"伤渊雅之致"等。在这里，我们可以看到"致"是内在品质的外在呈现，它体现的是已成状态，这与"寻"是不同的。《说文解字》释曰："送诣也。言部曰：诣，候至也。送诣者，送而必至其处也。"两相对照即可看出，"寻"所指涉的是探索这一活动，而"致"是已经获得的后果，前者体现为方法上的意义，后者则是风格上的意义。

因而，从字源的角度来看，"直"所体现的是一种原始自然状态，一种纯真无蔽的视见，而"寻"所代表的则是人类为了实现自己的目标，改善自己的境遇而进行的人为努力。那么，这一原始自然与人为努力又是如何整合到一起，从而形成一个全新的概念，一种全新的思维方式呢？

第二节 "直寻"的具体文化语境

任何一种言说或者文本的形成都离不开它的具体文化语境，都是言说者运用他当时的文化资源、价值观念、思维方式的结果。反过来说，任何一种经典的言说或者文本都蕴含着丰富的文化意味，其背后都有着深刻的文化逻辑，"直寻"这一方法论的形成同样是这种情况。

玄学是魏晋六朝的主流哲学思想，作为一种主流哲学思想，玄学并不仅是以一种僵硬、晦涩的形式存在于当时玄学家们的玄学著作与言论之中。事实上，它更多的是作为一种内在的精神渗透于当时的整个社会文化生活中，潜移默化地影响着当时人们的思想文化与行为方式，“直寻”这一诗学思维的形成同样也离不开玄学的浸润，它同魏晋玄学的几个核心问题——有无之辨、自然名教之辨、言意之辨、顿悟与渐悟之争是息息相关的。

一 魏晋玄学影响下的“直寻”

（一）“直寻”与有无之辨

有无之辨是魏晋玄学的核心问题，魏晋玄学的一个显著特点即是它摈弃了两汉以来太极—阴阳—五行—万物的世界生成模式，转而以有无、本末来探讨本体与实在的关系。故汤用彤认为：“夫玄学者，谓玄远之学。学贵玄远，则略于具体事物而究心抽象原理。论天道则不拘于构成质料(Comsmology)，而进探本体存在（Ontology）。论人事则轻忽有形之粗迹，而专期神理之妙用。”[①] 然而这并不是说它完全放弃对有形之粗迹的关注，事实上魏晋玄学家们所要解决的课题乃是如何从学理上来解决有形之迹与无形之本的矛盾问题。这一点在王弼哲学中表达的尤为清楚，一方面王弼认为“无”乃世界之本：

> 夫物之所以生，功之所以成，必生乎无形，由乎无名。无形无名者，万物之宗也。不温不凉，不宫不商；听之不可得而闻，视之不可得而彰；体之不可得而知，味之不可得而尝。故其为物也则混成，为象也则无形，为音也则希声，为味也则无呈。（《老子指略》）

但另一方面王弼又认为“无”离不开“有”：

> 夫无不可以无明，必因于有，故常于有物之极，而必明其所由之宗也。（《大衍义略释》）
>
> 圣人体无，无又不可以训，故言必及有。老、庄未免于有。恒训

① 汤用彤：《魏晋玄学论稿》，上海古籍出版社2001年版，第23—42页。

其所不足。(《世说新语·文学》)

由此可见，王弼承认“无”的最高本体之地位，但同时并不排斥“有”的功用，认为“无”须恃“有”以呈现，在有迹的事物中展现出无迹的玄理。这样，王弼就解决了“有”与“无”的对立，从而折中于有无之间，开创了新的哲学思路。

这种新的哲学思路作为时代氛围对《诗品》乃是一种潜在的影响：它使钟嵘诗学在整体上具有追求超越具体作品，以诗歌本体之性来规范诗人创作的倾向。它并没有用概念来明确界定诗之本性，因为这是无法做到的，从当时哲学来讲本体乃“无”，是无法用概念来界定的。但这并不是说诗的本性就隐匿不现，恰恰相反，诗之本性正是因为无法用概念来界定反而在具体作品中得到最大形象的彰显，所以钟嵘不断强调诗歌要体现自然意旨，要有滋味，这正是“有无之辨”在诗学中的妙用。

“直寻”这一概念的形成显然吸取了这一思想的精髓，“直”所代表的纯真之境是诗学的最高目标，是诗歌赖以成就自己的根本品性，它从本体的高度上来规定诗歌创作的方向，使诗歌之为诗歌的内在规定性成为诗学所追求的目标。然而这一目标的实现又离不开人为的努力，只有通过具体诗人的特定体验与思维转换才能深入到本体的境界，将其转化为特定的诗作。只有在具体的追寻中才能显示出“直”所蕴含的意义，“直寻”从这方面来说是“寻直”，即“向……直而寻”，从具体的诗歌语言中寻出无穷的意味，从而达到“言已尽而意无穷”效果。

（二）“直寻”与自然名教之辨

有无之辨是魏晋玄学的核心问题，然而这一问题的触发之机却是现实的人事政治。面对东汉末年以来天崩地裂的政治局面，儒家的思想政治理念受到了巨大的挑战和怀疑。因而，如何扫除名教的弊病，为现实的名教寻找更高的合理性依据便成为魏晋士人所不得不予以解决的问题。

王弼的有无观念首先为自然与名教的调和奠定了理论基础，从这一理论出发，现实的一切有形之迹必须通达、显现出无形之道，名教作为儒家的社会制度和价值理念是圣人体道运心而创制的结果，其本身是有先天合理性的；而现实中种种矫情枉性的伪名士行为则违背了自然之道，是对圣人所创制的名教的一种歪曲，因而是不具有合理性的。

将名教制度本身与现实中的伪名士行为区分开来是调和名教与自然关系的关键，这样一来，前者被赋予自然的合理性也就不存在学理上的障碍了，因为这时判断名教的标准即变成不矫情枉性，所以对王平子、胡毋彦等人的裸体放浪行为，乐广讥之曰：“名教中自有乐地，何为乃尔也?”（《世说新语·德行》）

真正做到完全调和名教与自然，使人为完全获得自然的合理性的是郭象。他在注《庄子·秋水》之“牛马四足，是谓天；落马首，穿牛鼻，是谓人”时说：

> 人之生也，可不服牛乘马乎？服牛乘马，可不穿落之乎？牛马不辞穿落者，天命之故当也。苟当乎天命，则虽寄之人事，而本在天也。

郭象认为尽管落马首，穿牛鼻是人为行为，但这是牛马的本性所固有的，因而“虽寄之人事”，其实体现的是自然本性。只要属于本性的东西，无论人工物还是自然物，人为行为还是自然行为，都是自然的。

这种观念施之于诗歌则要求在人为的创作努力中体现出自然的情趣，也即是“寻”的努力中须得体现出“直”的自然性，使诗歌超越人工创造的技艺层面而达到浑然天成的艺术自主层面。倘若进入这一层面则一切人为皆自然，套用郭象的话即是铺锦叠翠不为奢，华丹艳彩不为妖，此陆机“举体华美，厌恶膏粱”，却仍然为“文章之渊泉”；谢客虽“颇以繁芜为累”，然不失为“青松之拔灌木，白玉之映尘沙”之故也。倘离此境则栖居林泉不为高，摹山状水不为美，此轻薄之徒“黄鸟度青枝”难入文流，雕琢之士“殆同书钞”、“蠹文已甚”之因也。

（三）“直寻”与言意之辨

汤用彤先生认为玄学的方法论即是“言意之辨”，玄学本是本末有无之辨，与言意关系之分疏、辨析有密切的关系，或者说，迹象本体之分乃由于言意之辨。这一点从王弼的论述中即可看出：“象生于意而存象焉，则所存者乃非其象；言生于象而存言者，则所存者乃非其言也。然则忘象

者乃得意者也，忘言者乃得象者也。”（《周易略例·明象》）

这一超越现象到达本体的方法可以说是“直寻”这一诗学方法论的直接起因。钟嵘说：“观古今胜语，多非补假，皆由直寻。……故大明、泰始中，文章殆同书钞。近任昉、王元长等，词不贵奇，竞须新事，尔来作者，寖以成俗。遂乃句无虚语，语无虚字，拘挛补衲，蠹文已甚。但自然英旨，罕值其人。词既失高，则宜加事义，虽谢天才，且表学问，亦一理乎!”（《诗品·序》）在这里，钟嵘认为诗应该用“直寻”的方式表现“自然英旨”，而不是拘泥于补假、用事等文字上的雕琢、堆砌。作者应该用自己先天赋予的才性去体会、表现先天的自然之诗性，而先天的自然诗性是不能够通过学问来达到，这显然是对“言意之辨”中王弼所说的“得意忘言”的一种诗学表达。

对于玄学来说，语言与意义之间是一种传达与被传达的关系，语言本身更多的体现为工具性，语言与意义是二分的，意义并不直接与语言同体，因而玄学家们所讨论的就是如何超越工具来把握意义，所以其研究的重点在于二者的区分与联系上。

而对于诗学来说，语言本身所体现的是其表现性，如果完全抛弃语言，则诗无所存寄。“诗也者，有象之言，依象以成言；舍象忘言，是无诗矣，变象易言，是别为一诗，甚且非诗矣。故《易》之拟象不即，指示意义之符（sign）也；《诗》之比喻不离，体示意义之迹（icon）也。”[①] 针对这种区别，“直寻”讨论的重心已经从“言意之辨”中的语言能否完全传达意义过渡到如何传达意义上。

我们说，原初的语言乃是表现性与实用性一体的，也即它的诗性乃是根植于其日常的生活应用之中，在本真的日常生活中展示其诗性惊奇。然而这一状态在语言的表现与实用功能分离之后，语言的实用意义逐渐遮蔽了其诗性的惊奇，因而诗歌创作在很大程度上即是要突破这种遮蔽，还语言以诗性的惊奇，这就要求诗人创作要突破前人的陈旧语言，以努力作到诗性常新。所以“直寻”在一般语言层面上强调的是如何更好地运用语言来写出“古今胜语”，也即充分发挥语言的表现能力，突破日常语言对诗

① 钱锺书：《管锥编》，中华书局1979年版，第12—14页。

性语言的遮蔽，努力追寻语言深处那种活泼泼的自然诗意，使诗歌做到“言有尽而意无穷”，在有限的语言中传达出无限的意蕴来。

（四）“直寻”与“顿悟”、“渐悟”之争

六朝后期随着佛学的昌盛，玄佛逐渐汇融，而佛学之方法亦渐为世人所重。出于其宗教方面的需要，佛学突出强调了“神”的超越形体的一面，为“佛”这一最高神的存在做理论上的论证；同样，为了使这一宗教能够得到认可，它必须为如何把握“神”以达到“佛”的境界做出方法论上的说明，这一方法论即是“观”、“悟”。僧肇说“玄道在于妙悟，妙悟在于即真”（《涅槃无名论》），谢灵运在《辨宗论》中亦说“灭累之体，物我同忘，有无一观”。这样，所谓“悟”、“观”从宗教的意义上来说即是看空外在的世界，达到对于“玄道”的真正领悟，而这一玄道也就是“佛”的境界，是超越外在形体的精神领域。

佛学的方法论产生于如何修行成佛，有人主张“渐悟”，通过不断修行成佛，有人主张“顿悟”，主张立地成佛。这虽然仅是一宗教问题，然而却对当时的思想界具有重大影响。盖因此一问题虽系宗教问题，实亦关乎哲学，在哲学中此一问题的表述则为知识的学习能否达到本体？即本体是由认知达到还是由直观感受？

在佛学中支遁首先提及“顿悟”说，然而大力阐发者用是道生，他认为：

> “夫真理自然，悟亦冥符，真则无差，悟岂容易。不易之体，为湛然常照，但从迷乖之，事未在我耳。”……慧达述生公之旨曰：“夫称顿者，明理不可分，悟语极照。以不二之悟，符不分之理。理智（此处一字不明）释，谓之顿悟。见解名悟，闻解名信。信解非真，悟发信谢。理数自然，如果熟自零。悟不自生，必藉信渐。用信伪惑，悟以断结。”①

道生对见解与信解的区分实际上分开了“渐悟”与“顿悟”的区别，信解是知识性的积累，它来自别人的教授，是后天的学习得来的；而见解

① 汤用彤：《汉魏两晋南北朝佛教史》下卷，上海书店1991年版，第658—659页。

是主体通过自我观照而获得的对佛性的真正体悟。因而对佛教徒来说要实行“顿悟”的成佛方法，因为只有顿悟才能达到佛之本性。值得注意的是，道生并没完全摒弃信解，即他没有因为主观“顿悟”而完全抛开“渐悟”，他认为尽管只有“顿悟”才能抵达佛性之根本，但是这种悟并不是能轻松获得的，因为“悟不自生，必藉信渐”，也就是说，只有在“信渐”的基础上才能达到“顿悟”，应该说这是一种非常辩证的看法。

由此看来，“观”、“悟”这一方法同主体精神的强调和时间意识的变革是分不开的，体现的是主体对世界的一种超越知识的领悟，是刹那间的神秘体验，以一种纯然直觉的方式把握佛的真谛，所以僧肇说它“不可以识识，不可以智知，无言无说，心行处灭。以此观者，乃名正观”（《涅槃无名论》）。而这一方法论渗透到诗学中即促成了“直寻”的诞生。

佛学这一方法论对于诗学的意义是非常深远的，《诗品》也同样把知识的理解与运用看作第二性的，它一再反对用典用事，指斥大明、泰始中，“文章殆同书钞”，并强烈呼唤“自然英旨”，这与道生的重“顿悟”，轻“渐悟”是一致的。就“直寻”这一概念本身来说，钟嵘亦强调的是“直”所蕴含那种天然自成的诗歌风韵，而不是单纯“寻”的知识努力。当然他亦非完全排斥“寻”的努力，只是在他看来，这是诗人的基本修养，根本无须特别强调，因为他所评的都是具有一定成就的诗人，所谓“预此宗流者，便称才子”（《诗品序》）。

作为诗学中的“直寻”一方面继承了佛学中“观”、“悟”方法的直接性，要求不假借于知识，即不是用典、修辞所能传达的；另一方面它又不再强调对神秘宗教的体验，它的体验对象转向为诗的自然本性，即属于诗的那种具有无尽意味的独特审美品质，而对这种独特品质的把握又只能是个体性的，这又与佛学中体现的主体性一脉相承。

总之，魏晋玄学对“直寻”理论的影响从传统哲学的观点来看，是从“道”、“器”两个层次上展开的，在最高的本体层面，“直寻”追问的是诗之本性，诗之为诗之“道”，在具体的“器”的层面上，“直寻”所讨论的是如何在有限的语言中传达出无限的意味，从而超越语言“器”的局限，进入到诗的本性层面，使诗歌语言“道”与“器”两个层次达到完美的统一，和谐的存在。

二 文论中的进程

然而玄学的思维方式向诗学中的渗透并不是一蹴而就的，它是一个漫长的过程，“直寻”这一诗学概念也是自魏晋以来诗学不断吸收哲学思想并深化的结果。考察魏晋以来的文论发展，我们将会寻绎到这一概念的诗学历程。

作为现存最早的文学理论著作，曹丕的《典论·论文》拉开了六朝文论的序幕。尽管没有提出明确的创作方法，但它认为作家的创作才能“譬如音乐，曲度虽均，节度同检，至于引气不齐，巧拙有素，虽在父兄，不能以移子弟”。这与《庄子·天道》中轮扁所说的“臣不能喻臣之子，臣之子亦不能受之于臣”显然是一脉相承的。尽管这种看法并不强调甚至可以说轻视方法，但是它仍旧有着非常重要的意义，首先，它重新开始了对创作本身的关注，并促进了以后研究者对创作方法的思考；其次，这一论点由于本身具有深厚的哲学背景，因而从一开始六朝文论就与哲学有着斩不断的渊源。

随着理论探讨的进一步深入，六朝文论家开始关注作品与外物的关系。如与陆机约略同时的挚虞认为：“文章者，所以宣上下之象，明人伦之叙，穷理尽性，以穷万物之宜者也。”（《文章流别论》）陆机亦曰：“每自属文，尤见其情，恒患意不称物，文不逮意。”（《文赋》）这种对文章“穷万物之宜”，使“意”与“物”相称的要求直接刺激了对创作方法论的探讨。这在以探讨创作过程的《文赋》中表现得非常明显。

尽管陆机在《文赋》中讲到“情瞳眬而弥鲜，物昭晰而互进”、“笼天地于形内，挫万物于笔端”、“理扶质以立干，文垂条而结繁”等具体的方法，但是一个总的追求或者说元方法的要求却是“课虚无以责有，叩寂寞而求音”。李泽厚指出，这句话和魏晋玄学有明显的联系，包含着深刻的意思。[①] 它是王弼所说的“凡有皆始于无”（《老子道德经注》）、“无形无名者，万物之宗也”、“四象形而物无所主焉，则大象畅矣，五音声而心无所适焉，则大音至矣”这一思想应用于美与艺术的结果（《老子指略》）。

---

① 李泽厚：《中国美学史》魏晋南北朝编，安徽文艺出版社 1999 年版，第 254 页。

陆机这一思想具有重要的意义，它不是作为一种具体的方法来指导创作，像后世的文论家所提倡的“诗法”、“文法”那样拘泥于“法”框架之内；而是上升到哲学的层面上来追问如何通过具体的作品来体现出艺术和美的本质，使具体的作品成为至高本体的蕴藉。尽管这一思想仍然有直接运用玄学概念之嫌，但它启迪了以后的理论家对这一问题的进一步思考。

刘勰的“神思”是对方法论的继续深化，对这一概念研究者众多，此处仅作简要分析。《文心雕龙·神思》开篇即云：

> 古人云：“形在江海之上，心存魏阙之下”。神思之谓也。文之思也，其神远矣。故寂然凝虑，思接千载，悄焉动容，视通万里；吟咏之间，吐纳珠玉之声，眉睫之前，卷舒风云之色。其思理之致乎？

虽然这一思想论述的是“思理”，强调其不受具体形象的制约，超越时空局限，自由畅想的性质；但是仍然有着突出的玄佛背景，如张少康就分析了它与《庄子》及佛学的关系，并指出恰恰是“神”体现了这一概念的精髓。[①] 尽管“神”的概念在道释两家中有不同的含义，但是《易经》所说的“阴阳不测之谓神”，“惟神也，故不疾而速，不行而至”乃是其最根本的意义。它是指一种非知识论的对世界的神秘把握，不是世间的某一具体的物却能掌握世间的一切物。刘勰所讲的“神思”显然也有“不疾而速，不行而至”的特点，这样，尽管刘勰依然强调“思”的重要，但“思”的根基却是超出具体所思的“神”。

通过以上简略的回顾我们可以看到，六朝文论方法论的成熟是与玄学的不断渗入密切相关的，“直寻”这一诗学概念也是这一趋势的自然结果，它蕴含了上述诸家的理论精华，并做出了自己的开拓。

首先，钟嵘吸收了挚虞、陆机等人对“各适物宜”的强调，在《诗品·序》中对挚虞亦较为推崇，认为他的《文志》“详而博赡，颇曰知言”。事实上随着五言山水诗的兴起，钟嵘对诗歌如何准确展现外物的情态较之前人更为关切，其所举能体现“直寻”特点的四句名句，除“思君如流水”

① 张少康：《文心雕龙研究》，湖北教育出版社 2002 年版，第 450—466 页。

外皆是写景，充分体现了“适物宜”的特点。

其次，将陆机的“课虚无以责有，叩寂寞以求音”的思想继续向诗学方向推进。通过前面的分析我们说支撑“直寻”这一概念的思想基础即是魏晋玄学的有无之辨、名教自然之辨、言意之辨等，但是这些思想对它的影响乃是隐性的，不像陆机那样直接用“有”“无”对举以说明文学创作的特点。相较而言，“直寻”这一概念贴近于诗的言说方式，也更适合体现诗歌的艺术特色。

最后，我们来比较一下它与刘勰“神思”概念的差异。“神思”着眼于所有文学体裁，展现的是“思”的特点，强调作者运思的自由性与主动性，这一思想尽管由“不行而至”的“神”概念来统摄，但它毕竟还是在具体的“思”领域，是理性运用的结果。而钟嵘“直寻”概念所针对的仅就诗这一文学样式，它更偏重诗性的感知方式，从本质上说它要突破理性的界线进入到艺术的直观领域。所以它并不重视甚至有些排斥理性的思维方式，认为“古今胜语，多非补假，皆由直寻”，真正优秀的诗歌恰恰体现的是一种超越理性之“思”的自然之“思”，给人以清水芙蓉，浑然天成的感觉。对于那些大量用典的诗则斥之为“蠹文已甚”，对以用事著称的任昉即称之为“动辄用事，所以诗不得奇”，并说“少年士子，效其如此，弊矣”。

总之，如果将“直寻”这一理论放到六朝文论的整体背景上，我们可以清晰地看到它的发育历程。这一理论的形成既有六朝理论家的整体努力，也有钟嵘个人天才的发挥，从而将对诗歌方法论的研究推向一个新的阶段。

第三节　钟嵘“直寻”的内涵

前面分析了“直寻”的历史及其所诞生的一般文化语境，然而作为一种具有开创性意义的诗学方法论，其本身的理论品性是更重要的一个问题。因而，我们要继续分析这一术语在《诗品》这一文本中的内涵，以及它作为《诗品》整体诗学理论体系中的一环与《诗品》中其他诗学概念的关系。从具象的层面上说，它指导着诗歌创作，决定了诗歌创作的走向；

从抽象层面上说，它是诗人创作主体如何创作体现诗歌本性之作的桥梁，起到沟通诗人主体之情与诗歌本体之性的作用。因而这样就需要我们回到“直寻”的文本语境中，结合具体的文本来理解“直寻”的内涵，《诗品序》曰：

> 夫属词比事，乃为通谈。若乃经国文符，应资博古，撰德驳奏，宜穷往烈。至乎吟咏情性，亦何贵于用事？“思君如流水”，即是即目；“高台多悲风”亦唯所见；“清晨登陇首”，羌无故实；“明月照积雪”，讵出经、史？观古今胜语，多非补假，皆由直寻。颜延、谢庄，尤为繁密，于时化之。故大明、泰始中，文章殆同书钞。近任昉、王元长等，词不贵奇，竞须新事。迩来作者，寖以成俗。遂乃句无虚语，语无虚字，拘挛补衲，蠹文已甚——但自然英旨，罕值其人；词既失高，则宜加事义，虽谢天才，且表学问，亦一理乎！

在这段话中，钟嵘提出了如何写“古今胜语”的方法——直寻，而且他认为只有运用“直寻”这一方法才能够写出“自然英旨”，才能创作出体现诗歌本性的优秀诗作。在这里钟嵘认为，首先诗歌的最高本性乃是“自然英旨”，即诗歌本身乃是一自足的生命体，它不能通过离词析句、用典任事等外在手段来组合。因而诗人创作要合乎诗的自然本性，只有这样才能创作出“古今胜语”，而实现这一途径的方法即是“直寻”。其次，诗歌创作的主体之源乃是作者的“情性”，即作者独特的个性，本真的情感。这既是构成诗歌创作的主体条件，也是诗歌所要着力表现的对象，诗歌只有展现诗人本真的主体“情性”，才能达到诗之至境，而这与当时的用典风尚是格格不入的，在钟嵘看来，用典任事阻碍了主体“情性”的“自然”表达，从而使诗歌失去了其本来的面目。

因而，“直寻”涉及三个方面的问题：一是其与“自然”的关系，钟嵘认为“直寻”才是抵达诗歌“自然”本性的途径；二是其与“情性”的关系，“直寻”反应的乃是主体之本真“情性”；三是其与用典任事的关系，它从本质上是与用典任事不同的创作途径。下面就此三个问题分而论之。

一 “直寻”与“自然”

前面第一章已经分析过，在《诗品》中“自然”是拒绝继续追问的最高诗歌本体存在，它是一种本真的存在状态，超出了经验知识所能达到的范围。在这里，因果律是不起任何作用的，它既是最高的因，也是最初的果，判断一对象是否自然只能由主体的直觉，即主体与对象的一种无间状态，这就是要求“直寻”方法的外在原因，只有让主体沉浸到自然状态中，才能创作出具有自在自为、充满艺术意味的诗歌，而这首先体现在对“自然”景物的感受上。

钟嵘既曰诗人应写“即目”、“所见”之作，则景物的重要性自不待言，故陈衍谓“流传名句，写景者居多”（《石遗室诗话》卷十四）。那么景物为什么这么受青睐呢？对山水景物的欣赏自孔子即已开始，其“知者乐水，仁者乐山。知者动，仁者静。知者乐，仁者寿”（《论语·雍也》）；“子在川上曰：逝者如斯夫！不舍昼夜”（《论语·子罕》）等话语揭开了传统的山水审美序幕。但是在早期的山水品评中更侧重其道德意味与哲学意味，即从中体悟一定的人生哲理，如孟子即认为，山水体现了君子的品性，“孔子登东山而小鲁，登泰山而小天下，故观于海者难为水，游于圣人之门难为言。观水有术，必观其澜。日月有明，容光必照焉。流水之为物也，不盈科不行；君子之志于道也，不成章则不达”（《孟子·尽心上》）。

这一特点到晋宋时还有余绪，只是由对道德品质的附拟转向对玄理的附拟，如宗炳认为“山水以形媚道而仁者乐”（《画山水序》）。但随着魏晋六朝个体的进一步觉醒，山水本身的审美意味受到更大重视，所以宗白华说：“晋宋人欣赏山水，由实入虚，即实即虚，超入玄境。”[①] 山水中具有玄远幽深的哲学、美学意味，这是那时人的共识：

> 王子敬云：“从山阴道上行，山川自相映发，使人应接不暇，若秋冬之际，尤难忘怀。”（《世说新语·言语》）

---

① 宗白华：《美学散步》，上海人民出版社1981年版，第210页。

> 顾长康从会稽还。人问山川之美，顾云："千岩竞秀，万壑争流，草木蒙笼其上，若云兴霞蔚。（《世说新语·言语》）

这自相映发，应接不暇的山水，这千岩竞秀，万壑争流的风景给人一种亲切的感觉，客观上就具有值得玩味、体会的哲学、美学价值。而"直寻"便是要把握住这种外在风景的"自然"面貌，追踪、捕捉到这种美学韵味，以一种毫无功利的方式直接进入到山水所蕴含的意趣之中。

所以钟嵘举"思君如流水"、"高台多悲风"、"清晨登陇首"、"明月照积雪"等四例句来说明"直寻"这种把握外在"自然"的能力。其流水、悲风、陇首、雪夜皆是诗人主体在刹那之间突然与外在的世界融为一体，外在的"自然"景物给诗人以独特的感受，这种感受既不是关乎道德的，也不是关系哲理的，它纯然是一种审美的享受。诗人个体本身沉醉于其中，玩味这种独特的个体感受，并把它形之于语言，这就是"直寻"，一种不关乎道德、哲理的纯审美活动。叶梦得《石林诗话》云："'池塘生春草，园柳变鸣禽'。世多不解此语为工，盖欲以奇求之耳。此语之工，正在无所用意，猝然与景相遇，借以成章，不假绳削，故非常情所能到。"这正是钟嵘"直寻"这一纯审美活动的最好注脚。

二　"直寻"与"情性"

外在山水的意蕴固然是"直寻"所要追踪的对象，然而为什么同样是写景之作，"思君如流水"等是古今胜语，而"黄鸟度青枝"却只能是"劣得"呢？这就不得不涉及诗人主体的"情性"问题，钟嵘认为诗歌是"吟咏情性"的，因而诗人主体"情性"的真挚与否直接关系作品的成败，只有饱含作者独特生命体验的真性至性之作才是旷世佳作，我们先来看钟嵘所举的四句古今胜语：

"思君如流水"，潺潺的流水中糅入了一缕挥之不去的思念，水流无限，情丝不绝。主人公那无限的惆怅使流水都染上了对远方所怀之人的眷恋。悠悠逝水，绵绵深情，二者相得益彰，流水的波动渲染了诗人的深情，而深情却使流水具有动人心弦的意蕴。在对无穷无尽的流水的感受与体验中同时也尝到对远方亲人的思念之苦，这一刻，在对自然景物的欣赏中融入个体独特的生命体验，从而显得独具匠心。

风本无情，何来悲声？然而诗人晨登高台，满目所见唯有荒林孤雁，而所思之人却远在万里之外，耳畔那烈烈的西风恰如远方亲人的一声声呼唤，天涯海角，相见无期。恰此时却又有孤雁过庭，诗人欲托音问讯，然而却瞬间翩然而逝，空余惆怅，顾影还伤。当此际，诗人纵有万般感受，又复何言？唯有冲口一句“高台多悲风”！

“清晨登陇首，坎懔行山难”，诗人于大清早之际，匆匆登上山顶，举目远望，群山连亘，山路坎坷而终期遥遥，走向远方，远方的命运却难以预测，等待在诗人下一步的会是什么呢？前路的迷茫与眼前的艰辛交织在一起，对于此情此景，除了叹息一声，继续赶路，还能做些什么呢？苟非有不得已之事，谁肯为此风尘奔波？

胡应麟诋“明月照积雪”曰：“风神颇乏，音调未谐。”（《诗薮》外编卷二）然而此诗果真“风神颇乏”吗？试想一下，寒冬夜半，月华如注，冷冷地洒在积雪上，自有一股冰寒之气扑面而来，雪夜下诗人的孤独与愁思无可隐匿，那一份悲凉与冷涩又有谁能体会呢？更何况还有“朔风劲且哀”。苟非诗心寂寞，能做此语否？岂曰“风神颇乏”？

通过简略的分析我们可以看到，以上名句之所以动人，还在于诗人那郁结在心中的情思，以及这情思与眼前画面无间的融合。只有融合了个体生命独特体验的画面才能够称得上是“自然英旨”，在这一类作品中主体的“情性”与诗歌的诗性完美地结合起来，形成独特的诗歌存在，从而获得永恒的审美价值。而“黄鸟度青枝”之流的作品，只是对外在景物的机械摹写而已，其本身缺乏诗人个体独特的生命遭际所凝铸的生命之思，无关诗人情思，所以显得苍白无力，正如人无生命气息，只具躯体而已，故钟嵘讥之。

三 “直寻”与“用事”

“用事”是当时的做诗风尚，作为一种手段，“用事”确实在一定程度上使诗歌语言凝练，增强了诗歌的表现力与曲折度，提高了诗歌的文化品位，但是过分的“用事”却使诗歌失去其“自然”本性而成为有韵之文。因而钟嵘论诗提倡“直寻”，极力排斥“用事”，他尖锐地嘲笑那些喜好

“用事”的人“拘挛补衲，蠹文已甚”，讽刺他们“虽谢天才，且表学问”。这一方面是有其时代背景的，前人多有论及。如朱弁《风月堂诗话》：

> 颜、谢椎轮，虽太始化之，寖以成俗，当时所以有书钞之讥者，盖为是也。

陈仪《竹林问答》亦云：

> 钟记室自为大明、泰始中诸人下砭语耳。

钟嵘亦自申明：

> 近任昉、王元长等，词不贵奇，竞须新事。迩来作者，寖以成俗。

那么如果抛开这层时代背景，钟嵘是怎样看待“用事”的呢？我们来看下面这几句话：

> “夫属词比事，乃为通谈”；“至于吟咏性情，亦何贵于用事”；“词不贵奇，竞须新事”。

首先，从第一句话我们可知，在写作的一般层面上他是不反对“用事”的，认为这是通谈。其次单就诗歌来说，他亦未说诗歌不得“用事”，他所反对的只是以“用事”为贵，而至于诗歌中能不能“用事”，如果结合前一句来看的话，那答案当然是肯定的。这一点从他对颜延之、任昉的评价中可以看出，尽管他猛烈地抨击二人用事繁密，但还是认为他们一个“情喻渊深”，“是经纶文雅才”（颜延之），一个“拓体渊雅，得国士之风”，（任昉）并置于中品。第三，从最后一句中我们可知，判断一首诗好坏的标准不是是否“用事”，而是它是否“奇”，即只要诗作能“奇”，则无论“用事”与否皆可。这就推翻了当时以“用事”为奇，为美的鉴赏标准，而把诗歌优秀与否的标准转回到诗歌本身来，这一点我们从后世作品创作中亦可验证：《敕勒川》纯出天然，自是雄奇强健；辛弃疾之《贺新郎·别茂嘉十二弟》连用五个典故，仍不失为千古绝唱。

总的来看，钟嵘提倡“直寻”，不贵用事，是针对以“用事”为诗歌优劣标准的风气而言的，在“属词比事”乃是作者主体学识储备这一点上，钟嵘并无异议。因而我们可以说，在钟嵘看来，“属词比事”乃是诗人应有之条件，但并不直接表现为诗作的优劣；“直寻”乃是创作之方法，直接关系作品优劣。而颜延之、谢庄诸人则是将学识的储备当作创作的方法，所以钟嵘批判他们，但不能由此得出钟嵘反对学识的结论。

由此可见，“直寻”作为一种创作方法，一方面关系到客观风物，另一方面维系着诗人的主体情思，要求二者达到自然无间的程度。也就是说，“直寻”所要“寻”的就是那种物我交融的自然诗境。

第四节 从“直寻”到“不隔”

尽管自魏晋以来，随着五言诗的兴起并逐渐成为文学创作的主流，对于如何创作诗歌的讨论就成为当时文人的重要话题，并且也产生了众多有成就的理论家，如陆机、刘勰等都取得了重要的成就；但是他们一般都是针对所有文学样式而言，因而其理论也是关于一般文学创作的。钟嵘《诗品》中提出的“直寻”概念则是专门就诗歌创作立论，因而，显得更具有针对性，也更切合诗歌创作的特点。当然，这并不是说“直寻”的理论概念是凭空而来的，通过分析我们已经看到六朝文化对它的影响。或者可以说，这一概念就是当时玄学思维诗学化的结果，而这一结果则深刻的触及了古典诗歌的核心奥妙，因而对后世产生了重要的影响，成为之后理论家讨论中国传统诗歌创作的基本标准之一。因而，随着不同历史情境的变化，以及理论本身不断衍化的自身趋势，这一理论在后来的历史时空中得到不断的开掘发挥，并衍生出新的内涵。兹以司空图、严羽、王国维三人为例分析这一概念在后世的发展。

一 “直寻”与司空图的“直致”

从理论渊源上讲，司空图论诗受钟嵘影响颇巨，他的诸多重要观点紧承钟嵘，甚至可以看作是钟嵘《诗品》的进一步发挥。当然这并不是说司空图没有理论上的创建，事实上《二十四诗品》对传统诗学的影响同样是难以估量的，其中对审美风格的描述几乎影响了中国诗歌的美学面貌，另外还有大量的相关论文足以彰显出司空图的理论地位。然而，这并不妨碍他们之间的承继关系，当然这也可以看出中国诗学理论流脉的深厚。

就作诗的方法论而言，司空图祖述钟嵘而又有所进益，他认为“直致所得，以格为奇。前辈诸集，亦不专工于此，矧其下者耶？王右丞、韦苏州，澄澹精致，格在其中，岂妨于道学哉？”并且进一步规定“近而不浮，远而不尽，然后可以言韵外之致耳”（《与李生论诗书》）。

首先，就诗歌的高下而言，他同钟嵘一样强调创作优秀诗歌的方法是“直致”，在此，司空图所谓“直致”与钟嵘“直寻”内涵约略相仿，可以视作同义复现。事实上这一条是中国传统诗歌理论中的通例，即优秀的诗歌都是在有意无意间偶然得来，并不能靠学识来习得。这一点无论钟嵘之前的陆机、刘勰，还是司空图之后的严羽、王士祯、王国维等人，都意见一致。或许唯一可以看作例外的是江西诗派的苦吟，然而即使是江西诗派也同样强调佳句的自然而致。因而“直寻”、“直致”等类似的观念深刻地触及中国传统诗歌的审美特质，即诗歌要抛开现实利益地束缚，直接抵达那种无所挂碍，无所阻滞的生命本真状态，将生命中最自由洒脱、最潇洒写意的一面展现给读者，并使读者同样体验到那种超越于现实之上的自由状态，从而获得生命的提升，并为自己的存在增加一层意蕴。

其次，司空图并没有完全停留在“直致”本身，而是在此基础上进一步引入“格”的观念，这是对钟嵘“直寻”理论的进一步完善。因为固然优秀的诗歌需要“直致”，但并不是只要“直致”就一定能创作出优秀的诗歌。通过“格”这一概念，司空图将“直致”这一方法的意义突出出来，用效果彰明方法。所谓“格”，在唐人那里已经成为一个应用广泛的概念，如殷璠《河岳英灵集》卷中云“储公诗格高调逸、趣远情深”；皎然《诗式》卷一评谢灵运诗“其格高、其气正、其体贞、其貌古、其词深、其才婉、其德宏、其调逸、其声谐”。由此可见，唐人运用这一概念时主要指诗的品格气质，也即是指作品所反应的审美情趣是高雅还是低俗。优秀的作品必须具有高雅的格调，反映出诗人超脱尘俗的审美情趣。

因而，格调可以看作是作品审美高下的重要标准，尽管事实上并非高雅一定比通俗好，但是在强调作品气质的唐人眼里，格调的高低直接决定了作品审美价值的大小。

司空图对“格”的运用延续了前人的观念，从他对王维、韦应物的推崇中即可看出，他所谓的“格”即是指那种澄静清淡、风格隽永的作品。这种诗风在自然平淡中透露出雅致别样的情怀，虽然目之所经乃尘世之风物，然而心之所致则超尘脱俗，处处透露出玄远超逸的品格。我们可以通过王维的作品来理解这种格调，如《山居秋暝》：“空山新雨后，天气晚来秋。明月松间照，清泉石上流。竹喧归浣女，莲动下渔舟。随意春芳歇，王孙自可留。”《鹿柴》：“空山不见人，但闻人语响。返景入深林，复照青苔上。”《鸟鸣涧》：“人闲桂花落，夜静春山空。月出惊山鸟，时鸣春涧中。”无论是秋山向晚还是月夜空涧，王维诗风给人的感觉就是一种超出尘世的静雅，那种幽深玄远的风致不是一般人所能达到的境界。然而，无论是否能体验到那种安静到极致、幽雅到极致的美感，至少都能感受到那种超脱于世俗的韵味。它是一种不沾染一丝杂质的美感，仿佛不是人间的景致。而这种仿佛离尘出世的美感铸就了王维诗歌的“格”，使它成为独一无二的存在，也就是说，“格”是作品独特性的重要标志。

因而，事实上“格”已经成为诗歌价值高下的标准之一，有“格”则奇，无“格”则俗。同时，这也是作者个性气质的体现，只有个性气质的高洁出众才能使得作品幽雅别致。对“格”的强调使得司空图的“直致”理论也在无形中提升了地位，因为从理论上说，无论是多么有“格”调的作品，都必须有某种创作方法来获得。而“直致”则就是这样一种方法，通过这一方法可以将作者的个性气质以及所思所感物化为能展现自己风格的具体作品。

这样一来，“直致”就成为沟通作者与作品的基本创作方法，当然如果仔细分析还可以分为两层，一层是作者必须将自己的内心与外在的自然景物融合在一起，所谓“直致”同时也是作者直接体悟到外在景物的独特风姿韵味，在某个特定的瞬间达到物我交融的境界。另一层则是以最自然的方式将这种感悟凝铸成恰当的词句，使之仿佛如同天然形成，取得一种妙手偶得的效果。通过对独特风格的追求，司空图进一步彰显了“直致”这一诗学方法的价值。

最后，司空图在阐释其理论观念时与自己的切身创作联系起来，通过列举自己诗作佳句来说明问题。在《与李生论诗书》中他将自己所创作的大量诗句拣抄出来，如“草嫩侵沙短，冰轻著雪消”；“人家寒食月，花影午时天”；“坡暖冬生笋，松凉夏健人”，等等。更为重要的是，他在介绍自己这些诗句时还说明是在什么时节或地方得到的。这事实上已经将如何获得“直致”之作的情境展现出来，因而尽管他的这些诗句意境稍嫌嫩弱，放在中国诗歌历史的大背景中自然无足称道，然而如果作为普通人学习诗作的进阶之梯则当有所裨益。因为在这里，他不但提出了自己的创作要求及创作方法，同时还出示了自己的范例。

此外，就“直致”所要获得的效果而言，司空图亦作了说明，那就是要做到“如蓝田日暖，良玉生烟，可望而不可置于眉睫之前也。”同时还要有“象外之象，景外之景”（《与极浦书》）。对于前者我们或许可以理解，诗歌要求把握在普通人看来是可意会而不可言传的景致，使他人读后心有所感，意有所动，直言于我心有戚戚然也。而对于后者则可能有所疑问，既然求直致，何有在此象面前另有它象，此景面前另有它景？然而，这恰恰是“直致”的精髓所在。所谓“直致”并非只着眼于眼前的一景一物，一山一石，而是透过眼前的实在之景，写出整个自然景物的本真情态，从而超越具体的实物，体会到自然的真实意蕴与饱满生机。而这也即是《二十四诗品·含蓄》中所要求的“不着一字，尽得风流”。即透过语言文字的物质层面，直接寻觅到宇宙人生的真谛。

综观司空图“直致论”，虽然并没有完全脱离钟嵘“直寻”论域，然而却已经做出了新的理论开拓。他在“直致”的基础上强调“格”，通过对“格”的强调使“直致”的重要性进一步得到彰显，同时他对“直致”的境界做了进一步的描述，提出“近而不浮，远而不尽”的理论要求。可以说尽管司空图是以承为主，但却是承中有变。

二　“直寻”与严羽的“妙悟”

就理论旨趣而言，严羽更加重视诗歌方法问题，这与有宋一代的理论风气是一致的。宋朝以前尽管也有关于方法论的讨论，但多数是宏观的，并且依托于哲学思辨，有时候是哲学思想的直接延伸，例如有无之辨、言意之辨都曾经直接影响了六朝士人关于诗歌创作的思考。而且，如果从宏观方面讲，钟嵘的“直寻”观念也可以看作是这种哲学风气的直接产物。而对于唐代的理论家来说，则更加重视作品所展现出的独特审美意象，关注诗歌的意境本身甚于关注方法。这主要由于六朝隋唐时更加强调天才的作用，认为诗人的天赋较之于后天的学习更为重要。

只有到了宋朝，随着学术的兴盛才开始更加关注方法问题，理学家们的讨论自然无须多论，更直接的影响则是江西诗派。由黄庭坚开创的江西诗派大讲练字、练句，强调作诗的功夫，所谓“点铁成金”、“夺胎换骨”，这一风气将宋人对诗歌方法的热情推向高潮，而严羽的《沧浪诗话》也正是这一风气的产物。

然而，严羽对江西诗派的作诗方法并不认同，其《沧浪诗话》更是反复批判那种“以文字为诗，以议论为诗，以才学为诗”的作法。在严羽看来，这种以文字、议论、才学作为的方法是对诗歌本性的背离，只会产生有韵的句子，而于诗的审美旨趣相去甚远。因而，在《沧浪诗话》中他开始寻找不同于江西诗派的写作方法。

就直接思想资源来说，严羽所吸收的是当时盛行的佛学思想，对于这一点严羽本人并不避讳，甚至以此自傲。他在《答出继叔吴景仙书》中说“仆之《诗辨》，乃断千百年公案，诚惊世骇俗之谈，至当归一之论。……以禅喻诗，莫此亲切。是自家实证实悟者，自家闭门凿破此片天地，却非傍人篱壁，拾人涕唾得来者。”在他自己看来，以禅论诗恰恰是自己思想的长处。当然，对于他所谓的以禅喻诗在后来的一些理论家眼里却是似是而非的，如陈继儒、钱谦益、冯班等都提出异议，其中冯班的批评最为详细，在《钝吟杂录·严氏纠谬》说：“‘乘有大小’，是也。声闻、辟支，即是小乘。今云大历已还是小乘，晚唐是声闻、辟支，则小乘之下，别有权乘，所未闻一也。初祖达摩自西域来震旦，传至五祖忍禅师，下分二枝：南为能禅师，是为六祖，下分五宗；北为秀禅师，其徒自立为六祖，七祖普寂以后无闻焉。沧浪虽云‘宗有南北’，详其下文，都不指喻何事，却云临济、曹洞。按临济元禅师，曹山寂禅师，洞山价禅师，三人并出南宗，岂沧浪误以二宗为南北乎？所未闻二也。临济、曹洞，机用不同，俱是最上一乘。今沧浪云大历已还之诗小乘禅也，又云学大历已还之诗，曹洞下也，则以曹洞为小乘矣。所未闻三也。……沧浪之言禅，不惟未经参学南北宗派大小三乘，此最是易知者，尚倒谬如此，引以为喻，自谓亲切，不已妄乎？”

我们说，冯班的这一批评如果就佛家的宗派辨析来讲是正确的，严羽显然并没有真正了解佛家诸派之间的关系。然而，这并不能说明严羽不懂佛学或这种借喻是无价值的。事实上，如果不是专业研究者或者真正的佛教信徒，很难厘清佛家各派之间的关系和主张，好多时候普通受众只是凭借佛家各派的名称做一些望文生义的理解。就此而言，严羽确实在一些问题上犯了普通受众的错误，但这并不能成为否定严羽以禅论诗的依据。尽管严羽没有完全弄清佛家各派的关系，但是他借用这种不同派别境界高下的区别来说明诗歌境界的思路并没有问题。而且，作为一种在社会上广泛流传的宗教思想，它本身即渗透到日常生活的各个层面，有意或无意地影响着人们的思想。从这个角度讲，严羽的以禅论诗恰恰是这种思想的集中体现。

就《沧浪诗话》整体来看，它与当时禅宗思想的关系是无可争议的，并不因为严羽对禅宗流派的误识而减色。从创作方法来说，严羽论诗倡导“妙悟”，所谓“大抵禅道唯在妙悟，诗道亦在妙悟。且孟襄阳学力下韩退之远甚，而其诗独出退之之上者，一味妙悟也”（《沧浪诗话·诗辨》）。这一思想更是直接出自佛家《涅槃无名论》：“玄道在于妙悟，妙悟在于即真。”同时也不难看出，严羽这一观点吸收禅宗南派的“顿悟”思想。就佛学而言，“悟”是穿透现实的迷雾，获得对真如世界认识的方法。也就是在一刹那的感悟中明心见性，了却尘世的束缚，悟透成佛。

当严羽将这一禅宗方法论引入诗歌创作领域时，立刻便显现出它的美学意义。从严格意义上讲，审美是一种个体的体验，它并不取决于知识的多寡，而是个体心灵对这个世界的感悟与感动。因而，作为反应个体情感意蕴的诗歌创作就必须由个体从内心深处发出自我的声音，这声音是个体对这个世界的本真感受，它起自生命与世界刹那间的契合，这种契合本身是无法通过知识或理性来把握的，只能取决于瞬间的艺术直觉。而“妙悟”在禅宗那里就是这样一种突然发现世界本质，瞬间直抵真如之境的感知方式，这一方式在诗学领域同样是可行的，也就是说，“妙悟”即意味着个体以艺术的方式突然把握到对象的本真存在，从而获得某种创作的契机，将自己所感所想转化为恰如其分的诗句。

尽管理论资源不同，但显然这种方式同钟嵘“直寻”观点有着异曲同工之妙。“禅宗的妙悟，其特点是以心传心，不立文字，教外别传。这种对佛性的领悟，是不可言喻的，只能自己心里去体会”。[①] 而“直寻”同样不须要任何认知中介，直接体悟本然的存在。严羽在创建其“妙悟”理论时一再强调：“夫诗有别材，非关书也；诗有别趣，非关理也。”（《沧浪诗话·诗辨》）正因为作诗是一种审美的体验，它只关乎作者的心灵本身，与知识学问并没有直接的关系，所以诗是一种不同于知识，也不同于义理的审美创作，而要创作出具有审美意蕴的诗句就必须以审美的方式进行，当然，在严羽看来，这一方式就是“妙悟”。将这些解释与钟嵘的“观古今胜语，多非补假，皆由直寻”两相对比，可以看出在基本思路上二者是一致的，即都追求那种“妙于偏得的特别颖慧的悟觉与悟性”。[②] 所以陈衍在评“直寻”时说：“此钟记室论诗要旨所在也。而其流极乃有严沧浪‘诗有别才，非关学也’”之说。因为，无论是“直寻”还是“妙悟”都强调诗人创作的独特之处，也就是透过被世俗利益和知识理性所封闭的现实，直抵那种无所羁绊、适性自由的审美世界。

然而严羽“妙悟”说至少在两点上对“直寻”说做了深化，使其作为一种方法论更加辩证、系统。第一，严羽不但重视“妙悟”，而且还把“悟”分为不同层次，所谓不假悟，透彻之悟，非透彻之悟，一知半解之悟。每个个体对现实的感悟都是有差异的，这些感悟本身有深浅之分，尽管可能都是审美的体验，但还是有高低区别，所以严羽的层次划分是有其合理性的。这样一来，“妙悟”作为一种方法就更显得有章可循，较“直寻”说更易于操作，也更符合一般创作现实。第二，更加全面地论证了读

① 张少康：《中国文学理论批评发展史》下卷，北京大学出版社 1995 年版，第 116 页。

② 袁行霈、孟二冬、丁放：《中国诗学通论》，安徽教育出版社 1994 年版，第 596 页。

书与“妙悟”的关系，也即学问与诗歌创作的关系。他在“别材”、“别趣”的后面接着说，“古人未尝不读书，不穷理。所谓不涉理路，不落言荃者，上也”。较之于钟嵘激烈批判永明体诸人“虽谢天才，且表学问”的观点（《诗品序》），严羽更能把握到知识与“妙悟”的潜在关系。尽管学问未必会直接转化为诗思诗情，但学问本身仍旧是激发诗人情感的重要因素。因而，读书学理有助于作者开拓心胸境界，以加深对这个世界的认识，对作者能更本真地贴近这个世界的真实状态是有助益的。这样就把二者之间的关系说得更透彻，更圆通。

总的来看，严羽的“妙悟说”一方面承接钟嵘、司空图“直寻”、“直致”说，并做了理论上的深化；另一方面又为后来王国维的“隔”与“不隔”理论打下了基础，在“直寻”的历史流变中具有承前启后的重要地位。

三 “直寻”与王国维的“不隔”

由于王国维学兼中西，其诗学理论在后世一直被众多学者所重视。尽管《人间词话》的写作体例是完全按照传统词话写作方式进行的，但其理论观点却并不完全是传统的，其中融合了中西美学的诸多要素。大致而言，20 世纪 80 年代以前国内学者多偏于认为其理论以中国传统资源为主，特别是关于意境等方面的论述。近来则有更多的学者开始强调其理论中的西学因子，例如罗钢即认为其自然、意境等概念都是西方哲学美学向中国传统文化渗透的结果，是西方文化对中国传统文化的侵蚀。①

尽管这些观点有助于我们更全面地认识王国维理论来源的复杂性，但是却不能因此而全面否定他的传统文化基因。对于王国维而言，毋庸置疑的是他深受德国古典美学家康德、席勒、叔本华等人的影响，但他对传统文化的浸润同样是深厚的，这就造成其理论中西交汇的一面，只强调其中任何一面都是对他诗学理论的偏误。

就诗学方法而言，王国维提倡“不隔”，这既是就诗歌的效果而言，

---

① 参见罗钢《一个词的战争——重读王国维诗学中的“自然”》，《北京师范大学学报》2007 年第 1 期；《意境说是德国美学的中国变体》，《南京大学学报》2011 年第 5 期。

也是就创作而言。就诗歌效果来说，优秀的诗作仿佛天然生成，它所展现的是一个圆融灵通的境界，其间没有任何人工斧凿的痕迹，处处流转，时时通透，没有任何隔绝或者断裂的地方。即如南齐谢朓所言，“好诗圆美流转如弹丸”，没有任何迟滞阻碍的地方（《南史·王筠传》）。但同时，这也可以看作是一种写作方法，即追求那种无所阻滞，情景交融的诗歌境界，就必须做到“不隔”，既包括主体与对象的不隔，也包括对象内部各部分的和谐。在《人间词话》中他说：

> “池塘生春草”、“空梁落燕泥”等二句，妙处唯在不隔，词亦如此。即以一人一词论，如欧阳公《少年游》咏春草上半阕云：“阑干十二独凭春，晴碧远连云。千里万里，二月三月，行色苦愁人”，语语如在目前，便是不隔；至云“谢家池上，江淹浦畔”则隔矣。（《人间词话》卷上四十）

所谓“不隔”即是“语语如在目前”，这是因为这种诗句与诗人的情思婉转契合，无须任何外在的典故来加以铺排，只是道尽作者的所思所感。而从审美的效果来说，这种“不隔”的诗句是一种纯然的审美观照，它不依傍任何外在的知识或学理，而是直接诗人当下的情思。

这样一种诗学追求与王国维所接受的叔本华的直观理论显然是有密不可分的关系，“天才的性能就是立足于纯粹直观地位的本领，在直观中遗忘自己，而使原来服务于意志的认识现在摆脱这种劳役，即是说完全不在自己的兴趣，意欲和目的上着眼，从而一时完全撤销了自己的人格，以便在撤销人格后剩了为认识着的纯粹主体，明亮的世界眼。”① 叔本华的这一理论对于王国维的“不隔”理论具有重要的启迪作用，尽管在叔本华那儿直观是天才的性能，并且所直观到的对象也是纯粹的主体自身，而不是外在的世界，但这并不妨碍王国维将这一直观式的思维方式与中国传统诗学的创作方法联系起来，从而创立属于自己的“不隔”理论。对于这一点亦有学者指出，“叔本华把这种直观分为‘观

① ［德］叔本华：《作为表象与意志的世界》，商务印书馆1982年版，第258页。

物'与'观我'，这种区分也为王国维所承袭，成为王国维区分'意境'的有无与深浅的基础。在《人间词话》中，它集中地体现于所谓'隔与不隔'说。"①

然而，这并不能说这一理论完全是德国哲学的结果，事实上它同样拥有中国传统诗学的深厚根基。它与钟嵘对"直寻"、"即目"、"所见"的要求可以说是同义复现，即都要求诗歌创作要表现出如在眼前的传神效果，这种效果并不取决于学问的高下或义理的深浅，而是诗人真性情的表达。因而，无论是王国维的"不隔"还是钟嵘的"直寻"所要追寻的都是诗歌创作的那种写意状态，它是诗人对这个世界的本真感悟。当诗人摆脱了现实功利欲求的驱使，用自己的心灵来感悟这个世界、观照这个世界，他所获得的是与这个世界的非功利的契合，对世间万物采取一种欣赏的态度。个体之我的存在并不是为了拥有什么，而是能用自己的心灵来体验这个世界的美好与生意。而在这样一种心境支配下所形成的诗歌自然就是一种即目、直寻或不隔的诗歌，因为这时的诗人是与世界融为一体的。反过来说，只有达到这种层次的诗歌才能称得上是优秀的作品，因而传世名作所展现出来的效果就是"不隔"，就是自然真意。

此外，王国维还从"情"与"景"两个方面论述"隔"与"不隔"：

> "生年不满百，常怀千岁忧。昼短苦夜长，何不秉烛游"，"服食求神仙，多为药所误。不如饮美酒，被服纨与素"，写情如此，方为不隔。"采菊东篱下，悠然见南山。山气日夕佳，飞鸟相与还"，"天似穹庐，笼盖四野。天苍苍，野茫茫，风吹草低见牛羊"，写景如此，方为不隔。(《人间词话》卷上三十四)

在他看来，无论写情还是写景都有隔与不隔之分，因而王国维的"不隔"理论并非情与景的交融，而是诗人主体情思能否得到圆满完整的表达，或者说作品能否真正流转地表达诗人某一特定的感悟。因而，写情有写情的不隔，写景有写景的不隔。当然以此类推，所谓情景交融的作品同

① 罗钢：《意境说是德国美学的中国变体》，《南京大学学报》2011年第5期。

样也可以有隔与不隔的区别。在这里，起作用的不在于是写情还是写景抑或是情景交融，而是作者是否能展现出自己当下之思的纯正性来。因而他进一步分析了“不隔”的原因：

大家之作，其言情也必沁人心脾，其写景也必豁人耳目。其辞脱口而出，无矫揉装束之态。以其所见者真，所知者深也。（《人间词话》卷上五十六）

由此可见“隔”与“不隔”的关键是一个真与不真的问题，即自然不自然的问题，“无论写景言情，不雕饰，不浮夸，不创意为之，不卖弄风情，不用浮词、游词、套语，真率自然地表达真情实感与即目所见，方能‘不隔’”。[①] 这种真实是一种生命的自觉，它不依傍任何外在的浮华，而直归心灵深处，用自己的心灵来感受这个世界的本然状态。它与钟嵘所追求的“观古今胜语，多非补假，皆由直寻”的创作方式是一脉相承的，同样都在强调用自我的本真感受世界的本然，而二者的相遇就是一场真正的审美体验。

因而，到王国维的“不隔”理论，即意味着中国传统诗学方法论的大成，它从“直寻”一路下来，在王国维这里得到最终的完善。同时，由于王国维所接受的西方哲学的影响，这一理论的出现也意味着中国传统诗学开始走出自我的圈子，在与西方文化的交流中升华自己，以创造新的诗学理念。

通过以上分析，我们可以看出，作为一种诗学方法，“直寻”具有深厚的文化底蕴，它既有其字源学、文化学上的原始根基，也有魏晋玄学的理论基因，同时也不乏文学理论上的方法传承，它是以往哲学诗学要求真性情、真境界、真自我、真感受的结果，体现了中国艺术对自然风采的追求。

钟嵘从玄学的言意之辨出发，并针对文学自身的特点，扬弃了以“坐忘”为方法的玄学致知方式，转而首倡“直寻”的诗歌创作方法，为当时

① 萧华荣：《中国诗学思想史》，华东师范大学出版社 1996 年版，第 410 页。

的诗歌创作提供了一种新的方法。同时，这一方法由于深刻地触及了古典诗歌的核心奥秘，因而在此后的漫长岁月里，逐渐发展成传统诗歌理论的一般方法论，为广大理论家所接受，并以不同的面目出现，为传统诗歌理论做出了开拓性的贡献。

第四章　形上之“和”与形下之“味”(上)

第一节　不同历史境遇下的中西和谐美学话语

一个民族的美学理想植根于它内部的文化土壤，是其民族文化精神的体现。西方古代的美学理想发源于古希腊的“和谐美”，中国古代的美学理想则建基于先秦的“中和美”。马克思认为，希腊艺术和史诗“仍然能够给我们以艺术享受，而且就某方面说还是一种规范和高不可及的范本”，并且认为古希腊艺术作为人类童年的作品“作为永不复返的阶段而显示出永久的魅力”。① 而李泽厚则认为，“中国古代美学的基础，是在先秦时期奠定基础的……后世各种美学思想的产生，都可以上溯至先秦，实际上是先秦美学，特别是儒道两家美学在特定历史条件下的扩充、丰富、深化和发展。”② 这充分说明了二者分别在自己民族文化历史中的重要地位。尽管这两种美学有许多共同的精神特点，然而它们毕竟是生成于不同的文化环境中，是两种不同思维方式的结晶，因而本节拟从不同文化生成机制的角度来分析二者之间的差异。

一　儒家的“中和美”

中国早期的奴隶制社会是以个人尚未成熟、尚未脱掉同其他人的自然血缘联系脐带为基础的，自然血缘关系在先秦国人的社会生活中起着重要

① ［德］马克思：《马克思恩格斯选集》，人民文学出版社 1972 年版，第 114 页。

② 李泽厚：《中国美学史》，安徽文艺出版社 1999 年版，第 55 页。

的维护作用，并构成了整个的社会生活伦常。这种社会基础在生产方式上又是以农业为主的，致力于农作物的精耕细作，它本身并无须特别专业的科学知识，但对自然环境的依赖性却非常高，特别是对水的需求，可以说是一个至关重要问题，治水的主题在中国先民的传说中一再出现便印证了这一问题。“易于耕种的纤细黄土、能带来丰沛雨量的季候风，和时而润泽大地、时而泛滥成灾的黄河，是影响中国命运的三大因素”。① 因而古人很早起就与自然建立起一种亲近、融合的关系，并在多次的与自然打交道（譬如治水）中加强了这种关系，同时又在治水这样的大规模工程中加强了人与人之间的协作关系，巩固了原始的血亲关系，并形成了一整套被称作“礼乐”的文化制度。这种独特的生活方式催生了中国人“天人合一”的观念和阴阳相通的思维方式。“和”即是在这种观念和思维的影响下产生的，并且加强了这种观念和思维。

（一）作为先秦共同美学理想的“和”

“和”作为先秦共同的哲学理想在孔子之前即已提出，并有过深入的论述。从字源的角度看，“和”之为字，在先秦经传中有三种写法，即“和、盉、龢”，代表着三种原始意义：一为饮食之和，二为五味调和，三为声音相和。因而可以说中国古代美学中对于“和”的认识，首先是从个体的生理感受开始的。先秦诸典籍中也记录了这一点，如《左传·昭公二十年》记载中说：

> 公曰：“唯据与我和夫?”晏子对曰：“据亦同也，焉得为和。”公曰：“和与同异乎?”对曰：“异。和如羹焉。水火醯醢盐梅，以烹鱼肉，燀之以薪。宰夫和之，齐之以味，济其不及，以泄其过。君子食之，以平其心。……先王之济五味，和五声也，以平其心，成其政也。声亦如味，一气，二体，三类，四物，五声，六律，七音，八风，九歌，以相成也。清浊，小大，短长，疾徐，哀乐，刚柔，迟速，高下，出入，周疏，以相济也。君子听之，以平其心。心平德和。”

① 黄仁宇：《中国大历史》，生活·读书·新知三联书店 1997 年版，第 21 页。

而《左传·昭公二十一年》则记载州鸠反对周景王铸大钟，他认为钟的声音要“小者不窕，大者不槬，则和于物，物和则嘉成。故和声入于耳而藏于心，心亿则乐。窕则不咸，槬则不容。心是以感，感实生疾。”

这一思想在《国语·周语下》中则更为详细：“夫政象乐，乐从和，和从平。声以和乐，律以平声。金石以动之，丝竹以行之，诗以道之，歌以咏之，匏以宣之，瓦以赞之，草木以节之。物得其常曰乐极，极之所集曰声，声应相保曰和，细大不逾曰平。……夫有和平之声，则有蕃殖之财。于是乎道之以中德，咏之以中音，德音不愆，以合神人，神是以宁，民是以听。”

从以上典籍中我们可以看到“和”至少有三层意思：首先，“和”是同人的视听官能等方面的生理感受相联系的。尽管“和”的对象是客观的食物或者声音，但这些东西之所以有和与不和之别，并不是仅由外物本身的性质来决定的，而是同人的生理心理感受密切相关的，“和”不是一种与人无关的自然之“和”，而是与人的生存息息相关的生命之“和”，如果这些生理心理感受超出了人的生理承受阈限，那么不但不会给人以感官的享受，反而会给人以有害的刺激，以至于产生疾病，最后导致欣赏主体的生命健康受到危害。

其次，“和”不是“同”。“同”是一类事物的汇集，这种汇集只能进行量的增加，并不能带来质的变化。由于这种汇集只是使某一类事物得到兴盛，这种兴盛反而会给别的事物带来不利：在有限的空间内，某一类事物的独大必然会削弱其他事物的生存空间，从而造成事物间的不和谐。相反，“和”则不是这种情况，“和”是不同质的事物之间的相互应和、相互支持、相互制约。“和”首先强调的是事物的多样统一，这种统一不是简单的混杂，而是在保证对方的生存权利的基础上发展自己，是一种有序的和谐生存竞争。

最后，“和”具有重大的社会功能，能使国家政治清明，社会安定。几乎先秦的每一位论者在谈到“和”时都是从具体的生理感受开始的，然而也几乎每位论者的目的都不是生理的感受，而是政治的和谐，生命的和谐，以至人与整个外在世界的和谐。作为美的理想的“和”不是外在于人的客观事物，它本身就是人类生存的展现方式。美的最高境界与善是紧密相连的，甚至可以说就是善。

李泽厚认为从上述典籍可以看出“美存在于‘和’之中，也就是存在于对立面的相互渗透和统一之中，而且这种统一是一种处于最佳状态的统一，对立的双方没有任何一方离开对方而片面地突出自己。”[①] 这固然抓住了中国和谐美的一个重要特点，然而却仍然是以西方的知识学体系来认识中国的传统美学，即仍旧把“清浊，小大，短长，疾徐，哀乐，刚柔，迟速，高下，出入，周疏”这些东西当作对立的面来看，殊不知，这些都是具有独立品性的个体物，而不是一种事物中的面，即如前面之“水火醯醢盐梅”一样，也各具一种独立品性。“和”即是对这些事物进行有规律有秩序地搭配，使之成为一个和谐的有机体。

（二）“中”：儒家独特的致“和”方式

以“和”为最高的审美理想，这在先秦儒道两家之间并没有歧义，老子也说“知和曰常”、“万物负阴而抱阳，冲气以为和”（《老子》第二章、第四十二章）。然而在如何致“和”这一点上儒道却采取了不同的策略。老子主张无为，任自然，相信世界本身有其决定力量。而儒家主张“中庸”通过对秩序的强调，通过对各参与主体的一定控制来达到和谐。

“中”作为一种道德范畴和哲学思想，始见于《尚书·盘庚》：“各设中于乃心。”所谓“中”，《说文》解云：“中，别于外之辞也，别于偏之辞也，亦合宜之辞也。”在这里，“中”意味着最佳的优化状态，是指个体本身内部的和谐。它是从个体内部的规定出发来定义的，在个体的处世方式上则是不偏不倚，符合社会规范的要求，是一种自我的克制。“中”之别于“和”，即一个是个体内部的，一个是个体之间的及个体与世界的。

一般认为孔子哲学中的核心概念是“仁”，在孔子看来，“仁”是个体内在的心理品德，是个体对社会义务的一种自觉的选择与担当。即“为人由己，而由人乎哉？”（《论语·颜渊》），“仁远乎哉？我欲仁，斯仁至矣。”（《论语·述尔》）我们认为，这种出自个体意志的对社会义务的自觉主动承担对于“中”的概念起了重大的推动作用，出于这种由内向外的哲学思想体系的构建要求，孔子非常重视“中”道，“不得中行而与之，必也狂

---

① 李泽厚：《中国美学史》，安徽文艺出版社1999年版，第89页。

狷夫！”（《论语·子路》）在行事方式上要充分把握好中道原则，认为“过犹不及”（《论语·先进》），从内部的“中”走向外部的“和”。

至《中庸》则正式提出：“喜怒哀乐之未发，谓之中；发而皆中节，谓之和。中也者，天下之大本也；和也者，天下之达道也。致中和，天地位焉，万物育焉。”在这里“中”仍然是个体内部的一种平衡与和谐，即喜怒哀乐的未发状态。然而它同时兼有方法论的意义，即要求“发而皆中节”，并且这种“中节”即是“和”，这样就把“中”与“和”统一起来。“中”是植根于个体内部的，是个体成就自己，把握自己的内在原则，故称之为“天下之大本”；“和”是不同个体之间的相互协调，相互促进，故称之为“天下之达道”，从而使个体的生存之道，修养之道与宇宙万物的存在规律，与世界的至上之道沟通、融合起来。所以说“致中和，天地位焉，万物育焉。”因而“中和”作为美学理想来说，即是个体通过对自身及外界的把握，达到“礼”与“仁”的统一，使“美”的追求与“善”的设定和谐一致。

二　古希腊的“和谐美”

古希腊的社会基础则是完全斩断了个体之间的原始血亲关系，形成了个体之间相互独立的城邦奴隶主共和统治。在人与自然的关系上，他们把自然看作与人分离的客体，从而把自然作为人类欲求的对象，不同于先秦中国人与自然一体的观念，古希腊的人与自然之间是一种纯粹的主体与客体的关系。在生产方式上不同于中国以农业为基础的社会，古希腊是以海洋贸易为基础的海洋文明，在这种文明中，土地、雨水等不再是决定性的力量，在远洋航行中需要的更多的是数学知识和自然科学知识，古希腊的和谐美学观即是建基于这种数学与科学知识之上的。

关于希腊古典美的内涵，也就是它的基本特征，美学史上多有论述。最著名的就是温克尔曼将希腊古典美归之为：“高贵的单纯，静穆的伟大。”[①] 鲍桑葵在《美学史》中将其归结为“和谐、庄严和恬静”。[②] 总之，

① ［德］温克尔曼：《拉奥孔》，人民文学出版社1979年版，第5页。

② ［英］鲍桑葵：《美学史》，商务印书馆1985年版，第21页。

无论如何概括，希腊古典美的内涵都是一种静态的、形式的“和谐美”。也就是说，希腊古典美有三要素：静态、形式、和谐，而“和谐”是其核心内容，“和谐美”是希腊古典美的基本形态。然而古希腊“和谐美”的生成也是一个历史的过程，它经历了毕达哥拉斯、柏拉图、亚里士多德三个阶段。

（一）毕达哥拉斯学派的和谐观

古希腊哲学由于把主体与客体分隔开来，因而对于古希腊哲学家来说，一个核心的问题就是世界的本质是什么，毕达哥拉斯学派所要回答的即是哲学的始基、本原问题。毕达哥拉斯学派在数学方面取得了巨大的成就，他们提出以“数”作为本原，把数学与哲学结合起来。毕达哥拉斯学派认为“万物都是数”,[①] 一切存在和生成的事物都具有“数”的属性。

“和谐”是毕达哥拉斯学派哲学思想的重要组成部分，其最初的意思是指将不同的事物连接或调和在一起。用之于艺术，在音乐方面就是将不同的音调调和起来成为音阶，而基本音程又是与“数”相关的，他们研究发现音乐节奏的和谐与否取决于声音的长短、高低、轻重，而这一些又都与发音体在数量上的差别有关系。因而他们进一步推论，“数”的关系是唯一规定音乐的方式，这样在音乐领域里“数”即树立起了它的绝对权威。[②] 在雕塑领域里，毕达哥拉斯学派通过黄金分割线的发现奠定了古希腊雕塑艺术的基础，从而也把雕塑艺术置于“数”的统治之下。毕达哥拉斯学派将这种和谐现象进一步发挥，推广到全宇宙，认为和谐无处不在，宇宙间的一切事物都是和谐的。从地球上的事物到天空中的星体，都同样具有数学上的比例关系，是一个和谐的统一体，星体之间的和谐是由于各星体的大小及运动速度的差异造成的。

毕达哥拉斯学派的和谐学说奠基于数学之上，提示了宇宙间的某些和谐现象，对古希腊美学的发展起了重要的作用。它把客体对象置于主体的研究目光之下，将对象分解成可用数学来表示的不同部分，从而使西方美学与客观写实相联系，将艺术界定为不同部分的按比例组合，使

① ［英］罗素：《西方哲学史》，商务印书馆2002年版，第62页。

② 余德华：《数・灵魂・和谐——毕达哥拉斯学派哲学属性探析》，《山西师范大学学报》2001年第1期。

艺术建立在数学的"真"的基础上，形成了与东方美学不同的美学特点。在它的基础上，古希腊罗马人创造了庄严的巴特农神庙，雄伟的凯旋门，优美的维纳斯，悲壮的拉奥孔……从而使古希腊艺术成为至今难以企及的范本。

（二）柏拉图的和谐观

柏拉图进一步深化了和谐思想，这主要体现在他的"理念论"上。不同于毕达哥拉斯以"数"为和谐的基础，柏拉图试图将和谐建立在超出实物的"理念"之上，认为和谐的深刻内涵是一种本体意义上的和谐。柏拉图认为"人类理智须按照所谓'理式'去运用，从杂多的感觉出发，借思维反省，把它们统摄成为整一的道理"。[①] 即和谐是理念对杂多的整合，只有通过理念，各种混杂的感觉才能合为一个有机的整体。

柏拉图的这一哲学思想在《巴门尼德篇》中有明确的表述：

> 在所有这些部分中，没有一个既是存在的一部分又不是存在的一部分。那么如果它是一部分，只要它还是，它就必定总是某个"一"部分；它不会不是一部分。因此，一必定属于存在的每个部分，无论这个部分是大还是小，都不会缺乏存在。作为一的一，不能作为一个整体同时处于多处。但若一不作为整体，那么一必定被划分为部分；只有这样它都能同时呈现于存在的所有部分。[②]

柏拉图认为整体的"一"即存在于部分之中，它统摄着部分；部分不能脱离整体而存在，它必须是这个整体"一"中的部分。在这里"一"作为整合各部分的本体，具有前面所说的"理念"的作用。因而柏拉图之于"和谐论"的贡献即在于他将形式逻辑引入"和谐论"中，并试图从数理逻辑哲学上来论证"和谐"，从而将"和谐"观念置于纯粹思辨的领域。

（三）亚里士多德的和谐观

作为古希腊美学的集大成者，亚里士多德并没有超出前人的思考范

---

① ［希］柏拉图：《文艺对话集》，人民文学出版社 1980 年版，第 124 页。

② 同上书，第 779 页。

围，只是他将上述观念加以整合，并进一步深入到他的文艺批评理论中。亚里士多德把柏拉图的有机整体的观念引入诗学，他认为美是体积大小和各组成部分之间的有机整体。他说：

> 一个美的事物——一个活东西或由某些部分组成之物——不但它的各部分应有一定的安排，而且它的体积也应有一定的大小；因为美要靠体积与安排，一个非常小的活东西不能美，因为我们的观察处于不可感知的时间内，以致模糊不清；一个非常大的活东西，例如一个一万里长的活东西，也不能美，因为不能一览而尽，看不出它整一性。[①]

在这里，亚里士多德一方面吸收了毕达哥拉斯学派的数学成就，将“美”的和谐确定为体积大小的安排；另一方面他又将“美”确定为活的东西，继承了柏拉图有机整体观念。并且他进一步将有机统一体的观念同必然律结合起来，他指出：

> 所谓“完整”，指事之有头，有身，有尾。所谓“头”，指事之不必然上承他事，但自然引起他事发生者；所谓“尾”，恰与此相反，指事之按照必然律或常规自然的上承某事者，但无他事继其后；所谓“身”，指事之承前启后者。所以结构完美的布局不能随便起讫，而必须遵照此处所说的方法。[②]

这样，亚里士多德把形式逻辑中的必然律与或然律引入诗学中，加强了和谐美学中整体与部分的关系，使和谐诗学取得了哲学上的理论支撑。

总的来看，亚里士多德的和谐观吸收并融合了毕达哥拉斯学派与柏拉图的观点，把数学和形式逻辑作为其理论的基石，使审美与认识相结合，使古希腊的和谐美学同客观自然之真统一起来，主张“摹仿说”、“必然

① ［希］亚里士多德：《诗学》，人民文学出版社 2002 年版，第 22 页。

② 同上书，第 21 页。

律”等，形成了西方美学的科学理性传统。

综上所述，“中和美”与“和谐美”分别是中西哲人在不同的历史文化语境中对各自面对的美学问题进行思考的结果。把外在的宇宙精神与内在的个体修养融合在一起，使外界的宇宙之“和”立基于人类本性内部，这是儒家“中和美”的独特品性。它不同于西方“和谐美”的关键之处就在于，它不是运用数学知识来进行精密的测量，不是一种纯技术的东西。因为在先秦儒家看来，技术即使再高超也无法对整个世界进行规划，对世界的规划只能通过调整各参与主体的关系，使它们和谐相处。因而古希腊的雕塑在当时即被看作是神圣的艺术，而中国的青铜器物尽管制作精美，却只是作为祭祀的器物出现。

中国的“中和美”以人与世界的和谐相处为目标，主张主观与客观、感性与理性、自然与人文的协调统一，将美学的构建与人的生成联系起来，使审美成为现实人生的重要组成部分，使人生成为艺术的人生；[①] 西方的“和谐美”建立在西方传统的认识论基础上，将自然作为欲求的对象，主张人类同自然处于一种对立的关系，主体与客体、感性与理性分离，客体世界是主体充分发展自己，完善自己的材料提供者。

这两种不同的美学理想显然都具有其各自的局限，前者囿于对社会规范的强调而忽略了对世界做知识层次上的分析，后者又因为过度的分析而割裂了人与世界的联系。然而对于当下我们所面临的美学境遇来说，重要的不是对先人的和谐观念进行一番品头论足，然后做出或感叹或不屑的评价；如何综合二者之间的优点，在充分分析认识的基础上，使人文与自然、个体与社会、感性与理性、主观与客观达到更高层次的和谐才是我们所要面对的重要课题。

第二节　儒家的尚“中”与道家的崇“大”

“和”作为中国传统文化的核心概念之一历来受到众多研究者的重视，近来随着国学研究的升温更成为一个热点问题。然而多数学者或者把它作

① 曾繁仁：《论希腊古典“和谐美”与中国古代“中和美”》，《中国文化研究》2001年冬之卷。

为单一意义的哲学美学概念来看待，如黎红雷认为“和谐（Harmony）指事物协调地生存与发展的状态”[①]；或者认为它是以儒家思想为主导、原创其余各家为辅助的概念[②]；而作为对庸俗社会学的反拨，最近又有学者强调道家文化对其生成的贡献[③]。

尽管这些研究丰富了我们对“和谐”观念的理解，但也带来了新的视界偏差：把“和”作为一个单一意义的概念来对待显然无法窥到这一概念的丰富性及复杂性，从而把“中和”作为其唯一的存在形态；而执于一家的阐释则又无法准确地把握儒道两家各自的贡献及这一概念的原始生成状态。因而我们认为，必须回到这一概念诞生的原初文化语境，从比较文化的角度来分析儒家的“中和”与道家的“大（太）和”所具有的特点，以及他们之间的互动与融合，从而获得对这一概念的进一步认识。

一　儒家的尚“中”与“中和”

尚“中”是儒家思想的一个显著特色，“中和”作为儒家的重要概念在中国文化史上留下了巨大的影响，并进一步影响着中国人的思维方式。然而任何概念都不是凭空产生的，从马克思主义的观点来看，某一思想的形成与它所处社会的历史实践是息息相关的，它经历了从一般词汇到哲学概念的衍变。

（一）“中”的起源

“中”字的甲骨文为：

甲三九八　　粹一二一八

金文为：

颂鼎　　兮仲簋　　中山王鼎

关于这一字形郭沫若认为，一竖象矢，一圈象的，象射箭命中。[④] 即他认

① 黎红雷：《“和谐观”中西合论》，《中国哲学史》1999 年第 4 期。

② 丁原明：《中和：理性与价值相统一的合理理性》，《孔子研究》2004 年第 4 期。

③ 徐华：《老庄道家与早期“中和”理念的重建》，《华中师范大学学报》2006 年第 11 期。

④ 转引自罗祖基《论中和的形成及其发展为中庸的过程》，《孔子研究》1995 年第 3 期。

为此字的原始意义为象形字，词性为动词，依现代汉语则为四声。

而唐兰则将其解释为旗帜，他说：“余谓中者最初为氏族社会中之徽帜，《周礼·司常》所谓‘皆画其象焉，官府各象其事，州里各象其名，家各象其号’，显为皇古图腾制度之孑遗。此其徽帜，古时用以集众，《周礼·大司马》教大阅，建旗以致民，民至，仆之，诛后至者，亦古之遗制也。盖古者有大事，聚众于旷地，先建中焉，群众望见中而趋附，群众来自四方，则建中之地为中央矣。列众为陈，建中之酋长或贵族，恒居中央，而群众左之右之望见中之所在，即知为中央矣。然则中本徽帜，而其所立之地，恒为中央，遂引伸为中央之义，因更引伸为一切之中。后人既习用中央等引伸之义，而中之本义晦。”[①]

而最近亦有学者认为，“中”字最早的形体即为一竖加一圆圈，表示一根绳子的中部，后来在两端加的旗状符号是表示对称和平衡的，据此“中”应为一指示字而非象形字。[②]

或许历史的本原我们已经永远无法还原，我们亦无法完全断定“中”的原始意义到底为何。然而这三种说法却提出了“中”的三个重要意项：适度、中正、平衡。把“中”解释为弓箭命中目标体现了准确适度的原则，因为只有准确才能成功命中目标；而唐兰的观点则体现了“中”在政治中的意义，它体现了政治上的中正理念，即以“中”为正，故建中以守正；而以“中”为方位名词则显示了其平衡的作用，只有处于正中才能平衡两端。

我们说，把“中”上升到政治概念的基础乃是适度与平衡。因为从逻辑上说，人们对“中”的崇拜，建中立旗，使群众来集已经内含一种观念：即“中”具有支配左右前后四方的地位，故部落首领居中以召四方之民。当然这并不能证明适度与平衡就是“中”的本意，因为观念要早于文字，一种观念未必就能对应形成相应的文字，然而适度与平衡这两种意义却构成“中”向政治概念转换的根本，而“中”的政治学意义则构成了儒家“中和”思想的基本纬度。因而从这个意义上来说，唐兰的解释构成

---

① 唐兰：《殷墟文字记》，中华书局1981年版，第53—54页。

② 雷庆翼：《“中”、“中庸”、“中和”平议》，《孔子研究》2000年第3期。

“中”这一思想向哲学飞跃的关键。

溯本推源，我们就会发现，尚“中”观念的形成与中国早期所运行的政治模式是分不开的。从地域上来看中国早期实行的是以最高统治者居所为中心的有机统治机构：

> 五百里甸服：百里赋纳总，二百里纳铚，三百里纳秸服，四百里粟，五百里米。
>
> 五百里侯服：百里采，二百里男邦，二百里诸侯。
>
> 五百里绥服：三百里揆文教，二百里奋武卫。
>
> 五百里要服：三百里夷，二百里蔡。
>
> 五百里荒服：三百里蛮，二百里流。(《尚书·禹贡》)

同样在组织方式上也是以最高统治者为中心来运行：

> 立政：任人，准夫、牧，作三事；虎贲、缀衣、趣马、小尹、左右携仆，百司庶府；大都小伯、艺人，表臣百司；太史、尹伯，庶常吉士；司徒，司马，司空，亚旅；夷、微、卢烝；三亳阪尹。(《尚书·立政》)

这种以最高统治者为中心来构建国家的存在方式经过三代的不断运作，最终形成了以周公为首的政治家所建立的西周初期文化政治模式。这一天子、诸侯、大夫、士、庶人各得其位，各司其职的政治运作模式既是适中的、平衡的，同时也是和谐的，“中”的表现即是“和”，而政和也即是最大的适中。

(二) 儒家的尚“中”

随着西周王朝的式微，周初所创立的文化政治模式也面临巨大的危机，孔子所开创的儒家承担起对西周所遗留下来的礼乐文化进行重建的重任。这一重建采取了新的文化路径，这就是著名的以“仁”释“礼”，从而“为外在的行为规范（符号形式）找到内在的伦理准则（价值观念）的支持，从而克服文化符号混乱无序的历史局面，以保持世人的文化品位”。[1] 受这一整体文化思路的影响，“中”的概念也逐渐由外向内，由社会政治概念向个体修养概念延伸，最终形成了一个多维的文化术语。

我们说，孔子的重要贡献即在于重新整合了西周的礼乐制度，并将其内化为个体的自觉追求。作为一种政治乌托邦，孔子仍然对西周以“中”为尊的政治模式极为推崇，他说“为政以德，譬如北辰，居其所而众星拱之”(《论语·为政》)。并要求君臣之间保持适中的原则，做到“君使臣以礼，臣事君以忠”(《论语·八佾》)。

然而，这种理想的政治毕竟无法在现实中得到实现，所以他只能感慨道：“鲁卫之政，兄弟也。”(《论语·子路》)西周的政治文化模式也只能作为文化建构中的范本来供后人学习：“周监于二代，郁郁乎文哉！吾从周。”(《论语·八佾》)这样，原来作为现实的政治文化规范逐渐转化为通过个体修养来获得的“礼”，这就是所谓以“仁”释“礼”。伴随着这一活动，尚“中”的政治意义也向用“中”的个体修养意义转化，这就是著名的“中庸”概念的提出。

在孔子这里，“中庸”显示了从政治理想到个体修养过渡的全过程：首先，它是指一种理想的社会存在方式，“中庸之为德矣，其至矣乎！民鲜久矣！”(《论语·雍也》)考诸历代注家及时贤所论，“中”多指合适、适宜、恰如其分、适度，而“庸”尽管理解复杂一些，但多不出“用”、“常”的意义，因而多强调其形而上的意义，认为“中庸”是一种恒常的至理。然而结合其所处的文化背景，把“中”理解为西周以天子为“中”轴的国家存在模式或许更能切近其本意。由于西周的礼乐政治已经不复存在，那种上下等级严格却各得其位，各守其职，中刑中罚的和谐政治模式已经成为历史的尘迹，西周人的生存方式只能成为充满理想色彩的传说，故孔子慨叹：“其至矣乎！民鲜久矣！”

其次，“中庸”作为一种处理世事的方法，也即通常所讲的用“中”。“吾有知乎哉？无知也。有鄙夫问于我，空空如也，吾叩其两端而竭焉”(《论语·子罕》)；“尧曰：‘咨！尔舜！天之历数在尔躬，允执其中！四海

---

[1] 陈炎：《多维视野中的儒家文化》，山东教育出版社2006年版，第74页。

困穷，天禄永终’。”（《论语·尧曰》）“中”已经不再仅仅作为一种社会组织模式，它一跃成为处理社会问题的方法，同时也是一种致知的方式，从外在的现象存在走向主体的行为方式，从而实现其“夫人不言，言必有中”（《论语·先进》）的行为效果。

第三，“中庸”作为一种个体品性。“子贡问：‘师与商也孰贤?’子曰：‘师也过，商也不及。’曰：‘然则师愈与?’子曰：‘过犹不及’。”（《论语·先进》）“不得中行而与之，必也狂狷乎?”（《论语·子路》）作为个体品性，“中庸”即是要做到适中、恰当、不迟不过，不危言耸行，不攻乎异端。这样，西周外在的政治之“中”被内化为一种个体心性的适中、节制，“中”所代表的强制性社会礼仪成为个体的自觉选择，这事实上也与其基本文化思路——化“礼”为“仁”是一致的。

总之，从西周到孔子，“中”的内涵发生了重大变化，它从指代一种政治模式转化为个体品性，从外在的秩序和谐转化为内在的道德操守之“和”，而这种内在的操守之“和”又成为实践外在秩序之“和”的根本。

二　道家的崇“大”与“大（太）和”

面对同样的历史文化境遇，道家则采取了另外一种文化策略：他们对传统的礼乐文化提出了强烈的质疑，并坚决否定儒家整合传统文化的努力，认为应该回到原始的本真状态。出于这一言说策略的需要，道家并不认同儒家所提出的上下有序、尊卑有等、秩序井然的“中和”之美。尽管道家仍然认为世界需要和谐，但不是以“中”为主的和谐，为了超越儒家的“中和”观点，从学理上来说，道家就需要建立一种“大和”，一种比现实的“中和”更本质的最高之“和”，这就是道家崇“大”思想的学理前提。

与儒家的尚“中”不同，道家则偏重“大”，主张“大音稀声，大象无形”（《老子第四十一章》），认为“天地有大美而不言”（《庄子·知北游》）。从字源学上说，先秦之前“大”与“太”为同一字，因而“大”的哲学含义也更加丰富。

（一）“大”的起源

与儒家的尚“中”不同，道家则偏重“大”，主张“大音稀声，大象无形"（《老子第四十一章》，认为"天地有大美而不言"（《庄子·知北游》）。这一概念的形成同样具有其历史的过程。

"大"的甲骨文字形为一正面直立的人，徐中舒认为"象人正立之形，与象幼儿形之子相对，其本义为大人，引伸之为凡大之称而与小相对。多省略头形而作□，是为金文及《说文》篆文在字所本。头形不省者其头形笔画互异：或作虚框，如□□，或填实作圆点，如□，或作一二短画，如□、□、□，间亦有作□者，如□。□、□、□等形为后世天字所本，□为后世夫字所本，在卜辞中则均为大字。然□亦偶作'顶颠'意之指事字"。[①] 另外，经史中"太"亦无点，俱作"大"。也就是现今之"大"、"夫"、"太"、"天"俱出自古"大"字，隶属同源。

我们稍加排列即可发现，"大"的意义是呈层级向外延伸的：首先是"大"的原始义和"夫"，这是"大"的最具象意义。从这个意义出发，"大"由于最初的与小孩相对的纯形体意义向地位、道德意义上衍化。如，《易经》中"见龙在田，利见大人"、"飞龙在天，利见大人"（《乾卦》）；"系小子，失丈夫"（《随卦》）；"大人虎变，未占有孚"（《革卦》）；《诗经》中亦有"大人占之，维熊维罴"（《小雅·斯干》）；而《墨子》中亦经常称"王公大人"。在这里，"大"意义逐渐上升为政治地位高与品德优秀，而大人的极致就是圣人。

其次，作为指事意义的"天"。"天"在中国思想文化中的地位已经毋庸赘言，它代表了最高的合理性，终极的裁判者，所谓"维天之命"、"昊天有成命"（《诗经·大雅》），"有夏多罪，天命殛之"（《尚书·汤誓》），"先王有服，恪谨天命"（《尚书·盘庚》）等，无不显示了"天"在先民中的神圣地位，它是最高的合理性，也是最大的"大"。

最后，作为"太"字的"大"。"太"之意从大小之"大"的意义扩展，表示"大"到无以复加、极、甚之义。另外甲骨文中"殷先王名号前之区别字，典籍皆作太"[②]。先王之所以称"太"，从先民的祖先崇拜观点来看，因为他们是较现王更上一级的尊者，是现王所从出的本源，因而，

① 徐中舒：《甲骨文字典》，四川辞书出版社 2003 年版，第 1139—1140 页。

② 同上书，第 1141 页。

“太”同时有最终之本的意义。

综合来看，尽管后来“大”的前两种意义被分化出来的词“大人”、“夫”、“天”所代替，但作为大小之“大”和“太”仍然受到很大影响，从而使这一词汇具有绝对、终极的本体论意义和神圣、庄严的信仰意义，而这一点则深刻地影响了后来的道家。

（二）道家的崇“大”（太）

具体来看，“大”在道家话语中同样具有多重含义：首先，作为比较意义上的“大”，即大小之“大”。“大”的这种用法意在强调道家思想的合理性，贬低别家的合理性。如“大道废，有仁义；智慧出，有大伪；六亲不和，有孝慈；国家昏乱，有忠臣”（《老子》第十八章），以“大道”来质疑仁义的合理性，从而认为仁义不足道也。在这一意义上，“大”亦做“太”，如“太上，不知有之；其次亲而誉之；其次，畏之；其次，侮之”（《老子》第十七章）。庄子说的更为明确，“饰小说以干县令，其于大达亦远矣”（《庄子·外物》），“大达”是诸“小说”所无法企及的。“大智闲闲，小智间间，大言炎炎，小言詹詹”（《庄子·秋水》），这种闲闲自若，若有若无的大智、大言，是人世间为追求物质利益，为满足生理欲望所运用的小智、小言所不及的，是对蝇营狗苟的世俗利益的批判，它用本真的生存状态来逼视现实小利的不足道与不足取。

其次，作为本体意义上的“大”，这是道家崇大思想的根本，也是道家所追求的“大和”的基础。如，“大方无隅，大器晚成，大音希声，大象无形”（《老子》第四十一章），王弼在诠释这一思想时说：“若温也则不能凉矣，宫也则不能商矣。形必有所分，声必有所属。故象而形者，非大象也；音而声者，非大音也。然则四象不形，则大象无以畅；五音不声，则大音无以至。四象形而物无所主为，则大象畅矣；五音声而心无所适焉，则大音至矣。”（《老子指略》）老子所追求的不是拘泥于有形之质的物，因为形有所分，声有所属，一旦有形则必有所限，他追求的是能够调和诸有形之物的“大”物，它不表现为某一具体的形态却是各具体形态存在之本，由此所产生的和谐乃是不拘泥于具体事物的“大和”，是一种超越人为努力的先天之“和”。这样，“大”就超越具体事物的限制而进入纯粹本体思辨的领域。

最后，作为辩证意义上的“大”，这是其本体思想的进一步发展：“大”的调和作用取消其对立面，达到至“大”，从而涵盖一切，而又显示为至“无”，所谓“上德若谷，大白若辱”（《老子》第四十一章），所谓“大成若缺”、“大盈若冲”、“大直若屈，大巧若拙，大辩若讷”（《老子》第四十五章），这一思想发展到庄子则衍化成万物齐一，物我同构，“泠风则小和，飘风则大和”的齐物论思想。

总之，道家所崇尚的“大”是一种调和万物，甚至于其对立面的本体之“大”，它是世间万物赖以存在的根本，从而较世间的礼乐文化构建有更高的合理性，由“大”所带来的和也成为调和世界的本体之“和”。

三　《易传》、《中庸》对“中”与“大”的融合

尽管儒道两家的和谐观念有着巨大的差异，但它们也不是完全不相融的。从思想发展的连续性与继承性上讲，如何将现实的礼乐之“和”与超越的本体之“和”统一起来，使现实人生获得更深的本体支持，使本体的超越不背离人的存在，做到道不远人，人不违道，就成为后世学者所要解决的首要课题。冯友兰先生认为，“孟子以后，战国末年的儒家，都受道家的影响。”“受道家的影响，使儒家的哲学，更进于高明底，是《易传》及《中庸》的作者。”① 儒道和谐观念的融合也深刻的体现于二书中，并在《中庸》中达到大成。

(一)《易传》的尊“中”崇“大”

作为儒道两家共同的经典，《易传》对“中和”与“大和”采取了兼收并蓄的方法，从而形成《易传》既尊“中”又崇“大”的特色。一方面，《易传》尊崇“中”位。《易传·系辞下》曰“若夫杂物撰德，辩是与非，则非其中爻不备”。在具体的卦象中亦是如此，二、五爻因处在中位其象词多功誉，而三、四爻则多凶惧。如，《需》卦的五爻象词“‘酒食贞吉’，以中正也”；《履》卦九二象词“中不自乱也”，其彖词则曰“刚中正，履帝位而不疚，光明也”；《观》由于其二、五爻各得其位，故彖词曰“中正以观天下”；《小过》的二、五爻位都是阴爻则释曰“柔得中”。

① 冯友兰：《贞元六书下》，华东师范大学出版社 1996 年版，第 766—767 页。

敏泽认为，《周易》中八卦以三数重叠为卦的特点，两个数只能构成一对对待，于二数中加以中爻，就成了变化的中介，从而能衍生出许多变化。所以卦中的中爻常常就成了变化的依据。[①] 我们认为，《易传》中以“中”为正，尊崇“中位”，乃是儒家尚“中”思想的体现，是对儒家中正思想的自觉继承。

另一方面，《易传》也充满了对“大”的赞美。“大哉乾元！万物资始，乃统天”，《乾》卦彖词一开始就表现了这种崇“大”的倾向；“天地之大德曰生，圣人之大宝曰位”（《系辞下》）；“夫易，广矣大矣”、“夫乾，其静也专，其动也直，是以大生焉。”（《系辞上》）……《易传》中处处透射出这种尚“大”、崇“大”的气息。我们说，这与《易经》“与天地准，弥纶天地之道”（《系辞上》）的精神是分不开的：极天地之至理，非“大”何之？包世间之万物，非“和”谁能？故《易传》曰：“乾道变化，各正性命；保合大和，乃利贞！”我们不能不说，这种对“大和”的追求，这种对至理的探寻，恰恰就是道家所讲的“大”的本体意义的深化，也是道家“大和”观点的进一步发展。

（二）《中庸》的融合“中”、“大”

如果说在《易传》中尚“中”与崇“大”两种思想还处在并行阶段，尚未完全融合，那么到《中庸》则完成了这一融合。作为儒家的经典著作之一，《中庸》其主要思想自然是儒家方面的：“喜怒哀乐之未发，谓之中；发而皆中节，谓之和。中也者，天下之大本也；和也者，天下之达道也。致中和，天地位焉，万物育焉。”对于《中庸》的这一主题思想，朱熹认为，“中庸者，不偏不倚，无过不及，而平常之理，乃天命所当然，精微之极致也”（《中庸章句》）。可以说，这一解释点出了“中”两个主要特点，即作为外在秩序它要求不偏不倚，恰到好处，以保持世界的平衡；作为内在修养它要求无过不及，恰如其分，以保持个体的人格平和，这是对孔子基本精神的继承。在下文中说的更明确：“在上位不陵下，在下位不援上，正己而不求于人，则无怨。”即一方面要求恪守属于自己的位置，一方面严格要求自己的内心修为，这样才能达到无怨。

① 敏泽：《中国美学思想史》，齐鲁书社1987年版，第118页。

对于儒家尚“中”思想的继承是《中庸》中显而易见的一面，然而另一方面它也吸收了道家崇“大”思想的精华，这就得以使它超越孔子意义上的“中庸”，从而获得更为广泛的理论意义以及学理支撑。首先，它把“中”上升到天下之大本的境界。在这里“中”明确地具有了本体论意义，是维系天下的根本，是最高的真理，“知者过之，愚者不及”，这样，“大”所蕴含的本体论思想就悄然融化进对“中”的提升之中。其次，它把“和”看成天下之达道，“中和”乃是位天地，育万物的最高和谐，这显然又引进了道家对“大和”的看法，从而使“中和”与“大和”统一起来，“中和”也即“大和”。

这样，《中庸》就完成了对儒家与道家和谐观念的双重改造与融合，从而使这一概念成为一个多角度，多层次的立体概念。当然在《中庸》中这一融合是以儒为主来融合道家的，这也与中国传统文化格局以儒为主、以道为辅、儒道互补的状况是一致的。

总之，当我们回到和谐观念诞生的具体历史进程中时，我们就会发现这一概念乃是综合吸收儒道两家思想的结果，尽管儒家的创始人孔子与道家的创始人老子并没有明确提出“中和”与“大和”的观念，但是他们所分别开创的尚“中”与崇“大”思路却在以后的思想中得到进一步发挥、碰撞、融合，从而形成中国独具特色的和谐观念。

第三节　尚“和”思维在《诗品》中的展现

通过以上分析我们看出，“和”乃是中国传统哲学的最高理想，它体现了本体的存在方式。在形成中国和谐思想的过程中儒、道两家起了重要的作用。儒家的尚中思想为其提供了具象的内容，使其不至于脱离具体形态的经验事物而进入纯思辨领域；道家的崇大思想为其提供了抽象的内容，使其不至于进入沉溺于具体的经验事物而缺少思辨的深度。因而，中国的和谐思想乃是一种既不脱离经验事物，又具有一定理论深度的和谐，其本身具有形而中的特性，一方面执着于现实的经验事实，另一方面又维系着理论思辨，形成道器一体，道不离器的理论特性。

这样，“和”作为一种内在的文化理念即深深地流淌在传统文化之河中，它不仅作为规范的哲学话语出现在哲学家的论著中，更作为一种文化血液运行于传统文化的大小经脉中，作为其中一个分支的诗学亦不例外的受它影响。《诗品》作为最早的诗学理论专著，尽管并没有直接论述这一问题，但在具体的理论建构中却深受这一思想的影响，从而使“和”这一理念深入到《诗品》的基本构架中并成为其背后的思想支撑。

文化理念的传承并不单是以显在的方式存在，它更多的是以隐性的方式存在于具体的思维及表述之中，甚至这思维及表述的方式本身亦是某一种独特文化理念影响的结果。从表面上看，《诗品》并没把“和”作为理论的中心，甚至整个《诗品》中都没有提到“和”的问题。然而作为一种文化理念——尽管它本身并没有被钟嵘明确意识到——仍然对《诗品》的理论构成起了重要的作用。这种影响一方面体现在前面序言中，另一方面体现在正式的品评中。

一　《诗品》中“和”理论表述

理想状态的诗歌是什么样子的？或者说理想状态的诗歌创作是什么样子的？《诗品序》对此作了理论说明：“故诗有三义焉，一曰兴，二曰比，三曰赋。文已尽而意有余，兴也；因物喻志，比也；直书其事，寓言写物，赋也。宏斯三义，酌而用之，干之以风力，润之以丹采，使味之者无极，闻之者动心，是诗之至也。若专用比兴，则患在意深，意深则词踬。若但用赋体，则患在意浮，意浮则文散。嬉成流移，文无止泊，有芜蔓之累矣。”钟嵘认为，理想的诗歌应该是赋、比、兴三者的统一，同时也是“风力”与“丹采”的统一；而理想的诗歌创作则是合理运用这三者，处理好“风力”与“丹采”的关系。

在这里，“和”的观念即作为一种内在的思维方式而体现出来，钟嵘并没有正面来论述这一问题，但是作为一种特定文化熔铸下的思维方式还是在其对具体问题的分析中得以展现。前面业已分析过，“和”乃是中国传统文化的最高境界，尽管各自的表述有差异，但是作为中国传统文化主体的儒道两家在这一问题上却是一致的，而且它们之间亦相互交融，最终形成具有中国特色的和谐思想。这一抽象观念作为一种思维样式并不是独立于具体的文化活动之外的，而是作为指导思想渗透于文化诸领域之中。

因而作为传统文化的一个具体分支，诗学的最高理想在理论深处亦是受这一观念影响的，甚至可以说诗学的最高理想亦是“和”这一理想。这一和谐观念在上面的引文中即体现为对“三义”的论述，以及“风力”与“丹采”的要求上。

钟嵘的“三义”说显然源于两汉《诗经》理论中的“六义”说，《诗大序》曰：“故诗有六义焉：一曰风，二曰赋，三曰比，四曰兴，五曰雅，六曰颂。”《周礼·春官·大师》称为“六诗”，排列次序亦相同。然而对六义的阐释却历来众说纷纭，“风雅颂的意义，历来似乎没有什么异说，直到清代中叶以后，才渐有新的解释。赋比兴的意义，特别是比兴的意义，却似乎缠夹得多；《诗集传》以后，缠夹得更利害，说《诗》的人你说你的，我说我的，越说越糊涂”。[①] 我们来看几种主流说法：

孔颖达《毛诗正义》总结说：“风之所用，以赋比兴为之辞。故于风之下，即次赋、比、兴。然后次以雅、颂。雅、颂亦以赋、比、兴为之。郑以‘赋之言铺也，铺陈善恶’，则诗文直陈其事，不譬喻者，皆赋辞也。郑司农云：‘比者，比方于物’，诸言如者，皆比辞也；司农又云：‘兴者，托事于物’，则兴者，起也。取譬引类，起发己心，诗文诸举草木鸟兽以见意者，皆兴辞也。”他进一步发挥说：“然则风雅颂者，诗篇之异体，赋比兴者，诗文之异辞耳。大小不同而得并为六义者，赋比兴是诗之所用，风雅颂是诗之成形，用彼三事，成此三事，是故同称为‘义’，非别有篇卷也”。其后朱熹《诗集传》又云：“兴者，先言他物以引起所咏之词也；赋者，敷陈其事而直言之者也；比者，以彼物比此物也。”

对于这些观点我们要注意两个问题：第一，它们都是从儒家正统观念出发来阐释《诗经》的，这些正统观点又在大多情况下作为主流意识形态而存在的。因而它们所重视的乃是诗歌教化意义，对“六义”的阐释亦复如是。如郑玄释比兴云：“比见今之失，不敢斥言，取比类以言之。兴见今之美，嫌于媚谀，取善事以喻劝之。”在这里郑玄关注的不是比兴本身的性质，而是它们所具有的教化效果，也即它们对于政治统治的价值，而比兴本身的诗学特质则被放到一个不被注视的角落。这种特点在具体的

① 朱自清：《诗言志辨》，岳麓书社2011年版，第44页。

《诗经》篇章阐释中亦很明显，如《小雅·黄鸟》："黄鸟黄鸟，无集于谷，无啄我粟。"毛传曰："兴也。黄鸟宜集木啄粟者，喻天下室家不以其道而相去，是失其性。"《齐风·南山》"南山崔崔，雄狐绥绥。"毛传曰："兴也。南山，齐南山也。崔崔，高大也。国君尊严，如南山崔崔然。雄狐相随，绥绥然无别，失阴阳之匹。"由此可见，在正统儒家学者眼里"六义"乃是与政治教化紧密相连的，为此他们甚至曲解原意。

第二，它们是对经典本身的阐释，经典是其立论的基础，从状态上看，它们是阅读的理论而不是创作的理论。从目的上说，它们乃是指导如何阅读，即如何接受教化，而不是为了创作新的诗作。这样，由于只关注诗中的政治内涵而忽略其创作方法所以并不重视"六义"之间的理论关系，至孔颖达亦只是说"用彼三事，成此三事"，而且这已经是在诗歌创作非常繁盛的唐代了。因而，对于"六义"来说自然亦不可能与"和"这一理念相结合。

钟嵘的"三义"说即是在"六义"的基础上生成的，由于钟嵘关注的是诗歌本身特性，他从指导创作的角度而不是教化的角度出发，因而对于他来说作为体裁的风、雅、颂则无关乎创作方法便自然被忽略而去。那么钟嵘的"三义"说又做出了哪些理论开拓呢？第一，他更新了赋、比、兴的内涵，消解了儒家诗论中的教化意义。在《诗品》中钟嵘着重于赋、比、兴本身的特质而绝口不提其政治教化作用，从新的角度来重新诠释已有的诗学概念，这尤其体现在其对"兴"的阐释上，对此前人早有论述。如汪师韩《诗学纂闻·三有》曰："钟嵘《诗品序》论赋比兴之义曰：'文已尽而意有余，兴也；因物喻志，比也；直书其事，赋也。'论'兴'字别为一解，然似以去声这'兴'字，解为平声之'兴'字矣。"黄侃《文心雕龙札记》曰"钟记室云：'文已尽而意有余'为'兴'，殊与诗人因所见而起兴之旨不合"；古直《诗品笺》曰："仲伟以文尽意余为'兴'，但见其流，未明其源。"前此学者所论述这种不同正是钟嵘理论的创新之处，事实上，不唯兴义如此，《诗品》中比、赋的含义与"六义"中的比、赋亦不相同。"六义"中的赋、比、兴是用来解释《诗经》原典的，它本身只指向《诗经》的生成，并且这种指向还是与特定的政治文化意图相结合的；《诗品》中的赋比兴乃是如何创作诗歌的具体手法，它们一方面是从已有的五言诗歌中总结出来的，另一方面又要指导新的诗歌创作，因而在本质上是不相同的。

第二，钟嵘强调赋、比、兴三者之间内在的统一，即他不仅是从区分的角度来分析“三义”，更是从调和的角度来论述“三义”。他要求“弘斯三义，酌而用之”，只有这样才能收到最佳的艺术效果，只有这样才是真正的诗歌创作，只有这样才能“使味之者无极，闻之者动心”；并且他指出单一手法的弊病：“若专用比兴，则患在意深，意深则词踬。若但用赋体，则患在意浮，意浮则文散。嬉成流移，文无止泊，有芜蔓之累矣”，而这恰恰是传统和谐思想的精髓。

从传统“和”的观点来看，“物一无文，声一无听，味一无果”（《国语·郑语》），意即单一的物质无法体现出美的效果，只有众多有机体的融合才能达到最高的和谐，从钟嵘的这段论述中我们很自然地联想到前面所引《左传》中晏子论“和”的观点以及《尚书·舜典》中的观点：“声亦如味，一气，二体，三类，四物，五声，六律，七音，八风，九歌，以相成也。清浊，小大，短长，疾徐，哀乐，刚柔，迟速，高下，出入，周疏，以相济也……”“诗言志，歌永言，声依永，律和声；八音克谐，无相夺伦，神人以和”。这样在理论背后的思维方式上，钟嵘悄然吸收了传统的和谐思想，使之成为理论创新的生发点。

另外，传统和谐思想的影响还体现在对“风力”与“丹采”关系的论述上。刘勰《文心雕龙》专论“风骨”，认为“结言端直，则文骨成焉；意气骏发，则文风清焉”，要求“风清骨骏”，但是由于他的“骨”的概念中涉及词语的提炼，“练于骨者，析辞必精”，因而多有歧义，使后世争论不休；而钟嵘的“风力”则没有这种概念上的混合，并且“风力”与“丹采”对举，不会使解释产生异义。对“风力”的解释，陈延杰认为是气（《诗品注》），但是用现代术语说它更确切的指诗歌所蕴含的艺术感染力，它是诗歌的独特审美品质。钟嵘要求诗歌创作要体现出强烈、遒劲的艺术力量，真实的反映诗人对世界的感悟，将自己的独特生命体验在诗歌中展现出来。陈延杰认为“丹采”是词，也即是诗歌的语言质料。即语言要优美、恰当，能够妥切地表达出个体的内在感受，并且语言词藻本身亦须给人以美的享受。一方面语言是为所表现的内涵服务的，它要适应对象的需要；另一方面它本身亦有其独立的审美价值，因而诗人在重视“风力”的同时亦须要认真斟酌“丹采”的运用。

钟嵘要求“风力”与“丹采”的和谐统一，但这种统一不是两部分相等的，而是“干之以风力，润之以丹采”，即以“风力”为主体，以“丹采”为润饰。因而这种和谐是一种有主有次的和谐，它不像西方的和谐那样能够用数学加以量化，它体现的是不同要素的有机结合。

二 具体品评中的和谐思维

《诗品》不但在理论分析中体现了传统和谐思维方式，在具体品评中亦浸润着这一思维方式。这一思维方式一方面体现在钟嵘对心目中的诗歌理想体现者——曹植的评价上；另一方面体现在他对诗歌源流的追溯上。

“和”作为一种思维方式在潜意识中亦影响着钟嵘对具体作品中诗歌理想的构建，从而影响其整体的诗歌批评。在具体的品评中钟嵘把曹植的诗作视为典范：

> 其源出于国风。骨气奇高，词采华茂，情兼雅怨，体被文质，粲溢今古，卓尔不群。嗟乎！陈思之于文章也，譬人伦之有周、孔，鳞羽之有龙凤，百乐之有琴笙，女工之有黼黻。俾尔怀铅吮墨者，抱篇章而景慕，映余晖以自烛。故孔氏之门如用诗，则公干升堂，思王入室，景阳潘陆，自可坐于廊庑之间矣。

在此钟嵘从骨气、词采、情、体四个方面评价了曹植的诗作，认为他的诗歌乃是魏晋以来五言诗的最高典范，“譬人伦之有周、孔，鳞羽之有龙凤，百乐之有琴笙，女工之有黼黻”。作为最高的诗歌理想，钟嵘将曹植比作人伦中的周公、孔子，从而确定了其五言诗的地位。并且，钟嵘认为作为五言诗的典范，曹植诗是骨气、词采、情、体诸要素以及诸要素内部的合理融合，从而形成有层次的和谐。

首先，从构成上来看，曹植诗是“骨气”与“词采”的统一，在他的诗中体现出超绝的气势与强劲的力度，展现出开阔深沉的意境；而这种内涵上的气势与力度又与华美丰赡的词藻相统一，因而显得从内涵到语言都是完美的组合。这点我们可略举曹植诗为例：

置酒高殿上，亲友从我游。中厨办丰膳，烹羊宰肥牛。秦筝何慷慨，齐瑟和且柔。阳阿奏奇舞，京洛出名讴。乐饮过三爵，缓带倾庶羞。主称千金寿，宾奉万年酬。久要不可忘，薄终义所尤。谦谦君子德，磬折欲何求。惊风飘白日，光景驰西流。盛时不可再，百年忽我遒。生存华屋处，零落归山丘。先民谁不死，知命亦何忧。(《箜篌引》)

高台多悲风，朝日照北林。之子在万里，江湖迥且深。方舟安可极，离思故难任。孤雁飞南游，过庭长哀吟。翘思慕远人，愿欲托遗音。形影忽不见，翩翩伤我心。(《杂诗》其一)

前者先是极尽所能地写出宴会之盛、宾主之欢，描述了一幅繁华热闹的宴饮场面，铺排夸张的词藻与之相得益彰；然而就在这样一种欢乐祥和的气氛中突然插上“惊风飘白日，光景驰西流。盛时不可再，百年忽我遒”四句，由热闹的群体场面转向个体的沉思，由生的欢乐转向死亡的悲伤，生命的短暂有限与时间的无穷无尽形成鲜明的对比，从而直抵存在者的存在之悲，给读者以无尽的思考。全篇无论是欢宴还是沉思都展现出超绝的气势与强劲的力度，配以精美的词藻、铿锵的韵律，形成独特的艺术风格。后者则先用“高台、悲风、朝日、北林、万里、江湖”一系列词汇勾勒出辽阔、悲凉的境界，为下文的离人之思奠定基调，而后面则以孤雁南翔、过庭长哀衬托出诗人之寂寞与悲伤，然而即使是这过庭孤雁亦转瞬即逝，更使诗人转增寂寞，“形影忽不见，翩翩伤我心”，诚可谓曲尽余音，文已尽而意无穷！

其次，感情内涵来看，曹植的诗包含“雅”、“怨”两重特性。前文业已分析过，“雅”事实上展现的乃是感情的持正，而“怨”则体现了感情的真挚。曹植诗“情兼雅怨”，在展示了诗人纯真感情的同时使这种感情高雅化、严肃化，使其保持了纯正的品格。我们仍然就具体的作品来分析这一特点：

谒帝承明庐，逝将归旧疆。清晨发皇邑，日夕过首阳。伊洛广且

深，欲济川无梁。泛舟越洪涛，怨彼东路长。顾瞻恋城阙，引领情内伤。（《赠白马王彪》其一）

苦辛何虑思，天命信可疑。虚无求列仙，松子久吾欺。恋故在斯须，百年谁能持。离别永无会，执手将何时。王其爱玉体，俱享黄发期。收泪即长路，援笔从此辞。（《赠白马王彪》其七）

明月照高楼，流光正徘徊。上有愁思妇，悲欢有余哀。借问叹者谁，言是客子妻。君行踰十年，孤妾常独棲。君若清路尘，妾若浊水泥。浮沈各异势，会合何时谐。愿为西南风，长逝入君怀。君怀良不开，贱妾当何依。（《七哀诗》）

心怀忠诚却屡遭猜忌，政治形势险恶，性命几乎朝不保夕，诗人心中充满哀怨悲伤，但这种哀怨悲伤并没有使诗人走向沉沦颓废，反而加深了他对生的眷恋与执着，对兄弟之间真挚感情的渴求。“顾瞻恋城阙，引领情内伤”，被迫离京，回首瞻望，旧日之繁华与欢宴如过眼云烟，唯有引颈内伤，此情何堪！而“王其爱玉体，俱享黄发期”这种临别时的殷殷嘱咐在相会无期的生离死别面前更显得弥足真诚！诗人心中的悲怨并没有进而成为绝望的哀号，它始终在“雅”这一规范的限制之内，从而保证了怨情的纯正品格。而《七哀诗》则借思妇写自己的政治愿望，同样属于传统的借芳草美人写忠臣义士的方式，合乎“雅”的规范。这样，“雅”与“怨”即合在一起共同规定了“情”的范围与品质。

最后，从存在样态来看，曹植诗是文与质的统一。自孔子“质胜文则野，文胜质则史，文质彬彬，然后君子”论述之后，文与质统一便是中国传统文论的一个重要话题。随着文学的发展，这一本来对个人修养的要求亦渗透到文学中来。质与文同“骨气”与“词采”是两对非常接近的概念，有时甚至可以说二者实指同一问题。但二者毕竟是从不同角度来分析文学特性的，由于文与质是从评价人物过渡而来的概念，因而它更多的是指作品的整体风格，是把作品看作一具有生命活力的艺术整体；而“骨气”与“词采”这一对概念则是从艺术品的构成来分析的，它注重的是艺术品内部组合要素。从外现样态上来看，曹植的诗体现了文与质的均衡与统一，这点我们同样要结合具体作品分析：

步登北芒坂，遥望洛阳山。洛阳何寂寞，宫室尽烧焚。垣墙皆顿擗，荆棘上参天。不见旧耆老，但睹新少年。侧足无行径，荒畴不复田。游子久不归，不识陌与阡。中野何萧条，千里无人烟。念我平常居，气结不能言。(《送应氏诗》其一)

心悲动我神，弃置莫复陈。丈夫志四海，万里犹比邻。恩爱苟不亏，在远分日亲。何必同衾帱，然后展殷勤。忧思成疾疹，无乃儿女仁。仓卒骨肉情，能不怀苦辛。(《赠白马王彪》其六)

登高遥望，山河破碎，昔日繁华之境化作断壁残垣，荆棘参天，千里无人，这一片劫后余生的世界令作者为之气结难言，在这描述性的话语中包含了作者对人的关怀，对破坏这个世界的罪恶者的控诉，质朴的情感与凝练的文风达到了和谐的统一。而后一首则把与兄弟的友爱之情与分别的离愁淋漓尽致地表达出来，在殷殷的劝慰与开导中使自己的情感得到最大限度的表达。一方面是“丈夫志四海，万里犹比邻”的安慰，另一方面是“仓卒骨肉情，能不怀苦辛”的难舍，融豪迈与柔情于一炉，遂使情愈真，心愈切!

由此可见，在对其诗歌理想的展现者——曹植的评价上，钟嵘将序言中所提出的理论要求具体化，形成一个具体的完整和谐理想。另外，这一“和”的要求还体现在其对源流的追溯上。

追源溯流是《诗品》的一大特色，“《诗品》评论了一百二十多家作品，并从中遴选出三十六家，分别归于《国风》、《楚辞》和《小雅》，构成汉魏以来五言诗的三大派别”。[①] 由于出自《小雅》的仅阮籍一人，故可置而不论，这样就只剩下《国风》和《楚辞》两大系列。

通过对比我们可以看到，这两大流派事实上即是他在诗歌理想上诸要素的偏胜结果，也即前面所论“骨气”与“词采”、“雅”与“怨”、“文”与“质”的不同偏胜，而这两大流派之间又构成五言诗整体的和谐。当然这其中由于曹植是诗歌理想的化身，他本身兼有以上诸要素之美，事实上已经超出了偏美的范围，也使得他所影响的诗人也即混合了以上特征，所

① 张伯伟:《钟嵘诗品研究》，南京大学出版社1996年版，第116页。

以张伯伟分析之后说“由于这些方面的特色，使曹诗与古诗在风格上显示出同中之异。所以循此以往，古诗之流偏于‘干之以风力’，曹植之流偏于‘润之以丹采’古诗之流以‘气’胜，曹植之流以‘词’胜”。[①] 这只是《国风》系内部的区别，如果与《楚辞》系列比较则这种倾向更明显。

而这种偏胜更集中的体现乃是对刘桢与王粲的评价上，对于此二人的高低区别在魏晋六朝时即是一个热门话题，也代表了不同的理论倾向。这点前人早有论述“公干、仲宣一进未易优劣。钟嵘以公干胜，刘勰以仲宣为优。予尝为二家品评，公干气胜于才，仲宣才优于气”（许学夷《诗源辩体》）；“公干气胜，仲宣情胜，皆有陈思之一体。后世诗率不越此二宗”（刘熙载《艺概·诗概》）。我们结合钟嵘的品评亦能发现这种差别：

其源出于《古诗》。仗气爱奇，动多振绝，真骨凌霜，高风跨俗，但气过其文，雕润恨少。然自陈思已下，桢称独步。（《诗品上·魏文学刘桢》）

其源出于李陵。发愀怆之词，文秀而质羸，在曹、刘间别构一体。方陈思不足，比魏文有余。（《诗品上·魏侍中王粲》）

对刘桢用到“气”、“骨”的评价，并且认为“气过其文”，也即是认为“质”胜于“文”；而对王粲则“文秀而质羸”，“文”胜于“质”。另外“高风跨俗”则说明刘桢诗偏重于“雅”；而“发愀怆之词”则体现了王粲诗“怨”的特性。而这诸种差别则正是不能像曹植那样统一的表现。

这样我们说，在具体的品评中，钟嵘亦强调诗歌中诸要素的和谐统一，力求做到“风力”与“丹采”并重，“雅”与“怨”共举，“文”与“质”结合；并且，他进一步将这种要求渗透到流派的分析中去，从而成为其论诗的重要特色。

三　“和”与“味”

“和”这一观念对《诗品》的影响还体现在对“味”的论述上：“滋

① 张伯伟：《钟嵘诗品研究》，南京大学出版社1996年版，第124—125页。

味”说是《诗品》的重要内容之一，钟嵘认为诗歌应当有“滋味”，“使味之者无极，闻之者心动”；“使人味之，亹亹不倦”等。近世自1965年吴调公于《江海学刊》发表《说诗味——钟嵘的诗歌评论及其美学理想》之后，“滋味”说逐渐成为研究的重点，此待下文专论。现在我们要分析的乃是钟嵘这种对以味论诗的方法与“和”这一概念有什么关系？这就要再次追述“和”的概念发展史。

前面已经分析过，“和”之为字，在先秦经传中有三种写法，即“和、盉、龢”，代表着三种原始意义：一为饮食之和，二为五味调和，三为声音相和。可以看出，传统和谐观念的主要发源即是味感与声感，由味觉和声觉的和谐进而发展到世界的和谐。较之声音之“和”则滋味之“和”可能更为原始，因为食物的调和直接关系到原始先民的生存，只有调和五味才能使饮食合理，身体的健康才能有保证。这点我们可以从“美”的原始意义来验证：

《说文解字》云：“美，甘也。从羊，从大。羊在六畜主给膳也。美与善同意。”此即宋代徐铉“羊大则美”说之根本。作为后来哲学中重要概念的“美”、“善”在最初都是指向饮食，因而我们有理由认为“和”这一概念同样首先发端于原始人的饮食要求，也即以饮食之和、五味调和为最初之意义。

“和”与“味”的这种紧密观念我们在检视先秦典籍时会经常发现，讲到“和”则多数先提“味”，例如：

> 是以和五味以调口，刚四体以卫体，和六律以聪耳，正七体以役心……（《国语·郑语》）
>
> 和如羹焉。水火醯醢盐梅，以烹鱼肉，燀之以薪。宰夫和之，齐之以味，济其不及，以泄其过。君子食之，以平其心。（《左传·昭公二十年》）
>
> 掌王之后世子膳之割烹煎和之事。（《周礼·天官》）
>
> 薄滋味，无致和。（《礼记·月令》）

由此我们可以看到“和”与“味”的重要联系，李泽厚认为，“味觉的快感在后世虽不再被归入严格意义的美感之内，但在开始时却同人类审美意识的发展密切相关。这从字源学上也可以清楚地看到。如德文的‘Geschmak’一词，既有审美、鉴赏的含义，也有口味、味道的含义。英文的‘taste’一词也是这样”。[①] 较之西方，中国“和”这一概念尽管在后来声音之“和”的意项得到更大范围的应用，但始终与饮食之意义没有间断，而这就体现在对“味”的论述上。

> 五色令人目盲，五音令人耳聋，五味令人口爽，驰骋畋猎令人心发狂，难得之货令人行妨。（《老子·第十二章》）
>
> 口之于味也，有同嗜焉；耳之于声也，有同听焉；目之于色也，有同美焉。（《孟子·告子》）
>
> 故人之情，口好味而臭味莫美焉，耳好声而声乐莫大焉，目好色而文章致繁、妇女莫众焉。（《荀子·王霸》）

由于中国传统哲学道不离器的思维方式，作为感官享受的味觉亦随之进入哲学的深层领域，成为传统哲学家证论自己哲学思想的重要论据，因而“和”的饮食之意义仍然占据着重要地位，这在六朝艺术化、哲学化人生的整体文化氛围中更为明显。

陆机《文赋》在批评平淡古板的创作倾向时说“阙大羹之遗味，同朱弦之清氾”，“大羹”由于不加任何佐料，不能调和五味，故而显得平淡无味，这样在对“味”的论述中事实上包含了“和”的要求，“和”是其最终追求的目标。这一思想作为一种形象的类比显现在文学创作中即是调和各种要求，达到最终的和谐统一。

钟嵘即继承了这一思想传统，将“和”的要求融化在对“味”的论述中。我们再回到前面所引的《诗品序》中来：“故诗有三义焉，一曰兴，二曰比，三曰赋。文已尽而意有余，兴也；因物喻志，比也；直书其事，寓言写物，赋也。宏斯三义，酌而用之，干之以风力，润之以丹采，使味之者无极，闻之者动心，是诗之至也。若专用比兴，则患在意深，意深则

① 李泽厚：《中国美学史》，安徽文艺出版社 1999 年版，第 74 页。

词踬。若但用赋体，则患在意浮，意浮则文散。嬉成流移，文无止泊，有芜蔓之累矣。"

在这里，尽管其最终的目的是"使味之者无极，闻之者动心"，但是如何达到这一目的则是"宏斯三义，酌而用之，干之以风力，润之以丹采"，即如何调和赋、比、兴三种写作方法在具体诗篇中的成分，如何调和"风力"与"丹采"的关系。因而，达到目的的关键手段乃是"和"，只有调"和"才能有"味"，才能使"味之者无极，闻之者动心"，如果不能调"和"则或者"意深则词踬"；或者"意浮则文散。嬉成流移，文无止泊"。体现在具体的创作中则或者"气过其文，雕润恨少"；（刘桢）或者"文秀而质羸"，（王粲）不能达到"骨气奇高，词采华茂，情兼雅怨，体被文质"（曹植）的最高境界。因而，通过对"味"的论述，使得"和"这一思维方式在《诗品》中显得更为重要，只有调和诗歌创作的诸要求才能创作出饶有意味、余味无穷的五言新诗！

总之，"和"这一观念尽管在《诗品》中没有专门论述，但是它却作为一种思维方式悄然渗透到《诗品》的整体理论体系中去。它不但体现在前面的理论分析中，作为一种理论样态存在；而且体现在具体的诗歌品评中，作为批评的原则而制约着批评的走向。更为关键的是它与"滋味"这一批评术语结合起来，融化为《诗品》的批评血液和经脉，从而在潜意识层面上成为《诗品》的最高诗歌理想。

第五章　形上之"和"与形下之"味"(下)

自20世纪80年代以来，在研究钟嵘《诗品》的论文中，"滋味说"无疑占据了一个显著的位置，形成了一个研究的热点。然而研究者多数依次解释"指事造形，穷情写物"和"干之以风力，润之以丹采"，试图得出"滋味说"的含义。尽管这种研究方法取得了较大的成绩，但这种对经典理论进行训诂式解读的做法并不能抵达理论的本真状态，它只是将古代的美学范畴置换成现代美学术语，在貌似精准地涵盖了"滋味说"内涵的外表下，实际削弱了它的理论深度，使这一极具历史纵深感的诗歌理论话语成为一个扁平的诗歌理论名词。

同时，当大多数研究者都在进行这种置换工作时，则无疑理论的创新能力越来越弱，以至于相互之间，义多重复，造成钟嵘所说的"襞积细微，专相陵架"的局面，这一点日本学者清水凯夫的论文可谓一针见血。据其分析，1990年韩进廉的论文与1965年吴调公的论文在研究水平上几乎没有什么变化。并且他除了批评这种不良学术风气外，还以钟嵘从未正面界定"滋味说"为由，质疑"滋味说"的存在。[①]

因此，鉴于以上问题笔者认为，要将"滋味说"的研究推向一个新层次，必须将其放在传统思想文化的大背景上，使其根基牢牢地铆在传统文化的基石上，为"滋味说"获得历史的文化的深度，也为我们多方面解读这一理论增加一个新的维度。真正的研究决不是抱残守缺与陈陈相因，而是穿透语言的外壁，直抵对象的精神深处，即透过历史的断壁残垣，捕捉

---

① ［日］清水凯夫：《〈诗品〉是否以"滋味说"为中心——对近年来中国〈诗品〉研究的商榷》，《文学遗产》1993年第4期。

到历史深处的文化脉搏。另外，通过对“滋味说”的传统文化渊源的考察，也可使我们看到这一理论特定的文化境遇以及其内在的生成机制，对我们今天的理论创新也不无启迪作用。

第一节　“滋味说”的历史生成

一　从生理之“味”到哲学之“味”

中国美学的一个最大特点就是它的许多概念范畴来自人的生理感受、生理状态，如体、气、心、性、神、意、味等。在上述诸范畴中味具有特殊的地位，从它与体、气、心、性、神、意诸范畴的关系来看，味的优美畅神满足口感是后者的保证，只要人们重视生理诸功能的强健，味就是一个绝对不可忽视的方面，饮食问题直接决定生理健康的质量，而对生理强健的追求又是中国传统生命观念的基本出发点，因此味的重要性不言而喻。所以《论语·乡党》说：“食不厌精，脍不厌细。食饐而餲，鱼馁而肉败，不食，色恶，不食，臭恶，不食。失饪，不食。不时，不食。割不正，不食。不得其酱，不食。肉虽多，不使胜食气。唯酒无量，不及乱，沽酒市脯不食，不撤姜食，不多食。祭于公，不宿肉。祭肉不出三日，出三日，不食之矣。”

这么多讲究，一方面展现了对礼仪的遵从，另一方面也昭示了对生命健康的尊重。由于孔子对古代文化的态度是“述而不作”（《论语·述而》），我们有理由相信这些礼仪乃是西周甚至更远的年代传承下来的，而这么多禁忌在显示了享用者的生活品味与社会身份的同时，也蕴含了先民对饮食活动长期探索而得出的健康饮食方式。尽管此段文字未现一“味”字，但自始至终就从没离开过“味”，“味”字贯穿在整个生理过程中。

李壮鹰在分析味的起源时认为，“查中古韵书，‘美与‘味’各自有两个读音：美，《广韵》注为‘无鄙切’（读若味），《集韵》注为‘母鄙切’（读如美）；味，《广韵》、《集韵》、《韵会》皆注‘无沸切’（读若未），而《集韵》又标为‘莫佩切’（读若昧）。而这两对读音正好互相对应。这显然是因为，美、味在上古读音本来为一，只是到了后来，它的声母才分化为轻唇［v］与重唇［m］两种”；并且他还进一步考证“美”、“肥”、“旨”等在上古均为同义，皆指味道之甘美可口。[①]

这样，从最初的意义来考察，“味”首先指的乃是食物口感舒爽、给人以好的感受，而口感舒爽则意味着能使人食欲大振，这自然与人的健康是密不可分的，在上古艰苦的生活环境中，食物能让人喜欢吃对身体健康的帮助是不言而喻的。而这种感受又同美的含义具有牵扯不清的联系，“美”的美学意义源始于食物对于主体的生理舒爽。因此可以说，从追求生命健康的观念出发，“味”在还没有成为哲学、诗学概念之前，就已经具备了向哲学概念过渡的理论潜质。

伴随着先秦哲学的兴起，“味”概念也得到了巨大的发展，关于“味”的言论散见于先秦诸典籍中，如：

> 天有六气，降生五味，发为五色，征为五声，淫生六疾。（《左传·昭公元年》）
>
> 子在齐闻《韶》，三月不知肉味，曰：“不图为乐之至于斯也。”（《论语·述而》）
>
> 目之所美，耳之所乐，口之所甘。（《墨子·非乐》）
>
> 目好之五色，耳好之五声，口好之五味。（《荀子·劝学》）
>
> 口之于味也，有同嗜焉；耳之于声也，有同听焉；目之于色也，有同美焉。（《孟子·告子》）

然而综合上面所列几则，我们很快就会发现，这些有关味的言论中，其“味”的意义一律都是在生理快感意义上使用的，也就是说它们无一能上升到哲学的高度，“味”还只是个一般生理意义上的词语。即使其中广泛被征引的《论语》中的那则，也仍旧仅仅是在比较的意义上被运用的，无外乎是说：肉味虽美，但不如《韶》乐之美，离真正的哲学美学意义还相去太远。

因此即使是《老子》中的这句话——“道之出口，淡乎其无味，视之

① 李壮鹰：《滋味说探源》，《北京师范大学学报》1997年第2期。

不足见，听之不足闻，用之不足既”（第三十五章），“味”仍不能作为纯哲学用语。在此句中，“味”与“道”之间仍有很强的比附意义，但由于《老子》强烈的思辨精神，从后面解释“道”“视之不足见，听之不足闻，用之不足既”的特点，我们已能感受到哲学的意味，可以看作由生理之“味”向哲学之“味”的过渡。

真正能体现“味”从生理词汇转化为哲学用语的是《老子》中的另一句话“为无为，事无事，味无味”（第六十三章)。这短短的九个字尽管屡次被研究者们作为先秦“味”说的资料引用，但也仅仅是作为一般史料来加以运用，它在“味”理论发展史中的意义还是没获得足够的重视。

这句话中具有超越意义的一点就是在“味”的发展史上首次提出了“无味”的概念。能够为人感受到的“味”是“小味”，非“大味”、“至味”。参照其四十一、四十五章之“大方无隅，大器晚成，大音希声，大象无形”，“大成若缺，其用不弊；大盈若冲，其用不穷；大直若屈，大巧若拙，大辩若讷”，那么讲到味，自然就是“大味无呈”。王弼《老子指略》云：“为味也则无呈。”楼宇烈校释：“‘呈’通‘程’，《说文》：‘品也’。‘无呈’，无可品尝。”此其一。[①] 其次，“无味”是一种超越“众味”之“味”，它涵盖“众味”而不显为“味”，不偏于一“味”故能调和“众味”。孔、老之后儒道互相影响，《中庸》调和“中”、“大”（见上章第二节），这种不偏于一“味”而能调和“众味”之“味”因而亦可以说是一种“中和之味”，这样“味”亦有中和之意，拓宽了“味”的理论深度。最后，当“无味”被看作“大味”时，事实上乃是“味”本体之意，它与现实中诸种“味”现象构成本体与现象的关系，从而为后世美学品“众味”以悟“至味”的思想提供了理论依据。

这一概念的提出使“味”论从形而下的“器”的层面步入到形而上的“道”的领域，它意味着哲学的含义超越生理的含义成为主体，从而使“味”真正踏入哲学的殿堂，至此“味”完成了它的第一次理论升华。可以毫不夸张地说，这是“味”理论形成过程中最具有承前启后意义的一环，直接关系它在哲学、诗学中的最后定型。

---

① 张伯伟：《钟嵘诗品研究》，南京大学出版社 1999 年版，第 60—61 页。

二 从哲学之“味”到美学之“味”

尽管“美”与“味”同源，但“味”的美学之意的真正确立却是在哲学意义之后，从哲学之“味”到美学之“味”的延伸是在魏晋六朝时期完成的。随着两汉儒家大一统思想的崩溃，代之而起的是玄学的勃兴，于是“味”的理论继续向着玄远的方向发展。王弼的观点可以说代表了这种倾向，他在《老子道德经注》第二十三章说：

> 听之不闻名曰希，下章言，道之出言，淡兮其无味也，视之不足见，听之不足闻，然则无味不足听之言，乃是自然之至言也。

对超越具象的“无味”之追求，仍然是王弼“味”观的核心。这种对玄学之味的追求深化了“味”的哲学内涵，使“味”这一概念进一步发展，同时为其再进而向美学之味过渡做了理论上的准备。此外玄学的兴盛使山水之趣成为一个热点玄学问题，这也为“味”向美学转化提供了条件。

玄风的盛行使得“味”这一概念的含义转化为对文章义理、哲理的体会。《后汉书·郎觊传》说黄琼“被褐怀宝，含味经籍”；《三国志·蜀志·杨戏传》说刘子初“抗志存义，味览典文”；《晋书·徐苗传》说徐苗“作五经同异论，又依道家作玄微论，前后所造数万言，皆有义味”；《晋书·郭文传》记载“于时作者，咸有钩深味远之言”；《世说新语·文学》则曰：“庄子逍遥篇，旧是难处，诸名贤所可钻味。支道林在白马寺中，将冯太常共语，皆是诸名贤寻味所不得。”这样，“味”由对食物的品尝转化为对语言作品的领悟与体会，尽管这时体会的乃是文章的哲理、道义等，但其内涵毕竟已经转向了理解语言的意义，这即为其成为一个艺术审美概念开辟了道路。

而随着玄学家对山水自然的偏爱，“味”进而指代对自然山水的欣赏，进一步美学化。宗炳《画山水序》曰：“圣人含道应物，贤者澄怀味象。至于山水，质有而趣灵。”在宗炳看来，山水之“质有趣灵”的形象是能够让贤者澄怀品味的，尽管他仍然注重山水所蕴含之“道”，但山水本身的趣灵亦是其关怀的对象，因而，在宗炳这里，自然山水的审美因素亦是其品味的重要方面，于是“味”的对象进一步扩展到自然景物。

另一促成美学之“味”产生的因素是文学的发展（当然也包括其他各种艺术），魏晋时代是文学的自觉时代，也是哲学的繁荣时代，更是二者相互交融的时代，这一美学之“味”就是文学与哲学结合后的宁馨儿。由生理之“味”到哲学之“味”，是“味”论发展史上的一大进步，但也带来了“味”论本身的裂痕，那就是对“至味”、“无味”的重视导致了具象之“味”的被褫夺，在感性之“味”与理性之“味”之间产生了一片空白地带，而这一空白地带是由美学之“味”来填补的。

从东汉后期开始，“味”进一步扩展其内涵，从生理、哲学范围向审美范围突破。王充首先将“味”与文章相联系，把“味”引入文学，《论衡·自纪》曰：“文必丽以好，言必辩以巧，言了于耳，则事味于心”；“衍传书之意，出膏腴之辞。”（《论衡·超奇》）对于所述之事要求文词华丽、语言巧辩，也即是要求语言的艺术性，这样才能使事让读者在内心深处得到体味。这即意味着“事”的感人动心，被人体味即是由于语言的艺术性，因而，这里的“味”乃是体味语言的艺术之美。而“膏腴之辞”则是直接将食物的肥美性比喻文辞的华丽，同样体现了“味”的审美倾向。

此后“味”进一步指向文学作品的审美特质。《晋书·文苑传》记载袁宏朗诵《北征赋》，桓温等人以为意犹未尽，袁宏“应声答曰：‘感不绝于余心，塑流风而独写’，珣诵味久之”；陆云《与兄平原书》：“兄前表甚有高情远旨，可耽味，高文也。”王珣所诵味的《北征赋》乃是纯文学作品，显然他所“味”的乃是其文学特性和审美品质。而陆云所谓陆机表中的高情可耽味亦是指其审美的特质，而且把情作为体味的对象，是与六朝重视个体情感的风尚一致的。这样，“味”的对象进一步扩展，它指向作者在文中所体现出来的个体情感力量，作者的生命际遇与人生感悟成为读者所体味、把握的对象，“味”逐渐由一个粗泛的概念进入到审美的核心领域。

由此可见，六朝之际，“味”的概念进一步延伸，其对象范围不断扩展。一方面从生理的感受、玄理的论证向义理、文章内涵转向，并进而延伸到对自然山水的欣赏，使自然审美成为“味”的对象，在外在感受上扩展了"味"的范围；另一方面从生理的感受、文章的道德内涵向文章的语言艺术魅力转向，并进而延伸到作者的创作情感，使作者的生命际遇成为"味"的对象，在内在感受上扩展了"味"的内涵。这样，无论从内在感受还是外在感受对象，"味"都深入到美学的领域中了。

六朝美学"结束了先秦两汉时期美学依附于政教道德的狭隘境界，将审美和艺术创作与动荡岁月中士人的生命意识与个性追求融为一体，形成了一系列衣被后世的美学范畴"，[①] "味"无疑是其中的一个。它一方面联系着玄远的哲思，生命的意蕴；另一方面又维系着人的感性体悟和生理感受，要求二者的融合无间。而这一要求的实现则是以文学（包括其他艺术）的充分发展为前提的。文学作为这一衔接的充足媒介是由其本身的特质决定的：一方面它优美的文辞，炫丽的丹采作为物质材料可以给人以感性的享受和满足，即钟嵘说的"词彩葱蒨，音韵铿锵，使人味之，亹亹不倦"（《诗品上》）；另一方面它强健的骨气，遒劲的风力又可以使人体悟到生命的意蕴，超远的哲理，即钟嵘说的"动多振绝，真骨凌霜"。这两者的结合使美学之"味"担当起联系感性与玄思的桥梁作用，"味"这一理论更加圆润包容，获得了全息性的发展。

三　钟嵘"滋味说"的独到贡献

"味"成为一个重要的文学理论术语最后定型是由钟嵘来完成的，这样说并不是说以"味"论文是始自钟嵘。早在陆机的《文赋》中"味"的概念就已经出现了"阙大羹之遗味，同朱弦之清氾"，陆机用不调五味的太羹比喻缺乏文采的诗作，使美学之"味"与人的生理感受联系起来，为"滋味说"在美学领域的发展迈进了一步，但可惜的是，他在强调滋味与感性联系的同时，却把它与玄思的一面给忽略了，他的运用明显也只是一种比喻。

此后刘勰大量运用这一概念来论证其文学理论：

> 是以往者虽旧，余味日新。（《文心雕龙·宗经》）

① 袁济喜：《六朝美学》，北京大学出版社1999年版，第1页。

研味李老，则知文质附乎性情。（《文心雕龙·情采》）

张衡怨篇，清典可味。（《文心雕龙·明诗》）

子云沈寂，故志隐而味深。（《文心雕龙·体性》）

物色虽繁，而析辞尚简，使味飘飘而轻举，情晔晔而弥新。（《文心雕龙·物色》）

左提右挈，精味兼载。（《文心雕龙·丽辞》）

深文隐蔚，余味曲包。（《文心雕龙·隐秀》）

声画妍媸，寄在吟咏，吟咏滋味，流于文句。（《文心雕龙·声律》）

数通其极，机入其巧，则义味腾跃而生。（《文心雕龙·总术》）

刘勰对“味”的运用较陆机则前进了许多，几乎涵盖了魏晋以来对这一概念的所有扩展内容。一方面由于其泛论一切文体，因而有玄学家重哲理的一面，如“研味李老”、“数通其极，机入其巧，则义味腾跃而生”等，主要是指玄理、术理之“味”，但由于其文学理论的特性更多的是文学艺术之“味”，而且受其“文”的影响，即使这些哲理亦偏重其文学感受性，如“研味李老”后面紧接着说“则知文质附乎性情”，即使体味老、庄刘勰重视的亦是其显示作者性情的一面。

当然刘勰更多的乃是将这一概念运用到审美方面，特别是把“味”作为审美感受来运用。如“张衡怨篇，清典可味”即是说张衡作品中体现出的哀怨清愁给人以良可怀味的感受，而“余味曲包”、“吟咏滋味”亦是指这种文学作品的审美感受。更重要的是他进而说明了这种感受给读者的审美快感是“味飘飘而轻举”，即体味文学作品会给人一种飘飘然轻举的滋味，这种滋味回荡在读者的心头，成为挥之不去的审美愉悦。

然而在刘勰这里，“味”只是作为一个一般性的概念进行运用，还没有上升到美学范畴的高度。更重要的是，刘勰只是凭其天才的理论嗅觉感受到美学之“味”沟通感性与理性的特点，但还没有明确地表述出来。所以还不能说是“滋味说”的创立者。

真正将美学之“味”的理论要求表述出来的是钟嵘，他首先声明“夫四言，文约意广，取效《风》、《骚》，便可多得。每苦文繁而意少，故世罕习焉。五言居文辞之要，是众作之有滋味者也，故云会于流俗”（《诗品序》)。从体裁上说,他认为五言较四言有滋味,更适合于表达感情。而在评论东晋玄言诗时他说:"于时篇什,理过其辞,淡乎寡味。"(《诗品序》)这句话如果正面表达那就是"若'理'与'辞'相当,岂不就有味有趣了?"[①] 当然他也确实正面表述了,那就是"干之以风力,润之以丹采,使味之者无极,闻之者动心",即把内涵的风力与语言的丹采结合起来,从优美的文辞或丹采中传达出超远的意蕴,遒劲的风力。这样钟嵘明确地界定了"滋味"的内涵,它不是生理上的,也不是哲学上的,而是艺术上、审美上的感受。

在钟嵘看来,作品的"滋味"包括"风力"与"丹采"两方面,在这里面"风力"是主干而"丹采"是润饰,因而可以说钟嵘亦偏重作品中所蕴含的情感力量,如果结合具体作品中他对"怨"的强调与重视,那么这一倾向更加明显,当然他也不忽视语言的作用。另外,钟嵘的"味"亦指作品给读者的审美感受,即作品审美愉悦的效果,他要求作品要使读者"味之者无极",强调作品要给读者独特的体验,文学作品的审美"滋味"是独具一格的,别的体验无法替代。正是对这种审美感受的强调,使得有的学者认为,"滋味也泛指味道。当其用在诗歌批评上时,指诗歌的艺术感染力,一种能引起读者产生相同思想感情的力量,就读者而言,艺术感染力要体现在读者对作品的感受与接受上,因此,艺术感染力又是艺术效果"。[②]

其次,钟嵘将这种要求贯彻到具体的品评中,将"滋味"这一概念延伸到具体的批评中。从整体上看,我们可以说整个《诗品》中的上、中、下三品诗人即各有各的特色,因而是不同的"滋味",这样"滋味"这一概念即是钟嵘品诗的形下之器,承载着他的具体理论。另外,在有些品评中钟嵘则直接使用"味"、"玩"等词,更进一步强化了这种效果。如,"使人味之,亹亹不倦"(张协诗);唯"'西北有浮云'十余首,殊美赡可玩";(魏文帝诗)至于"'济济今日所,华靡可讽味焉"(应璩诗);"彪炳

① 韩经太:《清谈·淡思·浓采——诗学与哲学之间的文化透视》,《中国诗歌研究》第1辑,中华书局2002年版。

② 胡大雷:《〈诗品〉:着眼于艺术效果的诗歌批评——兼答清水凯夫〈诗品〉是否以"滋味说"为中心》,《文艺研究》2001年第2期。

可玩”（郭璞诗）。由是，“滋味”得以贯穿《诗品》全书之中，成为一个重要的理论概念。

总之，钟嵘《诗品》中这一使人“味之者无极，闻之者动心”，让人甘愿在里面玩味、体味、讽味、回味的艺术境界就是美学之“味”。它不能被庸俗地解释为“指事造形，穷情写物”所刻画的对象，也不能简单地认为是风力与丹采相加的产物。这一美学之“味”实际上显示的是感性的、形而下的“器”的方面与理性的、形而上的“道”的方面水乳交融的状态。这样美学之“味”这一沟通感性之“味”与理性之“味”的中间桥梁也建立起来了。

综上所述，“滋味说”这一极具兼容色彩的理论范畴包含了感性、审美、理性三个不同的维度，这三个在逻辑上具有先后关系的维度，在历史空间中却是按感性、理性、审美的顺序展开的。“滋味说”作为一个美学范畴的成熟，是在充分吸收感性与理性两个方面的成就，并做出折中的结果。在这一过程中，钟嵘以其远见卓识进行了理论上的界说，使三者成为一个不可分割的整体，向上体味到深远的哲思，向下感受到现实的生活，使诗成为人生意蕴的言说，使诗歌的理论成为理论的诗歌。

第二节　“滋味说”的文化个性

本部分所追问的不仅仅是传统文化怎样支配、影响了“滋味说”，而且是传统文化怎样融入“滋味说”的内部，成为它的血液，它的经脉，它的灵魂，它的永远闪烁着智慧火花的精神生命。以及这智慧怎样使《诗品》深邃起来，成为中国传统诗学长河上永恒的坐标，规定着后世诗人的情思，使传统哲学与诗学获得一种水乳交融、玲珑剔透的结合。

传统文化的强大根基是如何催生出“滋味说”这朵娇艳的诗歌理论之花的呢？它“不是一个既无时间性，又无文化氛围的思想意图的孤立表现”[①]，它的产生是与当时的学术发展分不开的。《梁书》及《南史》本传中均记载钟嵘“明《周易》”，据张伯伟先生研究，钟嵘所明当为王弼易

① 崔茂新：《论小说叙事的诗性结构》，《文学评论》2002年第3期。

学，兼以郑氏，并且从家学渊源上钟嵘当属王弼学派。[①] 本文即在此基础上，继续探讨《诗品》的文化基因。

一 “味”与“品”

对于《诗品》研究者来说，有许多未解的谜团，其中之一就是关于它最初的名称问题。《诗品》最初到底是叫《诗品》还是《诗评》，这是《诗品》研究的一大谜团。然而这一混乱并不是自近代开始的，自唐宋开始就发生混淆，而明清以来则更加不清楚。进入近代以来，先后有众多学者对这一问题进行理论分析探讨并基本上弄清了这一混淆的来龙去脉。

近世学者对该问题以赞同《诗品》本名的居多，如陈延杰、许文雨、古直、车柱环、张伯伟等人皆赞同《诗品》本名说。赞同的原因很多，但一般皆从内外两个方面考虑。从《诗品》内部而言，内证以《诗品序》中所谓“彭城刘士章，欲为当世诗品，口陈标榜，其文未遂，感而作焉”最为有力，古直在其《钟记室诗品笺》即据此认为原作《诗品》。而王梦鸥则认为：“《诗品》之不宜写作《诗评》，或又与当时流行的《书品》、《画品》，尤其是《棋品》一样。倘不能称《书品》、《画品》、《棋品》为《书评》、《画评》、《棋评》，则《诗品》之名，当不例外。”[②]（台湾《中华文化复兴月刊》第10卷第4期）这是所谓的外证。此外，韩国学者车柱环在其《钟嵘诗品校证》中则援引通例认为：“古人往往通称评诗之书名‘诗评’。”“则《诗品》盖其本名。”

然而曹旭则通过翔实的资料分析论证所谓内证、外证及体例等均不足成铁证。他认为，“要弄清钟氏原来的称名，必须溯其源流，从史料上入手。”综合《文镜秘府论》、《南史》、《梁书》、《隋书》、《元和姓纂》以及宋、元、明、清等历代资料，考证《诗品》一书在隋唐之前《诗评》是其正名，《诗品》是小范围内的别称；至宋代，则《诗评》、《诗品》二名开始并用；元、明、清三代虽然仍然二名并用，但人们多称《诗品》而少称《诗评》。并且，他还从文化传播的角度探讨了形成这一现象的原因，认为

① 张伯伟：《钟嵘诗品研究》，南京大学出版社1999年版，第40—53页。

② 转引自曹旭《诗品研究》，上海古籍出版社1998年版，第73页。

宋代以后私家藏书渐多，文人学士多以雅号相尊，而《诗品》之名较之《诗评》更显风雅，故使正名反为小号所掩。[①] 然而，这一问题是否只是传播途中所造成的误讹，它的名称变化与《诗品》内部的理论旨趣有没有内在的关系？最终《诗品》之名大行于世具有什么样的理论意义？针对这些问题，笔者认为应该分析“品”这一概念的美学意义及它与《诗品》其他理论概念，特别是“滋味”的关系。《诗品》最后定名为“品”而不是“评”，并不仅仅是一个版本考证的问题，它其实与《诗品》的理论结构，以及“品”、“味”这两个概念的流变有着密切的关系，从某种意义上讲，《诗品》的定名是打开该书的一把钥匙，为我们进一步理解其内部的理论内涵提供了线索。

“品”，《说文解字》释文为“众庶也”，众多的意思。从本意讲，众多则意味着有所区别，而三个“口”并列则可能与祭祀中的上祭有关，因为不同的祭品须要分门别类，故有区别、区分之意。自汉魏九品中正论人以来，其含义逐渐转为以评第和显优劣为主。这一词语亦渐入艺术领域，如：

> 推能相越，小例而九，引类相附，大等而三，复为略论，总名《书品》。(庾肩吾《书品》)
>
> 夫画品者，盖众画之优劣也。(谢赫《古画品序》)

在这里，“品”是区分高低优劣的等级，这与当时的社会风尚是一致的。当然，如果从词性上说，这种用法是名词，代表不同的级别。即使在《诗品序》中也有这样的用例，如《诗品序》说：“三品升降，差非定制”，即同于当时流行之义。

然而，该词本身尚有作动词的意义，在这种意义上它的基本含义是品尝。如《周礼·天官·膳夫》：“王日一举，鼎十有二，物皆有俎。以乐宥食。膳夫援祭，品尝食，王乃食。卒食，以乐彻于造。”《礼记·玉藻》中有“君命之羞，羞近者。命之品尝之，然后唯所欲。”相较而言，作动词

① 曹旭：《诗品研究》，上海古籍出版社1998年版，第72—81页。

意义的“品”可能更接近原始意义，但是在六朝时，作品级之义则更为流行，即使作动词之意也在品尝的基础上多有提升，并不仅意指品尝食物，把艺术的反复鉴赏、体会亦可谓之“品”。《诗品序》中所谓“欲为当世诗品”、“诸英志录，并义在文，曾无品第”皆可从此意义上理解。

尽管如《书品》中亦有“信无味之奇珍，非趋时之急务”的用法，但是却远没有信《诗品》那样广泛地运用“味”这一概念。在《诗品》中“味”被多次运用，并且有反复感受以显示优劣之意。所谓“味之者无极”、“玩味”、“讽味”，显然须不断地感受、体验；而有味、无味、“淡乎寡味”则不难看出优劣之意。

这样“品”与“味”的含义在逻辑上就发生了黏连，盖“味”然后方能定“品”，“品”然后始可言“味”，二者构成一个双向互动的关系，形成“品味”之意。因此，“品”与“味”在这里其实是可以互释的，这一互释使得“味”在《诗品》中的地位更加明显。所以无论原作是否为《诗品》，从显示文中主旨的角度来看，显然名为《诗品》更合适。或许正是受这一无意识观念的影响，后世遂只见《诗品》而不提《诗评》了。

二　“滋味”与体用一如

体用一如是由汉代宇宙学说演进而来的玄学本体论，汤用彤先生认为它的确定是“中华思想史上之一大事因缘”，[①] 王弼则是这一学说的倡导者，他在释《大衍义》时说：

> 演天地之数，所赖者五十也。其用四十有九，则其一不用也。不用而用以之通，非数而数以之成，斯易之太极也（一作大极）。四十有九，数之极也。夫无不可以无明，必因于有，故常于有物之极，而必明其所由之宗也。

在这里，“一”是数本体，是太极，它超越于众数之上，并不表现为数，故不用，其实也无法用。但是它又不外在于数，不能说数之外还有另

① 汤用彤：《魏晋玄学论稿》，上海古籍出版社2001年版，第58页。

一数之本体。它就存在于数现象之中，若摈弃数现象，则数本体亦无所在。所以说“不用而用以之通，非数而数以之成”。因为有数本体，则数因其体而各为其数。“如自其性分观之则宛然实有，而依得性分之所由观之，则了然其固为全体之一部而非真实之存在。故如弃体言用而执波涛为实物，则昧于海水。而即用显体，世人了悟大海之汪洋，本即因波涛之壮阔。是以苟若知波涛所由兴，则取一勺之水，亦可以窥见大海也。”①

本体是存在的，但本体却是隐性的，是无法言说的；现象是显性的，是可以言说的，现象虽然不是本体，但现象中却内含本体，本体即存在于现象之中。这一思想王弼曾反复表达过：

> 复者反本之谓也，天地以为心者也。凡动息则静，静非对动者也。语息则默，默非对语者也。然则天地虽大，富有万物，雷动风行，运化万变，寂然至无，是其本矣，故动息地中，乃天地之心见也。若其以有为心，则异类未获具存矣。(《周易注·复卦》)
>
> 夫物之所以生，动之所以成，必生乎无形，由乎无名。无形无名者，万物之宗也。不温不凉，不宫不商。听之不可得而闻，视之不可得而彰，体之不可得而知，味之不可得而尝。故其为物也则混成，为象也则无形，为音也则希声，为味也则无呈。……若温也则不能凉矣，宫也则不能商矣。形必有所分，声必有所属。故象而形者非大象也，音而声者非大音也。然则四象不形则大象无以畅，五音不声则大音无以至。四象形而物无所主焉，则大象畅矣。五言声而心无所适焉，则大音至矣。(《老子指略》)

这种体用一如，即体即用，“用者依真体而起，故体外无用，体者非于用后别为一物，故亦可言用外无体”② 的思想亦进入文学。如曹丕说：“文本同而末异。”陆机《文赋》中也说“课虚无以责有，叩寂寞以求音”，“体有万殊，物无一量”。皆以文学本体为一，为无，而文学现象为多为

① 汤用彤：《魏晋玄学论稿》，上海古籍出版社2001年版，第63页。

② 同上书，第5页。

有。刘勰则认为"言之文也，天地之心哉"，"文"是"道"的显现，"道"一而"文"殊，"道"为"文"之本体。

观以上诸家皆直接引玄学入文，将哲学的"本末有无"直接施之文论。而钟嵘则在此基础上前进了一步，由于是专论诗歌，他不用再强调"文"与"道"的关系，而是试图将"滋味"作为其诗歌审美经验的表达，并进而建立起一套完整的艺术鉴赏理论。

钟嵘认为五言"是众作之有滋味者也"，"滋味"成为他对诗歌艺术特征的审美表述。但是他并没有对何为滋味作出正面的理论界定。尽管他说过"指事造形，穷情写物，最为详切者耶"，也说过"文已尽而意有余（兴）……味之者无极，闻之者动心"。但前者是就其功能来说的，后者是就其效果来说的，皆非"味"本身。故前此有人据此而大谈"滋味"，显然是执末失本，以波涛为大海；而日本学者清水凯夫则以钟嵘未曾正面解释"滋味"为由，否定"滋味说"的存在，自又是未悟此体用之意，遂因大海之难以全窥而认为大海不在。[①] 须知从魏晋六朝人的观点来看，作为个体独特经验的"滋味"是无法言说的，所谓"大味无呈"。若"味"能味则必非此"味"，能说出的"味"也就不是"味"本身了。但"味"本身不能说并不代表它不存在，尽管钟嵘未能正面定义"滋味"，但"滋味"的意蕴却显示在整部《诗品》中，盖"味"即存在于对各诗人诗作的品味之中。

因此非但张协之"使人味之，亹亹不倦"；魏文之"殊美赡可玩"；应璩之"华靡可讽味焉"；郭璞之"彪炳可玩"这些或正面出现"味"字，或存在较明显"味"的特点的诗人作品含有"味"的本体特性，推之整部《诗品》亦何不如是：难道古诗之"文温以丽，意悲而远"；陈王之"骨气奇高，词采华茂"；阮籍之"厥旨渊放，归趣难求"；陆机之"咀嚼英华，厌饫膏泽"；谢客之"丽典新声，络绎奔会"；张华之"举体华艳，兴托多奇"；陶公之"笃意真古，词兴婉惬"；颜延之"情喻渊深，动无虚散"；谢朓之"奇章秀句，往往警遒"；非"味"之用乎？即便施之下品孙绰、

① [日]清水凯夫：《〈诗品〉是否以"滋味说"为中心——对近年来中国〈诗品〉研究的商榷》，《文学遗产》1993年第4期。

许询“弥善恬淡之词”；江祀之“明靡可怀”；谢庄之“气候清雅”，谁谓不然？

综上所述，钟嵘将魏晋玄学本体论之精神——体用一如融化在他的“滋味”论中：以“味”本身为无法言说的存在，故不正面叙及。然“味”本身不能离开“众味”而存在，故品百二诗人之“味”以显“至味”之在。虽未释“味”而“味”意自出，品“众味”而“至味”为统摄，成功地将玄学的概念化为文论的灵魂，为以后的诗学做出了范例。循此理路，后世之“味外之味，象外之象”，“意境”、“性灵”、“神韵”、“境界”蓬勃而发，中国诗学遂亦生成其独特的面貌。

三　“滋味”与“言意之辨”

“言意之辨”是伴随本体论而来的哲学方法论问题。所谓“言”，指语言文字，“意”指某种意绪，概念的综合体。“意”也就是精神本体（“无”、“道”）在人们的思维领域中的表现，它是不可言说的：“‘言之者失其常，名之者离其真’，任何言语文字都不能把事物内在的精神本体完完全全地说出来”。[①] 但是“意”这一精神本体却又必须借一定的媒介（如语言）来显现，因而必须把握二者之间的关系，透过“言”的现象陈述去体会精神本体。因而汤用彤先生认为玄学的方法论即是“言意之辨”，玄学本是本末有无之辨，与言意关系之分疏、辨析有密切的关系，或者说，迹象本体之分乃由于言意之辨。[②]

然而对“言意”关系的考察并不是始自魏晋：

> 子曰：“书不尽言，言不尽意。然而圣人之意，其不可见乎?”子曰：“圣人立象以尽意，设卦以尽情伪，系辞焉以尽其言。”

《周易·系辞》中的这段话可以说是最早的源泉。在这里尽管人们感到“意”的难以捕捉，可还是认为“意”是可以体悟到的，并且“言”也

① 袁济喜：《六朝美学》，北京大学出版社1999年版，第151页。

② 汤用彤：《魏晋玄学论稿》，上海古籍出版社2001年版，第23—42页。

显示了它作为体悟“意”的一个不可或缺的环节的重要性。但由于“意”是目的，而“言”仅仅是手段，“言”、“意”这一对概念在发展过程中，不自觉地流露出重“意”轻“言”的倾向。如荀粲就说：

> 盖理之微者，非物之象所举也。今称立象以尽意，此非通于意外者也。系辞焉以尽言，此非言乎系表者也。斯则象外之意，系表之言，固蕴而不出矣。(《三国志·魏志·荀彧传》注引何邵《荀粲传》)

荀粲以庄解《易》认为“六籍虽存，固圣人之糠粃。”(虽然荀粲当时“能言者不能屈矣”，但由于其崇“意”时极度排斥“言”，显然亦不能使人屈)。这是言意之辨中言不尽意一派，《世说新语·文学》中亦载：

> 客问乐令“旨不至”者。乐亦不复剖析文句，直以麈尾柄确几曰：“至不?”客曰：“至。”乐因又举麈尾曰：“若至者，哪得去?”于是，客乃悟服。

显然乐广亦认为言不尽意。

真正使言意之辨上升到哲学方法论高度的是王弼。他说：

> 夫象也，出意者也；言者，明象者也。尽意莫若象，尽象莫若言。言生于象，故可寻言以观象；象生于意，故可寻象以观意。意以象尽，象以言著，故言者所以明象，得象而忘言；象者所以存意，得意而忘象。犹蹄者所以在兔，得兔而忘蹄；筌者所以在鱼，得鱼而忘筌也。然则言者象之蹄也，象者意之筌也。是故，存言者非得象者也，存象者非得意者也。象生于意而存象焉，则所存者乃非其象；言生于象而存言者，则所存者乃非其言也。然则忘象者乃得意者也，忘言者乃得象者也。(《周易略例·明象》)

王弼“得意忘言”与“言不尽意”相比，虽然仍旧重意轻言，但已经超越了“言不尽意”的偏执立场。他充分承认“言”的媒介作用，“尽意莫若象，尽象莫若言”，使“言”脱离了原来可有可无的处境，但是同时他又强调“意”的最终目的性，强调不能滞于“言”而忘“意”。这样，二者之间的辩证关系在王弼这里就得到了精确的解释。故汤用彤以为“王弼唱‘得意忘言’，虽在解《易》，然实则无论天道人事之任何方面，悉以之为权衡，故能建树系统之玄学。”① 以后又有欧阳建的《言尽意论》使这一问题继续发展下去，最终成为魏晋哲学的一般方法论。

尽管这一哲学方法论是关于天道人事之任何方面的，影响了这一时代的几乎所有的思想家，但是当它进入到诗学领域中时，却不是机械地植入。哲学的方法论并不能直接化为诗学的方法论（玄言诗的失败就是个明显的例子），它必须融化为诗学的血液，方才能流动到诗学的机体中，具体到《诗品》，便是通过对“味”的追求来实现的。而且在继承前人的基础上，还基于诗歌的特性对这一问题做出了自己独到的阐释。

诗学与哲学的最大不同就是，诗学必须自始至终都关注言语的运用方式，浸润着感性的体验。在诗学领域言语不仅仅是一种媒介，它直接就指向审美本身，审美的意蕴就存在这言语的运用之中，并在言语的感受中得到展开，在言语与言语所传达的画面形象中才能领会永恒的意蕴。在审美中，言语、形象不再只是传达意蕴的工具，它直接就是意蕴的存在空间。诗歌是由言语、形象、意蕴三者共同组成的世界，在这个世界里任何一方面都不能单独存在。这就与哲学中言语只是意蕴的工具，过分执着于言语反而会阻碍意蕴的传达，形成了鲜明的不同。钟嵘无疑深刻地意识到了这一点，他把对“言”、“意”的要求化为对“味”的把握这一更具感性色彩的要求，以是否有“味”来要求诗歌的“言”、“意”关系。

几乎所有研究钟嵘“滋味说”的人都注意到“五言居文词之要，是众作之有滋味者也，故云会于流俗。岂不以指事造形，穷情写物，最为详切者耶”这段话，而且大多数的研究者又都一致认为这便是钟嵘“滋味说”的内容。但是如果我们从“言意之辨”的角度看，这只是钟嵘对“言”的要求，而不能看作“味”本身；钟嵘对“意”的要求体现在他对“兴”的解释上——“文已尽而意有余”，他明确提出要追求言外之余意，这是与

① 汤用彤：《魏晋玄学论稿》，上海古籍出版社 2001 年版，第 199 页。

魏晋以来主流哲学家的要求是一致的。然而他也明确说明这还不能显出“味”的特色，只有“宏斯三义，酌而用之，干之以风力，润之以丹采”，才能使“味之者无极，闻之者动心”，从而尽显文之“至味”。这滋味就如《诗经·蒹葭》所描绘的那样，欲近还远，欲回还现，曲曲折折，回环往复，让你那么接近却又那么遥远。而当你的心灵停止了对它的追逐时，它却在你蓦然回首之际“宛在水中央”了。于是超脱与入世，有限与无限，自然与人生，就这样于不经意间浑然一体了，而这一段曲径通幽的感受过程恰恰便形成了我们心中难以言说的滋味。

这样我们就可以看出钟嵘对“言”、“意”关系，也即在“味”的语言—意蕴向度上，采取的是贵意重言的态度。这既是他深刻体会到诗歌审美特点的结果，也是对王弼“得意忘象”哲学进入到诗学领域时所作出超越的产物，从思想渊源上来说，他更接近《易传》言、象、意并重的立场。因而我们就不难理解为什么“咀嚼英华，厌饫膏泽”、“词采葱蒨，言韵铿锵”的陆机、张协，与“厥旨渊放，归趣难求”的阮籍可同居上品了。

第三节　“滋味”对《诗品》中具体理论概念的蕴含

以上两节我们分析了“滋味说”的历史渊源和时代特色，了解了它作为一个诗学概念生成的基本轨迹。然而，作为《诗品》中的重要概念，它本身对《诗品》内部的理论概念亦有着重要的作用。前面已经说过，“滋味”与体用一如的观念有着重要的联系，如果我们从更大的范围来看，这种体用一如即意味着，《诗品》借助“滋味”这一具体的感性概念，来展开其诗学的整体理念，在形而下的可感之事中蕴含形而上的学术理念。

从传统的比兴思维来看，诗可以托彼物来形容此物。郑玄云：“兴者，托事于物”、“比者，比方于物”；朱熹《诗集传》云：“兴者，先言他物以引起所咏之词也……比者，以彼物比此物也。”《诗品》作为诗学理论亦受这一思维的影响，“滋味”乃是其论诗的托喻之形象，在“滋味”这一具体的事物中包含了诗学的理念。也即是说，“滋味”蕴含了前面所分析的诸概念，并与它们有密切的联系。

一　“滋味”与“自然英旨”

我们前面已经分析过，“自然”乃是《诗品》中的核心概念，而“滋味”则是钟嵘借以表达其诗学理念的形象概念，那么“滋味”与“自然”之间具有什么关系呢?《诗品序》曰：“故诗有三义焉，一曰兴，二曰比，三曰赋。文已尽而意有余，兴也；因物喻志，比也；直书其事，寓言写物，赋也。宏斯三义，酌而用之，干之以风力，润之以丹采，使味之者无极，闻之者动心，是诗之至也。”又曰：“近任昉、王元长等，词不贵奇，竞须新事，迩来作者，浸以成俗。遂乃句无虚语，语无虚字，拘挛补衲，蠹文已甚。但自然英旨，罕值其人。”

在这里，钟嵘明确说明了各自的范围与内涵，“滋味”首先是从创作技巧产生的，在钟嵘看来是赋比兴三者的合理运用，再加上“风力”与“丹采”的正常发挥。而无“滋味”的诗则是由于三者的不和谐，“若专用比兴，患在意深，意深则文踬；若但用赋体，患在意浮，意浮则文散”(《诗品序》)。产生“诗之至味”的方式乃是通过具体的形而下的方式，也就是形式方面的技巧。然而，所产生的“滋味”却不是形式方面的东西，诗歌的这种“滋味”是无法用语言表达的，它只存在于感受诗的过程之中。体味者所感受的乃是诗之整体韵味，而不是具体的形式组合。在钟嵘看来，诗的“滋味”来源于诸形式的合理搭配，但不能反过来从“滋味”中分解出诗的诸形式。正如油盐酱醋诸作料的合理搭配能做出可口的菜肴，但不能从菜肴中分离出诸作料的具体分量。

而钟嵘所谓的“自然英旨”同样是非形式的，它着眼于诗歌给人的艺术感受。在他看来，任昉、王元长等人那种“句无虚语，语无虚字”的作法是拙劣的诗歌创作方式，其后学者亦只能达到“黄鸟度青枝”的水平。而“自然”之作则通过超奇的艺术想象力，不着痕迹地写出自己的真实感受。“自然”一方面关系山水景物，一方面维系主体情思，它是此二者的有机融合。作为《诗品》乃至六朝最高的玄学概念，“自然”其本身乃是一种自足、自为的状态。它并不涉及具体的事物，而是诸有限事物中所蕴含的最后之抽象性。它不执于一物而统御万物，在具体的事物中体现出自己的存在，所谓以无统有即是此一道理。

这样一来我们即可以看出二者之间的关系，“滋味”本身乃是一具体的、形象的概念，它源始于传统的生活方式，起自于最根本的饮食习惯。但是前面已经分析过这一概念本身又有超越感性进入思辨领域的特性，因而它本身是一立体的概念。从产生方式来说，诗的“滋味”来源于诸形式的合理搭配，这是其具体的一面；而从效果来说，它又超出诸形式，乃是一种作用于读者阅读过程的、不可言说的感受，它所展示出来的乃是诗歌所给人的审美感受。而“自然英旨”亦是这样一种感受，它不单是字词声律用典这些形式上的功夫，所以钟嵘极端反对雕琢声律等，讥讽王融等人“至平上去入，则余病未能，蜂腰鹤膝，闾里已具”。而且，前面已经说过，从字源上来说“旨”也是味的意思，乃是指美味；所以，所谓“自然英旨”亦是“自然”的可口美味。这样，“滋味”与“自然”乃是同一问题的不同表述，一个是指向形而上的道，一个维系着形而下的器，二者构成互补关系。

这种相互间的关联我们亦可以通过具体的品评来看出，如评陆机，“才高辞赡，举体华美。气少于公干，文劣于仲宣。尚规矩，不贵绮错，有伤直致之奇，然咀嚼英华，厌饫膏泽，文章之渊泉也”。论张协“文体华净，少病累，又巧构形似之言。雄于潘岳，靡于太冲，风流调达，实旷代之高手。词采葱蒨，音韵铿锵，使人味之亹亹不倦”。陆机的“咀嚼英华，厌饫膏泽”只有通过具体的体味才能感受出来，可以说其本身就是有“滋味”的意思，尽管钟嵘认为其“有伤直致之奇”，但还是“文章之渊泉”，也即是说还是“自然英旨”。张协则更是“词采葱蒨，音韵铿锵，使人味之亹亹不倦”，而其又“巧构形似之言”，这事实上即涉及自然风物，同样是体现“自然英旨”之作。因而我们可以说，在具体的品评中，钟嵘亦是将“自然英旨”与“滋味”相联系，形成形而上之道与形而下之器的统一，“自然之旨”乃是“滋味”的最高境界。

二 “滋味”与“吟咏情性”

“滋味”与“吟咏情性”之间同样具有密切的关系，尽管钟嵘详细说明了如何创作有“滋味”的作品，如调和赋比兴，“干之以风力，润之以丹采”等；但是真正的“滋味”还必须涉及作者的情感，在钟嵘看来那就是“吟咏情性”。

尽管诗歌所反应的内容各式各样，所能写的东西也无穷无尽，但诗歌最终要写出诗人的情性本我，这是钟嵘所一再强调的问题。如《诗品序》一开始就说“气之动物，物之感人，故摇荡性情，形诸舞咏”，然后又说：“夫属词比事，乃为通谈。若乃经国文符，应资博古，撰德驳奏，宜穷往烈。至乎吟咏情性，亦何贵于用事?”情性成为钟嵘诗歌理论中关乎诗歌本质的重要对象，在钟嵘看来，诗歌创作即是表现作者之本真情性，只有真正反映作者情性的作品才能称得上是优秀的诗歌作品。

而“滋味”则亦来源于诗歌所蕴含的意味，“夫四言，文约意广，取效风骚，便可多得，每苦文繁而意少，故世罕习焉。五言居文词之要，是众作之有滋味者，故云会于流俗。岂不以指事造形，穷情写物，最为详切者耶?”(《诗品序》)钟嵘认为四言诗“文繁而意少”，不能够准确、痛快地表达作者的情感；而五言则“居文词之要”，能够尽情地抒写作者的心灵感受，所谓“凡斯种种，感荡心灵，非陈诗何以展其义，其长歌何以骋其情”，所以五言长歌最能“穷情写物”。由此可见，有“滋味”的诗作即是指那些表现了作者真情自我的作品，情感因素是构成“滋味”的主观原因。

由此可见，“滋味”是与“吟咏情性”分不开的，只有作者真正做到抒写自己的真正性情，才能写出有“滋味”的作品，而只有有“滋味”的作品才能真正表达作者的情性。同时，我们亦可以说，作品中所展现出的“滋味”亦是作者真实情感在语言的外化。在某种意义上，我们说体味作品的“滋味”以及在阅读过程中出现的“味之者无极”的状况，也即是体会作者真实感受的过程。

在“吟咏情性”一章中我们已经分析，钟嵘所谓“情”主要有两个方面的要求：从内容上说，它包括人的各种感情，但是以“怨”情为主。这是因为从根本上来说，“怨”更是人的真实生命遭际的自然抒发，它更贴近于生命的真实状态。由于生命个体乃是一具有时间限制的存在，生命的不完满状态是来自于命运本身的，故而在此不完满中的个体之“怨”亦是一种必然。因而，人的情感中哀怨、悲伤等负面感情更贴近人生的本质，这在动乱不安的六朝更能给人以现实的真实感，故而《诗品》极力强调

“怨”的作用，无论是在前面的序言中还是在具体的品评中都一再提及。从性质上来说，钟嵘所谓的“情”乃是严肃的、高雅的情感，它不是后来被泛化了的、兼指所有情感的“情”，而是一种特指。这就是他所要求的“情兼雅怨”中的“雅”，只有坚持高雅的标准才能写出真正的“性情”。当然，如果过分地求“雅”则可能伤害情感的自然表达，所以在具体的品评中他还是以“怨”为主。

因而，钟嵘所谓有“滋味”的诗重点指那些能写出“怨”情的作品，这点我们从具体的作品中能够看出。例如评古诗：“文温以丽，意悲而远。惊心动魄，可谓几乎一字千金。其外，‘去者日已疏’四十五首，虽多哀怨，颇为总杂，旧疑是建安中曹王所制。‘客从远方来’、‘橘柚垂华实’，亦为惊绝矣。人代冥灭，而清音独远。悲夫!”论李陵“文多凄怆，怨者之流。陵，名家子，有殊才，生命不谐，声颓身丧。使陵不遭辛苦，其文亦何能至此”；说班姬“词旨清捷，怨深文绮，得匹妇之致。侏儒一节，可以知其工矣”；谓左思“文典以怨，颇为精切，得讽喻之致。虽野于陆机，而深于潘岳。谢康乐尝言‘左太冲诗，潘安仁诗，古今难比’”。

在这诸多作品中，钟嵘皆突出其“怨”的情感，而当读者体会这些作品的“滋味”时不也正是在体会他们所谓蕴含的“怨”情吗？这样，从创作主体的角度来说，“滋味”即来源于作者独特生命际遇下所迸发的个体生命之感受，也即作者的真情自我。

三 “滋味”与“直寻”

尽管钟嵘说诗歌要做到使“闻之者心动，味之者无极”就要合理地运用赋比兴，还要处理好“风力”与“丹采”之间的关系；但是这只是“滋味”的具体操作，它只是在最基本的层面上分析诗歌创作问题，只考虑诗歌中所蕴含的基本质料。而真正使诗有“滋味”则不止于此。

我们说，钟嵘所谓的“滋味”乃是“自然之旨”，即一种让人闻之心动、味之无极的自然之味，因而如何产生这种“滋味”也就不仅是搭配诸形式的问题，它更涉及如何体味自然这样一种意思，它反应的乃是诗歌创作的深层规律，亦涉及传统艺术思维的方式。《诗品序》中认为，“观古今胜语，多非补假，皆由直寻”，而这也是钟嵘分析“思君如流水”等名句所得出的结论。而他所谓“补假”从下文来看即是“颜延、谢庄，尤为繁密，于时化之。故大明、泰始中，文章殆同书钞”。而与此相对的乃是“自然英旨，罕之值其人”，也即是说，所谓“直寻”这一方法创作出来的乃是“自然英旨”。

从《诗品》本身的语境来看，所谓“直寻”即是通过直目、所见写出作者的真实感受。它与作者的知识无关，也无须典故、声律等形式技巧方面的装饰，而是作者本真的情思直接与眼前的景物、境遇相交融，在刹那间的感悟中体味到那一份独到的诗意并将之形成文字。在这一过程中，作者的情感是真实自然的，外在的景物是其心灵所直感的，而作品的表达亦是没有任何做作之处。在貌似冲口而出的作品中见出主体的本然情思。

“滋味”的最高境界乃是“自然英旨”，而“直寻”则是到达这一目标的途径，通过“直寻”，那种只是处在感受状态中的艺术境界得以展现出来。而这一思想在后世得到进一步的发挥，如司空图的“滋味说”将“味”与“直致”的关系表述的更为明确，只有通过“直致”才能得到“酸咸之外”的诗味。然而，追寻这一观点的来源，则不能不说得自钟嵘之《诗品》，正是《诗品》中对“滋味”与“直寻”的论述促成司空图进一步的思考。

“直寻”的另一所指乃是创作主体的本真情感，由于钟嵘认为诗人主体的情性乃是诗所要表达的对象，因而“直寻”就是要透过语言的外表而直抵诗人的心灵深处。这也即是他为什么反对用典、声律的原因，因为典故跟声律这些形式上的东西如果过分强调则不能做到主体情感的自然表达，无法“直寻”到那种心灵深处的感动，从而也无法创作出反映主体真实自我的、有“滋味”的自然之作。

在具体的品评中他也高度重视“直寻”的效果，例如他对谢灵运的评价，“其源出于陈思，杂有景阳之体。故尚巧似，而逸荡过之，颇以繁芜为累。嵘谓：若人兴多才高，寓目辄书，内无乏思，外无遗物，其繁富宜哉！然名章迥句，处处间起；丽典新声，络绎奔会。譬犹青松之拔灌木，白玉之映尘沙，未足贬其高洁也”。尽管谢灵运“颇以繁芜为累”，但是钟嵘却依然认为他“譬犹青松之拔灌木，白玉之映尘沙，未足贬其高洁也”，这主要原因乃是谢“寓目辄书，内无乏思，外无遗物”的创作方法。所谓“寓目辄书”也即是《诗品序》中所强调的即目、所见，即主体情感与外在情况的刹那相遇，也就是“多非补假，皆由直寻”的创作方法。同样对于陶潜则许其“文体省净，殆无长语”、“辞兴婉惬”，亦是“直寻”之意。并且他还着力反驳当时的人认为陶潜诗质直无味的说法，在他看来陶诗“风华清靡”，乃是有极大“滋味”的作品。而对于以用典著称的任昉则明确表示不欣赏：“动辄用事，所以诗不得奇。少年士子，效其如此，弊矣。”

由上面的分析可以看出，在《诗品》中，“滋味说”是一个兼有本体论、方法论、价值论意义的核心术语，是传统思想在诗论中的结晶，也是《诗品》的理论支柱。然而这并不是说“滋味”在《诗品》中是一个涵盖一切，任何方面都可以由它来解释的概念。如果那样，“滋味”则不免走向理论霸权，从而窒息了其内在的生机和活力。事实上，“滋味说”之所以成为《诗品》的重要理论术语，除了其自身的理论品性外，还表现为它与其他理论范畴的密切关系。在显示出它的本身特性的同时，它使另外的诗学概念如自然英旨、摇荡性情、直寻等的诗学、美学内涵得到充分发挥，这样“滋味”就具有了更深广的理论兼容性，也拓宽了它的理论广度。

传统文化不是作为一种僵硬、古板的历史传承物出现的，它总是悄然渗入到时代风气中，在看似新颖的时代风物中打上自己的烙印。《诗品》作为新兴五言诗的理论总结，固然有其新颖崭绝的一面，但支撑起其理论体系的仍是传统文化。通过对“滋味说”理论的文化底蕴的解读，不仅使我们看到这一诗学话语的发育形成过程，而且使我们追寻到这一理论的强大文化血脉，以及传统文化是怎样化为诗学理论的活性因子。尽管这绵延不绝的文化之脉是没有形迹的，可是它们又实实在在地存在、运动。因而我们可以沿着它的运动轨迹，努力走进文化的深处，探寻那蕴藏在传统文化深处的绵绵生机。

第六章 兴:走进诗的审美境界

“兴”作为中国诗学的重要概念几乎横亘了整个传统诗学历程，从中国诗学的最初时期一直到当今时代，无数学者从不同的角度对之进行分析讨论试图厘清其基本内涵，但一直未能达成完全一致的看法。可以说，“兴”几乎成为中国诗学的斯芬克斯之谜，不断激励各个时代的学者为之进行探索。

钟嵘《诗品》作为诗学著作自然无法绕开“兴”的问题，“兴”涉及中国诗学基本品格及思路的确立。而作为六朝诗歌艺术的理论总结，《诗品》对“兴”的内涵的界定开创了新的理解方式，它迥然不同于以前两汉学者对这一概念的理解，为“兴”这一诗学概念的发展、丰富作出了自己的贡献。这一点前代学者早有所闻，如陈衍即曰：“钟记室以‘文已尽而意有余’为‘兴’，殊与诗人因所见而起兴之旨不合。”（陈衍《钟嵘诗品评议》卷上）

尽管看到这种不同，然而对于钟嵘《诗品》中“兴”的内涵的理解却各家有各家的看法，围绕言与意的关系、“兴”的原初意义以及钟嵘论“兴”的根据等问题展开论争。对于这一问题的分析，我们同样需要结合其具体的文化情境，围绕“兴”这一概念的历史进程，进行适当而有效的阐释。

第一节 经学与教化之“兴”的生成

就历史起源来看，甲骨文中即有“兴”字，尽管甲骨文中的“兴”之含义未必就与后世“兴”的内涵相同，但无论如何它仍旧是我们研究这一概念的历史和逻辑起点。此外，考索这一概念的早期发展也有助于我们进一步理解商周之际“兴”义的演变以及后来《毛诗序》中阐释立场的具体历史文化语境，更有助于理解这一概念从汉代经学向魏晋诗学的变化。

就甲骨文字形看，“兴”之原初字义明显为会意字，象四手执一物。最初罗振玉将之解释为“舆”：“《说文解字》：‘與，党與也。从舁从与。古文作。’卜辞诸字从般，象二人相授受形，知與、受为與之初谊矣。知为般者，以般从，或作知之。知與字从般者，以受字知之也。或省从两手奉般形。两手奉般者，将有所與也。般亦舟也，所以盛物。郑司农谓：‘舟若承盘。’是般与舟殆一物矣。”①

商承祚认为：“，昔释与（與）字。象四手各执盘之一角而兴起之。金文《父辛鼎》作，与此同。又或增口，作、（鬲攸盨《鬲攸盨》、《兴鼎》），则举重物邪许之声也。”② 商承祚修订了罗振玉将该字解释为“與”的观点，将其中所执之解释为盘，省去做舟的看法，其释四手起兴的观点也比象二人相授的说法更贴近字形。但是其所释金文“口”则又回去举重物的观点上。

此后，杨树达尽管也认为该字为“興”，但是他并完全认同商承祚的解释：“说文三篇上舁部去：‘興，起也，从舁，从同，同力也。’余按许君以同舁二字解興，认興为会意字，义不剀切。今寻此字甲文作，象众手共举一物之形。罗振玉误释甲文此字为與字，商承祚纠之，定释为興，是矣。独罗氏释此字所从之为般，而商氏从之，谓象四手各执盘之一角而興起之，其说仍非是。盖盘之为物，轻而易举，不劳众手舁之。古人制字，用意大都精切，不应不协事实如此，故商君释文虽合，其解字仍非也。今按明是甲文凡字，叶玉森谓其字象船帆之形，其说至审，知凡乃帆之初文，帆乃后起之加旁字。……经传无帆字，说文亦不载，然舟行张帆以迎风，此初民所易知之事，宜殷代早有其文，不得以经传许书偶无其字，遂致疑也。帆之为物也大，其始也，联布于竿，当于地上为之；及其移而树之于舟也，当以众手举之，故興字形象之，而其义为起也。”

① 罗振玉：《殷墟书契考释三种》，中华书局2006年版，第507页。

② 商承祚：《殷契佚存考释》，第62页，《甲骨文字集释》第3卷，“中研院”历史语言研究所1960年版，第829页。

并且，对于商承祚的“举重物邪许之声”一说杨树达亦提出异议：“余谓众手合举一物，初举时必令齐一，不容有先后之差，故必由一人发令命众人同时并同，其误显然，又不待论矣。”①

杨树达将“興”与生活中的劳作结合起来，认为该字源于日常劳动，这与商承祚将之归为虚拟化的表演是不一样的，正如彭锋指出的那样，“这二者之间的差别，实际上是两种性质不同的活动之间的差别。……盘的质量虽轻，但在诸如宗教祭祀之类的歌舞活动中，因为敬重、尊重而仍需共举。”②

从以上分析来看，早期研究“興”之意义的几位学者确定了该字的甲骨文字形，并就其是现实生活中的劳作还是虚拟的表演展开争论。而且，尽管他们不同意《说文解字》中的解释，但其实还是受到《说文解字》的影响，认为其与舆起、举起有重要关系。而随着近来出土资料的不断丰富，又有学者提出新的解说。

就目前来看，多数学者倾向于将之与祭祀联系起来，并将之与安阳1001号大墓中出土的三个长方形舆联系起来。安阳考古报告称，此三舆形状如床，两端各出二柄，总长2.3米，舆长1.7米，连两端柄长2.3米，宽0.6米。由于其形状与甲骨文“兴”字中间的部分颇为相似，故有学者认为其为“兴”字之所本。③

而《周礼》中关于“廞”字的运用更成为大家关注的目标，由于《周礼》中言及大丧后多有“廞”字，如《周礼·天官·司裘》职下说：“大丧，廞裘。”郑玄注：“廞，兴也。若《诗》之兴，谓象似而作之，凡为神之偶衣物必沽而小耳。贾公彦疏：“廞，犹兴也。兴象生时裘而为之，谓明器中之裘，即上良裘、功裘等。……《车仆》云‘大丧，廞革车’，《围人》云‘廞马’亦如之，即是所廞车马。又《礼记·檀弓》云：‘竹不成用，瓦不成味，琴瑟张而不平，竽笙备而不和。’皆是兴象所作明器。……郑云神之偶衣，谓作送死之衣与生时衣服相似。又云物沽而小者，沽，粗也，谓其物沽略而又小，即‘竹不成用，瓦不成味，是也。’”

① 杨树达：《积微居小学述林全编》，上海古籍出版社2007年版，第141—142页。

② 彭锋：《诗可以兴》，安徽教育出版社2003年版，第55—56页。

③ 姚孝遂：《甲骨文字诂林》，中华书局1999年版，第2853页。

据此，有学者将之与丧葬明器相联系，如贾晋华认为：“兴字本义当为众手兴举遣车，并进而引伸指丧礼过程中兴作、阵列、装载、运送明器等各种礼节。”[①] 而鲁洪生亦认为：“兴字本义很可能是四手奉举象似生时所用抬盘类明器。君王神灵飨用所祭明器，故‘喜也、歆也。’”[②]

由于字形与实物以及传世文献之间的关联非常密切，因而这种说法与之前的解释相比较更显得符合当时之文化语境，也更具有说服力。只是贾晋华将之释为兴举遣车，鲁洪生将之释为抬盘类明器，则未免有之太过谨细。而且，二人所据之文献主要是《周礼》，相对来说忽视了对卜辞文献的分析；而殷、周相去几百年，其中亦难免有所损益，西周之制度礼仪未必就是殷商时之原貌。毕竟孔子亦言：“子曰：殷因于夏礼，所损益可知也；周因于殷礼，所损益可知也。其或继周者，虽百世，可知也。”（《论语·为政》）虽曰十世百世可知，然而孔子亦承认其中有所损益。

因而，在考索诸多文献及实物之后，我们还须回到卜辞所提供的基本语料语境中再作讨论。徐中舒在《甲骨文字典》中释“兴”字时给出三种意思：“一，举。‘丁卯卜宾贞岁不兴亡匄五月’；二，祭名。‘辛亥卜兴祖庚’，‘兴饮祖丁，父王受又’，‘乙未贞大御弜冓翌日其兴’；三，方国名。贞王隹兴方伐。”[③]

对于作方国名我们可以不予讨论，而释作“举”的那一例若解释为“祭名”似乎也能讲通，因而关键还在于作“祭名”该如何理解。我们注意到在“兴饮祖丁”中多了一个“饮”字，可以解释为酒饮敬献祖先，但更可能是“兴”祭中祭祀者举行宴饮，而“乙未贞大御弜冓翌日其兴”尽管由于“御”的含义太多我们无法断定这是御敌还是祭祀或御马，但是能看出“兴”在这一活动之后，应该是该事已定后再进行“兴”祭。据此，我们可以判断，“兴”祭应该属于相对来说比较明快的祭礼，尚无法看出与大丧有关系，这与后代典籍的记载较为吻合，“后代典籍记载兴祭为‘喜也、歆也’，而歆则是‘神食气也’，与卜辞的兴祭可能有因革关系。”（《甲骨文简明辞典》）至于《周礼》中所载大丧用“廞”则很可能是以后

① 贾晋华：《兴及兴诗探源》，《中华文史论丛》总第82辑。

② 鲁洪生：《从赋、比、兴产生的时代背景看其本义》，《中国社会科学》1993年第3期。

③ 徐中舒：《甲骨文字典》，四川辞书出版社2003年版，第254—255页。

的因革变化。

因而我们可以总结一下甲骨文中“兴”的内涵：结合实物与卜辞，可以断定作为祭礼“兴”祭中有用舆或盘呈升物品向祖先或神灵进献的活动，至于进献之物品可能是缩小版的明器，也可能是实用品，考虑到有些甲骨文中多加一“口”，可能在进献过程中有话语念诵，念诵对象可能涉及告诉祖先如何应用该物品或该物品的价值意义。

其次，“兴”祭的氛围相对来说是比较轻松的，这可能主要是进献本身就是一种娱神孝祖的活动，使神灵得以满意，因而可以有宴饮活动，甚至可能会伴随一些歌舞。这样，“兴”在一开始就与物之通灵有一定的联系，实为后世“兴”感之初祖。至于后世“兴”中所谓“起”的那层意思，则可能从舆升祭品这一动作中得出，或由祭品与神灵之关系中引出，即在祭品与祭主之间有相应的感召关系，由祭品引起神灵的注意，兴陈祭品以通神灵，这应该是“兴”祭的主要功用。

甲骨文中的“兴”只是提供了最初的意义之源，然而却无法就断定与后世所理解的“兴”义有直接联系，甚至与《毛诗传》中所释的“兴”义也未必一定相吻合。如刘毓庆即认为“在《毛传》之前，也有将‘兴’与‘诗’联系起来的例子，如《论语》言‘兴于诗’、‘诗可以兴’；如《周礼》‘六诗’，其四曰‘兴’；《诗序》‘六义’中亦有兴。但这些‘兴’与《毛传》所标之兴，是否一回事，书阙有间，实难定夺。即便有联系，我们也很难找到可以证明其概念内涵的直接材料。因此，要理清‘兴’之概念内涵，只有从《毛传》入手，才是最可靠、最便利的途径。”①

确实，对于经学之“兴”的争议最大问题莫过于其内涵和来源，而在这一点上，由于先秦资料与汉代经学家的解释并不完全一致，因而更是众说纷纭。然而当我们在初步厘定甲骨文之“兴”的内涵之后，进一步还原“兴”义从殷商甲骨文到汉代经学这段演化过程就是一个无法回避的问题。

我们说，前面分析的甲骨文原初之“兴”义乃是兴祭，这种祭祀主要陈列物品以通神灵，然而当其兴起、感通意义确立之后，它所意指的范围也可以不断扩大，即一切感通、兴起的类似联结都可以谓之“兴”。这一

① 刘毓庆：《诗学之“兴”的还原与背离》，《文学评论》2008年第4期。

特征在艺术领域自然更为明显，而当时最常见的艺术则是诗、乐、舞结合在一起的文艺活动，因而，用“兴”来表示艺术的某些特点是一种自然的延伸。

然而，对于殷商时代是否以“兴”来描述诗歌艺术这一特征我们并不能完全确定，因为单从甲骨文的实例中尚无法得出“兴”是指诗乐舞三位一体活动时那种热烈通灵的状态，至于有些研究所认为的那种原始巫师祈求神灵时的通灵方式也无法确定就是“兴”。从殷商的文化氛围来看，我们当然有理由认为原始诗舞或祭祀时有一种令在场者如醉如痴的迷狂状态，这在现在的一些原始社会民族中还能找到实例。但是，殷商时代是否就把这一状态用“兴”这一概念来指代还没有确凿的证据。

就目前来讲，我们所能确定的把“兴”广泛运用到诗歌评价中是始自西周时代，当然如果考虑到文化的承继性，西周不太可能突然一下子就把“兴”这一观念的内涵大范围的转移，前面所做的对“兴”在殷商时代含义的推测还是有很大说服力的。

然而，无论怎么看，就现有的资料而言，西周是“兴”这一观念的真正奠基时期，这并不仅因为它的资料开始丰富完备，更重要的是，这是一种有意识的主观构建。如果说殷商时代存在把“兴”这一观念向宗教、艺术方面延伸甚至可能已经成为一般人默认的事实，但这毕竟还是处在一种文化自发状态，或者说是一种文化的潜意识状态，而西周则开始真正把这一观念的建构纳入到主动的文化建设中，并成为文化掌握者有意识的理论创建。

就诗歌理论的历史而言，自然不是起源于西周，早在《尚书·尧典》中即有“帝曰：‘夔！命汝典乐，教胄子：直而温，宽而栗，刚而无虐，简而无傲。诗言志，歌永言，声依永，律和声。八音克谐，无相夺伦，神人以和’”的记载。显然这可以看作是最早重视诗歌意识形态功能的理论。然而，如何有意识地将诗歌与国家意识形态建设结合起来，使之成为整个国家文化工程的一部分，在中国早期历史上却以西周最为完善明确。

“兴”这一概念即是伴随这一文化工程开始成为西周诗学中的重要话语资源，也正是在这一时期“六诗”开始成为中国诗学的重要理论基础，而随着时间的推移“兴”的地位尤其引人注目。如《周礼·春官·大师》

明确提出“六诗”的概念：“教六诗，曰风，曰赋，曰比，曰兴，曰雅，曰颂。”而《周礼·春官·瞽矇》则曰：“掌九德六诗之歌，以役大师。”另外《周礼·地官·乡大夫》则单独提到“兴”：“乡大夫以乡射之理五物询众庶：一曰和，二曰容，三曰主皮，四曰和容，五曰兴舞。”

对于“兴”在西周的含义自汉代以来即有多种解释，主要问题即它到底是艺术手法还是诗歌体裁。然而很明显，即使在汉代这个问题就已经无法说清楚，所以郑玄在作注时只能两者都承认。一方面他认为是诗体，《毛诗正义》卷一引《郑志》云：“张逸问：‘何诗近于赋、比、兴?’答曰：‘比、赋、兴，吴札观诗已不歌也。孔子录诗，已合风、雅、颂中，难复摘别。’”另一方面他又将之视为创作手法：“赋之言铺，直铺陈今之政教善恶。比，见今之失，不敢斥言，取比类以言之。兴，见今之美，嫌于媚谀，取善事以喻劝之。”(《毛诗正义》)循此先例，后世理论家对此的争议绵延千年，直到当代仍然众说纷纭。

因而，要想对“兴”在西周时的具体含义做出合理的解释，我们还得回到当时的具体文化语境中。就西周而言，“兴”已经不再如甲骨文卜辞那样作为一种祭祀名称，它已经成为诗歌理论的一个重要名词。而原来作为祭祀意义上的“兴”虽然仍存在并且在社会生活中发挥重要作用，但已经不是“兴”的主要内涵。这点我们可以从“兴”与“廞”的通假看出，仅从字型上即可以看出带有金字旁的“廞”应该晚于“興”字。根据前文所引关于“廞”字的研究，我们可以说甲骨文中“兴”字的祭祀意义在很大程度上由“廞”字所承担，而“兴”本字之意则转向兴起等。

从“兴”字在《诗经》中的应用来看，大致有三类：“其一，为起身、起床之意。如：‘夙兴夜寐，靡有朝矣。’(《卫风·氓》)‘言念君子，载寝载兴。’(《秦风·小戎》)‘子兴视夜，明星有烂。’(《郑风·鸡鸣》)‘及寝乃兴，乃占我梦。’(《小雅·斯干》)其二，意为兴盛，如：‘殷商之旅，其会如林。矢于牧野，维予侯兴。’(《大雅·大明》)‘天保定尔，以莫不兴，如山如阜，如岗如林。’(《小雅·天保》)其三，是兴发引发之意，如：‘天降滔德，女兴是力。’(《大雅·荡》)‘百堵皆兴，鼛鼓弗兴。’(《大雅·緜》)‘王子兴师，修我戈矛，与子同仇。’(《秦风·无衣》)在稍后于《诗经》的《左传》之中，‘兴’字也用得很多，但意思大要不出这几类。"[①] 综合而言，这三类意义跟甲骨文中"兴"意的延伸还是能连接起来。作为起身、起床与升起的含义相贯通；而作为兴盛则与祭祀中祈福的内涵相连接；至于兴发引发，则与通灵起感的祭祀仪式有关，因而，可以看作是甲骨文内涵的自然引申，只是随着引申意的丰富及"廞"字的出现，"兴"的原初意项则被遮蔽并转移。

因而，在西周人的应用语境中，这可以看作是"兴"这一词语的基本语义范围，在还没有将理论概念独立出来列为专有名词的时代，"兴"在诗学中的理论运用其内涵也不会脱出此范围太远。然而如果仅仅如此，那么六诗中所谓"兴"的内涵则不再会如此纠葛，其实问题的关键还在于周人是以什么样的态度来建立自己的六诗理论。

前人多纠结"兴"到底是诗体还是诗用，其实无论是体还是用并不重要，重要的是当时为什么要建立起"兴"这一理论概念。从目的来看，西周政教政策的制定者建立六诗的诗教传统并不是出于研究诗歌创作的，他们的目的是如何使诗歌成为教化的一部分。

就"兴"在诗歌中所指涉的基本状态而言，我们可以说前人所论述的兴发、引起等含义并不偏离它的基本语境。而且，如众多学者所揭示的那样，在原始时代甚至文明时代初期诗歌表演中所蕴含的那种热烈的氛围，以及人与自然的通灵状态都可以看作是"兴"的体现。

如彭锋即认为，"原始歌舞的一个主要目的是'降升上下之神'，也就是使舞者的精神超越到与神沟通、交流乃至合一的境界。这种情况在现代萨满教中还有相似的迹象可寻。照研究神话的学者以及据他们报告的萨满自己的说法，萨满作法的时候，常常借有形（如药品）、无形（如舞蹈所致的兴奋）的助力而达到一种精神极于兴奋而近于迷昏的状况，他们就在这种状况之下与神界交通。"[②]

而李健则把比兴看作一种独特的思维方法并认为，"比兴思维是脱胎于原始思维的。它与原始思维的关系只有拨开层层迷雾才能够看得清楚。比兴思维的想象与联想源于原始图腾和原始兴象的神秘联想，它的象征源

① 袁济喜：《兴：艺术生命的激活》，百花洲文艺出版社 2001 年版，第 6—7 页。

② 彭锋：《诗可以兴》，安徽教育出版社 2003 年版，第 62 页。

于原始图腾和原始兴象的神秘象征意蕴，而它的隐喻则源于原始图腾和原始兴象的神秘的隐。”①

我们不否认周初先民可能仍然会感受并体验到原始思维的那种狂野与热烈的欣喜状态，而且甚至也可以把这些思维方式与当时一般人所理解的日常或特殊节日中娱神祭祀之“兴”联系起来，但是我们仍然无法说，这些就是周初礼乐文化的创建者们所建立的“兴”的内涵。恰恰相反，周初文化创建者们所极力想要做的并不是树立这种迷狂的原则（当然，在特定的情形下如祭祀中可能还需要承认这种迷狂的降神作用），他们想要做的是建立稳定的文化秩序，而诗也被视为实现此一目标的方式。

因而，“兴”这一诗歌理论的提出并不能看作是对原始诗歌的那种迷狂状态的揭示，它更应该看作是诗歌教化作用的体现。然而周初文化掌握者对于“兴”之一词所蕴含的感发、起兴的内涵以及原始通灵状态又不能完全无视，故须在此寻找一妥当的途径作连通并加以转换。就教化之目的而言，能使被教化者全身心投入某一信仰理念中，成为该理念的接受者与捍卫者，比僵硬地宣传说教要更为持久有效。所以，之前诗歌表演中所具有的那种超强感染力及投入性与教化的目的并非不可调和的，只需要把握这种感染力的方向即可。

这样一来，教化不但不排斥那种通灵般的感染力，更愿意借助这样的感染力而达到自己的目的，或许这也是当初周人提出“兴”这一诗学理念的原因。一方面他们不排斥颂扬上天的敬神作品，并且又把这种对天的敬畏引申到祖先；另一方面对于不具有教化意义的一般民歌亦予以某种思想上的神圣性联系，对于民歌所指涉的日常事物通过象征、引申等方式使之具有神圣性，这种跳跃性解读方式自然给了“兴”极大的发挥空间。

当然，与“兴”观念并行的还有“诗言志”的观念，这两个诗学观念之间具有相当强的互补性。正是“兴”观念使得诗的意义空间得到了最大限度的拓展，并使《诗经》一跃成为政治教化的经典文本。通过“兴”，周初之文化掌握者可以赋予诸多并没有多少深意的民间歌谣以政治教化的内涵，并使之成为贵族子弟的基本文化语素。而正是由于“诗

① 李健：《比兴思维研究》，安徽教育出版社2003年版，第84页。

言志”观念的存在才使得“兴”意所蕴含的感发、兴起之意不是漫无目的的延伸，它必须紧紧扣住政治教化这一目的，因为“诗言志”中“志”的内涵并不是随意发挥，而是教化之志、政治之志。这一点即使到后来的春秋时代仍然是主流观点，《左传》中记载了大量赋诗言志的例子，无不关涉政治。如襄公二十七年赵孟观郑志、二十九年的季札观乐更是为大家经常引用。

而到孔子时代这种倾向则更为明显，尽管孔子提出“兴于诗，立于礼，成于乐。”（《论语·泰伯》）“小子何莫学夫诗，诗可以兴，可以观，可以群，可以怨。迩之事父，远之事君，多识于鸟兽草木之名。”（《论语·阳货》）等观点，但是在具体的解读方法上仍然同《左传》一致。如《论语·八佾》中所记载：“子夏问曰：‘巧笑倩兮，美目盼兮，素以为绚兮，何谓也?’子曰：‘绘事后素。’曰：‘礼后乎?’子曰：‘起予者商也，始可与言诗已矣。’”这或许可以看作“兴”与“诗言志”观念互相支撑的一个最合适的例子，正是“兴”的观念使其能尽情地引申、激发自己的联想，为想象提供了空间；而又正是“诗言志”的观念使这种想象围绕着特定的教化目的，使之不至于散漫而无节制。

这种连接到春秋时更为明显，所谓赋诗言志恰恰说明了“兴”与“诗言志”之间的关系。朱自清认为：“看《左传》的记载，那时卿大夫对于‘诗三百’大约都熟悉，各篇诗的本义，在他们原是明白易晓，正和我们对于皮黄戏一般。他们听赋诗，听引诗，只注重赋诗的人引诗的人用意所在；他们对于原诗的了解是不会跟了赋诗引诗的人而歪曲的。好像后世诗文用典，但求旧典新用，不必与原义尽合；读者欣赏作者的技巧，可并不会因此误解原典的意义。”[①] 赋诗言志，从某种意义上可以看作是一种起兴，这种应用在外交场合上的赋诗很多时候靠的是作者的临时发挥，而且所引诗的意与作者所要表达的意也不是直接的对应关系，需要听者去把握。

这种意义上的“兴”自然已经跟甲骨文之“兴”相去甚远，甚至与《诗经》中诗歌生成时的“兴”意也不一致，但这却恰恰是西周文化工程

① 朱自清：《诗言志辨》，岳麓书社 2011 年版，第 58—59 页。

的成果，因为只有通过这种引申、发挥才能使原来自然状态的原始诗兴转化为文化建设的用诗之“兴”。通过这种有意识的文化规范，西周统治者把原始之“兴”的那种自然冲动同“诗言志”的教化要求结合起来，使之成为统治的一部分。

然而，“兴”与“诗言志”的观念并不总是和谐的，从“兴”的角度出发，则希望这种激发是无规则不受限制的，越是无意之间越容易进入某种特定的诗意情境；但从“诗言志”的角度出发则力图把物象与志之间的这种联系固定化、明了化，越是清晰的连接则越容易纳入某种特定的程序中。春秋时的赋诗言志其实已经在很大程度上将“兴”向明晰化方向转化，但这种意义并不固定化，可以因时因地因不同情境而改变，而且接下来的发展自然是把“兴”的诗意与物象之间的关系固定化。

真正将“兴”的意义固定化，并形成后世所理解的“兴”观念的是汉代经学家。汉儒注《诗经》解“兴”时问题多多，并广为后人诟病自不待言。以今日之眼光看，其中自然不穿凿附会之处，而且其中有些地方“兴”与“比”纠缠不清，这些前人多有论证。如朱自清即批评说：“毛郑解《诗》并不如此。‘诗三百’原多即事言情之作，当时义本易明。到了他们手里，有意深求，一律用赋诗引诗的方法去说解，以断章之义为全章全篇之义，结果自然便远出常人想象之外了。而说比兴时尤然。”① 朱自清看到汉儒解诗特别是解比兴时的问题所在，然而确切地说这并不是汉儒本身的问题，而是自西周以来的诗学理论发展的结果。因为对于诗歌的教化要求而言，只有把物象与教化意图清晰对应起来，才能作为范本推行开来，同时也能过滤掉那些与政教意图不符合的观念，而汉儒的所作所为只不过是完成这最后一功，使之一切都明晰起来。所以，汉儒解《诗》，《关雎》像后妃之德，《湛露》言天子之事也就不难理解了。

只是这样一来，“兴”就很难同“比”区分开来，“兴”意固定化的直接后果就是使“兴”与“比”只成为程度上的区别，所以注家注《诗经》时又提出“兴中带比”、“比中有兴”等观点，甚至到刘勰《文心雕龙》时则只强调“比显兴隐”。

① 朱自清：《诗言志辨》，岳麓书社 2011 年版，第 58 页。

由此我们可以看到，六诗中“兴”观念的建立是一个历史的过程，最初只是为了规范那种由诗引起的亢奋愉悦的通灵状态，并将之引向国家文化建设。然而，当其一步步成为国家教化的一部分时，越来越明显的教化要求及理性指导使之逐渐脱离原始状态，从而成为真正的诗教之“兴”。当然，这种新的内涵完全掩盖住诗歌那种特有的不经过理性规范即能感染、激发读者心境的艺术方式也是不可能的，但在最大限度上使之成为理性统治的工具则是自西周到汉代众多诗教倡导者努力的目标。然而，作为教化之手段的六诗之“兴”的建立在某种意义上也可以说是暂时终结了“兴”的发展可能，因为按照这一理论的要求，“兴”将越来越接近于“比”，最终无法跟“比”完全分开。

第二节 “兴”的重新激活

汉儒尽管将“兴”的教化内涵完全建立起来，并形成一整套完整的诗学理论，但是同时也将其理论的内涵凝固化了，于是“兴”也就成为一种教化的手段。不管有没有所谓“兴”体诗，“兴”在汉代越来越倾向于作为一种用诗的方法，并且与比的区别界限也越来越模糊。这样一来，“兴”的内涵既不同于最初的祭祀之意，也不同于西周初期的诗歌发生状态，而是一种政教的方式。尽管这一意义上的“兴”作为文教的一部分对周朝的整体文化教育产生了重要的影响，并进而影响了两汉的政治教化；但是，也使得这一概念原先所具有的理论深度在某种程度上被抹平了，成为单纯的教化工具。

如果两汉的政治体制一直平稳维系下去，那么有关“兴”义重新转换释放的时机可能还会推迟，但是始自东汉末年的动乱改变了当时的一切，也使得“兴”的内涵开始了新的转换。东汉末年的大动乱所摧毁的不仅是当时的社会秩序，它摧毁的还有当时的主流价值观念。正是这种前所未有的巨变让当时的知识者开始反思两汉大一统的儒家文化体系，而原来被压制的道家思想以及外来的佛家思想等开始得到极大的发展。

当儒家的价值观念不能再为知识者提供安身立命的信仰纬度时，他们必须实验各种全新的生活方式，以确立新的生存坐标。于是，个体生命的意义就从幕后走向前台，成为当时士人的重要精神支柱，是个体价值而不是儒家的政治理想成为指导个体行动的最高原则。

随着魏晋以降个体自我价值的不断高扬，如何适意地存在就成为当时人所重视的话题。而原先被儒家正统思想所压制的老庄哲学重新成为士人的主要话语资源，而老庄式适性逍遥的生活方式就成为魏晋士人追求的方向，“乘天地之正而御六气之辨，以游无穷”（《庄子·逍遥游》）的至人、神人则成为他们心目中的理想人格。摆脱尘世诸多烦琐事务的束缚，以超凡出世的姿态遨游于天地之间，从而获得精神的满足与超越成为当时的最高人生境界。“圣人乘天正而高兴，游无穷于放浪，物物而不物于物，则遥然不我得；玄感不为，不疾而速，而逍然靡不适。”支遁的逍遥观可以说代表了当时士人的基本文化心态。

面对东汉末年以来混乱不堪的现实，而又无法改变这一现实时，六朝士人只能将人生意义的最高标准设定为个体的自我逍遥。他们试图在超越现实的理想精神境界中获得绝对的生存自由以及人生意义的完满。这种向着追求适意与逍遥的人生态度是哲学的，它指向最高的自由；但同时也是审美的，因为适意本身即包含了个体对自身存在处境的满足与欣赏。

然而，尽管六朝士人追求超越于现实的绝对自由的理想人格，试图通过那种超凡绝世的生存方式摆脱尘世的污浊与痛苦，但是却并没有放弃现实的生活享受。他们并没有回到老庄道家那种清心寡欲以求超越尘世的生存方式中，而是在不脱离现实的情况下体验超越尘世的自由与适意。

事实上，六朝士人不但不反对现实的生活享受，而且还极尽奢侈之能事，过着鲜花着锦、烈火烹油的尘世生活。《世说新语》中所载关于石崇、王恺斗富的故事可以说是这种生活的真实写照，而其他名士同样也不甘落后：“王武子被责，移第北邙下。于时人多地贵，济好马射，买地作埒，编钱币地竟埒。时人号曰‘金沟’。”（《世说新语·汰侈》）“司徒王戎既贵且富，区宅、僮牧，膏田水碓之属，洛下无比。契书鞅掌，每与夫人烛下散筹算计。”（《世说新语·俭啬》）这种风气是整个时代的特点，上自帝王，下至公卿，莫不以为常态。“朝廷上下的奢侈之风，有晋一代是日甚一日的，成了不可遏止之势。《晋书·五行志》说，何劭的奢侈过其父，王恺又超过何劭，而石崇之侈，又兼王、何，而俪人主。羊琇、贾谧、贾模都是有名的竞为豪奢的人物。奢侈之风，演成有晋一代士风之重要标志。”[①] 这种对现实奢侈生活的迷恋使得魏晋六朝士人不可能真正做到心无挂碍，超脱出世，他们只能一方面沉迷于尘世的各种欲望享受中，另一方面畅想无所羁绊的超越式生存。而石崇所谓“士当令身名俱泰，何至以瓮牖语人!”（《世说新语·汰侈》）的观点或许是当时士人的普遍心态，他们既追求身后的名声，也追求当前的享受；既希望超脱于俗世之上遨游八极之外，又对滚滚红尘恋恋不舍。

这种基本的生存困境使得他们无法像老庄那样真正忘情于尘外，于是他们在思想上把老庄的离尘出世以追求绝对自由的思想发展为适性自足的相对自由。

> 夫以形相对，则太山大于秋毫也。若各据其性分，物冥其极，则形大未为有余，形小不为不足。苟各足于其性，则秋毫不独小其小，而太山不独大其大矣。若以性足为大，则天下之足未有过于秋毫也。若性足者非大，则虽太山亦可称小矣。故曰‘天下莫大于秋毫之末，而太山为小’太山为小则天下无大矣；秋毫为大，则天下无小也。无小无大，无寿无夭，是以蟪蛄不羡大椿而欣然自得，斥鴳不贵天池而荣愿已足。苟足于天然而安其性命，故虽天地未足为寿而与我并生，万物未足为异而与我同得，则天地之生又以何不并，万物之得又何不一哉！（郭象《庄子逍遥游注》）

既然离尘绝世的超越性自由无法企及，那么如何在不脱离尘世的情况下获得内心的超然与生命的适意就成为追寻的目标，而这种追寻自性的完满，就是把现实的瞬间感受升华到超验的永恒。当魏晋士人把适性作为自由的尺度时，他们便为自己现实的生活方式找到了理论上的依据，从而不必像先秦道家那样清心寡欲，在既享受了现实的奢侈与繁华的同时又体验到超越现实的哲理意趣。而这种人生事实上就是审美的人生，在现实世界中充分感受到生命的意趣。在这种追求之下，被两汉诗学所固定化的

① 罗宗强：《玄学与魏晋士人心态》，南开大学出版社2003年版，第174页。

“兴”义得到重新激活、解放。

尽管“兴”的内涵自西周以来就不断被教化臣民的目标所净化，从而越来越接近于比喻，有时甚至都可以被视作隐喻；但不管怎么说，“兴”还是有其独特的地方，从而使之不完全等于“比”。这种不固定既来源于更原始的兴祭及原始娱神活动，也来源于诗歌艺术的审美特性，那就是“兴”的感发、引起并不直接表现为某个清晰明白的理念，而是一种艺术的关联。通过特定的对象，表达出某种无法明白表达的观念，从而给人以审美的享受，这是“兴”的独特之处。

这种独特的表达方式与魏晋士人的生活态度存在着高度的契合，作为当时占有重要话语权的士人阶层来说，他们不可能也不舍得放弃自己的物质享受，但如果只是一味地沉溺于现实享受之中，那么生存的意义则变得低下而无趣。因而，彼时士人必须通过某种方式，从现实生活的享受中解读出某种超脱于物质欲求的意趣，而能实现这种超脱的重要途径之一就是“兴”。“所谓‘兴’在魏晋人看来，就是一种自由无待的生活态度，这种生活态度从某种意义上来说，也就是审美的人生，其特点是以个体的自由无待作为人生的目的，而作为最高的境界与形式，则是骀荡山水，寄兴艺术。”① 个体如果想要达到一种自由的生存境界，那么便既不能沉溺于物质欲求之中，也不能完全脱离尘世生活，他必须随时发现生活的情趣，从而获得对这个世界的崭新体验。

显然，这既不是原始意义上的“兴”，也不是两汉经学家们所确立的“兴”，而是一种新的“兴”意。从哲学上说，六朝人讲究尽性，反映到个体的生存上就是要充分张扬自己的本然面目，从而形成一种本真的生存方式。这一生存方式要求在尘世生活中尽量获得超越现实的生存感受，但并不脱离现实。而所谓尽性，因此也就是尽兴，让自己获得充分的身心愉悦。在这种基本的社会文化心态影响下，“兴”成为士人展现个性自我的最佳途径。

王子猷居山阴，夜大雪，眠觉，开室，命酌酒。四望皎然，因起

① 袁济喜：《兴：艺术生命的激活》，百花洲文艺出版社 2001 年版，第 38 页。

彷徨，咏左思《招隐诗》。忽忆戴安道，时戴在剡，即便夜乘小船就之。经宿方至，造门不前而返。人问其故，王曰："吾本乘兴而行，兴尽而返，何必见戴？"（《世说新语·任诞》）

王子猷的这种生活方式可以说是魏晋士人所追求的名士风度的集中体现，他们在现实世界中寻觅心中的那份诗意，可能因为某种特定的机缘在生命的某个瞬间中突然想起了曾经被遗忘的某些东西，因而他们便追着这机缘一路寻觅下去，当走到机缘的尽头时可能发现，原来自己所寻觅的不是机缘的对象，而是机缘本身，是让自己在某个特定时间内将自己从现实纷扰中剥离出来，用心灵体味并感悟世界的美好契机。而这种体悟的过程在六朝人看来就是一种"兴"，就是乘兴而来，兴尽而返。由是，我们可以说，在六朝人眼里，"兴"是一种能感受、欣赏这个世界的能力。

然而，"兴"感的产生并不是凭空而来的，它必须有一定的现实契机，如果不是大雪之夜，王子猷就不会去吟诗，当然也不会想起造访戴安道。所以，要想发兴、起兴就必须得有现实的事物作媒介，当然在六朝人眼里这种媒介以自然山水为最佳。可以说，六朝士人把《诗经》中发兴、起兴的方式应用到现实生活中，在自然山水的世界里体验那种诗的境界。

夫人之相与，俯仰一世。或取诸怀抱，悟言一室之内；或因寄所托，放浪形骸之外。虽趣舍万殊，静躁不同，当其欣于所遇，暂得于己，快然自足，不知老之将至。及其所之既倦，情随事迁，感慨系之矣。向之所欣，俯仰之间，已为陈迹，犹不能不以之兴怀。况修短随化，终期于尽。古人云："死生亦大矣。"岂不痛哉！

每览昔人兴感之由，若合一契，未尝不临文嗟悼，不能喻之于怀。固知一死生为虚诞，齐彭殇为妄作。后之视今，亦犹今之视昔，悲夫！故列叙时人，录其所述。虽世殊事异，所以兴怀，其致一也。后之览者，亦将有感于斯文。（王羲之《兰亭序》）

在短短一篇《兰亭序》中，王羲之数次提到"兴"，而这里他明确指出，对天地万物的变化所产生的思想体悟就是所谓的"兴"。个体心灵受外在事物的激发从而产生出种种无法言说的情感体验，这是当时“兴”意的主要内涵。所以孙绰同样在《兰亭诗序》中说：“情因所习而迁移，物触所遇而兴感。”而刘勰在《文心雕龙·物色》中则赞曰：“山沓水匝，树杂云合。目既往还，心亦吐纳。春日迟迟，秋风飒飒。情往似赠，兴来如答。”当山水自然对主体心灵引起的这种感发激荡被看作是“兴”时，“兴”转化为纯正的审美活动。

所以，“兴”在六朝士人这里已经完全转化为一种审美的生活方式，是他们体验自然并获得独特人生感悟的途径。由自然世界中的物象进而引起个体的独特人生体验是六朝士人发“兴”的最基本的方式，从这方面来看，六朝山水诗的兴起以及当时人对山水体验能力的推崇不是没有道理的，因为这是当时士人感悟生命中超越情怀的最佳途径。所以孙绰才会对卫永的“神情皆不关山水，而能作文”感到惊讶，因为在当时看来，只有学会体验山水才学会理解宇宙的玄妙之处，也只有首先会体验自然山水才能进而写出优秀的文章。

因而，六朝“兴”义的重新转换是有其独特的时代背景的，正是整个社会文化秩序的全面崩溃使得原来教化意义的“兴”失去了存在的根基。儒家的文化信仰已经不能支撑整个社会的运转时，个体必须为自己存在寻找意义。魏晋士人经过反复的追寻后，找到一种既不完全放弃现实，又能体验超越现实的生活方式，那就是在现实生活中寻找生命的感悟，通过对自然山水等外在世界的体验获得某种超脱于现实的感受。在这种人生方式的刺激下，“兴”这一概念重新摆脱了诗教理论的束缚，还原为一种充满生命情调的生活方式，它把现实生活中的感悟与超越的理想结合起来，让个体的情感世界得到最大限度的释放，从而在一个混乱不堪的年代里成为当时士人的某种精神寄托。当然，这一意义上的“兴”也不是对原始时代“兴”义的复归，那种出于对神灵虔诚而展现出的狂热状态已经被充满理性光辉但又不乏潇洒与诗意的六朝士人生活所代替。

第三节　钟嵘《诗品》“兴”义的内涵

当六朝士人把“兴”看作是体验人生意义的方式时，“兴”事实上已经沟通了自然与内心。通过自然景物触发内心的独特感受，并使感受者的情感得到最大限度的释放，这即是六朝人独特的审美体验方式。“兴”的这种作用最初只体现在日常生活层面上，如何发掘现实存在层面的美，并在一种忘我的境界中体验这种美是最初六朝士人的目标。当然，这种寄托生存意义的方式其实也是六朝士人对“兴”义转变的最大贡献。

随着这一文化风气的弥漫，“兴”开始渗入到六朝士人生活的方方面面，包括诗歌在内的众多文化艺术形式也开始受到这一风气的浸润。李洲良认为，“魏晋以降，由于以官方儒家哲学为主体的两汉经学的崩塌，先秦以来的赋比兴终于从经学的废墟中站立起来，脱下了政治教化外衣，焕发出诗性的光芒。‘兴’终于由‘以兴寓理’的经学本位回归到‘以兴寄情’的诗学本位。就诗学之兴的表现方式而言，同祭祀之兴、政教之兴一样，都是隐喻象征。但后二者的隐喻象征意义是特指的，诗学之兴则是泛指的。祭祀之兴蕴含着生殖崇拜、图腾崇拜等原始宗教密码，政教之兴蕴含着讽喻教化等内容，到了诗学之兴则不再蕴含这些特指的内容，而是将其泛化，泛化为诗人丰富多彩的情感世界。诗学之兴从真正意义上达到了言有尽而意无穷的境界，这也正是中国诗学所追求的最高境界。”① 可以说，他的概括是简洁清晰的，但是讲这是对诗学本位的回归则略有偏差，因为这并不是一种回归，而是一种创新，是在新的文化境遇中的一种意义突变。而且，这种突变也不是直接从诗学开始的，而是首先作为一种人生意义建构方式产生的。

然而，尽管六朝之“兴”起于对人生意义的重构，并且形成了流传千古的魏晋风度，但是这一概念的发扬光大却是在诗学中。思想所特有的渗透性让它从具体的人生走向社会生活的每个角落，而在诗学中则获得了最大限度的张扬与丰富。首先在理论上作出这种回应的是挚虞，他在《文章流别论》中认为：“赋者，敷陈之称也；比者，喻类之言也；兴者，有感之辞也。”尽管在这里仍然把“兴”作为一种创作手法，但是挚虞对“兴”的定义显然不同于两汉政教体制下的“兴”，他将理论的着重点放在个体的主观感受上，兴是个体对外界事物有所感受之后的表达。面对大千世界

① 李洲良：《诗之兴：从政教之兴到诗学之兴的美学嬗变》，《文学评论》2010 年第 6 期。

的流转变化，宇宙洪流的生生不息，个体作为具有充分感受能力地自我，能抓住那种瞬间激发出来的生命体悟，并把这种独特的体悟表现为语言，在挚虞看来这就是“兴”。

挚虞对文章中“兴”义的界定显然汲取了当时士人体验自然山水等外界事物的方式，而着眼于主体的感受则使之与两汉经学以及更远的原始“兴”义有些明显的区别。因为这是觉醒后的个体对自己生命的真实感悟，它是自我对这个世界的本真理解。

当然，挚虞的这种表述是有文学上的依据的，建安时期“兴”就成了诗文中的重要因素，例如曹植在《赠徐干》中说：“慷慨有悲心，兴文自成篇”，而具体运用“兴”的方式创作诗文则更是不胜枚举。“可以说，当时建安文人是自觉以‘兴’作文，而‘兴’不再是两汉文论中的‘比兴’政教的含义，更多的是从人生感慨、自觉为文的角度去考虑的。”[①] 因而，挚虞的观点是最早对建安以来文学变化的总结。

此后，陆机在《文赋》中批评文学创作的一些弊病时提到“或托言于短韵，对穷迹而孤兴”，强调“兴”的连绵性，即不能孤立地对特定物象而发出单一的“兴”，这样缺乏真正的意蕴。尽管不是理论重点，但陆机的这一运用还是与当时的文化氛围相吻合的，那就是“兴”是人生意义的体验方式，而不单是一种创作方法。

真正将“兴”作为一个重要概念加以分析研究的是与钟嵘同时代的刘勰，在《文心雕龙·比兴》中刘勰不但广泛运用“兴”这一概念，而且还做出了理论界定：“诗文弘奥，包韫六义，毛公述传，独标兴体，岂不以风通而赋同，比显而兴隐哉？故比者，附也，兴者，起也。附理者，切类以指事，起情者，依微以拟议。起情故兴体以立，附理故比例以生。比则蓄愤以斥言，兴则环譬以托讽。盖随时之义不一，故诗人之志有二也。”刘勰对“兴”的阐释可以说综合了两汉经学家与六朝士人两种观点，这与他文以载道的文学价值观是一致的。尽管刘勰深受六朝文化风尚的影响，注重文学的审美价值，但是他并没有完全放弃文章经世致用、教化臣民的功利价值。

---

① 袁济喜：《兴：艺术生命的激活》，百花洲文艺出版社 2001 年版，第 47—48 页。

因而，一方面，刘勰坚持“兴”具有讽谏的功用，所谓“环譬以托讽”，这与郑玄等人的观点并没有明显的出入，而且在这里“兴”只是“比”的一种，多个比喻的连和或者暗喻。所谓“比显而兴隐”则更明确地显示了这一点，“兴”与“比”的差异只是程度上的差异，而不是本质上的区别。而且无论是“比”还是“兴”都展现的是“诗人之志”，当然此处的“诗人之志”是指蓄愤的“斥言”和环譬的“托讽”，二者都是针对教化而言的。

另一方面，刘勰又跳出教化的要求，从审美的特性来分析“兴”，这又使得他的观点不完全同于两汉经学家，而带有六朝人士的思想特点。首先他认为“毛公序传，独标兴体”。这是因为“兴”是隐微的，所以需要注释者加以仔细阐发才能发现，但不管怎么说，“兴”在六义中具有独特的地位。其次，刘勰把“兴”与“情”联系起来，认为“起情故兴体以立”，这样就把“兴”所得以存在的依据建立在作者的个体情感上，而这又与六朝人士“乘兴而来，兴尽而止”的情感体验相一致。

所以，综合而言，刘勰试图调和“兴”的教化之义与审美之义的关系，使二者之间得到某种程度的统一。然而，这种在两种内涵之间依违两可的游离状态只是一种暂时的妥协，并不能彻底解决这一理论的困境，因而必须进一步打破这种调和，用一种全新的方式来总结魏晋以来的“兴”义变化在文学中的影响，而这种理论上的转变是由钟嵘来完成的。

作为汉魏以来新兴五言诗的理论总结，钟嵘《诗品》较笼罩群言的《文心雕龙》更贴近时代的风气，因而也更少些理论上的因循守旧。从钟嵘开始，“兴”这一概念才真正摆脱两汉经学的影响，建立起属于六朝诗学的独特内涵。就阐释的文本而言，钟嵘的阐释对象是表达诗人独特个性自我的五言新诗，而两汉经学家的阐释对象是被高度经典化的《诗经》，因而两汉经学家沿着西周的文化建设之路不断地精致化最终形成符合教化要求的儒家诗学，而钟嵘则继承魏晋以来士人放达任性、怡情山水的起兴方式，最终在诗学中将“兴”这一概念转向纯正的审美体验。

在《诗品序》中，钟嵘作出了与之前历代诠释家都不同的论断，认为：“故诗有三义焉：一曰兴，二曰比，三曰赋。文已尽而意有余，兴也；因物喻志，比也；直书其事，寓言写物，赋也。宏斯三义，酌而用之，干之以风力，润之以丹采，使味之者无极，闻之者动心，是诗之至也。若专用比兴，患在意深，意深则词踬。若但用赋体，患在意浮，意浮则文散，嬉成流移，文无止泊，有芜蔓之累也。”（《诗品序》）在这里，“比”与“赋”的内涵与两汉经学家的理解并没有太大的出入，而“兴”的内涵则作了新的开拓，它迥异于之前从教化的角度来论“兴”的思路，把“兴”的内涵限定在“言”与“意”之间的关系上。

当然，我们也不能仅就这一点来孤立地研究《诗品》中“兴”的内涵，因为在整部《诗品》中“兴”作为一个重要的概念多次被提及，而在各具体的语境中又有不同的含义。因而，我们必须把《诗品》看作一个整体文本，通过解读文本内不同语境中的“兴”的内涵来得出一个整体的结论。检点《诗品》全文，除以上所引用部分外，尚有如下几处运用“兴”这一概念：

> 嵘谓若人兴多才高，寓目辄书，内无乏思，外无遗物，其繁富，宜哉！（《诗品上》）
>
> 其源出于王粲，其体华艳，兴托不奇。（《诗品中》）
>
> 其源出于应璩，又协左思风力，文体省净，殆无长语。笃意真古，辞兴婉惬。（《诗品中》）
>
> 希逸诗气候清雅，不逮于范、袁。然兴属闲长，良无鄙促也。（《诗品下》）

以上各例中，都有其各自独特的内涵，对此徐文茂认为：“在‘专用比兴，患在意深’中，兴是审美创造中的一种技法；在‘兴多才高’中，兴是一种心物感应之兴会运动；在‘其体华艳，兴托不奇’中，兴则是一种兴义，即融贯于诗境兴象之寄托，如此等等，但细加比较，又不难觉察它们都是与‘文已尽而意有余’这一对兴的正面阐释相关联的。”[①]在此基础上，徐文又进一步阐释了文与意的内涵及相互之间的关系。我们

① 徐文茂：《“文已尽而意有余”辨——论钟嵘〈诗品〉中的“兴”》，《学术月刊》2000年第12期。

说，徐文茂的这一分析是相当细致入微的，而且他认为这些用例都与“文已尽而意有余”这一正面阐释相关的结论也是比较妥切的。但徐文对这一概念的阐发是建立在现代西方美学基础上的，虽然分析细致，却终有过度阐释之嫌，而且中国诗学范畴有其独特的生成机制与文化特性，如果完全用西方理论来加以引申阐释，则可能只是把中国美学转换成西方美学的代名词。

因而，我们力图结合魏晋六朝独特的文化氛围，对钟嵘《诗品》中“兴”这一概念的新变化作出合乎当时情境的解释。把生成它的历史语境跟它独特的内涵结合起来，从而加深对这一概念的认识。总的来看，《诗品》中“兴”的新义的生成取决于以下几方面：

首先，就钟嵘的基本阐释立场来看，他虽然摒弃了两汉经学的教化立场，但是并没有完全将两汉经学中的合理因素去除。对于“兴”作为艺术手法的观点他仍然有所继承。所以尽管他将原来的“六义”说删减为“三义”说，并且赋予“兴”以“文已尽而意无穷”的新义，但是在之后仍然也把它看作是一种艺术手法。“若专用比兴，患在意深，意深则词踬。”在这里钟嵘仍然以“兴”为艺术手法，但是与两汉经学家的解释却又不同，他将“意”作为言说的重点，而所谓“患在意深”则正是把“比兴”这两种不同的艺术手法向“兴”的意蕴靠拢，这点同两汉经学也是走着相反的方向，在两汉经学中，出于教化的目的“兴”义不断向“比”义靠拢，最后接近比喻中的暗喻。但是在钟嵘这里，“比”义其实是在向“兴”义靠拢，当他讲“比兴”的时候，其实是讲的“兴”的特点，“比”的意义则被“兴”的审美意蕴所取代。尽管他也承认“意深则词踬”，但所谓意深本身即是一种“兴”的特征。

当然，这种以出“意”为“比兴”的特征还与六朝士人独特的文化情趣相关，那就是追求生存的真意。在哲学上强调体悟宇宙自然的本真意蕴，在人生中强调放任自然的生活意趣，所谓“目送归鸿，手挥五弦”（嵇康《赠兄秀才入军诗》），正是那种可意会而不可言传的独特意趣成为当时士人的主流文化风尚。而在生活的各种地方都处处追求意趣，追求生命的本真之意则是他们普遍的追求，这种追求渗透到文学艺术领域中就是不断强调“意”的重要性。例如《世说新语·文学》中记载“庾子嵩作

《意赋》成，从子文康见，问曰：‘若有意邪，非赋之所尽；若无意邪，复何所赋?’答曰：‘正在有意无意之间’。”这种“正在有意无意之间”的“意”就是一种无法言说的生活真趣，是六朝士人树立自己生活品质的重要方式，也是所谓魏晋风度的主要体现。

因而，自魏晋开始“意”就成为当时士人普遍追寻的人生旨趣，在这一风气的影响下，真“意”也成为文学作品所追求的目标，而钟嵘通过将“比兴”手法与“意”结合在一起，一方面把当时诗歌对真意的追求用具体的手法来概括出来，而另一方面则又通过这一概括把“比兴”手法的自然价值提高起来，使之成为涉及诗歌核心审美要素的东西。

其次，钟嵘着力接受当时文化氛围中对“兴”义的新阐释，前面已经分析过，六朝士人将“兴”作为实现自己人生理想，体验生命旨趣的重要途径，因而事实上“兴”已经成为在现实世界中进行审美的方式。它意味着个体以独特的方式感悟现实世界的景致，并通过瞬间的明悟以达到对现实真实的超越，从而获得一种超越具象限制，通达宇宙生命真谛的哲学、美学体验。而钟嵘在《诗品》中也对这种获得人生意义的方式进行了运用，并把它作为自己用“兴”的重要依据。

在评价谢灵运时，钟嵘称之为“兴多才高”，即是将魏晋士人以审美地体验人生为“兴”这一内涵巧妙地吸收进来。谢灵运的“兴多”显然是针对他对自然山水的体悟，因为能感悟刹那间的山水意蕴，所以才能写出独具匠心的山水诗。钟嵘认为谢灵运“寓目辄书，内无乏思，外无遗物，其繁富宜哉！然名章迥句，处处间起，丽典新声，络绎奔会”（《诗品上》)。正是因为具有超强的自然感悟力，才能体验到山水景致一瞬间的变化与情趣，而正是有着超强的语言表现力，才能把这种独特的感悟表现出来。因而，所谓“寓目辄书，内无乏思，外无遗物”，恰恰也就是“文”与“意”之间的关系，即能够用最恰当的语言将心中所获得的外在景致体验准确地传达出来。如果从效果上来看，自然也就是在《诗品序》中所强调的“文已尽而意有余”。

因而，从关系上看，钟嵘对谢灵运的评价结合了当时六朝士人的基本生活情调，但其核心内涵却又指向了自己所提出的以“文”与“意”的关系为“兴”的理论。正是因为接受六朝士人的基本文化理念，才能把谢灵运独特的体悟山水自然的能力归之为“兴”，而这一点在评价其族侄谢惠连时再一次引用传说强调：“康乐每对惠连，辄得佳语。后在永嘉西堂，思诗竟日不就。寤寐间忽见惠连，即成‘池塘生春草’。故尝云：‘此语有神助，非我语也。’”（《诗品中》）对山水的感悟是一种瞬间的迸发，既不可能预知，也不可能挽留，它只能在那一瞬间脱口而出，而这也正是审美的特性，在一种不经意的瞬间就突然获得某种过后让自己都感到不可思议的体悟，并由之生成妙语佳句。当然，也正是由于钟嵘把这种感悟与文字表达联系起来，才使之从现实生活的审美进入艺术化的表达，从而把“兴”从现实生活引向了诗歌创作。

这种对“兴”的运用在评价陶渊明时同样如此，所谓“笃意真古，辞兴婉惬”，事实上也正是强调陶渊明能把对自然田园的独特感受用恰当的文辞表现出来。尽管不同于六朝士人追求的华丽尽“兴”生活，陶渊明隐士式的生活风格从表现形态上来说，更接近于先秦道家的生活方式，这种方式虽然在当时不是主流，但却被认为是更加真古的方式。因此，对陶渊明的评价其实也正是认为他能够把自己独特的真古之感用婉转惬意的方式表达出来，尽管这种生活情趣有些与主流方式脱离，但却仍被视为一种高洁的生活方式。

由此可见，六朝士人生活方式中的“兴”意在钟嵘这里直接内化进对诗歌的评价之中的，并且此种意义上的“兴”恰恰构成对诗歌意义上“文已尽而意有余”这一理论表达的最大支持。因而，当时士人基本生活情境中的“兴”意是构成钟嵘《诗品》中“兴”的新内涵的重要推动力量，潜意识里使他在进行诗歌理论创建时吸收并转化这些日常生活中的审美文化要素。

再次，钟嵘对“兴”的新内涵的构建还受当时言意之辨的直接影响。言意之辨作为魏晋玄学的一个核心命题对当时的文化产生了重要影响，并在一定程度上改变了中国人的思维方式。对这一哲学命题的来源前人多有研究，前文已经介绍，一般将《易经》中的“书不尽言，言不尽意”以及《庄子·外物》中所谓“蹄者所以在兔，得兔而忘蹄。言者所以在意，得意而忘言”作为理论的开始。而这一观点发展到魏晋则成为热门话题，分别形成了以欧阳建为代表的言尽意论，以荀粲为代表的言不尽意论，以及以王弼为代表的得意忘言论。

然而，无论其中哪一派都是一种哲学的讨论，旨在寻求语言所指示的真理，或者说，在魏晋玄学家这里，他们所追求的“意”是如何体悟世界的本真存在之意，他们之间的差异只在于是否承认语言能完全做到这一点。

与此同时这种争辩也开始超出纯哲学的领域向生活领域进发，同样是讨论这一问题的，乐广的方式则就是一种完全生活化的方式：“客问乐令：‘旨不至’者，乐亦不复剖析文句，直以麈尾柄确几曰：‘至不?’客曰：‘至!’乐因又举麈尾曰：‘若至者，那得去?’于是客乃悟服。”（《世说新语·文学》）尽管仍然是在讨论哲学问题，但是乐广却用一种生活化的态度来艺术地解答这一难题，这就使得哲学开始向生活渗透，将哲学中的理念转化为一种生活的情趣或品位。

与此相伴随的就是原本讨论宇宙人生之真理的“意”也开始生活化、审美化了，对于六朝士人来说，他们追求的是人生得意，是能够纵情山水、放达任性的生活真意，而这种生活的真意在他们看来就是生命的存在理由。这样一来，意其实已经转变为一种审美蕴含，一种指示自己生命愉悦的境界。

这种文化观念的变化不可避免地会影响到文学，陆机《文赋》中就已经开始讨论这个问题。《文赋》一开始就宣称：“夫放言遣辞，良多变矣，妍媸好恶，可得而言。每自属文，尤见其情，恒患意不称物，文不逮意，盖非知之难，能之难也。”在这里，陆机显然将“意”特定为作者心中的文学意象，或者个体独特的审美体验之意。而刘勰在《文心雕龙·神思》中则说得更明确“登山则情满于山，观海则意溢于海”，“情”与“意”在这里都指向作者独特的主体感受，也就是对山、海等外在自然景物的审美体验。

钟嵘对“兴”的正面界定显然也是在这样一种文化情境之下产生的，正因为“意”本身已经被高度审美化了，所以“意”被运用来阐释“兴”的内涵。原来属于哲学领域中语言与真理的问题已经被完全转化为美学领域中语言与审美的关系。就创作主体来说，就是如何在有限的语言中传达出无限的审美意蕴，使心中的独特审美情感获得最佳的语言表达；

就接受主体而言，原本在现实中通过对景物的触发而获得的“兴”感在此已经转化为对语言的体验，通过体验语言的意蕴而获得无穷的审美之味。

至此，关于钟嵘“兴”义的文化基因我们大致厘清，然而还有一个需要加以说明的问题那就是关于“意”与“象”的关系。在《易经·系辞上》中就已经对此加以讨论，“子曰：书不尽言，言不尽意。然则是圣人之意其不可见乎？子曰：圣人立象以尽意，设卦以尽情伪。”在这里，“象”被认为是最能展示“意”的工具，而由于《易经》的占卜性质，其所呈现之意则是对世界真伪、人生吉凶的预测，因而在这里“意”与“象”的关系尚处在宗教、哲学的讨论中。

然而，当“意”被审美化之后，关于作者心中的独特审美感受与由此审美感受所创造的独特审美心象之间的关系就开始受到六朝理论家的重视。陆机《文赋》中就已经开始讨论这一问题，“辞程才以效伎，意司契而为匠。在有无而黾勉，当浅深而不让。虽离方而遁圆，期穷形而尽相。”然而，相对于《易经》的以“象”占“意”以及哲学的得意忘象，在美学中则正好是个相反的过程。在这里不是要通过“象”获得某种启示或把“象”忘掉直达“意”之本然，而是通过文辞将心中之“意”化为独特的审美之“象”。所以陆机认为作文须以“意”为匠，以此来观照世间万物，获得自己独特的审美体验并宣之于笔下。

同样，之后的刘勰也有与此类似的看法，他认为优秀的作家需要将自己心中的那种独特感觉表现出来，“玄解之宰，寻声律而定墨；独照之匠，窥意象而运斤”（《文心雕龙·神思》）。只是在此刘勰更倾向于把“意”与“象”合在一起视为作家尚未付之于笔的心中之“意”以及由“意”而生之“象”。

因而，当钟嵘认为“兴”的内涵是“文已尽而意有余”时，在这里“意”的体验中其实就蕴含着某种未曾言明的“象”。虽然我们解读“意”为独特的审美体验，然而这种审美体验总是需要伴随着一定的“象”，如果只有“意”那么就可能会回到哲学之中，从而造成淡而无味的玄言诗的效果。所以，尽管在钟嵘这里，“象”还是个不曾明言的概念，但已经在“意”的美学化过程中随之渗透进来，而这又为以后的“兴象”观念提供了理论的先导。而在具体对“兴”的运用中则这种因素更为明显一些，在对张华的评价中所谓“兴托不奇”，本身也意味着对张华诗歌中缺乏鲜明感人意象的批判。

当然，总的来看钟嵘还是深受当时玄学中“得意忘象”之类的观点影响的，因而在“意”与“象”的关系上他只讨论“意”不关注“象”。但是由于“象”本身就是辞、象、意这三组概念中的一个环节，即使没有理论上的说明，同样有其内在的价值。同时，由于钟嵘尚处在五言诗刚刚成熟的阶段，再加上六朝五言诗普遍还处在重“意”轻“象”的阶段，因而他对“兴”的正面论述中没有涉及“象”也不足为怪。然而，这种理论上的缝隙会到下一个历史时期，随着盛唐诗歌的繁荣而重新被弥补，那就是“兴象”观念的提出。

综上所述，钟嵘对“兴”这一概念内涵的重新阐释并不是凭空而来的，它是六朝文化演进的一个必然结果。在这一生成过程中，两汉诗学的影响虽然被转换但并没有完全摈弃掉，只是作为一种文化因子融入新的诗歌理论中。而六朝人独特的生活气质与人生旨趣则促成了这种新的诗学观念的诞生，他们在哲学中关于“言意之辨”的讨论则是直接促成诗学中“兴”义新生的文化要素。在以上诸种文化因素的影响下，钟嵘凭着自己独特的诗歌理论能力，创造性地生成了“文已尽而意无穷”这一关于“兴”的新的诗学理论。

第四节　钟嵘“兴”义的后世影响

尽管六朝理论家已经开始倾向于把“兴”的内涵从政教转向审美，并且在期间作了诸多努力，然而真正完成这一过程的却是钟嵘。当他将“文已尽而意有余”设定为“兴”的基本含义时，也为后世对这一问题的理解设下了基调。虽然此后还不时有理论家从政教的角度来提倡诗歌的教化功能，但已经不能再像两汉经学家那样完全把“兴”理解为一种教化的手段。

首先对“兴”义作出新阐释的是陈子昂，他对六朝文学后期的奢靡风气极为不满，力志革新，以创造与大唐时代风气相匹配的文学作品。而这种革新需要树立理论上的先导，为新的文学创作建立目标。因而，陈子昂提出一种新的理论主张，那就是“兴寄”观。他认为，“文章道弊五百年矣。汉魏风骨，晋宋莫传，然而文献有可征者。仆尝暇时观齐梁间诗，彩丽竞繁，而兴寄都绝，每以咏叹。思古人常恐逶迤颓靡，风雅不作，以耿耿也。”（《与东方左史虬修竹篇序》）在这里陈子昂针对的是六朝末流的流弊，尽管六朝开始已经把审美作为文学的最高标准，但过犹不及，到后期更是一味地流连于山水花草之间、宫廷妇女之侧，导致诗文的气质越来越柔媚，脂粉气息越来越浓厚。这种风气显然并不是审美的真谛，它导致整个社会审美风气的颓废以及审美品格的下滑。而所谓嘲花草、弄风月到最后只能是陷入低俗的肉体欲望，从而背离了魏晋士人所创立的超越现实束缚直抵自由之境的审美主张。

陈子昂提出“兴寄”的观点显然是有感而发，从表面上看这在一定程度上是向两汉经学理论的回归，重新要求文学创作要表现出某种教化的倾向。然而，这只是出于对纠正六朝时弊的理论需要，其内心所期待的却不是对两汉教化的完全皈依，他所真正欣赏的恰恰是汉魏时慷慨激昂的文学作品，这些作品并不是教化性的作品，而是表现个体独特人生体验与理想抱负的作品。

由是，我们可以看到，陈子昂所谓“兴寄”并不是要求诗歌回到教化的途径，而是在作品中充分表达作者的人生理想与慷慨气概。“寄”在这里不是寄寓教化，而是寄寓作者的生命体验与人生理想。而这其实并没有完全脱离钟嵘的观点，钟嵘所谓“意”也正是这种个体的独特生命之思，对于那些仅仅流连风月的作品，钟嵘同样评价甚低。只是当陈子昂把“兴寄”作为理论主张时，更明显地表现了要求诗歌要有气概，有风骨的意向，较之钟嵘“意无穷”的要求更明确具体。

可以说，陈子昂的“兴寄”说把两汉经学的教化意义和钟嵘等人的魏晋新义结合起来，一方面要求诗歌要有刚健的内容，反映扎实的社会现实，摆脱六朝末期诗歌空洞无物的绮靡风气，形成雄阔超迈的盛唐文风。另一方面，他并没有完全回到教化的老路，而是充分承认审美的价值，要求诗歌有超出语言之外的意味，从而形成了新的诗歌努力方向。

当然，陈子昂只是盛唐文风转变的开始，在“兴”这一问题上也只是盛唐风气的理论先导，真正代表唐代“兴”观的是殷璠的“兴象”理论。就理论所涵盖的内容而言，殷璠的《河岳英灵集》是针对盛唐以来的诗风而言，其所评价的二十四位“河岳英灵”在盛唐也堪称名家，可以说能代表当时的基本诗歌风貌。而就理论来源而言，这是钟嵘《诗品》的一个新发展，其体例及理论观点都与《诗品》有着明显的承继关系。

从制式体例来看，《河岳英灵集》仿照《诗品》罗列二十四位诗人并加以品评，并在前面亦仿钟嵘作一长序，只是较之《诗品》多了选录作品一项。而其主要的理论观点也主要集中在长序上，在序文中他认为：

> 夫文有神来、气来、情来。有雅体、野体、鄙体、俗体。编纪者能审鉴诸体，委详所来，方可定其优劣，论其取舍。至如曹刘诗多直语，少切对，或五言并侧，或十字俱平，而逸驾终存。然挈瓶庸受之流，责古人不辨徵羽，词句质素，耻相师范。于是攻异端，妄穿凿，理则不足，言常有余，都无兴象，但贵轻艳，虽满箧笥，将何用之?自萧氏以还，尤增矫饰。武德初，微波尚在；贞观末，标格渐高；景云中，颇通远调；开元十五年后，声律风骨始备矣。

在这里，殷璠正面提出了他的诗歌理论追求，那就是“兴象”，要求诗歌不能“理则不足，言常有余，都无兴象，但贵轻艳”。然而，结合其序文的语境来看，他在诸多方面同钟嵘有着近似的理论旨趣。

就诗歌形式而言，他认为曹植、刘桢的诗歌虽然“多直语，少切对，或五言并侧，或十字俱平，而逸驾终存”，对于那些责备他们“不辨徵羽、词句质素”的人，殷璠直接斥之为异端。这同钟嵘《诗品序》中所谓“昔曹、刘殆文章之圣，陆、谢为体贰之才。锐精研思，千百年中，而不闻宫商之辨，四声之论。或谓前达偶然不见，岂其然乎?”如出一辙。这当然并不是他们不懂音律，而是在他们心中，音律始终是外在的技巧性的东西，而真正的诗歌意蕴却是内在的。诗歌的本质并不在于外在技巧的完美，而是内在意蕴的充盈。而这也显然是他们一个提出“文已尽而意有余”、一个批评“理则不足，言常有余，都无兴象，但贵轻艳”的根本原因。在钟嵘那里是“文”与“意”之间的辩证，而到殷璠这里则转换为

“言”与“理”的对立，当然，这种细微的转换只是时代风气的差异，其基本的诗学理念还是相同的。

我们同样可以从正面来分析殷璠“兴象”之内涵，尽管《河岳英灵集》中并没有明确界定“兴象”，但结合另外两例用法，我们可以大致可以理清这一概念的基本指涉对象。在评价陶潜诗时他认为“既多兴象，复备风骨”，对孟浩然诗则认为“至如‘众山遥对酒，孤屿共题诗’，无论兴象，兼复故实”。就这两种用法来看，“兴象”大致可以看作是诗所呈现的基本审美之象。

首先，就序中所言可见，殷璠所谓“兴象”应该包含某种特定的“理”，当然此处之“理”不是后世所谓理论之“理”，而是应该看作某种审美化的意趣，大致等同于钟嵘所谓的“意”。同时，“兴象”本身需要有深厚的内容，对于六朝后期的浮艳风气殷璠同样是相当不满的，而这一点，可以看作是对陈子昂“兴寄”观念某种程度上的继承，即都要求诗歌要有超越表层的深意。

其次，结合他对陶潜和孟浩然的评价可以看出，尽管殷璠的“兴象”观念强调诗歌的内容，但更多的是指诗中所呈现的独特审美意象，也就是那种作者所体验到的超出具体情境限制的永恒画面。这种画面是作者对外在自然的真诚感悟，是凝聚了作者生命意蕴的心中意象，因而它是一种无法替代的独特个体之感，是人类对世界的最真实感受。结合陶、孟之诗，我们可以断定殷璠的“兴象”是偏重于那种山水审美画面的，而他所谓“风骨”、“故实”则在某种程度上分担了陈子昂“兴寄”观念中那层“寄”的内涵。

再次，殷璠“兴象”观念的深层指涉我们还应该回到上面所引那段序文的开始，殷璠在构建其“兴象”理论开始时就提出所谓“夫文有神来、气来、情来”，而神、气、情事实上都是指涉的同一内涵，即作者必须全身心地投入到某种审美的体验之中，这实际上是对六朝士人那种以“兴”为生活意趣思想的诗学转化，即把那种起源于生活的兴至之感融入诗歌创作之中，而这才是“兴象”得以生成的关键。只有充分调动神、气、情，全身心地投入到审美体验之中，才能创造出充满“兴象”的旷世杰作。

殷璠的“兴象”观念是“兴”这一美学理论发展历程中的重要一环，它一方面上承钟嵘对“兴”义的新创之处，将该理论的内涵集中到审美这一层面上。并且，将钟嵘对“意”的强调转向对“象”的重视，更加贴近中国诗歌的美学特点。另一方面，这一理论又深刻影响了后世的诗学，它将中国传统诗歌的核心特质——审美之象这一特定的美学内涵展现出来，因而成为意象、意境理论生成的重要促成要素。

此后，宋代严羽沿着这条路线继续前进，在《沧浪诗话·诗辨》中他认为，“诗有别材，非关书也；诗有别趣，非关理也。而古人未尝不读书，不穷理。所谓不涉理路、不落言筌者，上也。诗者，吟咏情性也。盛唐诸人唯在兴趣，羚羊挂角，无迹可求。故其妙处透彻玲珑，不可凑泊，如空中之音，相中之色，水中之月，镜中之象，言有尽而意无穷。”在此，严羽提出“兴趣”这一新的诗学理念，从表面上看，他所谓的“言已尽而意无穷”与钟嵘所论的“文已尽而意无穷”仅一字之差，可以说没有太大的区别，都在强调诗歌超出语言本身的审美意蕴。

然而，这毕竟是在不同的历史情境中的理论话语，严羽的“兴趣”观念既是对前人理论的继承，也是在当时历史情境下的新发展。首先，这一理论的提出有其现实意义，这是对当时江西诗派末流弊端的理论反拨。在上文的正面界定之后，他紧接着就点出其理论的现实意义：“近代诸公作奇特解会，遂以文字为诗，以才学为诗，以议论为诗。以是为诗，夫岂不工，终非古人之诗也，盖于一唱三叹之音有所歉焉。且其作多务使事，不问兴致，用字必有来历，押韵必有出处，读之反复终篇，不知着到何在。”（《沧浪诗话·诗辨》）严羽坚决反对江西诗派以才学议论为诗的作法，认为诗歌有其自己的本性，而这种本性就是兴趣、兴致。这样，在严羽这里，“兴”事实上已经成为诗歌确立其自我身份的标志，是诗之所以为诗的根本所在。由是，“兴”已经超出具体教化或创作技巧的层面，而一跃成为诗歌的本质特征。通过对江西诗派的批判，严羽确立了“兴”的正面价值。

其次，严羽在论述“兴趣”的内涵时借用了佛家的某些观点，这与钟嵘以玄学为根基的诗学理论既有相同之处，也有不同之处。一方面由于玄学与佛学都追求超越于现实之上的超验境界，所以在“兴”这一问题上他们都强调对现实物事的超脱，不能被现实的物或理所滞窒，要展现某种玄远或空灵的意趣。另一方面，较之钟嵘的观点，严羽更进一步强调“兴趣”中“趣”的一面，即那种不被言荃理路所遮蔽，展现诗歌原初本性的自然状态。而佛家所谓“羚羊挂角，无迹可求”即是这种诗之本然，它随意而生、任情而动，不需要任何外在规则的束缚。这事实上也就是所谓的审美境界，只是较之以前的理论更加细致自然。当然，尽管借用了佛家的术语，但严羽并没有一味地用佛家的思想来解释，而是在这一借用的基础上巧妙地加入诗的审美成分，那就是“趣”的应用。正是对“趣”的追求，使之并没有完全进入佛家“空”的境界，而是进入艺术灵动、自然的审美境界。

再次，就诗的本性而言，严羽认为是审美的，它的基本特征是吟咏情性，而这也正是“兴趣”之所在。也就是说，“兴趣”是源于对个体自我情性的表达，它使自己的性情得到充分展示，这与钟嵘所谓“吟咏情性”是出于同一观点。因而，就严羽的“兴趣”说而言，它与钟嵘对“兴”的界定是一脉相承的，都是着眼于诗歌的审美效果。而在《诗辨》中他进一步认为：“诗有词、理、意兴。南朝人尚词而病于理；本朝人尚理而病于意兴；唐人尚意兴而理在其中；汉魏之诗，词、理、意兴无迹可求。”在严羽看来，词、理、意兴是不同层次的诗学旨趣，只有达到极致的作品才能浑然一体。尽管严羽论诗有贵古贱今的倾向，但在对意兴浑然一体的强调上，他的观点无疑是极有创见的。

总之，严羽通过“兴趣”这一观念将“兴”引向某种特定的审美情趣，而“兴”本身是一种无法通过知识理路来把握的对象，它只能通过体验来感悟。“兴趣”所展现的是透彻玲珑、超脱出文字外壳的审美意蕴，在它的世界里没有文字也没有理路，但文字和理路却自在其中。严羽用审美的通透性与写意性将被江西诗派所严重文字化、说理话的诗歌重新导向其本性，这样一来，他的“兴趣”也就重新走向个体审美情趣的层面。

此后，王夫之对“兴”进行了全面的考察与分析，可以说在理论上对这一问题作了总结。作为传统诗学的总结式人物，王夫之对“兴”的理解集成了此前大多数理论家的思考，并结合他所处的历史时代提出了新的发现。

王夫之认为，“能兴即谓之豪杰。兴者，性之生乎气者也。拖沓委顺当世之然而然，不然而不然，终日劳而不能度越于禄位田宅妻子之中，数米计薪，日以挫其志气，仰视天而不知其高，俯视地而不知其厚，虽觉如梦，虽视如盲，虽勤动其四体而心不灵，惟不兴故也。”（《姜斋诗话·俟解》）在魏晋六朝士人那里，“兴”是一种得意，它可能起于某瞬间的感受，也可能被某个特定的对象突然激发，所以才能乘兴而来，兴尽而止。因而，在他们那儿尽管“兴”也是一种重要的存在方式，关系到生命之本真状态，但是却没有与生命的觉醒联系起来。或许，在魏晋士人那里，生命的觉醒是先于“兴”感的存在，而无须在此论证。

然而，王夫之却更为重视“兴”对生命本身的直接激发作用，他把“兴”作为人之觉醒的根本标志。对于每个个体来说，存在的意义并不仅仅是活着，而是通过活着建构自己的价值世界。但是就大多数人而言，所追求的并没有超出生理欲求本身，所以只能终日营营而不得闲，满足于物质欲望而不知自身存在的更高价值。对于这种人，王夫之认为是“虽觉如梦，虽视如盲，虽勤动其四体而心不灵”。也即是说，对王夫之而言，真正的活着必须能对自己的存在有所体悟，有所感知，而不是如同动物一样随生理欲求的满足与否而或喜或悲。

因而，对于一个真正的个体而言，对自我存在的感知是第一位的，他必须清醒地理解自己的处境，理解自己的存在，哪怕这种感知夹杂着痛苦或者恐惧。人所悲哀的不是劳作本身，而是终日劳作却不知劳作的意义，以及如何通过劳作建立起超越于劳作的价值。而王夫之把这种能感知自我意义的行为本身认作是“兴”，所以他说“能兴者谓之真豪杰”。在这里，“兴”即是生命的底色，是人从蒙昧的个体走向自我的个体的途径。“兴”意味着生命的觉醒，从世俗的物质欲望中挣脱出来，以清醒的眼光来审视自我所生存的这个世界，以及自我在这个世界中的生存处境。所以，“兴”是真正的生命之气，是人的最本真存在方式。

由是，王夫之事实上把审美的存在作为一种生存的至境，能欣赏这个世界意味着人能脱离世界的物质束缚，以有意识的自我来反观这个世界，并在这种反观中发现生命的真谛。“兴”意味着一种真正的生命体验，是对生存本身的真实感受，它超出了个体的欲求范围，而上升到个体存在意义的境界。

当然，王夫之也没有完全放弃诗教的观念，所以他接着说："圣人以诗教荡涤其浊心，震其暮气，纳之于豪杰而后期之以圣贤，此救人道于乱世之大权也。"能"兴"者是真正的豪杰，因为这种人能感受到自我的存在意义，并且能对自身及世界有清醒的认识。也可以说，能"兴"者是真正觉醒的个体，只有这种人才能对芸芸众生进行启蒙教化。所以，首先是豪杰，然后才能期待成为圣贤。而且，成为豪杰也不是终极目标，在王夫之看来，自我的觉醒只是人生意义建构的第一步，在自我觉醒之后，要对整个社会有所贡献，有所抱负。

所以，正是在这个意义上，他在解读孔子"兴观群怨"理论时并没有单独立论，而是把四者作为一个整体来看待，个体自我的"兴"与社会意义的群、观要合在一起来解读。"'诗可以兴，可以观，可以群，可以怨'，尽矣。辨汉魏唐宋之雅俗得失以此。读《三百篇》者必此也。'可以'云者，随所'兴'而皆可也。于所兴而可观，其兴也深；于所观而可兴，其观也审。以其群而怨，怨亦不亡；以其怨而群，群乃愈挚。出于四情之外，以生起四情；游于四情之中，情无所窒。"就本性而言，"兴"是个体觉醒的标志，就意义建构而言，对于社会群体的责任感则是个体意义完成的终极。因而，在王夫之这儿，"兴"是个体走向真正人生的标志，是个体成人的始基。

因此，当"兴"这一概念发展到王夫之这里已经达到它理论内涵的极致，不仅包括审美与教化的内容，而且更进一步成为一种人生境界，成为个体成就自我的标志。"兴"意味着人从生命的混沌状态走向清醒状态，尽管这种清醒可能带来某种刺痛感，但是却是个体作为真正的人而存在的基础。只有通过"兴"，个体才能建构起自己的意义空间，并进而为整个人类担负起自己的责任。

综上所述，我们简略地考察了"兴"这一概念的历史演变，它从最初的宗教祭祀如何一步步扩展延伸，由教化经审美最后到人生境界。钟嵘《诗品》中以"文已尽而意有余"为"兴"的理论贡献即在于，它第一次完整地将"兴"的审美意义正面界定出来，使自魏晋以来"兴"向审美转移的趋势得到理论上的说明，完成了从教化到审美的最后定型。并且，这一新的意义转变深刻地影响了后世对这一问题的理论阐发，对于此后理论家论“兴”产生了深远的影响，同时也间接影响了传统诗学的思维方式。

第七章 “奇”

——审美的独异性与反常规原则

作为魏晋六朝思想文化变革的产物，钟嵘《诗品》具有明显的尚“奇”倾向，追求超凡绝伦的艺术个性及不落俗常的审美趣味是其诗歌品评的重要理论主张。对此学界早有论述，如王运熙先生认为：“钟嵘《诗品》所谓奇，统言之指诗歌艺术表现上的奇警，分言之则有通往风貌之奇、章句词语之奇、比兴寄托之奇诸种情况。”① 首先从《诗品》内部对这一观念进行了分析整理，厘定其内涵的各个层面；其次有的学者则分析钟嵘与刘勰对这一观念的不同用法，从对比的角度来分析同一观念在不同理论家那儿的不同含义；② 此外还有学者从文学批评史的角度来分析“奇”观念的理论渊源及其涵盖的范围。③

这些研究从不同的侧面分析了钟嵘《诗品》中“奇”这一观念的内涵，丰富了我们对它的认识；但是这些分析却也有其各自的不足之处：要么囿于文本的局限未能就其历史生成做更深层的思考，要么过于强调批评史的价值而忽视了对文本作深层阐释。因而，本文即以《诗品》文本为中心，结合“奇”这一观念诞生的文化渊源及具体文化情境来多层次多角度地分析，力求获得对《诗品》尚“奇”倾向的全面认识。

---

① 王运熙：《中国古代文论管窥》，上海古籍出版社 2006 年版，第 131 页。

② 薛强：《刘勰与钟嵘论“奇”》，《渝西学院学报》2004 年第 2 期。

③ 郭守运：《古文批评中的“奇”范畴索论》，《中国社会科学院研究生院学报》2008 年第 5 期。

第一节 “奇”的文化渊源

从历史的角度来看，“奇”是传统文化的重要概念，本身具有丰富的内涵。就字源来看，奇是会意字。篆文由“大”与“可”两个意符构成，而许慎在《说文解字》中说：“奇，异也，一曰不耦。”段玉裁注认为，“异也，不群之谓。奇耦字当作此。今俗作偶，俗。按二义相因。”由此，我们可知“奇”有“奇耦”与“不群”两种意义，而且这两种意义又具有内在的联系。此外，“奇”尚有“奇正”之意，这一意义源于《老子·第五十七章》之“以正治国，以奇用兵”，经《孙子兵法》应用后成为兵家的重要术语，并进一步渗透到思想艺术领域。

对于“奇”所蕴含的这三重意义早有学者察觉，例如郭守运就认为“奇”的第一要素是不耦，其次为不正，最后是在此基础上发展起来的“异”。[①] 这种说法分析了“奇”这一概念内涵的层次性，对于展现这一概念的内部逻辑具有重要的意义；然而，这种建立在现代逻辑分析基础上的概括却未必符合历史发生时的本来面目，我们有理由怀疑先民造字时是否具有这样清晰的逻辑头脑。因而，对于郭先生所总结的“奇”的内涵我们只能看作是一种逻辑推演，而要探索这一概念的历史生成，做到历史与逻辑相结合，我们必须重新回到这一概念的原初诞生。

鉴于现有的资料，我们同样从《说文解字》开始分析。段玉裁在注《说文解字》时已经看到“奇”的两个意项之间具有互相生成的关系，他认为这两方面是“二义相因”，但是他没有进一步解释为何相因。在此我们试作进一步说明：由其“不耦”的意项我们可以得知，其含义为单，不成对，两两对合为耦，而剩余无对的则为单，亦可引申为零余的，剩下的部分，此则奇零之意。《易·系辞下》：“阳卦奇，阴卦耦。”无耦之物是单一的，没有与之相匹敌的对象，因而也是独特、奇异的，由此过渡到“异”这一意项上。同样，“异”也意味着超出一般，不同于俗常，也即在现实中没有与之相耦对的对象。因而清代黄生在《义府·奇货》中说：“奇

① 郭守运：《古典美学“奇”范畴的逻辑生成》，《求索》2008年第2期。

当音奇偶之奇。单也，独也。言此货有一无二，我得居之以获重利也。”事实上，无论读奇偶之奇，还是读奇异之奇，都指向一个意思，即被指示之物的独特性。在这基础上我们同样可以解释奇正之奇，正意味着常规的，符合一般经验的，而奇则意味着超出常规经验，给人以独特感，所以《孙子兵法》说，“凡战者以正合，以奇胜”。

进而，我们需通过围绕“奇”所生成的一系列同源字来厘清“奇”的内涵。杨树达在其《积微居小学述林全编》中搜罗了“奇”的众多同源字并加以阐释。在他看来“倚、躸、踦、骑”诸字皆从“奇”字之“只，不耦”这一义项而来，故其内涵皆为单只的意思。而“觭、锜、畸、掎、齮、崎、攲、輢”等字则是在不耦意义上的延伸，“物不偶则偏，故偏谓之畸”。例如“畸”字即是残缺的意思，《说文解字》说，“畸，残田也”。段注：“残田者，余田不整齐者也。”在此基础上则进一步有奇正之义的延伸，“物偏则邪，故邪谓之奇”。“《管子·白心篇》云：‘奇身名废’注云：‘奇谓邪不正’。《周礼·宫正》云：‘去其淫怠与其奇衺之民。’又《天官·内宰》云：‘禁其奇衺。’并以奇衺连文，奇亦衺也。广雅释诂二云：‘畸，衺也。’”在杨氏看来，“绮、碕、埼、剞”等字都有曲、邪之义。[①] 由是可见，“奇”从表示单只的基本义出发，逐渐演变为残缺、曲邪之意，由于奇是残缺无对或不规整之物，如果进一步引申亦可以成为独特、超常的事物。

由此可见，“奇”的诸多内涵都是从“只”、“无对”这一基本观念引申而出，就“奇”的原初观念而言，单、只既可以视作孤单无依、残缺畸零，也可以理解为仅此一种、别无与之匹敌，从前者出发得出的结论是不祥的，从后者出发则可以认为是弥足珍贵的。其奇异的内涵同样既可以理解成褒义的独特性、非凡杰出的对象，亦可以指代贬义的奇形怪状、骇人耳目的对象。这种正反两种内涵的融合使该概念具有极大的丰富性，同时也给了使用者以充分的选择空间。而反过来讲，采取正面还是反面运用这一概念在很大程度上亦可以看出运用者的文化态度。

从建构文化秩序的立场来说，统一的文化秩序需要的不是个体的独特性，而是完整有序的社会生存模式，它为生活于其中的每一个体安排好处

① 杨树达：《积微居小学述林全编》，上海古籍出版社 2007 年版，第 522—529 页。

身的地位及行为的原则，个体只需在其中扮演好自己的特定角色即可。因而，对于文化秩序的建立者而言，“奇”意味着对统一秩序的破坏，是一种必须予以限制、规范的力量，通过赋予秩序以恒常、权威的力量来压制、取缔反常规的对象，对于奇异的事物、行为要采取否定的态度。

所以《尚书·泰誓》中批判商纣“郊社不修，宗庙不享，作奇技淫巧以悦妇人”，奇技淫巧被看作是供私人享乐的东西且能腐蚀瓦解统治者的意志，进而对治理国家产生负面作用。老子则认为，“人多伎巧，奇物滋起；法物滋彰，盗贼多有”（《老子·第五十七章》）；个体的特殊技能恰恰是引起混乱的根源，因而对于维护社会秩序来说，奇技奇物只能起到相反的作用。同样的意思《庄子·人间世》亦有表述：“且以巧斗力者，始乎阳，常卒乎阴，泰至则多奇巧。”从建立统一秩序的角度来看，奇特之事物的确是引起纷争与混乱的根源，因为秩序要的是整齐一致，任何显示独异之处的对象都是一种潜在威胁。而《管子·治国》则说的特别明确：“是以先王知众民、强兵、广地、富国之必生于粟也，故禁末作、止奇巧而利农事。”在《管子》看来，农事是国家的根本，而除农事之外的生产生活活动则是末作、奇巧，它们被视作有害于国家富强的东西而遭到明令禁止，这是从整个社会生活秩序上来否定超出农业社会范围之外的非常之物。《礼记·王制》云：“作淫声，异服，奇技，奇器以疑众，杀。”奇异之物是让大众产生疑惑的对象，而且受到严厉的禁止。

而从个体文化的立场来看，“奇”所蕴含的独特性内涵及反常规倾向恰恰是个体得以确立自我，形成“我”作为具有独立精神的特定文化个体的基本力量，个体只有超出常规的文化约束才能呈现为具有真正自我的精神存在，因而个体必须表现出非同寻常的行为或思想，必须完成对常规文化秩序的突破。这样，我们可以基本确定，个体文化对于奇异的行为、事物采取的乃是肯定的立场。

因而，对“奇”的追求与颂扬多体现在崇尚个性的思想家或艺术家那儿，如屈原《离骚》曰：“余幼好此奇服兮，年既老而不衰。带长铗之陆离兮，冠切云之崔嵬。”用长剑、高冠等超出世俗的服饰来展示自己不同流俗的美好品质，表达自己超绝的个性。而《庄子》虽然一方面在批判奇技淫巧，认为“有机械者必有机事，有机事者必有机心”（《天地篇》）；但是他却大力颂扬个体之品性的超奇脱俗，这从他笔下众多的畸人形象可以看出。如无足、支离疏、王骀、无趾、哀骀它，他们身体残缺，是不同于常人的畸形，从某种意义上说，畸形即意味着不同于世俗；当然，庄子并不着眼于人物外貌的畸形，他更关注在这些畸形之人身上所蕴含的超脱世俗、与道合一的思想精神。因而尽管哀骀它外貌丑陋，却“丈夫与之处者，思而不能去也；妇人见之，请于父母曰：‘与为人妻，宁为夫子妾’者，数十而未止也。”（《德充符篇》）由于哀骀它体达大道，成为全德之人，这种远超世人的精神品质使人与亲近，为之倾倒。“庄子的奇字怪辞主要表达他对俗世的反叛。”[①] 可以说，庄子用畸人的奇异特征展现了对个体品性之独特的追求，为后人追求超越俗常的个性风采奠定了基础。

由以上分析我们可以看出，“奇”这一观念有两个基本的构成意项，它们之间相互指涉、相互支撑，形成以独异性、反常规为基本内涵的多层复义概念。对这一观念的态度取决于言说者所持的文化立场，从建立文化秩序的目的出发则对之进行排斥与压制；从弘扬个体价值、展现个性风采的文化立场出发则对之进行褒扬与提倡。

前面已经指出对“奇”这一观念具有两种相对立的理解与接受立场，因而在历史的不同阶段，占据主导地位立场也可能不同，这种价值理念上的变化构成理论家的特定阐释情境，在很大程度上影响到他们各自的阐释策略。当然这并不是说它是决定理论家阐释立场的唯一因素，但毫无疑问是重要因素。因而，在分析钟嵘《诗品》的尚“奇”倾向时我们必须得考虑到当时特定的时代文化氛围。

从总体上说，钟嵘所生活的齐梁之际是魏晋六朝思想文化的一部分，它本身亦体现了那个时代的文化特征。就大致而言，魏晋六朝是一个崇尚个体价值的时代，个体的独特风采是整个知识界所激赏、赞扬的对象；而文化秩序的建构要求则相对不受重视，甚至在一定程度上受到攻击，如嵇康明确地宣称“非周孔而薄汤武”（《与山巨源绝交书》），公开反对文化规范对个体的束缚。

在这种文化语境里，“奇”所蕴含的独异性、非常规性的意蕴就有可

① 包兆会：《论庄子文辞之“大”、“奇”》，《南京师范大学文学院学报》2004年第2期。

能转化为魏晋士人所追寻的独特个性风采的表达，事实上他们也是如此运作的。因而，追求超出平常大众的奇异之个性成为大多数六朝士人的基本人生理想，所谓“我与我周旋久，宁做我”（《世说新语·品藻》）。作本真的自我也即是做不同于俗常之众的自我，作具有独特个性的自我。

然而，魏晋六朝这种尚“奇”的文化氛围也不是突如其来的，它本身亦有深刻的演变生成历史过程，它与魏晋以来整个社会秩序的崩溃与重建的历程是一致的。因而要追溯这一观念在此时期的转变，我们必须从汉末的思想变化开始分析。

就汉末而言，思想风气的转变甚至早于整个大一统社会秩序的崩溃，最早体现出这一趋势的是王充。王充敏锐地感受到东汉末年社会危机，在思想领域开始体现出不同于儒家大一统思想的新内涵，对“奇”的颂扬亦追求即是其中的一个重要内容。

“奇”是《论衡》中的重要观念，王充喜欢用“奇”来评价作品和人物，这一点早有学者指出，“《论衡》一书，好用‘奇’字，用‘奇’字之处不胜枚举”。[①] 的确，《论衡》一书中有多处论到“奇”，如“作奇论造新文”（《齐世篇》），“使人视奇见益”（《案书篇》），“良才奇文，无罪见陷”（《自纪篇》）等。当然，最集中体现王充尚“奇”、重“奇”思想的还是《超奇篇》。《超奇篇》中王充把汉代士人分为儒生、通人、文人、鸿儒四类，并认为前两者不足道，文人则能算出胸臆，而鸿儒则是出类拔萃者：

> 故儒生过俗人，通人胜儒生，文人逾通人，鸿儒超文人。故夫鸿儒，所谓超而又超者也。以超之奇，退与儒生相料，文轩之比于敝车，锦绣之方于缊袍也，其相过远矣。如与俗人相料，太山之巅墆，长狄之项跖，不足以喻。故夫丘山以土石为体，其有铜铁，山之奇也。铜铁既奇，或出金玉。然鸿儒，世之金玉也，奇而又奇矣。（《论衡·超奇》）

王充认为丘山有铁乃为奇，铜铁若其则能出金玉，而鸿儒则如世之金

① 石文英：《王充论“奇”——读〈论衡·超奇篇〉札记》，《厦门大学学报》1982年第3期。

玉，是奇之又奇的人物。在这里，“奇”是指超出俗常的特异存在，是不世出的绝世珍宝。王充对这种对象所持的是赞美欣赏的立场，这完全不同于那些从建构文化秩序立场的思想者所认为奇技淫巧、奇珍异宝是亡国灭政的祸端的态度。由此我们可以看到，王充已经开始摆脱儒家大一统的文化秩序的立场，开始从个体的角度来理解、颂扬奇人奇事的独特价值。当然，作为尚未完全解体的大一统社会的思想者，他本人还没有完全脱离大一统思想的影响，他所认为的奇之又奇的人物就是“能精思著文连结篇章”的鸿儒，而这种鸿儒的代表在他看来就是扬雄这样能作《太玄》之类的作品，以著书立说，发扬儒家经义的人物。

然而，王充毕竟不再是站在统一文化秩序的立场来规范士人的思想，他开始将自己思考问题的视角转向个体文化立场，从个体的才性来衡量人的价值，认为人物的超奇之处即在于能创立属于自己的文化成就，而不是因循前人，墨守成规，由是“奇”成为个体是否具有独立价值的重要标准。

王充之后，随着汉代儒家大一统价值秩序的崩溃，个体的独立价值继续提升，最先对此做出反应的是刘劭的《人物志》。尽管《人物志》中没有直接、专门论述“奇”的价值及意义，但它对偏至之才的分析、识鉴本身就是对奇异之士所具有的独特价值的承认。

> 九征有违，则偏杂之材也。三度不同，其德异称。故偏至之材，以材自名；兼材之人，以德为目；兼德之人，更为美号。（《人物志·九征篇》）
>
> 是故聪能听序，谓之名物之材。思能造端，谓之构架之材。明能见机，谓之达识之材。辞能辩意，谓之赡给之材。捷能摄失，谓之权捷之材。守能待攻，谓之持论之材。（《人物志·材理篇》）

刘劭认为常人的材质是各有偏至的，因为材质的不同也就各有其所适合的职位，个体要依照自己的材质来成就自己的事业，这在很大程度上承认了个体的独特价值。个体必须做不同于他人的自我才能充分发挥自己的才性，创造属于自己的人生价值，这为后来魏晋士人追求个体的独异风采奠定了理论基础。在这种思想的影响之下，不难看出“奇”将成为魏晋士人所正面倡导的思想文化倾向，而这种倾向明显的体现在《世说新语》之中。

作为记录两晋士人生活风尚的著作，《世说新语》为我们保留了那个时代士人阶层的价值追求与审美情趣。就总体而言，“魏晋人生活上人格上的自然主义和个性主义，解脱了汉代儒教统治下的礼法束缚，在政治上先已表现于曹操那种超道德观念的用人标准。一般知识分子多半超脱礼法观点直接欣赏人格个性之美，尊重个性价值。”[①] 在一个追求个体自我的社会里，“奇”不再是受到批判的对象，反而成为个体对自我这一观念的最好表达，《世说新语》所记录的恰恰是这种超出常规范围意义的个体行为，其中充满了对个体奇异超常行为的激赏与赞美。

> 王仲宣好驴鸣，既葬，文帝临其丧，顾语同游曰：“王好驴鸣，可各作一声以送之。”赴客皆一作驴鸣。（《世说新语·伤逝》）
>
> 刘伶恒纵酒放达，或脱衣裸形在屋中，人见讥之。伶曰：“我以天地为栋宇，屋室为裈衣，诸君何为入我裈中?”（《世说新语·任诞》）

在这里，奇行异事不再被视作破坏统一秩序的不安因素而受到贬斥，而是作为体现个性自我的行为而受到褒扬，个体凭借其超出常规的行为方式建立自己在社会群体中的地位。因而，就《世说新语》所记录的内容来看，追求奇异个性成为当时的时代风尚，而“奇”这一观念的正面含义被不断提升也是必然的结果。

总之，就时代氛围而言，自汉末以来随着儒家大一统局面的解体，个体自身的价值越来越受到重视，展现自我风采，追求超俗的个性成为那个时代的主流风尚。在这种情况下，“奇”所蕴含的独特不群之义就成为当时人所追慕的对象，这构成《诗品》尚“奇”的基本文化情境。

---

① 宗白华：《美学散步》，上海人民出版社 1981 年版，第 209 页。

第二节 《诗品》中“奇”的内涵

在这种追求独异个性、标立自我风采的社会风尚影响下，钟嵘《诗品》在评论诗人作品时亦非常重视其独特的风格及由之而来的审美价值，而“奇”则成为表述这种价值的重要术语。《诗品》共九处提到“奇”（由于版本的不同，有的版本十处），其内涵其指涉对象也各有差异。为研究方便，现先把各条陈列于下：

近任昉、王元长等，词不贵奇，竞须新事。（《诗品序·中》）

骨气奇高，词采华茂。（《上卷·魏陈思王植诗》）

仗气爱奇，动多振绝。《上卷·魏文学刘桢诗》）

尚规矩，不贵绮错，有伤直致之奇。（《上卷·晋平原相陆机诗》）

其体华艳，兴托多奇。（《中卷·晋司空张华诗》）（有版本作兴托不奇）

奇章秀句，往往警遒。（《中卷·齐吏部谢朓诗》）

昉既博物，动辄用事，所以诗不得奇。（《中卷·梁太常任昉诗》）

王巾二卞，并爱奇崭绝。慕袁彦伯之风。虽不宏绰，而文体剿净，去平美远矣。（《下卷·齐记室王巾、齐绥建太守卞彬、齐端溪令卞録》）

子阳诗奇句清拔，谢朓常嗟颂之。（《下卷·梁常侍虞羲诗》）

才难，信矣！以康乐与羊、何若此，而〇人之辞，殆不足奇。乃不称其才，亦为鲜举矣。（《下卷·宋记室何长瑜、羊曜璠、宋詹事范晔》）（此条原本所无，陈延杰据明钞本补入）

将以上诸条细加分析我们会发现，这些评语有的是涉及个性风采的，有的是涉及表现手法的，还有的是针对具体篇章的，可以说，尽管《诗品》所用“奇”字之处只有十来条，但基本涵盖了诗歌批评的主要方面。王运熙先生认为，“钟嵘《诗品》所谓奇，统言之指诗歌艺术表现上的奇警，分言之则有通篇风貌之奇、章句词语之奇、比兴寄托之奇诸种情况。

它的对立面是平庸、平淡、缺少诗味或艺术魅力。”这基本上廓清了《诗品》中“奇”所指涉的范围，但是对于《诗品》中“奇”的内涵只讲到“奇警”及与“平庸、平淡”相对，并没有完全厘清这一概念的丰富内涵，因而我们有必要在做进一步的深入研究。

前面已经分析过，魏晋以来追求个体自我价值的风气推动当时士人崇尚超出常规的行为，使“奇”这一概念的正面价值得到大范围的传播与使用。然而，不断向求奇求异的方向发展则逐渐走向形式主义的道路，失去了其追求个性自由的意义。例如竹林七贤饮酒放达体现了他们对个体生命自由的珍视与自觉，而到后来的所谓“八达”则纯粹为求名而狂饮，以至于丑态毕露反以为美，遂不复有先辈之胸怀风采。王恭更言“名士不必须奇才，但使常得无事，痛饮酒，熟读《离骚》，便可称名士”（《世说新语·任诞》)。而更下等的则“宾则入门而呼奴，主则望客而唤狗。其或不尔，不成亲至，而弃之不与为党。”[①] 由个性风采之“奇”发展到纯粹为骇人耳目之“奇”，这样一来，“奇”的正面内涵逐渐被掩盖，“奇”在得到充分肯定与发展的同时也展现出消极的一面，因而应用时必须有自己的个人标准。彼时一些理论家、思想家遂对之做出明确的批评与严格的限定，钟嵘在运用这一概念时也有其内在的标准。

就《诗品》中“奇”的基本内涵而言主要有两个否定的规定性：一方面，“奇”不是简单的追新逐异，对于任昉、王融的用典风气提出尖锐的批评，认为他们“拘挛补衲，蠹文已甚”。与现实中人物品评由求个性追新奇进而发展到以骇听为旷达，以反常为高深的风气相近，在文学创作中也开始出现一味追新逐异、寻章摘句的风尚。我们且看任昉之《泛长溪》：“狗禄聚归粮，依隐谢羁勒。绝物甘离群，长怀思去国。长溪永东舍，震区穷水域。道遇垂纶叟，聊访问津惑。弥楫申九言，无为累牵纆。长泛沧浪水，平明至曛黑。”客观而言，任昉的这首诗还不算太过于追求词藻，但诗中反复咏叹的无非就是归隐田园的主旨，其中追求对称，多用僻字的倾向也很明显。由于任昉是当时的文坛名流，作为主将诗作如此，其追随者则变本加厉，越发走向追新逐异的道路，围绕在他身边的一批后进诗人

① 葛洪：《抱朴子外篇》卷上，中华书局1991年版，第632页。

则向着更为偏狭的方向发展。

与反对人物品评中的唯奇倾向一样，钟嵘在诗歌品评中同样反对那种纯粹为求新求奇而求新求奇的倾向，在他看来，这种但求新奇，不问内涵的作法并不是真正的“奇”，只是文字的堆积，并且他把这种堆积而成的诗句称之为“蠹文”。因此，在钟嵘这里“奇”与“新事”是两个不同的概念，前者涉及对诗人风格的整体评价，是展示诗人个性标志，而后者只是语言的置换，通过不同的排列方式给人造成一种新的感觉，但是这种排列本身并没有意义，它与个体的真实气质与思想并不关联。或者可以说，在钟嵘看来“奇”是蕴含着作者创造性发明的作品，而仅仅靠“新事”维系其意义的作品则只是对已有典籍的摘抄，不具有独立的意义价值。

另一方面，“奇”又必须与平凡、平庸划清界线，“奇”必须意味着超出寻常，若诗歌只是墨守成规，照本宣科而毫无新意，那么也不得称之为“奇”。因为平凡意味与他人相同或者相似，如果诗歌不能做到独创性，只是写出一些模拟性的作品，那么就无法展现出诗的独特价值，也无法使人获得属于某一特定诗歌的审美韵味。因而钟嵘反对“理过其词，淡乎寡味”、“平典似《道德论》”的作品，对于孙绰、许询等人评价甚低。而我们考察孙、许诸人之诗时也会发现，这些作品基本上是对老、庄哲理的机械图解，缺乏自己的艺术个性。如孙绰的《答许询诗》九章其一：“仰观大造，俯览时物。机过患生。吉凶相拂。智以利昏，识由情屈。野有寒枯。朝有炎郁。失则震惊，得必充诎。”从内容上看只是把《老子》中的句子改成四言，既没有相应的艺术形象，也没有适当的艺术想象。这种作品尽管其中蕴含着一些哲理，但除了句子是整齐押韵的，几乎找不出诗的痕迹，因而也就谈不上如何超常出俗。虽然表现的是出俗的玄理，但没有展现出超常的诗意。

同样，对于平美的作品钟嵘评价也不高，在即评价傅亮之作时认为：“季友文，余常忽而不察。今沈特进撰诗，载其数首，亦复平美。”（《诗品下》）从表面看，“平美”一词似乎是褒义，但结合前面的“忽而不察”可知，傅亮之诗实无可称之处，只能算平常之作，因沈约的收集或许在当时亦有流传，所以只予以“平美”的评价，以示知有其诗而已，因而该词明褒实贬，不过尔尔之谓。这点我们结合上面所列对王巾、二卞评价其可看出，尽管王巾、二卞同样是三流诗人，但是却被视为“爱奇崭绝”，并且被赞扬“去平美远矣”。由此可见，在钟嵘这儿“平美”由于缺乏艺术个性，成为“奇”的反面。

那么我们该如何来正面界定《诗品》中“奇”内涵呢？钟嵘在批评任昉、王融“词不贵奇”时说“但自然英旨，罕值其人。词既失高，则宜加事义，虽谢天才，且表学问，亦一理乎！”由此我们可以推断，钟嵘所谓的“奇”乃是由诗之自然本性所呈现出来的独特审美禀性，它并不表现为新鲜罕见的奇异事物，而是在常见之自然事物中表现出不同寻常的情趣，而这一切则取决于诗人的天才禀赋，仅仅依靠学问是无法写出具有独特价值的奇绝之作。“奇”是反常规的审美概念，它必须体现出新颖、警绝的一面，只有这样才能展现出其独有的艺术魅力。因而，诗歌的超奇之处的根本在于诗人本人所具有的独特天赋，“奇”的风格来源于作者独特的个性气质。

在此基础上我们再来理解钟嵘品评曹植所讲的“骨气奇高”时就会发现，这既是对作品内涵的品评，同时也是对作者个性风采的表述，诗人独特的个性气质渗入作品，从而形成具有明显个体风格的艺术作品。同样，刘桢的“仗气爱奇，动多振绝”也包含了作者个性气质与作品整体风貌两方面的内容。正是作者超绝的个性风采造就了作品独特的风力骨气，使得作品具有昂然的生机，使之不同于庸俗之作。

被钟嵘赞誉的曹植、刘桢皆是具有强烈个性风采的诗人，在现实生活中亦多有奇举，据《三国志·魏书》记载，曹植“任性而行，不自彫励，饮酒不节”。刘桢则在宴会上平视曹丕之妻甄后，“坐中众人咸伏，而桢独平视。”这种不忮不求、任性自行的风范是魏晋以来整个社会都在追慕的一种生活方式，而只有在早期这些名人这里才真正展现为独绝的气质，而这正是他们能独创造出属于自己的经典诗作的关键。

那么作者如何将自己独特的个性风采转化为具有超绝审美意蕴的诗歌作品呢？这在钟嵘看来主要通过“直致”的方式，即作者与所表现对象的刹那间的相遇，以最妥切的语言将心中所感受到的对象呈现出来，这种表现是如此的完美，以至于无法分出对象与我，我即是对象，对象即是我。所以他评价曹植是“骨气奇高，词采华茂”，当内在的气质不同于凡俗时，形之于作品的自然是名章佳句；而刘桢的“仗气爱奇，动多振绝。贞骨凌霜，高风跨俗”自然也是其个性气质的流露，这一点可以从其《赠从弟诗三首其二》中可以看出：“亭亭山上松，瑟瑟谷中风。风声一何盛，松枝一何劲。冰霜正惨凄，终岁常端正。岂不罹凝寒，松柏有本性。”通过严寒环境中的松柏来展示自己的强劲个性，把孔子“岁寒，然后知松柏而后凋也”（《论语·子罕》）的名言艺术地转化为诗歌，较之孙绰等人模袭老、庄原文自有云泥之别。

究其原因，曹、刘等人是把自己的个性融入诗歌中，因而其所创作的诗歌即是其真实性情的投射，作者作为一个具有超绝自我意识的个体展现在自己的诗歌境界中，而孙、许等人则试图将自我隔绝于诗歌之外，一味去表现平淡无味的玄理。因而，对于曹、刘等人来说，我的奇绝个性与对象的独异风姿融合为完美无瑕的艺术作品，这艺术作品仿佛天然生成一样，它超出尘世，散发着独特的艺术光芒，与平庸的作品有着天壤之别。

当然，这并不是说他们不须要使用艺术手法，尽管作品是一种宛若天成的姿态，但其中同样蕴含了作者各种独具匠心的构思并通过特定的艺术手法展现出来。就具体的艺术手法来看，钟嵘提倡比兴寄托，通过鲜明生动的艺术形象来表现作者独特的情思，而不是通过用典任事来直接说教。尽管钟嵘认为赋、比、兴三种手法要“弘斯三义，酌而用之”（《诗品序》），但在实际批评中他更重视比兴，因为相对于平铺直叙的赋体，比兴更注重通过诗人的独特感发来触类联想，使主体的情思与客观的外物得到恰如其分的融合。

然而并不是所有的情况下都能做到通篇超奇，更多的情况是在很多作品那里超出平常的地方可能只在于某字某句的运用上，给人以出类拔萃的感觉，即使是优秀的作品也有某部分可能更突出夺目一些，这就是陆机所说的“立片言而居要，乃一篇之警策”（《文赋》）。同时，由于核心部分的突出作用，从而使得整篇作品都气势恢宏，从而提升了作品的艺术质量。

因而，钟嵘将“奇”的范围进一步延伸到具体作品章句之奇，即某句诗的超绝之处，所以他称赞谢朓“奇章秀句，往往警遒”，如他的《之宣城郡出新林浦向板桥》：“江路西南永，归流东北骛。天际识归舟，云中辨江树。旅思倦摇摇，孤游昔已屡。既欢怀禄情，复协沧洲趣。嚣尘自兹隔，赏心于此遇。虽无玄豹姿，终隐南山雾。”就全诗之内容而言，无非是表达其久在羁旅之中，对仕途渐生疲惫，既羡慕山野林泉生活却又无法真正忘却世俗名利的依违难全的心态。然而，却由于“天际识归舟，云中辨江树”一联气魄宏大，境界开阔，从而提升了全诗的品质。

类似的情况钟嵘在《诗品序》中举了许多，如“思君如流水”等佳句的例子。且以徐干的《室思》其三为例说明：“浮云何洋洋，愿因通我辞。飘飖不可寄，徙倚徒相思。人离皆复会，君独无返期。自君之出矣，明镜暗不治。思君如流水，何有穷已时。”就全诗来说，表现闺中怨妇，一派思情无可奈何，前面欲寄托浮云为之通消息，却自知亦是心中幻想，只能面对遥遥无归期的丈夫徒发幽怨。然而，虽然有不修容颜，不睹明镜的语句，这种思念还只是被局限在庭院的小小空间里，直到尾联的“思君如流水”一出，诗中主人公的思念之情与外在的流水意象发生黏合，从而冲破具体空间的限制，把自己的内心思念转化为无穷的意味，伴随着流水的远去而弥漫于整个世界中。

因而从整首诗考察时我们会发现，前面的众多铺陈只为突出最后这一句，也可以说最后一句使前面的众多动作不只局限于个别动作本身，使之融合成一个整体。这样一来，所谓奇章佳句正是一首诗歌的精华所在，这正是陆机所说的“石蕴玉而生辉，水怀珠而川媚”（《文赋》）。在具体的品评中这样的例子也有很多，如称赞古诗“去者日以疏”等作品，赞美郭璞“奈何虎豹姿”等句，对谢灵运的“池塘生春草”则更是感叹激赏。

奇章佳句之所以为钟嵘所重视，一方面是它体现了作者的绝妙构思，是对作者独特才性的最好展现。自古以来，很多名句的获得具有某种偶然性，是作者独特艺术才能的瞬间迸发，这种突然的灵感与“奇”的不可预期性是一致的，而诗家闲语时亦多称道此类佳事，《诗品》中所记谢灵运觅得佳句的逸事即是一例。另一方面，相对于相邻的比较章句来说，奇章佳句的出现是一种突然的跃入，将自己与前后比较平淡的部分形成鲜明的对比。因而它是一种对常规方式的突然打破，从平常的状态一跃而进入一个充满想象力和激情的境界，给人以审美的愉悦，获得不同寻常的审美感受。

因而，无论是就独特个性气质而言，还是就名章佳句而言，当钟嵘以

“奇”这一观念来要求时，其所指向的都是一种独特的艺术创造，既如何通过超绝的个性气质创造出不同寻常的艺术作品。在这里，作者的独特性与作品的艺术性是息息相关的，由作品体现出来的就是作者的本真气质。

由此可见，在钟嵘这里，“奇”指的是作品及作者的独特性，这种独特风格使特定作品成为独一无二的这一个，而这也正是作品的审美属性，它使任何一优秀作品都具有某种无可替代性，因为审美本身即展现个体的自由属性。审美本身意味着对常规原则的超越，它以独特的姿态呈现出这个世界的本然面目，而“奇”所蕴含的反常规意义与审美的独异性有着天然地相通之处，因而钟嵘在论述作品的审美效果时很自然地运用了“奇”这一概念。在《诗品》中它是指作家个体禀性所带来的作品的独特气质，而这种气质又体现在作者所用的独特艺术手法及某些名章佳句中。因而就整体而言，钟嵘只着眼于“奇”的正面价值，突出该概念所蕴含的审美意义，使之成为自己诗论的重要术语。

第三节　钟嵘、刘勰“奇”观比较

《文心雕龙》与《诗品》的诞生时间非常接近又各自具有不同的理论特色，对于二者的比较研究一直是中国传统文学理论研究的重要课题。然而，一直以来这种比较在国内多倾向于求同，强调他们在基本文学理念上的一致性。造成这种现象一方面是因为它们均久负盛名，如果重点着眼于二者的差异自然就会有高低优劣的问题，进而可能会引起各自拥趸的批驳；另一方面很长一段时间来我们受进化论文学史观的影响，把二者共同看作反映六朝文学发展正确方向的理论作品，所以在国内的学者中更多地考虑其相似性，即认为他们都是六朝进步文学理论的代表，反应了那个时代的文学发展方向。

然而，在共同的时代文化氛围中不同理论家的差异性或许更值得我们关注，因为这样更能彰显出各理论家的文化个性及其创造性发现。就此而言，日本学者兴膳宏提出《文心雕龙》与《诗品》在文学观上具有对立性这一观点值得我们高度重视。而且，与大多数宏观概括的理论文章不同，兴膳宏从“奇”这一具体的观点出发来阐述自己的论点也展现了其敏锐的学术眼光。[1] 该文一出，自然在中国学界引起广泛关注，遂有邬国平、吴林伯、蒋祖怡等学者对之进行批评。例如邬国平即认为，二者运用“奇”这一概念时内涵不同，这种比较并不能证明二人文学观念的差异，并从多方面论证二人理论的统一性，其余诸人亦持类似看法。[2] 然而，这些批评事实上并没有真正将对话展开，它们很大程度上是从自己既定的观念出发来寻找适合于自己的证据，而不是真正理解兴膳宏提出及分析问题的方式，因而清水凯夫在后来总结这一问题时，不无遗憾地认为真正的对话其实并没有在争论中生成。

清水凯夫的批评不无道理，然而没有真正达成对话的原因并不在于没有一致的平台，而是因为无论兴膳宏还是邬国平等人都没有将这个问题的各方面作统筹考察，从而只抓住问题的一角在各自的视阈之内言说。鉴于前面已经详细分析了钟嵘《诗品》中“奇”观念的内涵，在此首先将刘勰对这一概念的运用及其基本内涵做一分析，在此基础上进而探求二人对同一概念运用出现差异的原因。

刘勰在《文心雕龙》中多次运用“奇”这一观念，然而其中的内涵却不完全一致，有些地方则褒贬相对。例如在《辨骚》一开篇即称赞“自风雅寝声，莫或抽绪，奇文郁起，其离骚哉!”其后在正文中又一再强调楚骚的意义，并且认为《离骚》对后世影响甚巨：“是以枚贾追风以入丽，马扬沿波而得奇，其衣被词人，非一代也。”在这里，显然是从正面意义上来运用“奇”这一概念，而所谓“奇文”则是指屈原能“虽取镕经意，亦自铸伟辞”。即他能运用自己独特的想象力，将楚地神话与儒家经典融合起来，形成自己独特的艺术风格。而在《夸饰》篇中则强调作家“因夸以成状，沿饰而得奇”，认为夸饰是形成奇特文风的重要手段。在《丽辞》中更是认为“若气无奇类，文乏异采，碌碌丽辞，则昏睡耳目”，当“奇”指作者的个性气质时，刘勰则接近钟嵘的立场，认为必须作者必须有奇气，从而使文章具有卓尔不群的艺术特色。

然而，刘勰在更多的时候则对“奇”持贬义，如他在《明诗》篇批评

---

① ［日］兴膳宏：《〈文心雕龙〉与〈诗品〉在文学观上的对立》，《文艺理论与研究》1982 年第 3 期。

② 邬国平：《刘勰与钟嵘文学观“对立说”商榷》，《文艺理论与研究》1984 年第 3 期。

宋初诗风时说“宋初文咏，体有因革，庄老告退，而山水方滋；俪采百字之偶，争价一句之奇，情必极貌以写物，辞必穷力而追新”；在《史传》篇中则批评“俗皆爱奇，莫固实理”的风气，并指斥司马迁为“博雅弘辩之才，爱奇反经之尤”；至于《定势》篇则云：“自近代辞人，率好诡巧，原其为体，讹势所变，厌黩旧式，故穿凿取新；察其讹意似难，而实无他术也，反正而已。故文反正为乏，辞反正为奇。效奇之法，必颠倒文句，上字而抑下，中辞而出外，回互不常，则新色耳。”无论是思想内容还是字句用法，在刘勰看来如果不合经典的标准即是一种错误的倾向，而这种倾向概括而言即是追新求奇。

当然，更为重要的是刘勰在运用“奇”这一概念时是与“正”相对应的，他们作为一组概念在《文心雕龙》中得到广泛运用，并上升为文学批评的一种原则。在《知音》篇中刘勰提出“六观”的批评原则，“一观位体，二观置辞，三观通变，四观奇正，五观事义，六观宫商”。在这里，“奇正”上升为判断文章高下的法则，从而在刘勰的文学理论中占据重要地位。

因而，在理解刘勰如何运用“奇”这一概念时必须与他所谓的“正”联系起来考察，刘勰认为凡是符合儒家经典规范的即为“正”，所以在《宗经》篇中他认为儒家经典是“恒久之至道，不刊之鸿教”，并且“义既极乎性情，辞亦匠于文理，故能开学养正，昭明有融”。因而，他对谶纬提出批评，认为“经正纬奇，倍摘千里”（《正纬》）。在他看来，儒家经典具有不容置疑的真理性，任何与之龃龉的观念都应该受到批判，所以对偏逸出经典的“奇”必须加以制约，这就是他在《定势》篇中所说的“旧练之才，则执正以驭奇；新学之锐，则逐奇而失正”。要想体味到文章之真谛则不能像新学之人那样逐奇失正，而必须能做到执正以驭奇。

在这种思想的指导下，那些以新奇为主要特征的文学作品则受到批判，所以他在《体性》中说：“新奇者，摈古竞今，危侧趣诡者也。”并进而批判自南朝宋代以来的文风“讹而浅”，“从质及讹，弥近弥淡”（《通变》）。即使对于屈原的《离骚》亦不乏微词，认为若能“凭轼以倚雅颂，悬辔以驭楚篇，酌奇而不失其贞，玩华而不附其实；则顾盼可以驱辞力，咳唾可以穷文致”。“奇”是变化的量，而“正”则是恒定的质，只有通过

“正”才能驾驭“奇”，使文章变化多姿又一归于儒家正义。

事实上，之前亦有学者指出刘勰“奇正”观的主要内涵，认为“所谓‘正’应该包含这样一些意思：文章思想内容纯正，符合儒家正统思想的轨范，用‘事’翔实可靠，语言平正畅达以及风格典雅端庄。而‘奇’，也包含着多方面的内容，如思想的奇突新颖，标新立异，用‘事’的奇诡怪诞，荒唐不经，辞采的奇崛诡丽，发聋振聩，以及风格的雄奇恣肆，不堕庸凡”。[①] 应该说，这些概括还是相对全面的，有助于我们进一步分析其“奇”的意义。

因而，从总体上看，刘勰对“奇”这一概念是贬多于褒的，在他看来即使须要承认“奇”的价值，那么也必须对之进行规范，必须将其限制在“正”所允许的范围之内。“奇”固然可以与作家独特的个性气质相联系，但同样也可以指涉那些光怪陆离、荒诞不经的对象，而在刘勰运用这一概念时，特别强调要对后者进行批判，所以从整体上加以考察的话，刘勰对这一概念的态度是负面居多。

由是，我们可以进一步考察钟嵘、刘勰在这一问题上的差异性，事实上这种区别并不仅仅是概念运用的问题，而是两人思想观念及文化立场的差异。首先，就出身来看二人出于不同的阶层，这种不同对各自观念的形成具有重要的意义。刘勰家族自南渡以来并无显达，其本人亦少孤早贫，以至于无法婚娶，依沙门生活。“刘勰，字彦和，东莞莒人。祖灵真，宋司空秀之弟也。父尚，越骑校尉。勰早孤，笃志好学。家贫不婚娶，依沙门僧祐，与之居处，积十余年，遂博通经论。”（《梁书·刘勰传》）家族中最显赫的刘秀也只是依靠军功而获得地位，因而就社会成分来说，他属于当时的庶族，而庶族在当时被视为下层，承担着重要的日常政务工作却没有相应的政治地位。

对于庶族知识者来说，迫切希望建立规范的政治秩序，以使人符其实，吏符其职，最终达到政治清明。所以，相较于清流士族，庶族更希望有规范的社会制度。这一政治诉求反映到思想上即是追求规范的制度以建立稳定的上进途径。再加上当时齐、梁之际皇家对儒学的提倡，也使得下

① 寇效信：《释“奇正”——〈文心雕龙〉札记之一》，《陕西师范大学学报》1980年第4期。

层庶族知识者有机会凭借儒学立身，从而更增强了他们的底气。因而对于那些凭借清谈玄远或奇言异行而邀获时誉的士族清流他们并不认同，对“奇”这样的流行文化风尚，处于下层的庶族知识者并不欣赏。刘勰虽然在一定程度上也承认“奇”所蕴含的个性风采的价值，但在整体上却更反感它对秩序的破坏。

钟嵘家族虽然南渡之后也没有太显赫的人物，但是魏、晋时却是当时的显族，钟繇、钟会等俱名震一时。“钟嵘，字仲伟，颍川长社人，晋侍中雅七世孙也。父蹈，齐中军参军。嵘与兄岏、弟屿，并好学，有思理。嵘，齐永明中为国子生，明《周易》。卫将军王俭领祭酒，颇赏接之。起家王国侍郎，迁抚军行参军，出为安国令。”（《梁书·钟嵘传》）尽管之前也有学者争论其家族出身，但据曹旭的翔实考证，其出身为士族是可以肯定的。[①] 然而，这种士族的地位在齐梁时代却受到庶族势力上涨并滥冒品级的威胁，从其起家官王国侍郎来看，已经处在士族流内品官的最末一级，近乎寒门。[②] 作为核心权力之外的士族，他较之那些显达的士族更加看重自己的身份，相对于王、谢大族子弟，这种衰落的士族自身的危机意识更重。因而就不难理解他主张别区别士庶的观点了，“臣愚谓永元诸军官是素族士人，自有清贯，而因斯受爵，一宜削除，以惩浇竞。若吏姓寒人，听极其门品，不当因军遂滥清级。”（《南史·钟嵘传》）品级泛滥、士庶混淆首先受到冲击的是士族的中下层，故而他们的反应也最强烈。这与他在《诗品》中宣称要对“淄渑并泛，朱紫相夺”（《诗品序》）的诗坛现象进行评级定品是同一道理，都是想重新树立魏晋以来的品级制度的规范性。

与之相应的是，钟嵘虽然也对现实中一味追新逐奇的诗学风气不满，但并不反对“奇”本身。因为“奇”本就是魏晋士族展示自己个性风采，并进而树立自身社会地位的方式。只是在齐梁这种风气越来越形式化，所以他认为有必要对之进行反驳，从而重新回到以个体自身独特性为标志的“奇”。这样一来，他既主张与庶族区分，以确立其士族标志；又不

① 曹旭：《诗品研究》，上海古籍出版社 1998 年版，第 1—18 页。

② ［日］宫崎市定：《九品官人法研究》，中华书局 2008 年版，第 203 页。

满主流士族的流于形式，只知追新逐异。因而他主张回到以个性气质的卓绝不凡为“奇”的魏晋风度，《诗品》中所运用的“奇”则是这种观念的具体实践。

其次，就概念的理论来源而言，二人亦各有差异。虽然就《文心雕龙》中“奇”这一观念的理论渊源而言，前人已经多有论述其与兵家思想的关系，但却仍然是一种被儒学化的“奇正”观。如童庆炳即认为，“刘勰的理论贡献在于他把兵家的‘奇正’观念转化为文学理论的观念”，并引《孙子兵法》中“凡战者以正合，以奇胜”等数语以佐证自己的观点，但是他也认为这一观点与儒学有着重要的关系。[①] 刘勰对兵家思想的吸收是很明显的，然而他并没有仅止于将其引入文论，而是把孙子的这种思想作了儒学化改造，更加强调“正”的统摄力，只有在“正”的支配之下，“奇”才有其价值。在这种转换之后，兵家的辩证法思想即让位于儒家的正统论思想。所谓“执正以驭奇”，在这里刘勰的言说重点并不是“正”与“奇”的辩证，而是前者对后者的统摄作用。或许我们仍然还能看到辩证法的痕迹，但就整个思想的主体而言，正统论占了上风。因而，刘勰的“奇正”论是在兵家辩证法外衣下的儒家正统论。

钟嵘对“奇”的运用并没有与“正”结合起来，而且更多的是指作品本身的卓尔不群，就思想来源而言最早可以追溯到庄子、屈原。前面已经说过，《庄子》中描述了大量外表畸形却内心超脱的人物，这些人物在其奇特的外表下有一颗与众不同的心灵，通过对这类人物的赞扬庄子表达了自己对自由境界的向往。而屈原则通过自己带长剑着奇服的行为展示自己不与世同浊的理想，并且通过《离骚》将这种形象转化为文学中永恒的经典。

这种追求超凡脱俗的思想在魏晋之后成为当时玄学的主流，并且成为当时上层士人极力追求的生活方式，由是形成了当时尚“奇”的社会风气。《世说新语》作为记录当时士人生活的作品，保留了大量的奇闻逸事，这些奇闻逸事未必件件皆有真实依据，但它们作为美谈被推崇则本身即显示出“奇”的价值，因而《世说新语》本身其实也是当时尚“奇”思想的

① 童庆炳：《〈文心雕龙〉“奇正华实说”》，《文艺理论研究》1999年第1期。

产物。钟嵘《诗品》对“奇”的运用与玄学文化氛围是一致的，追求人物或作品的独特性与反常规性。因而，在他看来“奇”的对立面不是“正”，而是平淡无奇或庸凡俗常，所以文中他极力称赞曹植、刘桢等人的奇气，对于平美的作品忽而不察。

最后，就写作立场而言，二人也有明显的区别。刘勰在《文心雕龙·序志》中明确表明了自己的著作态度，那就是参赞圣人之道，详定文学之要。“予生七龄，乃梦彩云若锦，则攀而采之。齿在踰立，则尝夜梦执丹漆之礼器，随仲尼而南行。旦而寤，乃怡然而喜，大哉圣人之难见也，乃小子之垂梦欤!”他郑重其事地将这样一个童年时代的梦写入序志，其用心自然是想努力表明自己的态度，那就是如何绍继孔子的文学之道。

由于儒家的文学观点以建构为主，因而我们就会发现，事实上刘勰是站在如何建构文化秩序的立场上来思考文学的，对于不符合儒家文化秩序的对象刘勰是持反对态度的。因而，在《文心雕龙》中他多次强调要征圣、宗经，并严厉指斥异端。“盖周书论辞，贵乎体要；尼父陈训，恶乎异端；辞训之异，宜体于要。”（《文心雕龙·序志》）那么，对于“奇”这样一种以追新、标异为特征的思想观念，刘勰从整体上持反对态度也就不难理解。因为就本质上而言，“奇”与建构统一的文学秩序是相斥的。

钟嵘的出发点则是如何核定诗歌的艺术价值，对当时混乱的诗歌批评作出自己的回应，并为历代以来的五言诗进行等级评定。“观王公缙绅之士，每博论之余，何尝不以诗为口实。随其嗜欲，商榷不同。淄渑并泛，朱紫相夺，喧议竞起，准的无依。近彭城刘士章，俊赏之士，疾其淆乱，欲为当世诗品，口陈标榜，其文未遂，感而作焉。昔九品论人，七略裁士，校以宾实，诚多未值。至于诗之为技，较尔可知，以类推之，殆均博弈。”（《诗品序》）就目的而言，钟嵘并没有刘勰那样强烈的为圣人立论心态，他只想在诗歌品评时做到真正的甄别高下，不至于朱紫不分。因而，钟嵘在品评诗歌时更关注它的艺术价值，其所使用的标准是诗歌作品是否具有自己独特的艺术个性。也就是说，钟嵘是站在个体的立场上来评价诗歌的价值。所以钟嵘特别看重“奇”所具有的反常规性与独特性，因为这标志着作家独特的艺术个性。这样一来，钟嵘在运用“奇”这一观念时自然就没有任何负面的内涵，纯粹指涉作家或作品的独特性。

综合来看，刘勰、钟嵘在运用“奇”这一概念时是基于各自的文化立场，庶族出身的刘勰持儒家文化的建构立场，从建构的角度的“奇”多有微词；而士族出身的钟嵘则持玄学文化个体立场，从弘扬个性的角度大力褒扬“奇”的正面意义。从这种不同的文化理念出发，我们进而可以看到二人在文学理念上的各种差异，从而更好地理解文学与文化之间的复杂关系。

第四节 《诗品》尚“奇”观念对后世的影响

通过以上分析我们看到，钟嵘在《诗品》中对“奇”的应用具有独特的含义，它既反对一味的追新求异，只关注语言的不入常规，把用典任事作为超出俗常的作风；也反对循规蹈矩，平平正正的庸常之作，而是把“奇”看作关涉作家的个性风采的独特艺术生命力。这种艺术生命力不同于日常的生活经验，它以一种全新的方式为读者打开一片审美的天地，在这片天地里，人们只能怀着一种惊喜的态度来体现作品所带来的独特艺术感受。这是超出常规世界的审美之思，它以全新的艺术生命力支撑起钟嵘《诗品》中“奇”的主要内涵。

《诗品》中对“奇”的这一独特运用具有重要的意义，它使“奇”这一观念超越了奇闻逸事、怪力乱神的领域而进入到不同于日常经验的审美体验领域，从而为这一观念找到真正的正面价值。这样一来即使得“奇”能作为一种正面的审美内涵进入文人士大夫的视野，成为他们表达自己审美理念的重要术语之一。当然，由于之前“奇”所蕴含的反常事物及怪异言行的方面的内涵并没有因之消逝，所以在后世的具体运用中呈现出非常复杂的情况。一方面，由于这一概念夹杂着怪异反常的内涵，所以仍然受到一些正统文人的攻击；另一方面，这一概念所呈现出来的正能量也为追求审美旨趣的士大夫所欣赏。因而，对于它的后世影响我们需要进行仔细分析考量。

首先，在诗歌领域，理论家们多强调“奇”的正面审美意义，而且，自钟嵘之后，诗歌需要追求独特的审美韵味这一点在多数理论家那儿都得到认可。相对而言，由于中国传统诗歌要求在非常有限的字数之内表现自己的独特感受，因而必须不落俗常才能给人以新鲜的审美感受，所以求新求奇就是一个必然的选择，“奇”也就成为众多理论家所追求的目标。司空图在其《二十四诗品》就专门列出“清奇”这一艺术类型，并对其作了如下描述：

> 娟娟群松，下有漪流。晴雪满竹，隔溪渔舟。可人如玉，步屧寻幽。载瞻载止，空碧悠悠。神出古异，淡不可收。如月之曙，如气之秋。

群松清流，雪竹渔溪，玉人寻幽，一种超脱于尘世的清空之境跃然纸上，这是不入人间浊世的清奇，它继承了钟嵘所言说的自然之奇，并把它进一步诗意化、雅致化，从而形成一种与尘世相隔绝的奇绝之美。这种美是一种只可意会不可言说的超然之感，它犹如初月之光辉，虽皎然可辨，然终不可触摸，又如炎暑刚过后的第一缕秋天的气息，从极细微的变化展现出那一丝清凉，它是那样的淡然，淡然到几乎难以觉察；它又是那样的超绝，超绝到在现实中你几难感到。当你感受到它时，你已经处在一种超尘绝世的审美之境中，在那让人处处清新、处处惊奇的审美世界里了。

在这里，司空图采用印象式描述将“清奇”这一独特的审美境界向我们展现出来，而这种境界与钟嵘所强调的“奇”并不完全一致。在钟嵘那里，“奇”并不止清静淡然这一种，它的含义要更为宽泛，既可指清静淡然也可指气势超绝，因而刘桢能被称赞“仗气爱奇，动多振绝”（《诗品上》）；而刘琨则被誉为“自有清拔之气”（《诗品中》）。相对而言，钟嵘更偏重于作者个性气质的超绝和人格魅力的独特。而司空图所展示的“清奇”风格更偏重于境界的空明清澈，意韵的超脱清绝。尽管从整体上看司空图缩小了钟嵘“奇”观念的指涉范围，在一定程度上使这一概念的丰富性被削弱，但也正因为司空图把“奇”的观念浓缩到“清奇”这一形态上，因而使之更具有可指性，从而使其成为一种特定的审美风格，因而就基本内涵来说并没有脱离审美的境界。

可以说，司空图继承了钟嵘对“奇”正面论述的一面，将之沿着审美的途径继续推进，最终使之成为一种独立的艺术风格。但是在历史的潮流中，由于“奇”这一观念内涵的复杂性，在不同的历史时期也总有人单从求新求异的角度来立论，其中最明显的就是以黄庭坚为代表的江西诗派。对于江西诗派来说，黄庭坚一开始所追求的瘦硬新奇的风格自有其时代环境使然，其所谓“点铁成金”、“夺胎换骨”、“无一字无来历”等观点也不是全无道理，但是江西诗派末流的专事雕琢，闭门觅字句显然走到了为新奇而新奇的歧路上了，这与钟嵘所批评的大明、泰始中以学问为诗，以用典为诗的风气是相似的。对于这个问题，严羽在《沧浪诗话》中已经进行过严厉的批判，针对江西诗派末流以才学、议论为诗的弊病提出“诗有别才，非关书也；诗有别趣，非观理也”的观点，而金代元好问则更是将这一问题与江西诗派求奇的观点联系起来，通过批判一味求奇的观点来树立新的风向。因而可以说元好问将钟嵘反对一味追新逐异，为新奇而新奇的一面继承下来：

> 奇外无奇更出奇，一波才动万波随。
> 只知诗到苏黄尽，沧海横流却是谁？（《论诗三十首之二十二》）

对于黄庭坚为首的江西诗派过分追求出奇的效果而拘泥于字句的锤炼，元好问提出了坚决的批评，与以往只批评江西诗派末流的作法不同，元好问将问题的核心指向苏轼、黄庭坚等宋诗前辈，认为他们是造成江西诗派一味求新的原因。尽管这种批评有些苛责，但他看到求新求奇的风气是具有连续性的，或许在开始时并不见得就是错误，但随后产生的后继者会一步步将问题的实质无限放大。而这一问题的实质就是只是就求奇而求奇，并没有意识到在美学层面，“奇”只有作为审美独特性而不是字句生僻才有意义，这种只是为求奇而求奇的作风不是诗歌艺术真正超奇的方式，这与钟嵘批评任昉、王融只知任事用典的态度是完全一致的，由此我们可以看出钟嵘尚“奇”观念对后世诗学的重要影响。

其次，这种对“奇”的美学价值的阐发还影响到后来的叙事文学理论——特别是小说理论。本来中国传统的小说与神话传说等关系密切，多奇谈异事，“从六朝志怪小说的盛行，到唐代传奇的崛起，到宋代的志怪小说、传奇文、话本、拟话本，元明时代的章回小说以及后代的小说，都或多或少带有“奇”的色彩。”[①] 但是我们可以看出，这种状态的“奇”并非审美意义上的“奇”，而只是表示不同于常规的引人好奇之物事。从“奇”所包含的多层内涵来看，这恰恰是与那种猎奇追新、以骇人听闻为奇人奇事的思想是一致的。因而，它们一开始并不涉及审美独特性问题，甚至在某程度上还是对审美的反叛。

然而，这种状况到明清时的小说评点中则被转变过来，以李贽、金圣叹为代表的一大批理论家开始以“奇”来揭示小说的审美价值。例如金圣叹就大量运用“奇”这一概念来分析小说的艺术特色：“一部大书，以石喝起，以石褐止，奇绝。”“此篇节节生奇，层层追险。节节生奇，奇不尽不止；层层追险，险不绝必追。真令读者到此，心路都休，目光尽灭，有死之心，无生之望也。”“读一部七十回，篇必谋篇，段必谋段，之后忽然结以如倦如扫，如驰如撒之文，真绝奇之章法也。”[②] 在这里，金圣叹所用之“奇”显然不再是奇闻逸事，而是指小说所独有的艺术魅力及其审美价值。这种奇特的情节安排所给读者带来的心理体验是非常玄妙的，它使读者能以一种身临其境的心态来体验小说主人公所面临的具体情况，从而产生出与小说主人公同悲喜共命运的感觉。

因而，这其实是叙事文学所具有的审美魅力，它使读者体验到生命的独特性，以及个体在解决自己所面临的具体生存问题时所具有的创造力。在欣赏他人的创造性时读者所体会到的事实上是人类自身的创造能力，即在这个世界上与我同类的他人面对世界的态度与行为。当读者从他者身上感受到属于人类一般的能量时，审美的独特性也展现出来了。这样，“奇”在叙事文学中也跳出搜奇寻异的庸俗范围，而成为对小说美学感受的独特表达，这与钟嵘重视诗歌美学意蕴之“奇”可以说异曲同工，各尽其妙。因而，尽管叙事文学所追求的“奇”与钟嵘所追求的“奇”虽各有传承，其所指涉的内容也自有差异，但在以“奇”来涵盖作品的审美性这一点上却是一致的。这一点可以看作钟嵘对“奇”的独特理解在后世的扩散中，也间接影响了“奇”的其他文化内涵。

---

① 杨桂青：《“奇”：中国古代叙事文学的根本审美特征》，《南京大学学报》2003 年第 4 期。

② 施耐庵：《水浒传》（金圣叹评），齐鲁书社 1991 年版，第 40、681、1270 页。

最后，钟嵘《诗品》对审美之“奇”的追求还跳出文学的范围，对传统绘画领域有一定的影响。由于中国传统绘画以山水画为主，而钟嵘《诗品》的时代则是山水时兴起的时代，《诗品》中大量品评是以山水诗为主，因而二者有着天然的相通之处。尽管二者所使用的媒介不同，但由于都是以自然景物为表现对象，其所追求的审美旨趣则趋于一致。前面已经分析过，自然山水中所蕴含的最高真理为世界存在的最终根源，在传统文化看来宇宙大化的先天自然性是最终的本真，自然景物则由于其先于人为造作因而含有更本真的原始性。无论是山水诗还是山水画，都以体验出这种超脱于人事的自然之真超为最高境界，正是这一共同的审美指向使二者在“奇”这一审美追求上具有一致性。

然而，绘画中山水画及其理论与山水诗及理论的成熟并不同步，在宋元时期开始前者才开始逐渐成熟，这就给钟嵘尚“奇”观念发挥影响留下了足够的空间。就宋元山水画理论来看，其中有着大量对求“奇”倾向的论述：例如，郭熙《林泉高致》中论述各地名山感叹“奇崛神秀，莫可穷其要妙”；荆浩的《笔法记》中则说“神妙奇巧，神者亡有所为，任运成象。妙者思经天地，万类性情”。而最能体现“奇”的美学内涵的则是“逸格”的提出：

> 画之逸格，最难其俦。拙规矩于方圆。鄙精研于彩绘。笔简形具，得之自然。莫可楷模，出于意表。故目之曰逸格尔。（黄休复《益州名画记》）

逸格作品出人意表之外，给人以艺术的惊奇，这显然跟钟嵘所论述“奇”的观念是一致的。而苏辙在《汝州龙兴寺修吴画殿记》中说“盖道子之迹，比范赵为奇，而比孙遇为正。共称画圣，抑以此耶!”对此，徐复观认为，“子由之意，在逸品之上，尚应安设一圣品以位置吴道子，其当否姑不论。不过由他说吴道子比‘范赵为奇，而比孙遇为正’的话推之，则孙遇之奇，当好过于吴道子，因而逸格中应增一‘奇’的观念。”①

① 徐复观：《中国艺术精神》，华东师范大学出版社 2001 年版，第 188 页。

由此可见，绘画中的逸格中恰恰蕴含着“奇”的美学观念，而所谓“逸”，是表示超出一般常态，这种超常态或反常规并不是刻意的追求与众不同，它本身含有自由自在之意，所以这种“逸出”其实是生命的自然本真状态，进入到艺术领域则是艺术的自然真趣，这与钟嵘所追求的诗歌之“奇”的精神是一致的。

总的来看，由于钟嵘坚持将“奇”的内涵限定在审美的领域，保证了这一观念的严肃性与高雅性，同时由于其反对用事、用典的诗歌批评态度，使之自觉地与为求奇而奇的观念发生断裂，保证了“奇”这一观念能在审美领域建立起自己的意韵空间。因而对后世的诗学、文学及绘画理论产生了重要的影响，对推动中国艺术理论的发展做出了重要贡献。

综上所述，尚“奇”是钟嵘《诗品》中的重要倾向，而“奇”这一观念则有着丰富的历史文化底蕴，但其基本内涵则是对常规原则的逸出，是对独特存在的表达。由于各思想家所持的文化立场不同，对这一观念的评价也具有正反两方面的差异。从建立文化秩序的立场出发一般对其进行批评贬斥，而从个体文化的立场出发则一般对其赞赏褒扬。钟嵘身处魏晋六朝追求个性风采的时代氛围中，对“奇”的正面意义做出开拓，他将“奇”这一概念限定在审美的超越性与独异性上，使之不至于流入谈玄说怪的歧途中，保证了这一观念所应有的审美品位，对后世的理论产生了重要影响，从而使其成为一个重要的审美文化术语。

第八章 “圣人”观念与《诗品》的诗歌典范

在传统文化语境中，圣人是一个重要的观念，它与意义的终极之源密切相关，因而自先秦时各派思想家普遍重视这一话语的理论价值。圣人一般被视为现实社会法则的立法者，也是世界本然状态的体悟者，起到沟通人事与天道的作用；同时其本身又被视为超越于常人的先达而具有先验的合理性，成为现实人生的终极理想目标。

但是，圣人观念并不是一成不变的，它有一个不断丰富的历史过程。在某一特定的历史背景中，圣人观念的某些方面可能会被突出强调，而转化到另一情境中则可能会出现新的关注中心。本章即在探讨魏晋六朝时期的圣人观念变化的同时，进一步考察它与当时艺术品评中的审美理想之间的具体关系，在厘清圣人观念变化的同时寻绎它渗透到艺术品评中成为一种指导性原则的规律，以期能为哲学思想与具体艺术理论之间的关系开启一个新的观察视角。在此基础上，进一步分析钟嵘《诗品》对该问题的看法，力图分析清楚曹植在《诗品》中的地位及他与钟嵘诗歌理想的关系。

第一节 “圣人”观念的历史演变

中国的圣人文化源远流长，早在春秋之前就已经有关圣人的思想，因而要了解这一文化，我们首先要对该词的早期含义略作介绍。《说文解字》中认为“圣，通也，从耳，呈声”。段玉裁注认为：“圣通而先识，洪范曰：睿作圣，凡一事精通亦得谓之圣”。但是由近来的出土资料显示，这种解释并非“圣”之本意，由于甲骨文至今尚未发现“圣”字，金文中的

“圣”字则成为推断其本意的主要来源。

对于金文中的“圣”字，由于从耳、从口、从壬，一般将之与“声”相联系，如郭沫若、顾颉刚等人都认为所谓“圣”即是“声入心通”、“入于耳而出于口”、“闻声知情”等，顾颉刚更进一步推断其含有聪明睿智之意。[①] 而日本有学者如白川静则认为其中的“口”为祭祀时收纳祝祷之器皿，意指对神进行祝祷并聆听神之旨意。[②] 尽管白川静的解释可能更易于把思路向原始巫师方向引申，但就目前来说，由于甲骨文中没有发现该字，所以并没有更多的证据说明该字与祭祀有关。因此，将之解释为与声音相关可能更为稳妥。

此外，郭店楚简的出土则更证明该字与声音有关，或者说在早期它与“声”字是相通的。例如，在《性自命出》篇中，“圣”与“声”多有通假。“金石之有圣（声）也，弗扣不鸣。”“凡圣（声），其出于情也信，然后其入拔人心也厚。闻笑圣（声），则鲜如也斯喜。闻歌谣，则陶如也斯奋。”“凡思之用心为甚，叹，思之方也。其圣（声）变则心从之矣。”其余篇章中亦时有通假，如《五行》篇中有“金圣（声）而玉振之。”《缁衣》篇中有“人苟有言，必闻其圣（声）”；《语丛一》“其体有容有色，有（声）有嗅有味”等。由此可见，在早期的文字史上，“圣”之含义与“声”确实有重要的关系。

这样一来，顾颉刚的推断就显得比较合理，正是由于“圣”与语言的声音传达有关，所以能理解话语的内涵也意味着某种智慧，而这在原始社会一般是部落中的巫师角色。所以，有的论者认为，“圣”就是由“巫”一步步转化而来。[③] 这种观点虽然就推断上来讲可以成理，但由于缺乏更为直接的证据，尚须进一步证明。然而，我们可以根据“圣”的原始含义来还原其历史进程：“圣”就字形来看确实与聪明睿智有关，“在最早的几部典籍中，‘圣’确是具有‘聪’或‘聪明’的意思。如果说这是‘圣’

① 参见顾颉刚《“圣”、贤观念和字义的演变》，《中国哲学》第一辑，生活·读书·新知三联书店 1979 年版，第 81 页。

② 参见白川静《字统》，平凡社 1984 年版。

③ 王顺达：《论原始儒家的“圣人”理想》，《西南师范大学学报》2002 年第 5 期。

的引申义，那么与之接近的‘通达、‘智’、‘能’等也都是引伸义’。”[①] 既然“圣”指的是通达睿智、聪明多能，那么在早期的社会形态中，该类人物成为某地的头领或者宿老的可能则非常大，因而前面有些学者所推测的部落首领成“圣人”也不无道理。当“圣”指智慧时，那么拥有智慧的人物在早期社会中也更容易发挥其才能，由知识之“圣”进而成为政治之“圣”亦没有太大阻力。

以上是对原始“圣”字的含义的简要分析，然而当历史进入春秋时代之后，由于思想意识的变化，“圣”又重新成为时人讨论的话题，圣人成为先秦两汉之际哲学界的重要话语对象。具体而言先秦至两汉对于圣人的认识主要集中在两个方面，即圣人与道的关系和圣人与人伦秩序的关系。尽管此时思想家们在诸多问题上观点各异，但在关于圣人问题却罕见的相对趋同，即他们普遍认为圣人是道的体悟或把握者，并且为现实生活制定法则。

由于中国传统中并没有像西方教会那样严格的宗教信仰，因而如何沟通终极真理与现实的人事制度就成为中国哲人必须解决的问题，在这方面承担建立终极价值意义与现实人生意义的即是圣人。圣人不但要承担建立现实社会秩序的任务，同时也要承担为现实人生树立生存意义的责任。圣人要为现实的人生建立秩序，回答生存所面临的问题。这样一来，圣人在哲学话语中就要承担双重的理论义务。

圣人之所以为“圣”最重要的原因在于他是“道”的体悟者，“道”作为现实生活的最终价值之源为圣人的存在及行为提供了先验的合理性，圣人凭借其对“道”的把握与体悟确立自己“圣”的本性。圣人首先是得道者，这是自先秦以来主流思想界的共识。因而有学者认为“要研究圣人，首先要研究‘道’，因为道是圣人之所以成立的本根和先决条件。”[②] 例如老子认为圣人“不出户，知天下，不窥牖，见天道。”“是以圣人不行而知，不见而名，不为而成。”（《道德经·四十七章》）在老子看来，圣人是“道”的真正体悟者，因而能不行而至，不见而名。存在的终极合理性

① 王中江：《儒家“圣人”观念的早期形态及其变异》，《中国哲学史》1999 年第 4 期。

② 刘旭光：《天人中介——试析“圣人”的哲学意义》，《陕西师范大学学报》1999 年第 3 期。

在于“道”，而圣人则是真正的体道者，从某种意义说也即是对最终合理性的掌握，从而也即有能力为天下式。反过来讲，凡人之所以必须尊崇圣人，正因为他掌握凡人所不能理解的终极真理。

在儒家方面，尽管孔子没有直接讨论圣人与“道”的关系，但他亦强调圣人对“天”的领悟。子曰：“大哉尧之为君也！巍巍乎！唯天为大，唯尧则之。荡荡乎，民无能名焉。巍巍乎其有成功也，焕乎其有文章!”（《论语·泰伯》）由于儒道使用的哲学术语有所差异，在孔子这里，“天”亦具有“道”的那种终极价值标准的意义，因而可以视在相似的哲学话语。尧则是孔子所认同的达到或接近圣人的境界，正是因为尧体会到“天”的运行法则并顺势而行才能教化万民，功成千古。而之后的孟子与荀子则明确提出圣人与道一体，“圣人之于天道也，命也”（《孟子·尽心下》)。“圣人也者，道之管也”（《荀子·儒效》)。在儒家看来圣人是“道”的掌控者，能先于常人把握世界的本质与运化的真理。这样就在理论上使圣人获得超然的地位，从而有权利为世人立法。

此外，墨子则认为，“圣人之德，章明博大，埴固以修久也。故圣人之德，盖总乎天地者也”（《墨子·尚贤中》)。在墨家看来，圣人之德博大精深，又能持之以恒，所以亦可以认为圣人能总天地间一切事物。也即是说，圣人是天地间万事万物的天然阐释者。韩非也认为“今道虽不可得闻见，圣人执其见功以处见其形”（《韩非子·解老》)。“道”是玄妙难现的，它决定世界之存在及人生之意义，而圣人则能通过其所建立的功业而展现其本原。在韩非这里，现实的政治功绩是通达至“道”的途径，这与其强烈的政治功利性是一致的。

因而，对先秦诸子而言，当他们运用“圣人”这一术语时，都在强调圣人对“道”的掌握与运用能力，由于各家理论话语中都把圣人作为道的掌握者或者体悟者，所以圣人之于普通人即具有先在正义性，从而也就对普通人的生活具有指导或规范权利。正是凭借对“道”这一终极真理的理解，圣人得以建立起自己的先验合理性。

其次，先秦各思想家皆认为圣人为现实人生提供生存的范式，他创建现实社会生活的基本规则。由于圣人能把握世界之至“道”，因而他所创立的现实规则也具有先验的合理性，是普通人所应该也必须遵循的行为准则。圣人以其对“道”的优先理解力对普通人的存在意义提供说明，为普通人的生存作出规范性指导。

是以圣人抱一为天下式，不自见，故明；不自是，故彰；不自伐，故有功；不自矜，故长。夫唯不争，故天下莫能与之争。（《道德经·二十二章》）

子贡曰：“如有博施于民而能济众，何如？可谓仁乎？”子曰：“何事于仁！必也圣乎！尧舜其犹病诸！”（《论语·雍也》）

规矩，方员之至也；圣人，人伦之至也。（《孟子·离娄上》）

天下者，至重也，非至强莫之能任；至大也，非至辨莫之能分；至众也，非至明莫之能和。此三至者，非圣人莫之能尽。故非圣人莫之能王。圣人备道全美者也，是县天下之权称也。（《荀子·正论》）

备物致用，立成器以为天下利，莫大乎圣人。（《易传·系辞上》）

当兼相爱交相利，此圣王之法，天下之治道也，不可不务为也。（《墨子·兼爱中》）

事在四方，要在中央；圣人执要，四方来效。（《韩非子·扬权》）

圣人之所以为圣，并不仅在于他对“道”的体悟把握；更在于他能为现实的社会组织提供规范和标尺，他是现实人伦规范的制定者，同时也是理想政治体制的建立者。由于圣人所建制的人伦秩序与政治体制是他体道悟道后的产物，就终极根源来讲是不可讨论、不容置疑的。这样，现实的社会秩序就具有神圣的意义，它通过圣人这一中介通达至高的真理。于是，对圣人价值的强调也就转化成为现实的秩序寻找终极的合理性。无论就人伦秩序还是就政治体制而言，有序性对现成利益的获得方来说总是必须要保持的，因而现实的统治亦需要为这种支持有序性的话语体系提供权威保障。

现实中的知识个体亦需要给自己的存在树立起价值终极，而圣人即意味着人生意义的顶峰。从个体的角度来说，圣人是人生理想的极致，是个体所能达到的最高状态；从群体来说，圣人是群体生活的掌握者，是群体中的典范。为社会生活立法是圣人得以存在的现实意义，也是诸思想家不断强调圣人重要性的最根本原因。

作为世界本体的“道”为圣人的言说提供合理性依据，而政治道德实践又为圣人的存在提供了现实必要性。因而，在先秦各派思想家眼里，在圣人能体悟宇宙至“道”，并能为世人创立具体的社会组织方式及生存准则上是一致的。这一思想随着两汉大一统社会的形成进一步严密化，并成为世人普遍信仰的观念。

在两汉思想家那里，圣人开始走向偶像化、权威化。圣人作为信仰的对象为世人解决现实的一切疑难困惑，如董仲舒即认为“正朝夕者视北辰，正嫌疑者视圣人”（《春秋繁露·深察名号》）现实中所有的问题，无论是物理知识还是道德伦理疑难，最后的裁决者都是圣人，圣人的标准即是世人的标准，圣人的是非即是世人的是非，于是圣人转而成为世间一切疑问的终极裁判。

这一点扬雄说得更明确“或曰：‘人各是其所是，而非其所非，将谁使正之?’曰：‘万物纷错则悬诸天，众言淆乱则折诸圣。’或曰：‘恶睹乎圣而折诸?’曰：‘在则人，亡则书，其统一也。’”（《法言·吾子》）圣人，包括圣人所留下的作品成为世人决断现实世界中所遇问题的依据，圣人是一切社会生活行为准则的制定者，是最高真理的掌控者，人们只能从仰视的角度来敬畏圣人，并以圣人制定的规则来处理世间一切事务。

圣人在两汉进一步被神化，由一个思想讨论的命题转而逐渐向信仰命题过渡，它已经不再仅仅是思想构建中预设的合理性标准，而是作为信仰的对象被直接用以解决世间一切难题。这样，圣人观念本身的哲学意味在减弱，宗教信仰的意味不断增强，而作为宗教意义上的圣人则只是敬仰的对象，其本身已经不再是一个可讨论的话题，这也意味着在这一问题上的理论创新已经停滞。

进入魏晋，基于现实政治操作及重建人生价值体系的需要，圣人观念再次成为当时思想家讨论的重要问题，并一跃而成为魏晋玄学之中心观念。[①] 圣人观念之所以成为这时讨论的中心一方面由于现实政治的需要，东汉末年以来的动荡政治局面使世人迫切希望出现结束动乱致太平的英

① 汤用彤：《魏晋玄学论稿》，上海古籍出版社2001年版，第179页。

主；另一方面儒家大一统思想的解体亦需要当时的理论家重新树立价值坐标，为现实的人生追寻坚实的终极意义之源。

因而无论是从现实的需要还是理论建构的需要来说，圣人观念都是彼时思想者绕不开的话题。当然，这种重建不是简单的复古与回归，它是在已有话语资源基础上的重新整合与创新。通过重新整合建立起圣人典范，这种观念随着思想文化的渗透进而对当时的艺术批评产生了重要影响。

由于两汉大一统思想体系的崩溃，原先被视为信仰的圣人观念亦需要重新进行诠释。圣人不再是一种本然的信仰，而是被重新推向发问的前台。对于两汉思想家来说圣人是世界本体之“道”的把握者，并且为现实建立规范这是理所当然的，无须也不能追问。然而对于重建价值之维的魏晋士人来说，这恰恰是应该追问的。圣人何以能把握“道”并且为现实建立规范？圣人能为普通人所不能，其在本质上是否有异于普通人的地方？如果有，那么理想中的圣人其基本外现状态是什么样子的呢？

就东汉末年来说，思想上的危机甚至早于统一政治秩序的彻底崩溃，早在魏晋之前，王充已经开始重新对圣人观念进行检讨。王充在《论衡》中专辟《问孔》一章，对《论语》中不能自圆其说之处提出质疑，并且认为“夫古人之才，今人之才也，今谓之英杰，古以为圣、神”。[①] 圣人并不是超越于普通人之上的先知先觉者，只是古今对于能力超群者的称谓不同而已，这与此前将圣人视为世间万事裁决者的董仲舒、扬雄等人形成鲜明对照。王充的问难使圣人观念从信仰的角度重新回到思想的角度，圣人已不再是不可质疑的对象，作为信仰的圣人观念开始解体。

然而，思想先驱王充只是对当时流行观念进行质疑，并未进一步建立起新的圣人观念。而魏晋思想家所面临的问题不仅是怀疑先前的价值体系，而且还必须对先前的价值体系做新的改造、诠释，并最终建立起新的价值体系以安顿世人。对于圣人观念来说亦同样如此，魏晋思想家并不是完全摈弃这一观念，而是在抛弃两汉思想家对于圣人盲目崇拜的基础上，重新设定圣人的存在状态和意义价值，这在很大程度上取决于对何以为圣这一问题的回答，首先对此进行论述的是刘邵，他认为：

① 王充：《论衡》，中华书局 1990 年版，第 395—396 页。

> 凡人之质量，中和最贵矣。中和之质，必平淡无味，故能调成五材，变化应节。是故观人察质，必先察其平淡，而后求其聪明。聪明者，阴阳之精，阴阳清和，则中睿外明。圣人淳耀，能兼二美。知微知章，自非圣人莫能两遂。（《人物志》）

刘邵对圣人的描述从两个方面回答了这一问题，同时也显示出魏晋学术思想的新特征。首先，圣人之所以为圣，而普通人不能成为圣人的关键原因是圣人的质量与普通人不一样。普通人都只是以五材中的某一种为主，而圣人则能“调成五材，变化应节”。这从根本上区分了圣人与普通人的差异，同时也根绝了普通人成为圣人的可能。由于先天质量上的差异，普通人最多只能成为兼材，而不可能成为圣人。由此，拉开了魏晋士人推崇天才，强调天性的序幕。

其次，圣人的基本呈现状态是中和平淡，阴阳清和。就思想来源而言，“中和”是儒家的基本观念，故孔子感慨“中庸之为德也，其至矣乎！民鲜久矣！”（《论语·雍也》）而在《中庸》已经融合部分道家观念，所以《中庸》说：“中也者，天下之大本；和也者，天下之达道。”然而，刘邵此处之“中和”并不仅是儒家思想观念，他将道家之“大音希声，大象无形”（《道德经·四十一章》）的思想融汇进来，从而形成新的中和观念。“夫中庸之德，其质无名，咸而不碱，淡而不醋，质而不缦，文而不缋；能威能怀，能辨能讷；变化无方，以达为节。”这样即将道家无名无为思想与儒家有名有为思想结合起来，为形而下的具体实践追寻到形而上的理论说明，“圣德中庸，平淡无名，不偏不倚，无适无莫，故能与万物相应，明照一切，不与一材同用好，故众材不失任（无名）。平淡而总达众材，故不以事自任（无为）。”① 由此，以平淡无名驾驭纷乱繁复之万有，并使之各归其位，和谐共处，这是刘邵圣人观念的基本特征。

王弼则进一步把这一观念从政治领域向哲学领域推进，他认为：

> 何晏以为圣人无喜怒哀乐，其论甚精，钟会等述之。弼与不同，

---

① 汤用彤：《魏晋玄学论稿》，上海古籍出版社2001年版，第20页。

以为圣人茂于人者神明也，同于人者五情也。神明茂，故能体冲和以通无；五情同，故不能无哀乐以应物。然则，圣人之情，应物而无累于物者也。今以其无累，便谓不复应物，失之多矣。（引自楼宇烈《王弼集校释·附录》）

圣人之所以有别于常人，是因为其神明茂于常人，这是圣人超常的地方，也是常人不能达到圣人境界的根本原因。但圣人并不完全超异于常人，他同时亦具有常人的一般特征——即也有常人的五情，这是圣人不仅仅作为信仰对象而脱离世人的前提。圣人以其神明故能淡然处世，冲和自然悟彻世界之本然；而同于人之五情则使圣人亦具有常人之喜怒哀乐，与世悲喜。然而，圣人之情由于受其神明之引领，故能不受具体事物的限制，应物而发，但不为物所羁縻，从而超越由具体事物本身引发的悲喜而始终处于冲和恬淡的状态。以冲和无为之质，总喜怒思忧恐之情，以中和备质之性览金木水火土之材，故能调和万有，达到平淡无为的境界。

此后魏晋玄学的另一代表郭象亦对圣人观念展开论述。作为魏晋玄学后期的代表郭象更加强调圣人天性超绝的特质，“虽去己一分，颜、孔之际，终莫之得也。”（《庄子·德充符注》）“凡人体质禀气偏颇，其‘性’都有特点和局限，彼此之间千差万别，存在着分界——‘分’，故称之为‘性分’，或简称为‘分’；‘天性所受，各有本分’。”[①] 圣人正是因为在天性上与常人不同，因而能够成为超出常人的存在，颜回之所以不是圣人，正是因为在天性上差了一分，虽然仅是一分，但正是这一分划清了圣人与贤人的界限。贤人无论如何努力也无法超凡入圣，后天的学习无法弥补先天的差异。

在此基础上郭象进一步把圣人神秘化，认为“神人即圣人也。圣言其外，神言其内。”（《庄子·外物注》）这样，随着魏晋玄学探讨的深入，玄学家重建价值体系的欲望逐渐高涨，圣人再次由哲学领域向信仰领域延伸。然而，总的来看，郭象的圣人观仍然是哲学领域的话题，他对圣人之所以为圣是由于自然天性之差异的看法仍与此前的哲学一脉相承。

① 王晓毅：《郭象圣人论与心性哲学》，《哲学研究》2003 年第 2 期。

对于圣人的具体呈现状态郭象亦有所描述“夫圣人之心，极两仪之至会，穷万物之妙数。故能体化合变，无往不可，磅礴万物，无物不然。”(《庄子·逍遥游注》)圣人能包含万有，变化无穷，对现实世界平衡调制，使之和谐相成，体尽自然之妙。这一点亦是此前王弼等人圣德中庸观点在思想上的延续。

此外，随着两汉信仰意义上的圣人观念的解体，圣人重新成为一个可以讨论的话题，而这也间接促使这一观念由哲学向各个社会层面渗透。“世人以人所尤长，众所不及者，便谓之圣。故善围棋之无比者，则谓之棋圣，故严子卿、马绥明于今有棋圣之名焉。善史书之绝时者，则谓之书圣，故皇象、胡昭于今有书圣之名焉。善图画之过人者，则谓之画圣，故卫协、张墨于今有画圣之名焉。善刻削之尤巧者，则谓之木圣，故张衡、马钧于今有木圣之名焉。”(《抱朴子内篇·辨问》)就思想的漫延而言，圣人已经不仅仅是主流哲学探讨的话题，它已经深入民间，成为各行各业杰出者的代名词。这虽然只是王充观点的延伸，于哲学探讨并不一定有多少重大意义，但是却为哲学思想向具体艺术领域的渗透起到重要的推动作用。

总之，圣人之所以为圣乃是缘于基本材质上不同于常人，成为圣人的可能性是先天注定的，后天学习无法达到圣人的境界。中和为圣人之德，能节制诸对立方面，使之处于和谐统一之中，相生相长而不相害，这是魏晋时代关于圣人观念的基本看法。事实上这些观点在先秦两汉思想界亦多有萌芽，但彼时的关注中心在于圣人的功用，强调其体道立法的一面，只有到魏晋时这些问题才一跃成为哲学讨论的中心议题并产生了广泛深远的影响。

第二节　“圣人”观念与六朝艺术的关系

思想观念的变化并不仅仅体现在哲学著作中，它作为文化中的核心内容总是不断向外扩散、渗透，在潜移默化中对社会生活的各个层面发生影响。“思想本身也自有其某种程度上的独立自主性，在客观条件的适当配合之下，思想也可以成为推动历史发展的力量。”[①] 事实上，思想从来没有

① 余英时：《儒家伦理与商人精神》，广西师范大学出版社2004年版，第217页。

脱离具体的社会一般物，它总是在潜意识层面制约着一般艺术创作及生活方式。从圣人观念的这种转变同样也深入当时的艺术领域，推动着艺术观念不断发展。

这一变化对当时艺术理想的影响首先表现为理想的艺术乃是源于艺术家天性，非常人学习可即。圣性天成，不待学而后足；对于常人来说，虽须通过后天学习以克尽其先天之性，但无疑先天之性仍然是制约人之成就的最重要因素。只有先天具有某种特性，才能够进一步发展，如果先天缺乏该方面的才能，则无论后天怎样努力都无法取得成功，就如猴子不能学会人的语言一样。这一观点推衍而论即是郭象所说“物各有性，性各有极”（《庄子·逍遥游注》）。一切皆须以其本性而自立，圣人本性具足，故能不须学而成，常人本性未完故须学以克尽其性。然而，对于圣人来说，由于其本性中即已经含有完满的元素，不像一般人那样只偏于一隅，所以他拥有普通人所没有的完满性，因而就无须通过学习来展现这种完满性。也即汤用彤所说的，学有阶级，圣在学外。[①]

当然，这并不是说圣人不需要一般的知识性训练，只是这种训练一般不被看作是属于本性的东西，而是作为一种通识。艺术家因其天资而自成，纵使需要工夫磨练，亦须先天自具。所以曹丕强调，“虽在父兄，不能以移子弟”（《典论·论文》）；钟嵘讥讽“虽谢天才，且表学问”（《诗品序》）。对于一般的天才来说，这种艺术能力也是无法传承给下一代的，而且学问与艺术才能是两种截然不同的东西，并不是有学问就能做好艺术。

而在各批评家眼中，理想的艺术家（如葛洪所谓各门艺术之圣）更是不能靠学习而达到，他们所具有的才能是一种先天的禀赋，超出经验学习所能及的范围。对此庾肩吾说的很明确：“若探妙测深，尽形得势；烟花落纸，将动风采。带字欲飞，疑神化之所为，非世人之所学，惟张有道、钟元常、王右军其人也。”（庾肩吾《书品》）书法有其自身的玄妙之处，这种玄妙即是书法中的“道”，这样哲学中的宇宙万物存在的终极之“道”在书法中就转化为书法之“道”，而前面已经探讨过，只有圣人才能体悟

① 汤一介：《魏晋玄学论稿·导读》，上海古籍出版社2001年版，第33页。

这种至道，而这种体悟能力却不是普通人所能学及的。因而在他看来，进入书圣境界的张芝、钟繇、王羲之三人即非世人所能学，他们因已探妙测微，尽形得势，已曲尽书道之妙，故非世人学习所能达到。而谢赫《古画品录》则认为陆探微的作品“穷理尽性，事绝言象。包前孕后，古今独立。非复激扬所能称赞，但价重之极乎，上上品之外，无他寄言，故屈标第一等。”陆探微作品非复言语所能描述，古今无俦，自非学习临摹所能达到，而所谓穷理尽性则亦明显有圣人尽性体微之意，常人则无法如圣人周至，故不能达到其所处境界。

就思想而言，圣人若要成为维系社会秩序的典范就不能由学习得来，否则就意味着任何人都有权利创建规则，这样一来社会就重新进入无序状态。所以，圣人必须天然自足，后天努力与先天自足必须有一界限。在艺术领域，这种先天禀赋与后天努力的界限更加明显，个体能否成为某个艺术领域的大师在很大程度上取决于其本人的先天素质，当然尽管有天赋未必一定会成才，但没天赋肯定无法成才，这是艺术领域最明显的直观现实，也最容易为世人所理解。由是，受圣人不可学至观念的影响，各艺术领域的典范代表是依其天性而成，不是常人通过学习而能够达到的。常人只有在他们创立的规范之下依各自的天性发挥自己的特长，形成自己的艺术风格，而能作为典范代表的作家则体现了这一类艺术的本性，成为后人所追慕、学习却永远无法达到的对象。

其次，尽管圣人体道是先秦既有的观点，但由于玄学强调圣人“应物而无累于物”的思想，圣人“含道应物”（宗炳《画山水序》），圣人之“道”应体现于万物之中。如此一来，艺术作为形下之物，其中亦蕴含着“道”。反过来说，透过具体的艺术也能反观到形上之道，进而窥见宇宙人生之终极玄理。所以就艺术来说，理想的艺术作品必须体现“道”之特征，甚至各具体艺术本身亦是道之体现，所以彼时艺术批评多开篇即强调“道”之重要性，以艺术能见道心为宗旨。如《文心雕龙》以《原道》开始，强调“文”的终极功用即在于能体验大“道”，所谓“道沿圣以垂文，圣因文以明道”（《文心雕龙·原道》）。原来圣是“道”与现实世界的桥梁，在刘勰这里“文”成为圣人与“道”的中介，这样即回答了圣人何以明道的问题，将原来“圣”能悟“道”这一观点更加明了化。《书品》则谓书法“变通不极，日用无穷，与圣同功，参神并运”。在庾肩吾看来，书法同样蕴含了无穷的玄妙，其地位也与圣人同样重要，这并不是说二者是并列的关系，而是圣人可以参神并运于书法，从中体悟到书法之妙，进而体悟到宇宙人生之至理，从而为世界创立法则。

对于理想的艺术家来说，其作品自然亦须蕴含“道”，如前所论张芝、钟繇、王羲之“探妙测深，尽形得势”；陆探微“穷理尽性，事绝言象”。而姚最论萧绎之画亦曰：“天挺命世，幼禀生知，学穷性表，心师造化，非复景行所希涉。”（《续画品》）理想作品须得充分展现造化之妙，以人工之行为达到“道”之化境。宗炳的画山水序中亦同样体现出这一特征：“圣人以神法道而贤者通，山水以形媚道而仁者乐”，“山水作为‘道’的表现，同时也即是‘神’的表现。因此，山水画虽然是‘以形写形，以色貌色’，但目的并不在形色本身，而在得山水之‘灵’。”[①] 对于山水画家来说，不唯画出山水之外观，尤须画出山水之灵趣，画出山水中所蕴含的宇宙人生之道。这也是中国传统山水画不同于西方风景画的特点，即中国山水画从来都不是写实的，它是通过对山水的描摹来表现某种灵趣，进而通达宇宙人生中的至道。在这里，艺术的终极目的是明确的，那就是由艺术进入哲学，由技的层面进入道的世界。

最后，玄学圣人观念对艺术审美理想的影响更重要的体现在其标准的确立上。魏晋玄学认为理想中的圣人应该中和备至，兼蓄众美，只有这样才能调和五材，运转阴阳；那么理想中的艺术家及其艺术作品应该是什么样子的呢？在当时批评家看来，理想中的艺术家及其作品同样须中和备质，不偏不倚，灵活平衡各种具体的法则，使之臻至化境。艺术家所禀赋的先天才质具有笼罩该艺术各方面领域的能力，因此种材质所创造出的作品自然中和备质，垂范后世。

刘勰在《文心雕龙》中特别强调圣人创建规范的意义，然而圣人已不可见，所以圣人所遗留下来的经典就成为后人理解圣人真言的对象。这样经典事实上就是圣人留在人间的唯一标准，所以一切艺术甚至思想都必须向经典靠拢，学习经典也就是学习圣人之道。对于艺术创作来说，效法经

① 李泽厚：《中国美学史》魏晋南北朝卷，安徽文艺出版社 1999 年版，第 493 页。

典即意味着在向最符合终极真理的典范学习。在这种情况下，刘勰除了要树立起经典的神圣性原则还需要就经典本身的结构来说明它的不可企及性，只有这样才能使六经成为一切文学艺术的标准与典范。

在他看来，就六经自身的构成而言，具有中和的六种基本特征："一则情深而不诡，二则风清而不杂，三则事信而不诞，四则义贞而不回，五则体约而不芜，六则文丽而不淫。"（《文心雕龙·宗经》）就具体呈现而言，六经就是情、风、事、义、体、文诸方面的克制与平衡，因而能笼络群言，成为后世所有文章的渊薮。对于后世作家来说，经典是不可企及或超越的，因而上述六条标准事实上也不可能完全达到。但这并不妨碍后世作家向其趋近或靠拢，而且从理论上来讲，越是接近经典标准的作品，其成就也就越大。

刘勰从其征圣宗经的思想出发只赋予六经以超越地位，而后来作品也就断绝了成圣的可能，这在六朝相对而言是一种保守的观念。在其他艺术领域有些批评家则直接在现实的作品中寻找典范并立为经典。例如谢赫的《古画品录》中标举"气韵生动"等六法并认为世人很难具备该六法，"虽画有六法，罕能尽该，而自古及今，各善一节"，一般作家无法达到中和备至的境界，自然难以兼具六法，只能善其一节，此与《人物志》中偏美之材义同。而"陆探微、卫协备该之矣"，则超出众人而入画圣矣。因而，谢赫事实上已经离开儒家经典的束缚，在后世的艺术家中寻找典范，并树立为标准。这是因为相对于文学来说，绘画最初并不入儒家法眼，只是作为一门具体的技艺而已，因而也更容易突破儒家的限制。

理想的作家诸法兼具，中和备至，故举体浑然，肥瘦得宜。而偏美之作则各得一体，所以王僧虔论书法谓："崔、杜之后，共推张芝，仲将谓之草圣，伯玉得其筋，巨山得其骨。"（《论书》）张芝筋、骨俱劲，能得中和之姿，故谓之草圣；而卫瓘、卫恒不能兼美，仅得其一，殆不及圣也。在《书论》中同样推出典范性代表，而这代表本身也是具有中和备至的特性。

由上，在六朝艺术理论中，圣人观念被广泛运用到具体的艺术品评。当然，这是玄学思想下的圣人观念，它不同于先秦两汉的神圣化、权威化的圣人理想，而是以自然具足的天性为其理论依据。对于诸艺术中的"圣"，其最重要的特征是中和备至，不偏不倚，恰到好处地展现了该艺术的最本质特征。事实上，这也意味着这些具体的艺术开始走向成熟，并逐渐建立起自己的法则规范。

第三节 曹植与《诗品》的“圣人”观念

与刘勰以六经为典范，尊崇儒家经典的思想不同，《诗品》与当时的艺术品评观念更为接近。因而，在圣人这一问题上，他选择在新的诗人群中树立典范，而不是以儒家原典《诗经》为典范。就目的而言，钟嵘品诗并没有强烈的补时救世的愿望，因而也就没有儒家以文教化天下的文教理想。尽管在《诗品》一开篇他也宣称“动天地，感鬼神，莫近于诗”，但却不讨论诗的教化作用。在他看来，品诗更像是围棋之类的技艺考量，所谓“至于诗之为技，较尔可知，以类推之，殆均博弈”，并且自称“嵘之今录，庶周旋于闾里，均之于谈笑耳”。这看似将诗的地位贬低，因为在儒家传统那里，诗具有严肃的政治功用，所谓“经夫妇，成孝敬，厚人伦，美教化，移风俗”（《诗大序》）；但事实上是将诗从政治功用的严格束缚中解脱出来，从而给诗歌的发展带来极大的空间，也使诗人能更加自由地抒发自己的内心感受。这样，钟嵘就不必将诗看作是圣人遗迹，从而在诗歌艺术本身之内寻找规则及能将这些规则融会贯通的杰出诗人并将之确立为典范。

此外，钟嵘并不是针对所有的诗歌，他只论述新兴五言诗的成就，“至于谢客集诗，逢诗辄取；张隲《文士》，逢文即书。诸英志录，并义在文，曾无品第。嵘今所录，止乎五言”（《诗品序》）。钟嵘一方面反对谢灵运逢诗辄取的集诗方式，另一方面也反对不加品评的收录原则。在他看来既要收集起优秀的作品，还要加以品评分析，从而定出艺术的高低优劣。在这种观念的支配下，钟嵘将以四言为主的《诗经》排除在《诗品》之外，从而避开经典而无须置评。由于四言与五言属于不同体例，因而他可以在五言中重新树立标准，推出新的诗中之圣。

在《诗品》中，钟嵘将这一角色赋予了曹植，“其源出于《国风》，骨气奇高，词采华茂，情兼雅怨，体被文质，粲溢今古，卓尔不群。嗟乎！陈思之于文章也，譬人伦之有周孔，鳞羽之有龙凤，音乐之有琴笙，女工之有黼黻。俾汝怀铅吮墨者，抱篇章而景慕，映余晖以自烛。”（《诗品》）在这里，钟嵘明确将曹植尊为诗中周孔，也即诗中之圣，这与六朝艺术在各个领域中建立起自己的典范是一致的。作为钟嵘心目中的理想作家，曹植在他看来是一个别人无法达到的境界，所谓“粲溢今古，卓尔不群”，他的成就超越时空，成为与众不同的自我，因其余作家则只能对之“抱篇章而景慕，映余晖以自烛”，在其光芒之下发展。

那么钟嵘是如何树立其诗圣观念的？对于这一问题的回答我们必须结合《诗品》全文特别是《诗品序》的理论总纲加以认识。首先，在《诗品序》中钟嵘认为诗有三义，即赋比兴。而理想的创作应该“宏斯三义，酌而用之，干之以风力，润之以丹采，使味之者无极，闻之者动心，是诗之至也。”这是关于诗歌创造的最高标准，三义配合相用，而风力与丹采共荣。只有使诗歌中各种元素相互调合，并达到最佳状态才能创作出诗中绝品，反过来说，这诸方面都完美无缺的作品自然也即诗之典范。我们通过具体的作品来分析曹植在这方面所达到的成就，如其《名都篇》：

> 名都多妖女，京洛出少年。宝剑直千金，被服丽且鲜。斗鸡东郊道，走马长楸间。驰骋未能半，双兔过我前。揽弓捷鸣镝，长驱上南山。左挽因右发，一纵两禽连。余巧未及展，仰手接飞鸢。观者咸称善，众工归我妍。归来宴平乐，美酒斗十千。脍鲤臇胎鰕，寒鳖炙熊蹯。鸣俦啸匹侣，列坐竟长筵。连翩击踘壤，巧捷惟万端。白日西南驰，光景不可攀。云散还城邑，清晨复来还。

诗中三义，赋的运用相对来说更加难以把握，因为一不小心就容易泥于刻板，从而使整首诗显得非常无趣。而曹植则一向非常善于运用赋这一手法，在上面这首诗中描写名都少年行乐运用了大量的铺陈，但丝毫不让人觉得重复，他以一种流动的方式给赋添加了灵性，从而更能体现出其少年义气，纵横勃发的英姿。这点在其《野田黄雀行》、《仙人篇》中变多有体现，如前者中的“秦筝何慷慨，齐瑟和且柔。阳阿奏奇舞，京洛出名讴”，反复渲染却不让觉得疲沓拖延，反而更加惊叹场面的宏大壮丽。后者中亦有“湘娥拊琴瑟，秦女吹笙竽。玉樽盈桂酒，河伯献神曲”的描写，虽然各方摹写，却益增仙府神气，让人不觉有飘飘然凌云之志。

对此，我们可以将之与陆机的《日出东南隅行》中的描写略作对照："扶桑升朝辉，照此高台端。高台多妖丽，濬房出清颜。淑貌耀皎日，惠心清且闲。美目扬玉泽，蛾眉象翠翰。鲜肤一何润，秀色若可餐。窈窕多容仪，婉媚巧乃言"。虽然多方润色美女的容颜，但既没有原作《陌上桑》的自然，亦缺乏曹植诗中类似描写的灵动与气势。

曹植将赋这一手法用活的最重要原因即他把比兴与之相配合使用，从而使之不至于呆板。如前面的《名都篇》，在一片热烈的场景中忽然插上"白日西南驰，光景不可攀"的句子，既是对实景的描写，又在这种描写中暗含光阴易逝，朱颜易老，人生乐事难流的感慨。这样即将以前多用于发短的兴转移到诗尾，从而更显得意境悠远，余味绵绵。而这实际也正是钟嵘所追求的"兴"的特征，即一种纯审美的人生体味，而不仅仅是作为一种手法。

综合来看，曹植的诗中赋、比、兴三种手法灵活地整合在一起，同时又将自己独特的个性气质融合进去，从而使自己的作品达到一种完美的状态，钟嵘对曹植的评价正是与其杰出的艺术成就相匹配。在曹植这里，五言诗得到最大限度的解放，从而为后世的作家树立起规范。

其次，钟嵘对当时玄学圣人观念中重视先天素质，强调天赋的思想非常认同，他强调诗歌创作要靠作者的天赋，反对一味用典任事的文风，所以讥讽大明泰始中文章殆同书抄。对于当时任昉、王融等人的用典风气则直斥为蠹文，并嘲讽为"虽谢天才，且表学问，亦一理乎!"（《诗品序》）在他看来，诗歌创作能力是个体天赋的问题，而好的诗歌更需要作者具有天才的能力，单单靠学术涵养没法弥补天赋上的差距。所以，任昉、王融的用事风气其实是将诗歌引向歧途，这将会把诗歌降低为某种文字上的游戏。只有诗歌是个体天才的结果，它才能够展现出自己独特的一面，否则只会沦落为平庸俗常的创制。正是在这个意义上，他慨叹陆机的大才，称赞谢灵运"兴高才多，寓目辄书"（《诗品》），因为天才是一种先天的素质，非关乎后天的努力学识。

这种强调先天禀赋的思想在当时圣人观念上也有所体现，所以谢灵运《辨宗论》认为"孔氏之论，圣道既妙，虽颜殆庶"，由于天赋上的差异，即使颜回亦非圣人，只是几为圣人，但终究不是圣人。“又王辅嗣以下多主圣人知几故能无过，贤人庶几只不二过，《论语》谓颜子不迁怒不贰过，盖明示其天分仅止于大贤（亚圣)”。[①] 圣人与普通人的区别是天赋上的差异，在先天禀赋上已经决定了普通人无论如何克己修学也无法达到圣人的境界，即使聪慧如颜回亦难以真正成圣。

在这种思想的影响下，钟嵘在树立曹植的典范形象时亦主要从其先天禀赋上来论述，所以他在批评时着眼于骨气、情、体这些方面。在这里，骨气是最根本的，所以被置于首条。实际上这里的骨气相当于序中的风力，皆是指先天禀赋在诗中的体现，这是决定诗歌水平的最重要因素，也是决定诗人成就大小的关键。而曹植则由于骨气奇高，所以才能超出众庶，成就一代诗圣。这样，钟嵘就从诗人的先天禀赋上来确立诗中之圣的人选，这与当时重天才、重禀赋的圣人观念是相一致的，也与六朝其他艺术品评中对圣人的理解是一致的。

此外，情则指向作者的个性气质并且渗透到作品中，形成独特的格调，这也是从先天的方面来概括曹植诗歌的艺术生命力。而体虽然是指诗歌的外在呈现，即诗以何种方式展现出自己的艺术存在，在这里尽管不是就作者来讲的，但诗之体其实仍旧是作者艺术禀赋的体现。钟嵘以人的外在形态来分析诗的外现状态，着眼处仍然是诗人的先天禀赋。

再次，钟嵘将曹植诗歌的特点概括为“骨气奇高，词彩华茂。情兼雅怨，体被文质”(《诗品》)。在这里我们可以看到，骨气与词彩，情与体相互对应依托；而在情中又有雅与怨、体中有文与质的对立统一。这其实是圣人中和备至，纯耀二美观念在诗歌理想中的体现。前文已经解释过，六朝思想家论圣人时已经开始强调圣人自身能包涵对立各方，并达到完美的统一。而这事实上也是中和思想的进一步发展，《论语》中原本即强调中庸之德，在六朝中这一观念进一步丰富，将之与先天的材质结合起来，形成调和众材的圣人之德。

钟嵘在品评曹植时就着眼于各种对立面的平衡统一，只有这样才能树立起他诗中圣人的典范。只有兼蓄众美，才能役使群杰。而在具体的运用

---

① 汤用彤：《魏晋玄学论稿》，上海古籍出版社 2001 年版，第 105 页。

中他更是将其分为两面，在情与体中加以区分，得出雅、怨、文、质四组观念。当然它们之间并非完全对立的，文与质是相对的概念，而雅与怨则并不完全相对，只是两种不同的情感要素。在此基础上进一步强调骨气与词彩，情与体之间的对立统一。事实上已经将序中的要求完全转化为曹植诗歌内在的品质。所谓“干之以风力，润之以丹采”其实也就是“骨气奇高，词彩华茂”；而“情兼雅怨，体被文质”也是“宏斯三义，酌而用之”的结果。对此我们同样可以结合其具体作品加以分析：

白马饰金羁，连翩西北驰。借问谁家子，幽并游侠儿。少小去乡邑，扬声沙漠垂。宿昔秉良弓，楛矢何参差。控弦破左的，右发摧月支。仰手接飞猱，俯身散马蹄。狡捷过猿猴，勇剽若豹螭。边城多警急，虏骑数迁移。羽檄从北来，厉马登高堤。长驱蹈匈奴，左顾凌鲜卑。弃身锋刃端，性命安可怀？父母且不顾，何言子与妻！名编壮士籍，不得中顾私。捐躯赴国难，视死忽如归。（《白马篇》）

种葛南山下，葛藟自成阴。与君初婚时，结发恩意深。欢爱在枕席，宿昔同衣衾。窃慕棠棣篇，好乐如琴瑟。行年将晚暮，佳人怀异心。恩绝旷不接，我情遂抑沉。出门当何顾，徘徊步北林。下有交颈兽，仰见双栖禽。攀枝长叹息，泪下沾罗衿。良马知我悲，延颈对我吟。昔为同池鱼，今为商与参。往古皆欢遇，我独困于今。弃置委天命，悠悠安可任。（《种葛篇》）

在《白马篇》中，曹植所塑造的幽并游侠儿的形象充满了刚决热烈的气质，他们武艺高强却又深怀大义，在国难当头里能捐躯赴厄，从容就死。这种刚明健朗的形象即是曹植诗歌的典型体现，它用一种一往无前的气势展现出自己高绝的气节与胸怀。而这也是构成其作品骨气奇高的主要元素，即一种渗透到骨子里的强劲气魄。它既是作家的气，也是诗歌的质。而《种葛篇》则于浅吟低唉中又不失坚韧，既有《诗经》的风采也有《古诗十九首》中常见的素材。弃妇自悼是传统诗歌中常见的体裁，曹植将之移作身世自伤，尽管哀婉悲愤，却没有切直指斥，依然雅致温婉，哀而不伤是其基本情感基调，确实做到“情兼雅怨，体被文质”。钟嵘将之与国风对照，认为其源出于国风，信哉斯言！

综合来看，钟嵘将曹植作为五言诗之圣，是与当时六朝的艺术氛围相统一的，而在具体思想上则深受玄学风气的影响，将中和备至作为诗圣的特点，因而在具体的品评中将骨气与词彩兼存，雅与怨、文与质同胜。在他看来，曹植的诗作中各种对立因素相互制约平衡，从而最终达到中和之境，因而也成就了其诗圣的地位，结合曹植的具体作品来看，钟嵘的标准是相对公允的，也为五言诗的创作树立了新的典范。

总而述之，魏晋玄学家在继承先秦两汉以来圣人体悟至“道”，为世人创立规范的基础上，把问题的中心转向圣人的本性及存在状态。他们进一步明确圣性天成，不可学至；应物而无累于物；中和备至等观点，从而创立了新的圣人观念。这一观念的转变对六朝艺术审美理想产生了重要的影响，六朝评论家普遍认为理想的艺术源于艺术家自足的天性，其中蕴含着世界本然之至道，中和备至是其最高的标准。由是，圣人由一纯然哲学理想走向具体的艺术理论，成为支配当时艺术创作的重要理念。在这一理念的影响下，六朝艺术在充分展现其绚丽多姿的外表同时，又体现出深刻的宇宙人生哲理，达到直觉与玄思共存，审美与思辨统一，给人以永恒的魅力。钟嵘在这种时代氛围的感召下，把曹植推向诗中之圣的地位，将六朝思想品评的一般原则与五言诗这一独特的艺术形式结合起来，从而确立了骨气、词彩、情、体等诸元素对立统一的原则，从而建立起新的诗歌批评标准。

余论 《诗品》对后世诗学的影响

章学诚《文史通义》曰："《诗品》之于论诗，视《文心雕龙》之于论文，皆专门名家勒为成书之初祖也。《文心》体大而虑周，《诗品》思深而意远。盖《文心》笼罩群言，而《诗品》深从六艺溯流别也。"他深刻地看到《诗品》对于后世诗学理论的影响，认为乃是"成书之初祖"，并且认为它的超然地位来自于作者的"思深意远"。

的确，《诗品》对后世诗学具有不可估量的影响，这一方面由于其深受魏晋玄风影响，其理论的纵深度与完整性都是前所未有的；另一方面更主要的在于它开创了一系列诗学范式，影响了后世诗学理论，为后世论诗者所纷纷效仿。这样，《诗品》在中国诗学整体风貌的铸造过程中遂留下了深刻的烙印，它的基本精神与理念在后世的诗学发展中不断深化与壮大，并不在同的历史情境中得到不同的表述。最终这些理念沉淀到思维的深处，成为中国传统文化、传统诗学的灵魂。

一

《诗品》作为诗话之初祖，它本身开创的诸多形式范式为后世所效仿，从而为整个诗话体例确立了先在的规范。首先，它开创了推源溯流的批评方法。钟嵘《诗品》品评了自汉代以来的一百二十多位作家的作品，对于其中有代表性的三十六家一一标明其来源，最后归属为《国风》、《楚辞》、《小雅》三类，力图在纷杂的诗人群体中建立起一个有序的系统。

这种通过分析诗人源流进而研究诗歌发展规律的方法在后世诗话中成为一个重要的方法，为各评论家所接受。如：

子昂《感遇》三十首，出自阮公《咏怀》。《咏怀》之作，难以为俦。（皎然《诗式》）

诗有出于《风》者，出于《雅》者，出于《颂》者。屈原之文，《风》出也；韩、柳之诗，《雅》出也；杜子美独能兼之。（姜夔《白石道人诗说》）

《三百篇》始，流而为汉、魏。《国风》流而为汉《十九首》、苏、李、魏三祖、七子之五言。《雅》流而为汉韦孟、韦玄成、魏曹植、王粲之四言。《颂》流而为汉安世房中、武帝《效祀》、魏王粲《太庙颂》、《俞儿舞》之杂言。然五言于《风》为近，而四言于《雅》渐远，杂言于《颂》则愈失之。故钟嵘《诗品》止于五言，而昭明《文选》亦不及乎杂言也。（许学夷《诗源辩体》）

唐张为撰《诗人主客图》一卷，所谓主者，白居易、孟云卿、李益、鲍溶、孟郊、武元衡，皆有标目。余有升堂、入室、及门之殊，皆所谓客也，宋人诗派之说实本于此。（李调元《诗人主客图序》）

太白诗以《庄》、《骚》为大源，而于嗣宗之渊放，景纯之隽上，明远之驱迈，玄晖之奇秀，亦各有所取，无遗美焉。（刘熙载《艺概》）

词自晚唐五代以来，以清切婉丽为宗。至柳永而一变，如诗家之有白居易。至轼而又一变，如诗家之有韩愈，遂开南宋辛弃疾一派。寻源溯流，不能不谓之别格。然谓之不工则不可。（《四库全书总目》卷一九六《东坡词》提要）

以上只是略举数例，其他如宋濂之《答章秀才论诗书》更是详细地分析了自《诗经》到六朝的诗歌演变历史。由此可见这种推源溯流的批评方法对于传统诗论的重要影响。“一种批评方法的产生，绝不会是偶然的。它往往与一个民族、一个时代的思维习惯、文学传统有着密切的关系，因此，它总凝聚着某种文化精神的某些侧面。”①

这种批评方法的诞生，从文化传统上来说是由于尊经重史的历史传统。对于传统文化来说，历来即有信古崇古、尊经重史的倾向，即使后世

① 张伯伟：《钟嵘诗品研究》，南京大学出版社1999年版，第347页。

所作之作品亦总要寻找其文化渊源，以提高身价，故汉魏之间多托古之作。此一风气影响到学术上即是重视师承门第，寻找学术上的根脉。故《文心雕龙》标举《宗经》，认为经书“并穷高以树表，极远以避疆，所以百家腾跃，终入环内者也。若禀经以制式，酌雅以富言，是仰山而铸铜，煮海而为盐也。”钟嵘推源溯流的批评方法自然亦受这种风气的沾溉，故而在《诗品》中举《国风》、《小雅》为宗，当然他把《离骚》亦提到经的地位，得以与《诗经》并列则是一种创建性运用，显示了其作为理论家的胆识与素养。

另外，从创作实践上来看，六朝五言诗正处在开创之际，诗人拟作风气颇盛，他们不但拟古诗，而且相近的前辈诗人亦是拟仿的对象，如陆机拟古诗、谢灵运《拟邺中七子》、江淹《杂拟》，到后期更是直接标明模拟哪位诗人，如鲍照《学刘公干体》、《学陶彭泽体》，纪少瑜《拟吴均体应教诗》，萧纲《戏作谢惠连体十三韵》等。这种学习模拟的风气自然对于诗人的创作产生了不可估量的影响，它使诗人之间的承继关系更为明显，在这种具体的诗歌创作现象面前，钟嵘追本溯源的作法是对现实状况的本然反应。

正是在这种情况下，钟嵘第一次将追溯源流的方法完整的引入诗歌评论中，开创了新的批评局面，最终影响了传统的诗歌品评方式。这种批评方式自宋代以后不但在理论界起了重大影响，在具体的创作中也对诗人流派的产生起了重要作用，自江西诗派后，诗人结社寻宗之风日炽，追本溯源的批评方法功不可没。

其次，钟嵘在《诗品》中运用意象评点的方法鉴赏五言诗，他很少运用抽象的概念化语言进行批评，主要运用比喻与联想的方式，通过描绘性语言将品评对象的美学特征表现出来。意象批评并非钟嵘首创，在他之前这一方法既已经广泛运用于文艺批评与人物品藻中。在艺术方面，这一批评最早运用于书法之中，如蔡邕《篆势》“远而望之，若鸿鹄群游，络绎迁延”；成公绥《录书体》“或若虬龙盘游，蜿蜒轩翥；鸾凤翱翔，矫翼欲去。或若鸷鸟将击，并体抑怒，良马腾骧，奔放向路”。而这种批评方式在人物品藻中亦有所现，如《世说新语》“世目李元礼：‘谡谡如劲松下风’”；“庾子嵩目和峤：‘森森如千丈松，虽磊砢有节目，施之大厦，有栋梁之用’”；“王公目太尉‘岩岩清峙，壁立千仞’”。

在这种情况下，《诗品》亦积极采用这种方法，他一方面转述前人的批评例子如评潘岳、陆机引谢混语“潘诗烂若舒锦，无处不佳；陆文如披沙简金，往往见宝”；论颜延之、谢灵运则引汤惠休言“谢诗如芙蓉出水，颜如错彩镂金”。另一方面他凭其个人的品评经验而更创造出许多优美的新例子，如评谢灵运：“然名章迥句，处处间起；丽典新声，络绎奔会。譬犹青松之拔灌木，白玉之映尘沙，未足贬其高洁也”；论范云、丘迟“范诗清便宛转，如流风回雪。丘诗点缀映媚，似落花依草”。通过运用自然界的优美景象作譬喻，所评诗人的艺术特点便如同一幅幅鲜明的画卷呈现在读者的眼前，尽管它不是规范刻板的理论总结，但是这种充满感性气息的品评却更能使读者体验到对象的艺术特点。如果我们从更广的范围来看这种批评方式的话，它与比兴的传统具有密切的关系，比兴是传统诗歌创作的重要手法，而如果把这种手法移植到批评中，那么就是所谓的意象式批评了。

这一品评方式在后世得到大量运用，如杜甫《戏为六绝句》中即有“或看翡翠兰苕上，未掣鲸鱼碧海中”之论。而最为经典的则是《二十四诗品》，整篇都是用意象批评的方法，而其中的名句亦广为流传，如“采采流水，蓬蓬远春。窈窕深谷，时见美人。碧桃满树，风日水滨。柳阴路曲，流莺比邻”；“玉壶买春，赏雨茅屋。坐中佳士，左右修竹。白云初晴，幽鸟相逐。眠琴绿荫，上有飞瀑。落花无言，人淡如菊”；“娟娟群松，下有漪流。晴雪满汀，隔溪渔舟。可人如玉，步屟寻幽。载行载止，空碧悠悠”……总之在《二十四诗品》中，意象批评得到广泛的运用，它将钟嵘所开创的这一诗歌品评方式推向极致。

此后这种品评方式在文学中进一步得到应用，张舜民《芸叟评诗》、敖陶孙《臞翁诗论》都有运用，而朱权《太和正音谱》则用来评曲，李开先《中麓画品》用来评画，张德瀛《词徵》用来评词……这样一来，意象批评即成为中国艺术批评的一个重要手段，它契合了传统艺术的艺术特性，形象地展现了传统艺术的特色。因而与中国传统艺术具有不可分割的统一性，成为传统理论批评的代表性形式，并参与到中国文化思维的铸造之中，成为中国文化的一个重要特色。

这种批评方式从具体的意象入手，避开艰涩的理论术语，用自然景物的独特个性来解说诗人作品的特点，其本身即是一种美学的表达。它极大地解放了读者的想象力与创造力，在不知不觉中体验到对象的独特美学韵味。因而，这种批评方式给人以深刻的艺术感染力，将理性的规范融入感性的表达中，体现了艺术思维的独特魅力。

最后，摘句批评与逸事记闻也是《诗品》的一大特色。在中国传统诗学批评中，摘句批评是一种非常易见的现象，即摘取一些佳句妙语讽颂玩味。摘句批评的历史同样很久远，最早我们可以追溯到先秦的赋《诗》言志，当时断章取义的引诗方式可以说是摘句批评的滥觞。

真正具有文学批评意义的摘句则始于汉魏六朝，随着文学的进一步发展，人们对“佳句”、“警句”的美学感受逐渐重视起来，如陈琳在《答东阿王笺》中提出“清辞妙句，焱绝焕炳”；陆机《文赋》中则提出“立片言以居要，乃一篇之警策”；刘勰《文心雕龙》则说“隐也者，文外之重旨也；秀也者，篇中之独拔者也”。都在强调警绝之句对于诗歌创作的重要性。

在这种趋势下，钟嵘亦大量运用摘句批评，《诗品序》中曰：“‘思君如流水’，既是即目；‘高台多悲风’，亦惟所见；‘清晨登陇首’，羌无故实；‘明月照积寻’，讵出经、史；观古今胜语，多非补假，皆由直寻”。而在具体的批评中亦不乏摘句，如评张翰、潘尼“季鹰‘黄华’之唱，正叔‘绿蘩’之章，虽不具美，而文采高丽，并得虬龙片甲，凤凰一毛”；评陶潜“至如‘欢言酌春酒’，‘日暮天无云’，风华清靡，岂直为田家语耶?”；论郭泰机等四人“泰机‘寒女’之制，孤怨宜恨。长康能以二韵答四首之美。世基‘横海’，顾迈‘鸿飞’”。

当然作为处于开创阶段的钟嵘并没有后世的摘句那样精确，有时他甚至把摘句扩大为摘篇，如《诗品序》“陈思《赠弟》，仲宣《七哀》，公干《思友》，阮籍《咏怀》，子卿双凫，叔夜双鸾，茂先寒夕，平叔衣单，安仁倦暑，景阳苦雨，灵运《邺中》，士衡《拟古》，越石感乱，景纯咏仙，王微风月，谢客山泉，叔源《离宴》，太冲《咏史》，颜延入洛，陶公《咏贫》之制，惠连《捣衣》之作，斯皆五言之警策者也。”

而后来的摘句则要更为精确，其品评也更加细致，唐代即出现元兢的《古今诗人秀句集》专门摘集佳句，宋以后诗话泛滥，摘句遂成为一种基本的批评方式。故陈衍曰："说诗标举名句，其来已久，此诗话所由昉也。……钟记室谓'清晨登陇首，羌无故实；明月照积雪，讵出经典；思君如流水，既是即目；高台多悲风，亦惟所见。'以示宗旨。由是流传名句，写景者居多"（《石遗室诗话》)。这种方式甚至对日本的文学批评亦起了重要影响，产生了一大批如《千载佳句》、《日本佳句》、《本朝佳句》之类的作品。

摘句批评由于将诗作的主要审美点挑出来供读者仔细回味、品评，因而受到历代批评者的重视，这是钟嵘《诗品》所开创的一个重要批评方式，而且它同时契合了审美中灵动自由的特性，从而成为中国传统诗品的又一特点。

此外，《诗品》中还罗列了不少诗人逸事，从而为读者全面了解诗人诗作提供了条件。如评谢灵运："初，钱塘杜明师夜梦东南有人来入其馆，是夕，即灵运生于会稽。旬日而谢玄亡。其家以子孙难得，送灵运于杜治养之。十五方还都，故名'客儿'"；记汤惠休与吴迈远诗趣："汤休谓远云：'我诗可为汝诗父。'以访谢光禄，云：'不然尔，汤可为庶兄。'"

这种记载诗人传闻逸事的批评方式一方面加深了读者对诗人背景的理解，另一方面于刻板的批评中加以逸事，遂使批评显得灵活多变，异趣横生。从源流上看，它来自于先秦的"知人论世"传统，但在发展过程中则更进而贴近诗人的生活氛围，成为理解诗歌创作的一个重要手段，宋以后的诗话不胜枚举，其中则多有奇闻逸趣之记载，亦可见此种风气的影响。

总之，从形式的角度来看，《诗品》为后世诗学批评提供了诸多可资借鉴的批评方式，对诗话这一具体批评样式的成型发挥了不可估量的影响。

二

《诗品》不但通过自己的文本构成方式为后世诗学树立了一系列写作范式，在基本诗学理念上亦确立了诸多原则。第一，《诗品》确立了自然的诗学理念。《诗品》将汉魏六朝以来崇尚自然的观念融合到诗学理论中，以"自然"为诗歌之本性，是诗歌成就自身的最高依据，认为诗歌要写出自然旨趣，"近任昉、王元长等，词不贵奇，竞须新事。迩来作者，寖以成俗。遂乃句无虚语，语无虚字，拘挛补衲，蠹文已甚——但自然英旨，罕值其人；词既失高，则宜加事义，虽谢天才，且表学问，亦一理乎！”（《诗品序》）在批判任昉、王元长等人的用事风气时，明确提出“自然英旨”乃是诗歌创作的最高追求。

在魏晋主流思想的影响下，钟嵘把“自然”作为诗歌的本性，诗歌赖以成就自身的品质，它超越所有具体现象但又存在于具体的诗歌中，它不是实体性的事物，但又通过实体性的自然风景展示出来。前面已经分析过，“自然”体现在诗歌所“吟咏情性”之真挚上，体现在欣赏过程中所感到“有滋味”上，体现在创作方法“多非补假，皆由直寻”上，体现在和谐完美的诗歌理想上，总之，即体现在整个诗歌活动的全过程中。这即是魏晋本体论讨论所形成的“自然”原则，它是“道”的体现，“无形无名者，万物之宗也。不温不凉，不宫不商，听之不可得而闻，视之不可得而彰，体之不可得而知，味之不可得而尝”（王弼《老子指略》）。而这无形无名的“自然”却是支配诗歌创作，使诗成为诗的最高原则。

这种以“自然”为最高理念，追求“自然”的艺术原则贯穿了此后的中国传统诗学。司空图《二十四诗品》专列“自然”作为风格，认为“自然”即是“俯拾即是，不取诸邻。俱道适往，着手成春。如逢花开，如瞻岁新。真予不夺，强得易贫。幽人空山，过雨采蘋。薄言情悟，悠悠天钧”。“自然”之作“真予不夺，强得易贫”，只有真正体味到“自然”的妙处才能写出“自然”之作，这是中国传统诗歌所一直强调的。故严羽《沧浪诗话》说“诗有别裁，非关书也；诗有别趣，非关理也。然非多读书，多穷理，则不能极其至。所谓不涉理路，不落言筌者，上也”；而朱弁《风月堂诗话》说“诗人胜语，咸得于自然，非资博古。若‘思君如流水’、‘高台多悲风’、‘清晨登陇首’、‘明月照积雪’之类，皆一时所见，发于言辞，不必出于经、史。故钟嵘评之云：‘吟咏情性，亦何贵于用事。’颜、谢椎轮，虽表学问，而太始化之，寖以成俗。当时所以有书钞之讥者，盖为是也。大抵句无虚辞，必假故实；语无空字，必究所从。拘挛补缀而露斧凿痕迹者，不可与论自然之妙也”。

追求“自然”之妙，追求不假修饰的天然之美乃是中国传统诗学的最高目标，而这种理念在最早的诗歌批评——《诗品》中即首先确立了下来，成为后世诗论所遵循的原则。

第二，钟嵘在陆机的“诗缘情”之后进一步明确诗歌要“吟咏情性”，并且对情性的内涵做了规定，为后世诗学创立了另一规范。六朝是一个尚情的年代，在汉代大一统思想解体的风潮中，个体本身的性情成为当时学者所关注的重点，个体不再被首先视作社会规范的遵循者，个体以其本身的性情为自己立法。在这种情况下，尚情成为整个社会的潮流，所谓“圣人忘情，最下不及情。情之所钟，正在我辈。”（《世说新语·伤逝》）

这种尚情的风尚进入到文学艺术中即是缘情观念的兴起，钟嵘认为诗歌乃是人的情感受到外物刺激之后的产物，“气之动物，物之感人，故摇荡性情，形诸舞咏”（《诗品序》）。并且他明确表示，诗歌乃是以表现人的性情为主要目的的，“夫属词比事，乃为通谈。若乃经国文符，应资博古；撰德驳奏，宜穷往烈。至乎吟咏情性，亦何贵于用事?”在他看来，诗之不同于别的文体的最根本区别即是诗歌吟咏情性。

钟嵘在明确诗歌“吟咏情性”之后，进一步规定了“情”的范围，他在评曹植时提出理想的诗歌要“情兼雅怨，体被文质”。在这里，钟嵘将“怨”作为“情”的主要内涵，尽管他亦不排斥快乐的情感，但是他认为“怨”乃是最能体现个体的生存际遇及生命本质，故而更应该受到重视。如评李陵“文多凄怆，怨者之流。陵，名家子，有殊才，生命不谐，声颓身丧。使陵不遭辛苦，其文亦何能至此”；班婕妤“词旨清捷，怨深文绮”；曹植“情兼雅怨”；左思“文典以怨”。同时，他并不满足于诗歌只是表现怨情，他更进一步规定“情”要“雅”，也即要持正。在坚持诗歌的抒情性时，同时表明诗歌的感情要严肃，要反应生存的本真状态，而不是流于世俗的需要。故而他指斥汤惠休“惠休淫靡，情过其才”，不满于张华的儿女情长。

诗歌要表现主体情感这一观点在后世诗学中亦有深远的影响，每当官方正统要求诗歌体现教化的口号盛行时，要求诗歌创作表现性情的观点便作为一种反驳出现。如明代的公安派，清代的袁枚，都曾提出写性情的观点，“诗贵性情，不贵涂泽”（袁枚《与杨兰坡明府》）。

而对于诗歌要写怨情则后世诸多作者亦有同感，如韩愈《荆潭唱和诗序》说“欢愉之辞难工，穷苦之音易好”。而他对“雅”的强调亦使后世诗学理论深受影响，如朱熹所谓“怨而不怒”，沈德潜所谓“温柔敦厚”。

这样，“吟咏情性”以及“情兼雅怨”的诗学理念就在后世的诗学中得到进一步的深化发展，并且在不同的历史情境中以不同的面目出现，成为中国诗学的一大传统，为中国诗学整体面目的形成做出了自己的贡献。

第三，《诗品》在品评作品的同时提出了创作原则，并且确立了诗歌创作的基本方法。《诗品序》云：“观古今胜语，多非补假，皆由直寻。”在此钟嵘明确提出自己的诗学方法论——直寻。魏晋玄学要求于有中体现出无的本体，并且六朝后期的佛学亦强调要顿悟，这种方法论对于促生“直寻”的诗学方法论起了重要作用。而在文论方面，陆机《文赋》中要求，“课虚无以责有，叩寂寞而求音”，为“直寻说”的提出做了理论上的铺垫。

就整个《诗品》来说，“自然”是最高的诗学本体，是诗之本性所在，而如何使作品体现出这种本性就是诗歌创作的方法。在钟嵘看来，创作出体现诗歌本性的作品无关乎用典、声律这些形式性的东西，而是能将作者的一腔真情自由地转换成语言文字。所以他说“观古今胜语，多非补假，皆由直寻”，因而直寻涉及两个方面：一是体现诗之本性，二是本乎作者之真性情。

所以直寻即是在某一特定的境遇中，诗人主体的情感与外界在刹那间相融合，外在的事物给主体以独特纯真的感受，这种感受即不关乎道德，亦不涉及理论，它只是作者纯然的审美感受，在刹那迷醉中体会事物的本性，并将之转换成妥帖恰当的语言。所以即如前面所论及的，“直寻”作为一种创作方法，一方面关系到客观风物，另一方面维系着诗人的主体情思，要求二者达到自然无间的程度。也就是说，“直寻”所要“寻”的是那种物我交融的自然诗境。

“直寻”这一方法由于切合了中国传统诗学思维的本质特征，因而在后世诗学中作为一条基本原则确立下来，尽管表现形态各异，但基本精神却一直没变。如司空图即说“直致所得，以格为奇”（《与李生论诗书》）。而严羽则倡导“妙悟”，所谓“大抵禅道唯在妙悟，诗道亦在妙悟。且孟襄阳学力下韩退之远甚，而其诗独出退之之上者，一味妙悟也”（《沧浪诗话·诗辨》）。他从禅宗中吸取思想，认为诗要重在妙悟，也即是不靠学识、阅历，而是靠作者的感悟能力。所以他说，诗之妙处要“羚羊挂角，无迹可求”，而作为方法亦当能表现出这种妙境。而到王国维则要求诗歌创作要有境界，创作方法乃是以“不隔”为上。“‘池塘生春草’、‘空梁落燕泥’等二句，妙处唯在不隔，词亦如此。即以一人一词论，如欧阳公《少年游》咏春草上半阕云：‘阑干十二独凭春，晴碧远连云。千里万里，二月三月，行色苦愁人’，语语如在目前，便是不隔；至云‘谢家池上，江淹浦畔’则隔矣。”（《人间词话》卷上四十）王国维认为，好诗语语如在目前，这就是不隔。我们说这种境界也正是“直寻”所追求的境界，即是钟嵘所谓的“‘思君如流水’，既是即目；‘高台多悲风’，亦惟所见；‘清晨登陇首’，羌无故实；‘明月照积雪’，讵出经、史?”

这样，我们可以看到，尽管所标举的方法不同，但是在实质上是一致的，那就是不通过用典任事这些语言上的功夫，而是通过作者的主体感悟直抵诗歌的本真天性，这就是直寻对后世诗学的影响。

总之，通过简要的分析我们会发现，无论是在写作方式上还是诗学内涵上，《诗品》都为后世诗学树立了一系列范例，成为后世诗学得以继续展开、深入的前提。这样，我们可以说，《诗品》对中国传统的诗学形态的定型都产生了重要影响，成为中国诗学的典范。

另外，由于《诗品》很早就流传到国外，在汉文化圈中亦有不小的影响，对于日本、韩国的诗学理论形成亦起了重要的作用，如日本即有《古今和歌集序》这样模拟《诗品序》的作品。因而，对于《诗品》的研究并不仅是中国的，它同时亦是走向世界的。

参考文献

一　中国古代典籍注本

马明等校注：《诸子集成》，岳麓书社 1996 年版。

李学勤主编：《十三经注疏》，北京大学出版社 2000 年版。

朱谦之：《老子校释》，中华书局 1984 年版。

陈鼓应：《老子注译及评价》，中华书局 1984 年版。

陈戍国注：《尚书校注》，岳麓书社 2004 年版。

陈戍国注：《礼记校注》，岳麓书社 2004 年版。

朱宏达、李南晖：《左传直解》，浙江文艺出版社 2000 年版。

（汉）司马迁：《史记》，中华书局 1959 年版。

（汉）董仲舒：《春秋繁露》，上海古籍出版社 1989 年版。

（汉）王充著，黄晖校释：《论衡校释》，中华书局 1990 年版。

（魏）王弼著，楼宇烈校释：《王弼集校释》，中华书局 1980 年版。

（晋）阮籍著，陈伯君校注：《阮籍集校注》，中华书局 1987 年版。

（晋）嵇康著，鲁迅校注：《嵇康集》，人民文学出版社 1999 年版。

（晋）葛洪著，王明校释：《抱朴子内篇校释》，中华书局 1980 年版。

（南朝·宋）刘义庆：《世说新语》，齐鲁书社 2007 年版。

（梁）萧统著，（唐）李善注：《文选》，上海古籍出版社 1986 年版。

（唐）殷璠：《河岳英灵集》，中华书局 1992 年版。

（唐）皎然：《诗式》，齐鲁书社 1986 年版。

（唐）司空图：《二十四诗品》，齐鲁书社 1983 年版。

（宋）叶梦得：《石林诗话》，中华书局 1991 年版。

（宋）严羽：《沧浪诗话》，人民文学出版社 1961 年版。

（宋）朱熹：《诗集传》，上海古籍出版社 1962 年版。

（清）马瑞辰：《毛诗传笺通释》，中华书局 1989 年版。

（清）严可均：《全上古三代秦汉三国六朝文》，中华书局 1958 年版。

王国维：《人间词话》，中国人民大学出版社 2004 年版。

周振甫：《文心雕龙注释》，人民文学出版社 1981 年版。

范文澜：《文心雕龙注》，人民文学出版社 1958 年版。

二 《诗品》校注、工具书及研究专著

曹旭：《诗品集注》，上海古籍出版社 1994 年版。

曹旭：《诗品研究》，上海古籍出版社 1998 年版。

张伯伟：《钟嵘诗品研究》，南京大学出版社 1999 年版。

王叔岷：《钟嵘诗品笺证稿》，中华书局 2007 年版。

陈延杰：《诗品注》，人民文学出版社 1963 年版。

许文雨：《钟嵘诗品讲疏》，成都古籍出版社 1982 年版。

向长青：《诗品注释》，齐鲁书社 1986 年版。

萧华荣：《〈文赋〉〈诗品〉注译》，中州古籍出版社 1985 年版。

周振甫：《诗品译注》，中华书局 1998 年版。

三 《诗品》及相关研究论文

罗钢：《一个词的战争——重读王国维诗学中的“自然”》，《北京师范大学学报》2007 年第 1 期。

王庆节：《老子的自然观念——自我的自己而然与他者的自己而然》，《求是学刊》2004 年第 11 期。

刘笑敢：《老子之人文自然论纲》，《哲学研究》2004 年第 12 期。

张桂光：《殷周“帝”“天”观念考索》，《华南师范大学学报》1984 年第 2 期。

杜勇：《略论周人的天命思想》，《孔子研究》1998 年第 2 期。

曾振宇：《“法天而行”：董仲舒天论新识》，《孔子研究》2000 年第 5 期。

李延仓：《从〈庄子〉、郭〈注〉、成〈疏〉看庄学“自然”义的歧异指向》，《文史哲》2007 年第 4 期。

袁秋侠：《〈诗品〉流水意象的文化透视举隅》，《广西社会科学》2003年第4期。

何庄：《论魏晋南北朝的文论之“清”》，《中国人民大学学报》2007年第2期。

童庆炳：《钟嵘诗论解读》，《保定师范专科学校学报》2002年第1期。

姜晓云：《“清”与“怨”的历史传承与钟嵘〈诗品〉》，《文艺理论研究》2000年第3期。

［日］兴膳宏：《〈文心雕龙〉与〈诗品〉在文学观上的对立》，《文艺理论与研究》1982年第3期。

邬国平：《刘勰与钟嵘文学观“对立说”商榷》，《文学理论研究》1984年第1期。

崔茂新：《文化还原与中国古代文论研究的原创追求》，《文史哲》2007年第3期。

高文强：《论“诗缘情”说的现代误读》，《湖北大学学报》2004年第1期。

蒋祖怡：《钟嵘的“滋味说”对我国诗歌发展的作用》，《杭州大学学报》1985年第4期。

武显璋：《浅谈钟嵘的“直寻”说》，《文学遗产》1984年第2期。

罗安宪：《孔子“直”论之内涵及其人格意义》，《孔子研究》2005年第6期。

郭沂：《生命的价值及实现——孔庄哲学贯通处》，《孔子研究》1995年第2期。

余德华：《数·灵魂·和谐——毕达哥拉斯学派哲学属性探析》，《山西师范大学学报》2001年第1期。

曾繁仁：《论希腊古典“和谐美”与中国古代“中和美”》，《中国文化研究》2001年冬之卷。

黎红雷：《“和谐观”中西合论》，《中国哲学史》1999年第4期。

丁原明：《中和：理性与价值相统一的合理理性》，《孔子研究》2004年第4期。

徐华：《老庄道家与早期“中和”理念的重建》，《华中师范大学学报》2006年第11期。

罗祖基：《论中和的形成及其发展为中庸的过程》，《孔子研究》1995年第3期。

雷庆翼：《“中”、“中庸”、“中和”平议》，《孔子研究》2000年第3期。

［日］清水凯夫：《〈诗品〉是否以“滋味说”为中心——对近年来中国

〈诗品〉研究的商榷》，《文学遗产》1993 年第 4 期。
李壮鹰：《滋味说探源》，《北京师范大学学报》1997 年第 2 期。
胡大雷：《〈诗品〉：着眼于艺术效果的诗歌批评——兼答清水凯夫〈诗品〉是否以“滋味说”为中心》，《文艺研究》2001 年第 2 期。
崔茂新：《论小说叙事的诗性结构》，《文学评论》2002 年第 3 期。
［日］林田慎之助：《汉魏六朝文学理论中的“情”与“志”问题》，卢永璘译，《古代文学理论研究》第 13 辑。
韩经太：《清谈·淡思·浓采——诗学与哲学之间的文化透视》，《中国诗歌研究第 1 辑》，中华书局 2002 年版。

四　中国思想、文化、哲学、美学研究著作

朱自清：《诗言志辨》，岳麓书社 2011 年版。
宗白华：《美学散步》，上海民出版社 1981 年版。
李泽厚：《中国美学史》，安徽文艺出版社 1999 年版。
李泽厚：《美学三书》，安徽文艺出版社 1999 年版。
李泽厚：《中国思想史论》，安徽文艺出版社 1999 年版。
徐复观：《中国艺术精神》，华东师范大学出版社 2001 年版。
汤用彤：《魏晋玄学论稿》，上海古籍出版社 2001 年版。
汤用彤：《汉魏两晋南北朝佛教史》，上海书店 1991 年版。
袁济喜：《六朝美学》，北京大学出版社 1999 年版。
袁济喜：《兴：艺术生命的激活》，百花洲文艺出版社 2001 年版。
王运熙：《中国古代文论管窥》，齐鲁书社 1987 年版。
彭峰：《诗可以兴》，安徽教育出版社 2003 年版。
李健：《比兴思维研究》，安徽教育出版社 2003 年版。
萧华荣：《中国诗学思想史》，华东师范大学出版社 1996 年版。
蔡镇楚：《中国古代文学批评史》，岳麓书社 1999 年版。
张少康：《中国文学理论批评史教程》，北京大学出版社 1999 年版。
袁行霈：《中国文学史》，高等教育出版社 1999 年版。
敏泽：《中国美学思想史》，齐鲁书社 1987 年版。
黄霖：《文心雕龙汇评》，上海古籍出版社 2005 年版。

张少康：《文心雕龙研究》，湖北教育出版社 2002 年版。

叶朗：《中国美学史大纲》，上海人民出版社 1985 年版。

袁行霈、孟二冬、丁放：《中国诗学通论》，安徽教育出版社 1994 年版。

张少康、刘三富：《中国文学理论批评发展史》，北京大学出版社 1995 年版。

钱锺书：《管锥编》，中华书局 1979 年版。

周策纵：《古巫医与“六诗”考》，上海古籍出版社 2009 年版。

余英时：《儒家伦理与商人精神》，广西师范大学出版社 2004 年版。

冯友兰：《三松堂全集》，河南人民出版社 1988 年版。

黄仁宇：《中国大历史》，生活·读书·新知三联书店 1997 年版。

张岱年：《中国哲学大纲》，中国社会科学出版社 1982 年版。

陈炎：《多维视野中的儒家文化》，山东教育出版社 2006 年版。

杨树达：《积微居小学述林全编》，上海古籍出版社 2007 年版。

徐中舒：《甲骨文字典》，四川辞书出版社 2003 年版。

陈梦家：《殷虚卜辞综述》，中华书局 1988 年版。

唐兰：《殷墟文字记》，中华书局 1981 年版。

［日］宫崎市定：《九品官人法研究》，中华书局 2008 年版。

［日］小尾郊一：《中国文学中所表现的自然与自然观》，上海古籍出版社 1989 年版。

五　外国哲学、文化、美学著作

［希］柏拉图：《文艺对话集》，人民文学出版社 1980 年版。

［希］亚里士多德：《诗学》，人民文学出版社 2002 年版。

［德］马克思：《马克思恩格斯选集》，人民文学出版社 1972 年版。

［德］马克思：《1844 年经济学—哲学手稿》，人民出版社 1975 年版。

［德］康德：《判断力批判》，商务印书馆 1964 年版。

［德］康德：《纯粹理性批判》，商务印书馆 2003 年版。

［德］康德：《未来形而上学导论》，商务印书馆 1978 年版。

［德］黑格尔：《美学》，商务印书馆 1979 年版。

［德］黑格尔：《小逻辑》，商务印书馆 1982 年版。

［德］黑格尔：《法哲学原理》，商务印书馆 1979 年版。

［德］叔本华：《作为意志和表象的世界》，商务印书馆 1982 年版。

［德］温克尔曼：《拉奥孔》，人民文学出版社 1979 年版。

［德］恩斯特·卡西尔：《人论》，上海译文出版社 1985 年版。

［德］海德格尔：《存在与时间》，上海三联书店 1999 年版。

［德］海德格尔：《诗·语言·思》，文化艺术出版社 1990 年版。

［德］海德格尔：《思想经验》，武汉大学出版社 2005 年版。

［德］伽达默尔：《真理与方法》，上海译文出版社 1999 年版。

［英］鲍桑葵：《美学史》，商务印书馆 1985 年版。

［英］罗素：《西方哲学史》，商务印书馆 2002 年版。

后　记

当走下山峰回首身后时，连绵的远山便是水墨般的风景，可是跋涉者的艰辛只有自己知道，当窗外又一次绿树成荫时我确信这一次跋涉结束了。坦白地说，论文的写作是一个艰辛的过程，每前进一步都有想象不到的困难，一如当初我从山中一步步走出来的情景。这是当初毕业时记下的话语，然而事实上当自己感慨结束时却只是另一个开始。或许人生永远没有半路上的终结，只是暂时性的停留。对于研究亦是如此，当自己以为完成时才发现好多问题刚刚开始。

由于研究钟嵘《诗品》的作品非常多，当初决定略过版本与钟嵘生平的考订，只专注于义理的发掘，现在看来或许过于冒进。或许适当的介绍分析还是应该的，然而基于各方面的原因此次并没有补出。对于文本的研究也将更多的笔墨集中于它与传统思想文化的关系，有时难免有喧宾夺主之嫌。此外，对《序》的分析要比对具体品评的分析更为关注，未能在品评条例中建立起系统研究也是一个不小的遗憾。回首全篇，发现诸多缺陷只能留待日后再做修补，而今只能做一次不完美的出场。或许在将来某天，原本暂时停下的工作会被再次拾起。

当初求学时陈炎老师、崔茂新老师曾多次给予修改指导，并提出诸多具体意见，师恩多年一直铭记，未曾有机会一吐涌泉之情，谨此作诚恳谢意。此外，向帮助过自己的各位师朋好友一并致谢。特别感谢中国社会科学出版社郭晓鸿老师，此书的出版离不开她的辛勤工作。

孟庆雷

2014 年 10 月 30 日